渋沢栄一《しぶさわえいいち》 青淵《せいえん》の夢《ゆめ》

【青春編《せいしゅんへん》】

JN057242

茶屋二郎

渋沢栄一《しぶさわえいいち》　青淵《せいえん》の夢《ゆめ》

【青春編《せいしゅんへん》】

ミスト

この一年間ばかりこれまでの人生で経験したことのないコロナ禍での生活を送っている。戦後生まれの私は両親のように大戦争の非常時を知らないが、どちらも死への恐怖が世界中の人間の生活をかくも簡単に変えてしまうことは驚きだ。

したがって友人のエミリーとも会う機会が無くなって、最近流行りのオンラインで会話をするようになった。

「先生、お元気ですか。いま女子大がクローズなので、オンラインで授業をしているの」

「それは大変だね。三十年前、東大の研究室でまだ実験中だったインターネットを見学に行ったことを思い出すよ。それが発展して、こんな使われ方をするとは夢にも思わなかった」

「でも慣れると、家で仕事ができるので楽だわ。ところで今は何を書いていらっしゃるの。茶屋先生」

「去年は明智光秀を出版したけど、今年も大河ドラマに倣って渋沢栄一を書いているよ。以前東京商工会議所の議員の時に、誰が商工会議所を作ったのか殆どの会員が知らないので、会頭から広報誌に渋沢栄一の伝記小説を書いてくれと頼まれたことがあった。それをリライトしているよ。タイトルは『青淵《せいえん》の夢《ゆめ》』だ」

「セイエンの意味は？」

「青淵は彼の雅号で、ペンネームと言うのかな。自叙伝の『雨夜譚《あまよがたり》』には彼の人生が詳しく書かれている」

「私、日本の歴史はよく知らないの。渋沢栄一は何をした人なの」

「明治維新の後で、欧米の資本主義を日本に導入して近代日本経済の父と呼ばれた大実業家かな」

「松下幸之助は知っているけど、そんなに偉い人ならもっと教えてほしいわ」

「そうだね。ちょうど外に行けなくて時間もあるから、彼について話をしてみようか」

私はそれからエミリーとパソコンの画面を通して、渋沢栄一の人生談を話すことになった。

「先ず渋沢栄一は江戸時代の末期に生まれて、九十一歳まで長生きをした。そして一番ドラマチックな活躍をしたのが、慶応から明治に変わった幕末の時代だった」

「じゃあ、先生が書いた『アメージング・グレース』の主人公の川田男爵や、『こげなお人ではなか』の西郷隆盛が活躍した頃に、渋沢さんもいたのね」

「そうだね。明治時代に銀行家として主要産業の会社を五百社以上も創業させた。だから彼の偉大な業績は一晩かかっても話が終わらない」

「それは困るわ、簡単に教えてください」

「彼を理解するのは、その功績よりも、彼の人間性を見た方がわかりやすいと思うよ」

「お願いします」

「先ず彼の家族愛の強さは並外れていた。だから愛した女性も多く、家系図は巻物のように複雑怪奇で、子孫も今では百人以上いてよくわからない」

「すごいわね。とても魅力的な人だったのね」

「そうだね。ただ不幸なことに明治十五年に糟糠の妻を当時流行っていたコレラで亡くしている。治療方法がまだ分からなかっただけに、今のコロナと同じで未知の病は怖かっただろうね」

「そうでしょうね」

「それと２０２４年に渋沢栄一が新しい一万円札の肖像になるのだけど、エミリーは知っているかな」

「福沢諭吉が渋沢栄一に代わるのね。やっぱり彼の勉強をしておかないといけないわ」

「そう、彼は埼玉県の農民出身にも拘わらず、徳川家に仕えて武士になり、明治維新後は大蔵省の高官になる。そして日本で最初の第一国立銀行の頭取になって活躍したからね」

「アメージングな人生を送られた人なのね」

「勿論、実業家として財産も成したけど、三井や三菱のような財閥にはならなかった。金銭に執着する人ではなかったようで、戦後、GHQから財閥解体が命令された時には、渋沢家は財閥指定されていなかった。そこで自らGHQに申し出て、今の田園調布駅周囲の広大な私有地を無償で国へ差し出したそうだ」

「それで今の立派な住宅地ができたのね。本当に偉い人ね」

「彼が家業として残した会社は渋沢倉庫という会社だけだということを、田園調布に住んでいる後輩から聞いて本当にびっくりした。それと一番彼に感銘を受けるのは恩義を忘れないということだと思う。最後の将軍だった徳川慶喜の家臣になって、わずか五年しか奉公しないのに、慶喜が死ぬまで物心共に援助したそうだ。そして幕末の史実について、直接慶喜と対談した『昔夢会筆記《せきむかいひっき》』という立派な歴史書を刊行した。また晩年、主君慶喜の汚名返上のために爵位の授受にも努力している」

「武士道精神をよく理解していた人なのね」

「それも有ると思うけど、慶喜もやはり偉い人物で、幕末に渋沢を明治政府に仕官できるように推薦している。だから後の渋沢の活躍は慶喜がチャンスを与えたとも言えるかな」

「二人とも凄いのね」

「それと、渋沢の従兄弟で無二の親友である喜作の話もしておかないといけないな。喜作は渋沢がフランスに滞在中に、官軍と戦うために彰義隊を設立した人物で、函館の五稜郭で捕虜になってしまう。でも彼が釈放された後で、渋沢は就職や一生彼の面倒をみている。それだけ人間愛が強い人だったと思う」

「茶屋先生、すぐにこの『青淵の夢』を読みたくなったわ、頑張ります」

「それに出版社の担当者が渋沢と同じ埼玉県深谷の出身なので、力を入れてくれている。電子本なら瞬時にダウンロードできるよ」

「前作の光秀はフリガナがついていて、すごく読みやすかったけど、今度もそうなの」

「明治時代まではやはり文語が多くて、名前や官職の読み方が難しいので、すべてルビを付けてあるよ」

「先生、サンキュー。トライしてみます」

こうして久しぶりにエミリーとのオンライン会話が終わった。

本書は「ツインアーチ」（東京商工会議所発行）に２００６年一月号から２００８年七月号まで連載された「青淵の竜」を加筆、修正して、三十二歳で大蔵省を退官するまでの軌跡を青春編として新しく纏めてみた。なお本編の日時は明治新暦施行前の旧暦にて表示してある。

目次

ミスト　5
藍《あい》の花《はな》　17
義憤《ぎふん》　29
結婚《けっこん》　45
勘当《かんどう》　59
仕官《しかん》　77
奉公《ほうこう》　97
慶喜拝謁《よしのぶはいえつ》　115

帰郷《ききょう》 135
幕臣取立《ばくしんとりたて》 157
海外渡航《かいがいとこう》 173
巴里万博《ぱりばんぱく》 187
革命前夜《かくめいぜんや》 213
彰義隊《しょうぎたい》 233
振武軍《しんぶぐん》 245
各国歴訪《かっこくれきほう》 259
帰国《きこく》 275
再会《さいかい》 297

商法会所設立《しょうほうかいしょせつりつ》　319
大蔵省《おおくらしょう》　337
春到来《はるとうらい》　349
新《あら》たな道《みち》　369
あとがき　385

藍《あい》の花《はな》

　神楽太鼓《かぐらだいこ》と笛《ふえ》の音《ね》が秋風《あきかぜ》に連《つ》れられて時折《ときおり》聞《き》こえてくる。その日《ひ》は武州血洗島村《ぶしゅうちあらいじまむら》の諏訪《すわ》神社例大祭《じんじゃれいたいさい》であった。村《むら》で中家《なかんち》と呼《よ》ばれている渋沢市郎右衛門《しぶさわいちろうえもん》の家《いえ》では朝飯《あさめし》が台所《だいどころ》を上《あ》がった座敷《ざしき》で始《はじ》まっていた。家長《かちょう》の市郎右衛門《いちろうえもん》は村《むら》の名主《なぬし》でもあったが、倹約節制《けんやくせっせい》を家訓《かくん》にしていた。祭《まつり》でも食膳《しょくぜん》の献立《こんだて》に変《か》わりはない。薄暗《うすぐら》い座敷《ざしき》の中《なか》でただ市郎右衛門《いちろうえもん》の膳《ぜん》だけが一皿多《ひとさらおお》い。長男《ちょうなん》の栄一《えいいち》、長女《ちょうじょ》のなか、次女《じじょ》の貞子《ていこ》らは飯椀《めしわん》と味噌汁《みそしる》、それにお香香《こうこう》の一菜《いっさい》だけである。市郎右衛門《いちろうえもん》の妻《つま》、ゑいも同《おな》じだ。しかし、今日《きょう》は栄一《えいいち》の皿《さら》に塩納豆《しおなっとう》が別《べつ》に置《お》かれていた。

「栄一《えいいち》、今日《きょう》は鎮守《ちんじゅ》で試合《しあい》があるだろう。卵《たまご》も食《た》べて行《い》け」

母《はは》が生卵《なまたまご》を一個渡《いっこわた》してくれた。卵《たまご》を溶《と》いて温《あたた》かい白米《はくまい》に掛《か》けて塩納豆《しおなっとう》と一緒《いっしょ》に食《た》べる

美味《うま》さは答《こた》えようがない。すぐに二杯目《にはいめ》の飯《めし》も軽《かる》く平《たい》らげた栄一《えいいち》が、

「ふーむ」

満足気《まんぞくげ》に箸《はし》を置《お》いた瞬間《しゅんかん》、カタリと別《べつ》の音《おと》が響《ひび》いた。

「今日《きょう》は獅子舞《ししまい》の前《まえ》に奉納試合《ほうのうじあい》があるのか」

父《ちち》の市郎右衛門《いちろうえもん》が問《と》いかけた。

「今年《ことし》こそ東家《ひがしんち》に勝《か》ちます」

「しかし、あまり撃剣《げっけん》の稽古《けいこ》はしておらんようだな」

「若者頭《わかものがしら》になって、祭《まつり》の用意《ようい》に忙《いそが》しかったから」

「栄一《えいいち》、言《い》い訳《わけ》はよい。東家《ひがしんち》からの借金《しゃっきん》を返《かえ》して、田畑《たはた》も買《か》い戻《もど》して名主《なぬし》になれたのは、わしが苦労《くろう》して藍玉《あいだま》の行商《ぎょうしょう》で儲《もう》けたからだ。お前《まえ》も十六歳《じゅうろくさい》になったからは真面目《まじめ》に百姓《ひゃくしょう》をやりなさい」

「わかっている。祭《まつり》が終《お》わったら尾高《おだか》の新五郎《しんごろう》さんと一緒《いっしょ》に藍玉《あいだま》を売《う》りに行《い》くことになっている」

血洗島村《ちあらいじまむら》で渋沢一族《しぶさわいちぞく》は十七戸《じゅうななこ》を占《し》めていたが、どの家《いえ》も百姓《ひゃくしょう》をしているわけではなかった。東家《ひがしんち》はお蚕《かいこ》と六町近《ろくちょうちか》い田畑《たはた》から取《と》れる年貢《ねんぐ》の金《かね》を小作人《こさくにん》や行商人《ぎょうしょうにん》に高利《こうり》で貸《か》して儲《もう》けていた。

市郎右衛門《いちろうえもん》は東家《ひがしんち》の三男《さんなん》で、二十年程前《にじゅうねんほどまえ》に傾《かたむ》きかけた同族《どうぞく》の渋沢《しぶさわ》の中家《なかんち》に婿《むこ》入りしてきた。

尾高家《おだかけ》は隣《となり》の下手墓村《しもてばかむら》の名主《なぬし》で渋沢家《しぶさわけ》の親戚《しんせき》でもあった。その惣領《そうりょう》である新五郎《しんごろう》は水戸《みと》の藩主徳川斉昭《はんしゅとくがわなりあき》が主張《しゅちょう》する攘夷論《じょういろん》に傾倒《けいとう》して、今流行《いまはや》りの水戸学《みとがく》を十歳年下《じっさいとしした》の栄一《えいいち》に教《おし》えていた。

「武士道《ぶしどう》とは大義《たいぎ》のために命《いのち》を捨《す》てることだ。亜米利加《あめりか》の黒船《くろふね》が来《き》たからといって、一戦《いっせん》もせずに軽々《かるがる》しく開国《かいこく》をしてしまう徳川幕府《とくがわばくふ》は侍《さむらい》の屑《くず》だ」

武州岡部藩《ぶしゅうおかべはん》の徒士《とし》でもある新五郎《しんごろう》はいつも開国《かいこく》の禍《わざわい》を熱《あつ》っぽく語《かた》ってくれた。しかし、北関東《きたかんとう》の田舎《いなか》から出《で》たことのない栄一《えいいち》にとってはまだ攘夷《じょうい》の詳《くわ》しい意味《いみ》はわからなかった。

「栄一《えいいち》、気《き》をつけてな。負《ま》けてもいいから怪我《けが》だけはするなよ」

「母《かあ》さん、今年《ことし》の試合《しあい》は木刀《ぼくとう》ではなくて、竹刀《しない》だから心配《しんぱい》しないで」

家《いえ》を出《で》て桑畑《くわばたけ》と藍畑《あいばたけ》が続《つづ》く細道《ほそみち》を幾曲《いくま》がりかすると、諏訪神社《すわじんじゃ》の大欅《おおけやき》が見《み》えてくる。紅白奉納試合《こうはくほうのうじあい》が川越藩師範役《かわごえはんしはんやく》の大川平兵衛《おおかわへいべえ》道場《どうじょう》に入門《にゅうもん》している近在《きんざい》の若者《わかもの》たちによって行《おこな》われるのだ。試合場《しあいじょう》になる拝殿《はいでん》の前庭《まえにわ》はすでに掃《は》き清《きよ》められて小石一《こいしひと》つも見当《みあ》たらない。左右《さゆう》の橘《たちばな》の柱《はしら》には紅白《こうはく》の注連縄《しめなわ》が巻《ま》かれてあり、神社《じんじゃ》の幟《のぼり》や川越藩《かわごえはん》の旗《はた》が靡《なび》いていた。

栄一《えいいち》は着《つ》くなり受付《うけつけ》で対戦表《たいせんひょう》を覗《のぞ》くと、紅白五人《こうはくごにん》ずつの対抗戦《たいこうせん》の紅組《あかぐみ》の先鋒《せんぽう》に名前《なまえ》が載《の》っていた。去年《きょねん》に続《つづ》いての先鋒《せんぽう》である。

身長《しんちょう》が五尺《ごしゃく》、小太《こぶと》り胴長《どうなが》、短足《たんそく》の剣技《けんぎ》はお世辞《せじ》にも上手《うま》くは見《み》えない。だからまだ大川《おおかわ》師範《しはん》からは目録《もくろく》を貰《もら》えていなかった。

次鋒《じほう》は尾高家三男《おだかけさんなん》の平九郎《へいくろう》だった。まだ十二歳《じゅうにさい》であるが、すでに栄一《えいいち》よりも二三寸《にさんずん》背《せ》が高《たか》く、目鼻立《めはなだ》ちのきりりと通《とお》った色白《いろじろ》の美少年剣士《びしょうねんけんし》であった。副将《ふくしょう》は日頃《ひごろ》から最《もっと》も親《した》しくしている分家《ぶんけ》で新屋敷《しんやしき》の渋沢喜作《しぶさわきさく》、そして大将《たいしょう》は北武蔵《きたむさし》の天狗《てんぐ》と呼《よ》ばれている尾高家次男《おだかけじなん》の長七郎《ちょうしちろう》である。

相手方白組《あいてがたしろぐみ》の大将《たいしょう》は案《あん》の定《じょう》、東家《ひがしんち》の渋沢新三郎《しぶさわしんざぶろう》で、副将《ふくしょう》も弟《おとうと》の宗五郎《そうごろう》であった。新《しん》三郎《ざぶろう》はすでに神道無念流《しんどうむねんりゅう》の免許皆伝《めんきょかいでん》の腕前《うでまえ》で、近隣《きんりん》にその名《な》は知《し》れ渡《わた》っていた。

四刻《よつどき》の太鼓《たいこ》が勇壮《ゆうそう》に叩《たた》かれると試合《しあい》が始《はじ》まった。観客《かんきゃく》の歓声《かんせい》が会場《かいじょう》を包《つつ》んだ。栄一《えいいち》は赤《あか》布《ぬの》を背《せ》に垂《た》らして緊張《きんちょう》の面持《おもも》ちで相手《あいて》に礼《れい》をしてから竹刀《しない》を構《かま》えて蹲踞《そんきょ》した。相手《あいて》は見知《みし》らぬ顔《かお》であったが、身《み》の丈《たけ》がそれほど自分《じぶん》と違《ちが》わないのを知《し》って勝《か》てると感《かん》じた。

『始《はじ》め』の声《こえ》と同時《どうじ》に白組《しろぐみ》の先鋒《せんぽう》と力任《ちからまか》せに数合《すうごう》打《う》ち合《あ》った。暫《しばら》くしてから相手《あいて》の息遣《いきづか》いが大《おお》きく聞《き》こえてきて、相手《あいて》の足《あし》が止《と》まった。その瞬間《しゅんかん》に剣先《けんさき》を相手《あいて》の面《めん》に無心《むしん》で打《う》ち込《こ》んだ。そして、そのまま勢《いきお》い余《あま》って相手《あいて》を押《お》し倒《たお》した。日頃《ひごろ》から鋤鍬《すきくわ》の畑仕事《はたけしごと》で鍛《きた》えた腕力《わんりょく》と足腰《あしこし》は他人《たにん》に負《ま》けるつもりはなかった。

「それまで」

という声《こえ》は審判《しんぱん》の大川師範《おおかわしはん》であった。紅組《あかぐみ》は幸先《さいさき》よく初戦《しょせん》に勝利《しょうり》した。次戦《じせん》は紅組次鋒《あかぐみじほう》の尾高平九郎《おだかへいくろう》と白組《しろぐみ》は上墓村《うわばかむら》から出場《しゅつじょう》してきた作男《さくおとこ》の弥平《やへい》だった。しかも弥平《やへい》は村一番《むらいちばん》の六尺《ろくしゃく》を超《こ》す大男《おおおとこ》である。

「平九郎《へいくろう》、頑張《がんば》って」

見物客《けんぶつきゃく》の中《なか》から若《わか》い女《おんな》の黄色《きいろ》い声《こえ》が響《ひび》いた。声《こえ》の方角《ほうがく》を振《ふ》り返《かえ》ると、応援《おうえん》する女《おんな》たちの一団《いちだん》が見《み》えた。その中《なか》に一際美顔《ひときわびがん》が目立《めだ》つ平九郎《へいくろう》の姉千代《あねちよ》の真剣《しんけん》な顔《かお》があった。栄一《えいいち》の視線《しせん》に気《き》づいた千代《ちよ》は少《すこ》し顔《かお》を向《む》けてくれたが、能面《のうめん》のように緊張《きんちょう》したままであった。その凛《りん》とした顔立《かおだ》ちに一歳年下《いっさいとしした》の従妹《いとこ》でありながら大人《おとな》の女《おんな》を感《かん》じた。

平九郎《へいくろう》は上段《じょうだん》から打《う》ち込《こ》んでくる激《はげ》しい剣先《けんさき》をうまく交《か》わしていたが、竹刀《しない》を上《うえ》から押《お》さえられて間合《まあい》が近《ちか》くなったところに足払《あしばらい》をくって体《からだ》が崩《くず》れた。そこに弥平《やへい》の面《めん》が決《き》まった。

栄一《えいいち》がまた千代《ちよ》を振《ふ》り返《かえ》るとそこに悔《くや》しがる顔《かお》があった。自分《じぶん》の試合《しあい》の時《とき》にはどんな顔《かお》をしてくれていたのかと考《かんが》えると、急《きゅう》に甘酸《あまず》っぱく何《なに》か切《せつ》ない感覚《かんかく》が湧《わ》き上《あ》がっていた。これまで親戚《しんせき》の一人《ひとり》として何《なに》も特別《とくべつ》な感情《かんじょう》を持《も》たなかっただけに、千代《ちよ》の所作《しょさ》が気《き》になっていることが不思議《ふしぎ》だった。

三人目《さんにんめ》の中堅戦《ちゅうけんせん》で紅組《あかぐみ》は一本《いっぽん》を取《と》られてしまったが、副将《ふくしょう》の喜作《きさく》は白組《しろぐみ》の宗五郎《そうごろう》に小手《こて》を上手《うま》く打《う》ち勝《か》ち、五分五分《ごぶごぶ》の勝負《しょうぶ》に持《も》ち込《こ》んだ。陽《ひ》が高《たか》くなり日差《ひざ》しを遮《さえぎ》る樹木《じゅもく》がなくなる頃《ころ》、最後《さいご》の大将戦《たいしょうせん》に勝負《しょうぶ》が懸《か》かった。これまでの勝《か》ち負《ま》け数《すう》は紅白同点《こうはくどうてん》である。紅組《あかぐみ》の大将《たいしょう》である尾高長七郎《おだかちょうしちろう》と白組大将《しろぐみたいしょう》の渋沢新三郎《しぶさわしんざぶろう》が厳《きび》しい掛声《かけごえ》とともに正眼《せいがん》に構《かま》えた。

暫《しばら》くして長七郎《ちょうしちろう》は三尺八寸《さんじゃくはっすん》の竹刀《しない》を頭上《ずじょう》で水平《すいへい》に構《かま》えると、相手《あいて》を挑発《ちょうはつ》するかのようにゆっくりと回《まわ》し始《はじ》めた。得意《とくい》の円月殺法《えんげつさっぽう》の妙技《みょうぎ》である。相手《あいて》の剣先《けんさき》が届《とど》く前《まえ》に、片手《かたて》で竹刀《しない》を上段《じょうだん》から鋭《するど》くあらゆる方向《ほうこう》に打《う》ち込《こ》む独特《どくとく》の剣術《けんじゅつ》であった。

息詰《いきづ》まる静止《せいし》した時間《じかん》が続《つづ》いた。急《きゅう》に鋭《するど》い気合《きあい》が両者《りょうしゃ》から発《はっ》せられると、瞬間的《しゅんかんてき》に二人《ふたり》は前後《ぜんご》に行《い》き違《ちが》った。見《み》ると審判《しんぱん》の軍扇《ぐんせん》は白側《しろがわ》に上《あ》がっていた。

栄一《えいいち》たちの紅組《あかぐみ》は負《ま》けた。長七郎《ちょうしちろう》の剣先《けんさき》が新三郎《しんざぶろう》の左面《ひだりめん》を捉《とら》える前《まえ》に、相手《あいて》の竹刀《しない》が長七郎《ちょうしちろう》の左胴《ひだりどう》をすでに抜《ぬ》いていた。千代《ちよ》の顔《かお》は兄《あに》が負《ま》けても無表情《むひょうじょう》のまま変《か》わらなかった。

澄《す》み切《き》った青空《あおぞら》の下《もと》、上州《じょうしゅう》の乾《かわ》いた大地《だいち》を妙義《みょうぎ》、榛名《はるな》、赤城《あかぎ》の三山《さんざん》が天高《てんたか》く取《と》り巻《ま》いている。栄一《えいいち》は新五郎《しんごろう》と共《とも》に藍玉《あいだま》の行商《ぎょうしょう》に出《で》ていた。その日《ひ》は下仁田《しもにた》から内山峠《うちやまとうげ》を越《こ》して小諸《こもろ》に行《い》くつもりであった。すでに祖父《そふ》や父《ちち》に同行《どうこう》して藍玉《あいだま》の掛《か》け売《う》りの商売《しょうばい》には何回《なんかい》も来《き》ていたので、大体《だいたい》の道筋《みちすじ》は知《し》っていた。取引先《とりひきさき》の上州《じょうしゅう》と信州《しんしゅう》、それに秩父《ちちぶ》の紺屋《こんや》の数《かず》はこの二十年《にじゅうねん》で百軒近《ひゃっけんちか》くに増《ふ》えていた。

新五郎《しんごろう》はあまり商売《しょうばい》には興味《きょうみ》が無《な》いらしく、道中何《どうちゅうなに》をするでもなく道端《みちばた》に紫《むらさき》の小《ちい》さな花《はな》をつけている藍《あい》の花《はな》を見《み》つけると、摘《つ》まみながら、

「栄一《えいいち》、今年《ことし》の藍葉《あいば》の塩梅《あんばい》はどうだ」

「一番藍《いちばんあい》は不作《ふさく》だったが、二番藍《にばんあい》は上作《じょうさく》だ」

担《かつ》ぐ両掛《りょうがけ》の中《なか》には藍葉《あいば》を突《つ》いて固《かた》く発酵《はっこう》させた藍玉《あいだま》の見本《みほん》と取引通帳《とりひきつうちょう》が詰《つ》まっていた。

「そりゃ、結構《けっこう》、結構《けっこう》」

すぐに結構《けっこう》と言《い》うのが新五郎《しんごろう》の口癖《くちぐせ》だった。

「新五郎《しんごろう》さん、父《とう》さんは俺《おれ》に真面目《まじめ》に百姓《ひゃくしょう》をやれという。商売《しょうばい》も好《す》きだけど、こんな鄙《ひな》びた田舎《いなか》で一生《いっしょう》朽《く》ち果《は》ててもいいのかなと、この頃思《ごろおも》う」

「どうした、先行《さきい》きを悩《なや》んでいるのか」

「太閤秀吉《たいこうひでよし》は尾張《おわり》の百姓《ひゃくしょう》からでも天下《てんか》を取《と》っただろう。近頃世間《ちかごろせけん》が騒《さわ》がしくなってきて、このまま家業《かぎょう》を継《つ》ぐだけで、いいのかと」

「栄一《えいいち》も天下《てんか》を憂《うれ》える年《とし》になったか。結構《けっこう》、結構《けっこう》。今晩《こんばん》は下仁田温泉《しもにたおんせん》で商売《しょうばい》を忘《わす》れて、面白《おもしろ》く遊《あそ》ぶか」

新五郎《しんごろう》は本当《ほんとう》に嬉《うれ》しそうな顔《かお》を見《み》せた。

その晩《ばん》、温泉《おんせん》の湧《わ》く旅籠《はたご》で濁酒《どぶろく》を豪快《ごうかい》に飲《の》みながら新五郎《しんごろう》は御時世《ごじせい》について解説《かいせつ》してくれた。

「栄一《えいいち》、いいか、幕府《ばくふ》の寿命《じゅみょう》もそう長《なが》くないぞ。薩摩《さつま》も長州藩《ちょうしゅうはん》も本音《ほんね》は尊王攘夷《そんのうじょうい》だ」

「亜米利加《あめりか》の黒船《くろふね》が来《き》て、幕府《ばくふ》は開国《かいこく》すると聞《き》いていたけど」

「しかし、お隣《となり》の清国《しんこく》は開国《かいこく》した挙句《あげく》に戦《いくさ》で負《ま》けて、英吉利国《いぎりすこく》に香港《ほんこん》や上海《しゃんはい》を占領《せんりょう》されてしまった。日本《にほん》が夷国《いこく》の属国《ぞっこく》にならないためには、帝《みかど》を奉《ほう》じて外国勢《がいこくぜい》を追《お》い払《はら》わなければならぬ」

「新五郎《しんごろう》さん、俺《おれ》もそう思《おも》う。百姓《ひゃくしょう》でも国《くに》を思《おも》う気持《きも》ちは侍《さむらい》に負《ま》けないつもりだ。俺《おれ》も志士《しし》に成《な》れるかな」

「結構《けっこう》、結構《けっこう》。本物《ほんもの》の侍《さむらい》になって天下《てんか》を取《と》れ」

その日《ひ》から新五郎《しんごろう》は栄一《えいいち》の人生《じんせい》の師《し》となった。

義憤《ぎふん》

翌年《よくとし》の春《はる》になって、一里先《いちりさき》の岡部村《おかべむら》にある領主安部信発《りょうしゅあんべのぶおき》の陣屋《じんや》から中家《なかんち》の渋沢家《しぶさわけ》に御用金《ごようきん》の命《めい》が下《くだ》った。栄一《えいいち》は父《ちち》に呼《よ》ばれた。

「わしは身体《からだ》の調子《ちょうし》が悪《わる》いので、代官所《だいかんしょ》へ行《い》くには差《さ》し支《つか》える。わしの名代《みょうだい》として御用達《ごようたし》を聞《き》いてきてくれ」

「かしこまりました」

父《ちち》の依頼《いらい》で岡部村《おかべむら》の代官所《だいかんしょ》に向《む》かった。陣屋《じんや》の裏門《うらもん》を潜《くぐ》り屋敷内《やしきない》に入《はい》ると、すでに土間《どま》で二人《ふたり》の老名主《ろうなぬし》が青白《あおじろ》い顔《かお》をして立《た》ち尽《つ》くしていた。軽《かる》く会釈《えしゃく》をしたが、応対《おうたい》の言葉《ことば》はなく沈黙《ちんもく》が続《つづ》いた。

暫《しばら》く待《ま》つ内《うち》に廊下《ろうか》を大《おお》きな足音《あしおと》を立《た》てながら、一人《ひとり》の若侍《わかざむらい》が見《み》るからに横柄《おうへい》な態度《たいど》で現《あらわ》れた。直《す》ぐに三人《さんにん》は土間《どま》に土下座《どげざ》して頭《あたま》を下《さ》げると、一段《いちだん》と高《たか》い座敷《ざしき》の上《うえ》から甲高《かんだか》い声《こえ》が聞《き》こえてきた。

「其《そ》の方《ほう》らは町田《まちだ》、大塚《おおつか》、血洗島《ちあらいじま》の名主《なぬし》か。某《それがし》は代官《だいかん》の若森権六《わかもりごんろく》と申《もう》す。本日《ほんじつ》、御用金各《ごようきんかく》五百両《ごひゃくりょう》を命《めい》じる。よいな」

「御用金《ごようきん》の御用立《ごようだて》は承知《しょうち》いたしました」

二人《ふたり》の老名主《ろうなぬし》は直《す》ぐに返答《へんとう》をした。

次《つぎ》に栄一《えいいち》がはっきりと申《もう》し上《あ》げた。

「父《ちち》の名代《みょうだい》で御用《ごよう》の趣《おもむき》を申《もう》しつかって参《まい》れと聞《き》いておりますので、御教《おおし》えください」

代官《だいかん》は急《きゅう》に目《め》くじらを立《た》てると大声《おおごえ》で怒鳴《どな》った。

「貴様《きさま》の名前《なまえ》は何《なん》と申《もう》す、歳《とし》は幾《いく》つになるのか」

「へぇ、血洗島村名主渋沢市郎右衛門《ちあらいじまむらなぬししぶさわいちろうえもん》の息子《むすこ》で、栄一《えいいち》、十七歳《じゅうななさい》でございます」

「十七歳《じゅうななさい》にでもなっていれば、関八州取締役人《かんはっしゅうとりしまりやくにん》の接待《せったい》に金《かね》が要《い》るのもわかるであろう。女郎《めろう》も呼《よ》ばねばならぬからな」

代官《だいかん》は品《ひん》なく嘲笑《ちょうしょう》した。それからより厳《きび》しい顔《かお》つきで、

「してみれば、御上《おかみ》への五百両《ごひゃくりょう》などは何《なん》でもなかろう。一旦帰《いったんかえ》って、また来《く》るというような手《て》ぬるいことは許《ゆる》さぬ。直《ただ》ちに承知《しょうち》したと申《もう》せ」

御用金《ごようきん》が代官《だいかん》の放蕩《ほうとう》に使《つか》われることを知《し》った栄一《えいいち》は意地《いじ》でも聞《き》くものかと、逆《ぎゃく》に意固地《いこじ》になった。

「甚《はなは》だ恐《おそ》れ入《い》りますが、御用金《ごようきん》の高《たか》がお請《う》けできるかどうか、父《ちち》に聞《き》いて参《まい》ります」

「貴様《きさま》の父《ちち》にはあとで言《い》い訳《わけ》をしてやるから、この場《ば》で即答《そくとう》せよ」

「帰《かえ》りまして、父《ちち》に聞《き》いてからお請《う》け致《いた》すことならば改《あらた》めて申《もう》し上《あ》げます」

聞《き》き分《わ》けのない栄一《えいいち》の返答《へんとう》に驚《おどろ》いた二人《ふたり》の名主《なぬし》は袖《そで》をしきりに引《ひ》っ張《ぱ》った。代官《だいかん》の権六《ごんろく》は真《しん》に腹《はら》を立《た》てて荒々《あらあら》しく奥《おく》に戻《もど》って行《い》ってしまった。

帰《かえ》りの路《みち》には冷《つめ》たい赤城颪《あかぎおろし》が舞《ま》っていたが、胸中《きょうちゅう》は夕焼《ゆうやけ》の赤《あか》さにも負《ま》けない炎《ほのお》が燃《も》え続《つづ》けていた。

岡部《おかべ》の領主《りょうしゅ》は年貢《ねんぐ》を取《と》りながら返済《へんさい》もしない金員《きんいん》を更《さら》にせびる。尚且《なおか》つ人《ひと》の気持《きも》ちを塵紙《ちりがみ》のように軽蔑嘲弄《けいべつちょうろう》して平気《へいき》である。このような世《よ》の中《なか》の道理《どうり》に反《はん》することが、どうして起《お》こるのか。これは徳川幕府《とくがわばくふ》の政《まつりごと》が善《よ》くないからではないのか。百姓《ひゃくしょう》でいると、この先《さき》も思慮分別《しりょふんべつ》のない代官《だいかん》から虫《むし》けらのように扱《あつか》われる。あまりにも馬鹿馬鹿《ばかばか》しい話《はなし》だ。できることなら百姓《ひゃくしょう》などは早《はや》く辞《や》めてしまいたい。

帰宅《きたく》した栄一《えいいち》は事《こと》の始終《しじゅう》を父《ちち》に報告《ほうこく》した。

「泣《な》く子《こ》と地頭《じとう》には敵《かな》わぬと昔《むかし》から言《い》うではないか。どうせ受《う》けねばならぬものだから、明日《あす》金子《きんす》を持《も》って代官所《だいかんしょ》へ再度参《さいどまい》るがよい」

市郎右衛門《いちろうえもん》は静《しず》かに諭《さと》した。しかし、十七歳《じゅうななさい》の青年《せいねん》の心《こころ》に強《つよ》く刻《きざ》み込《こ》まれた屈辱《くつじょく》の思《おも》いは消《き》えるはずがなく、熱《あつ》い仕返《しかえ》しの火炎《かえん》が続《つづ》いた。

武州各地《ぶしゅうかくち》の柿木《かきのき》に橙色《だいだいいろ》の実《み》が付《つ》き始《はじ》めた頃《ころ》、栄一《えいいち》は喜《よろこ》び勇《いさ》んで江戸《えど》に向《む》かおうとしていた。初《はじ》めての江戸《えど》行《い》きで旅支度《たびじたく》にも胸《むね》が高鳴《たかな》った。前家《まえんち》の叔父《おじ》渋沢保右衛門《しぶさわやすえもん》が連《つ》れていってくれる。

前家《まえんち》は渋沢家《しぶさわけ》の総本家《そうほんけ》で、先祖《せんぞ》は天正時代《てんしょうじだい》に徳川家康公《とくがわいえやすこう》と遠江《とおとうみ》から関東《かんとう》へ付《つ》き従《したが》って来《き》て、武蔵国《むさしのくに》の血洗島村《ちあらいじまむら》を開拓《かいたく》したと聞《き》かされていた。母《はは》の妹《いもうと》のふさが保右衛門《やすえもん》に嫁《とつ》いでいたからか、幼《おさな》い時《とき》から可愛《かわい》がってくれていた。また元服《げんぷく》の十四歳《じゅうよんさい》になってからは藍葉《あいば》の行商《ぎょうしょう》にも連《つ》れ歩《ある》いてくれて、商売《しょうばい》の仕方《しかた》を教《おし》えてくれた師匠《ししょう》でもあった。前家《まえんち》は『榎店《えのきだな》』という呉服屋《ごふくや》も商《あきな》いにしていた。その店《みせ》の前《まえ》にある大《おお》きな榎《えのき》の下《した》で叔父《おじ》は待《ま》っていてくれた。

「保爺《やすじい》さん、発《た》つ前《まえ》にちょっと新五郎《しんごろう》さんに挨拶《あいさつ》をしてくるから半時程《はんときほど》、待《ま》っていてくれるか」

「ああ、ゆっくりしてこいや。急《いそ》ぐ旅《たび》ではないからな」

七町《ななちょう》ほど先《さき》の下手墓村《しもてばかむら》に住《す》んでいる尾高新五郎《おだかしんごろう》のもとに走《はし》った。

尾高家《おだかけ》は油《あぶら》と雑貨《ざっか》を主《おも》な商《あきな》いにしていた。横庭《よこにわ》では機《はた》を織《お》る音《おと》に混《ま》じって下女《げじょ》たちが石臼《いしうす》で大豆《だいず》を挽《ひ》き、棒《ぼう》で叩《たた》きながら談笑《だんしょう》している。その中《なか》に千代《ちよ》も交《ま》じっているのを見《み》つけた。

青《あお》の角帯《かくおび》、腰《こし》に長目《ながめ》の脇差《わきざし》を差《さ》して、半股引《はんももひき》に脚絆《きゃはん》を巻《ま》いて、草履履《ぞうりば》きの旅姿《たびすがた》を見《み》た千代《ちよ》がさりげなく話《はな》しかけてきた。

「栄一《えいいち》さん、何処《どこ》にお出《で》かけ、また上州《じょうしゅう》へいらっしゃるの」

「父《とう》さんから本箱《ほんばこ》と硯箱《すずりばこ》を新調《しんちょう》したいから、江戸《えど》で買《か》ってこいと言《い》われた。それで旅先《たびさき》で読《よ》む本《ほん》を新五郎《しんごろう》さんが貸《か》してくれるので寄《よ》ってみた」

「何《なん》の本《ほん》を」

「阿片戦争談《あへんせんそうだん》だ」

「それ、なに」

「夷人《いじん》たちは清国《しんこく》に阿片《あへん》を売《う》り、支那人《しなじん》を痴呆《ちほう》にさせて清《しん》の領土《りょうど》を奪《うば》い取《と》っているそうだ。既《すで》に香港島《ほんこんとう》という島《しま》は英吉利領《いぎりすりょう》になった。許《ゆる》せない話《はなし》だ」

「そうなの。わたしも知《し》りたいわ。でもわたしが本《ほん》を読《よ》みたいと言《い》っても、兄《にい》さんは女子《おなご》に何《なん》の足《た》しになるかと言《い》って貸《か》してくれないの」

千代《ちよ》は珍《めずら》しく顔《かお》を紅潮《こうちょう》させた。

「新五郎《しんごろう》さんの言葉《ことば》とも思《おも》えないな。それなら俺《おれ》の持《も》っている論語《ろんご》の本《ほん》でよければ貸《か》してあげる」

「嬉《うれ》しい」

いつも肌身離《はだみはな》さずに持《も》っている一番大事《いちばんだいじ》な論語《ろんご》の綴《と》じ本《ほん》を懐《ふところ》から取《と》り出《だ》した。六歳《ろくさい》の時《とき》から父《ちち》に厳《きび》しく『三字経《さんじきょう》』と『四書五経《ししょごきょう》』を教《おそ》わったが、論語《ろんご》の訓戒《くんかい》だけが心《こころ》に響《ひび》いた。

でもこの愛書《あいしょ》が千代《ちよ》の手《て》に渡《わた》るなら惜《お》しくはなかった。

新五郎《しんごろう》の居間《いま》に上《あ》がった栄一《えいいち》が千代《ちよ》に自分《じぶん》の本《ほん》を貸《か》した話《はなし》をすると、

「そうか、女子《おなご》も本《ほん》を読《よ》む時代《じだい》になったか。それも結構《けっこう》、結構《けっこう》」

そう言《い》うと、書棚《しょだな》から『阿片戦争談《あへんせんそうだん》』と新《あたら》しい『論語《ろんご》』の綴《と》じ本《ほん》を手渡《てわた》してくれた。

「栄一《えいいち》もまだ論語《ろんご》が読《よ》みたいだろう。これも持《も》って行《い》け。結構《けっこう》、結構《けっこう》」

前家《まえんち》に戻《もど》った栄一《えいいち》は保右衛門《やすえもん》と江戸《えど》に向《む》かって歩《ある》き始《はじ》めた。

「栄一《えいいち》、川又《かわまた》から船《ふね》に乗《の》って下《くだ》ろう」

「保爺《やすじい》さん、楽過《らくす》ぎるよ」

「わしももう若《わか》くない。今度《こんど》の江戸行《えどい》きはお前《まえ》の案内《あんない》と骨休《ほねやす》みでな」

二人《ふたり》は中山道《なかせんどう》を歩《ある》く代《か》わりに乗合舟《のりあいぶね》で利根川《とねがわ》を下《くだ》って江戸《えど》に向《む》かうことにした。舟《ふね》が野田宿《のだじゅく》から江戸川《えどがわ》に入《はい》り、鷗《かもめ》が群《む》れ飛《と》ぶ江戸大川端《えどおおかわばた》の日本橋小網町《にほんばしこあみちょう》の船宿《ふなやど》に着《つ》いたのは二日《ふつか》ほど後《のち》のことであった。

「保爺《やすじい》さん、明日《あす》小伝馬町《こでんまちょう》の道具屋《どうぐや》に行《い》ってくる。ついでに剣道場《けんどうじょう》も見学《けんがく》してくる」

「剣道場《けんどうじょう》へ」

「ああ、千葉道場《ちばどうじょう》へ行《い》ってくる。尾高長七郎《おだかちょうしちろう》さんから聞《き》いてきた。江戸《えど》の三大道場《さんだいどうじょう》は、お玉ヶ池《たまがいけ》の千葉周作《ちばしゅうさく》、京橋《きょうばし》の桃井春蔵《ももいしゅんぞう》、九段《くだん》の斎藤彌九郎《さいとうやくろう》だそうだ」

「栄一《えいいち》も侍《さむらい》なんぞに憧《あこが》れて困《こま》ったものだ。そんなに一本差《いっぽんさ》したいのかの。わしは吉原《よしわら》で十分《じゅうぶん》じゃ」

名主《なぬし》になれば農民《のうみん》、商人《しょうにん》でも帯刀《たいとう》は許《ゆる》されたが、父《ちち》の名代《みょうだい》をまだ継《つ》いでいない栄一《えいいち》は刀《かたな》を差《さ》せない身分《みぶん》であった。ただ気持《きも》ちだけはすでに一端《いっぱし》の侍《さむらい》のつもりでいた。

翌朝《よくあさ》、都鳥《みやこどり》が群《む》れ飛《と》ぶ墨田川《すみだがわ》に沿《そ》って歩《ある》いて行《い》くと半時《はんとき》もせずに、父《ちち》に教《おそ》わった小伝馬町《こでんまちょう》の建具屋《たてぐや》に着《つ》いた。

「おやじ、硯箱《すずりばこ》と本箱《ほんばこ》が欲《ほ》しい」

「へえ、いか程《ほど》のものが」

「上等《じょうとう》の物《もの》がいい。すぐ戻《もど》るから用意《ようい》しておいてくれ」

「へえ」

「それと、お玉ヶ池《たまがいけ》の千葉《ちば》道場《どうじょう》へ行《い》きたいが、どこだか教《おし》えてくれ」

「この道《みち》を三町《さんちょう》ほど行《い》くとお玉ヶ池《たまがいけ》があるので、その袂《たもと》が道場《どうじょう》ですわ」

「わかった」

道《みち》を聞《き》くと気《き》が焦《あせ》って駆《か》け出《だ》した。すぐにお玉ヶ池《たまがいけ》は見《み》つかった。血洗島村《ちあらいじまむら》の沼《ぬま》に比《くら》べれば小《ちい》さな池《いけ》である。池《いけ》の先《さき》から竹刀《しない》の音《おと》や掛声《かけごえ》が聞《き》こえていた。その屋敷《やしき》には『玄武館《げんぶかん》』という大《おお》きな看板《かんばん》が掛《か》かっていた。恐《おそ》る恐《おそ》る近《ちか》くの格子窓《こうしまど》から中《なか》を覗《のぞ》き込《こ》むと、百人《ひゃくにん》ほどの剣士《けんし》たちが道場《どうじょう》で懸命《けんめい》に稽古《けいこ》をしていた。

これまで血洗島村《ちあらいじまむら》の道場《どうじょう》『練武館《れんぶかん》』で修練《しゅうれん》してきた剣術《けんじゅつ》が如何《いか》に幼《おさな》いものであったかを目《ま》の当《あ》たりにして、この千葉道場《ちばどうじょう》に入門《にゅうもん》しようと自然《しぜん》に決《き》めていた。

建具屋《たてぐや》に戻《もど》ると桐《きり》の白木造《しらきづく》りの硯箱《すずりばこ》と本箱《ほんばこ》が数点《すうてん》ずつ見本《みほん》として置《お》かれていた。侍《さむらい》気分《きぶん》に浸《ひた》っていた栄一《えいいち》はその中《なか》で一番高《いちばんたか》い値段《ねだん》の物《もの》を衝動的《しょうどうてき》に選《えら》んで買《か》っていた。

翌日《よくじつ》、保右衛門《やすえもん》と栄一《えいいち》は浅草寺《せんそうじ》に向《む》かった。境内《けいだい》は午前中《ごぜんちゅう》にも拘《かか》わらず多《おお》くの参拝客《さんぱいきゃく》で賑《にぎ》わっており、本堂《ほんどう》の前《まえ》に置《お》かれた常香炉《じょうこうろ》の煙《けむり》が目《め》に沁《し》みた。茅葺《かやぶき》の家《いえ》と田畑《たはた》しかない武州《ぶしゅう》の田舎《いなか》と江戸《えど》の成《な》り合《あ》いの違《ちが》いを思《おも》い知《し》らされた。本堂《ほんどう》の巨大《きょだい》な屋根瓦《やねがわら》を通《とお》して、墨田川《すみだがわ》の向《む》こう岸《ぎし》には御三家《ごさんけ》である水戸家《みとけ》の下屋敷《しもやしき》が見渡《みわた》せた。新五郎《しんごろう》さんがいつも力説《りきせつ》している攘夷尊王《じょういそんのう》の本家《ほんけ》を目《ま》の当《あ》たりにして、嫌《いや》が応《おう》にも志士《しし》になることを夢想《むそう》した。

その時《とき》、栄一《えいいち》の足《あし》が止《と》まった。前方《ぜんぽう》から数人《すうにん》の金髪《きんぱつ》をした夷人《いじん》が歩《ある》いて来《く》る。初《はじ》めて見《み》る異国人《いこくじん》の姿《すがた》に自然《しぜん》と腰《こし》の脇差《わきざし》の柄《つか》に手《て》が掛《か》かった。

「栄一《えいいち》」

保右衛門《やすえもん》の声《こえ》で我《われ》に返《かえ》った。攘夷《じょうい》の思想《しそう》に凝《こ》り固《かた》まっていて、既《すんで》の所《ところ》で刀《かたな》を抜《ぬ》くところであった。

浅草寺《せんそうじ》を参拝《さんぱい》してから、二人《ふたり》は江戸城《えどじょう》の近《ちか》くの御堀《おほり》まで見物《けんぶつ》に出《で》かけることにした。さすがに江戸城《えどじょう》を間近《まぢか》にして感動《かんどう》は隠《かく》せなかった。全国《ぜんこく》からの大名《だいみょう》が入城《にゅうじょう》する桔梗門《ききょうもん》に近寄《ちかよ》ると見付《みつけ》の役人《やくにん》が二人《ふたり》を呼《よ》び止《と》めた。

「これ、これ、ここは田舎者《いなかもの》の通《とお》る所《ところ》にあらず。国《くに》は何処《いずこ》か、名《な》は何《なん》と申《もう》す」

「申《もう》し訳《わけ》ありません」

威張《いば》り散《ち》らす役人《やくにん》に保右衛門《やすえもん》はすぐ頭《あたま》を下《さ》げて謝《あやま》った。

「名《な》を申《もう》せ」

保右衛門《やすえもん》は栄一《えいいち》の袖《そで》を引張《ひっぱ》って、その場《ば》に土下座《どげざ》をさせると、手慣《てな》れた様子《ようす》で役人《やくにん》の袂《たもと》に一分銀《いちぶぎん》を入《い》れた。

「これでお許《ゆる》しを」

「これからは心《こころ》せよ」

役人《やくにん》の気色《けしき》が俄《にわ》かに変《か》わると、何《なん》の御咎《おとが》めもなく、その場《ば》から立《た》ち去《さ》ることができた。

栄一《えいいち》は保右衛門《やすえもん》がすぐ役人《やくにん》に金《かね》を握《にぎ》らせたのが納得《なっとく》できなかった。

「保爺《やすじい》さん、俺《おれ》もさっきは地《じ》べたに蹲《うずくま》ったが、いずれ彼奴《あいつ》らに頭《あたま》を下《さ》げさせて、この御門《ごもん》に入《はい》ってみせる」

「まあ、そう怒《おこ》るな。我慢《がまん》しろ。吉原《よしわら》に行《い》ったと思《おも》えば安《やす》いものだ」

保右衛門《やすえもん》の慰《なぐさ》めにも、栄一《えいいち》は心底《しんてい》から御城役人《おしろやくにん》の不逞《ふてい》な行為《こうい》が許《ゆる》せなかった。これも幕府《ばくふ》の政《まつりごと》が悪《わる》いせいだ。

血洗島村《ちあらいじまむら》に戻《もど》った栄一《えいいち》は市郎右衛門《いちろうえもん》から急《きゅう》に呼《よ》び出《だ》された。面長《おもなが》な父《ちち》の顔《かお》が不安《ふあん》そうに引《ひ》き攣《つ》っている。

目《め》の前《まえ》には今《いま》し方江戸《がたえど》から送《おく》られてきたばかりの純白《じゅんぱく》に輝《かがや》く二《ふた》つ続《つづ》きの本箱《ほんばこ》と、同《おな》じく桐《きり》の硯箱《すずりばこ》があった。

「栄一《えいいち》、ここに座《すわ》りなさい。これにいくら払《はら》ったのだ」

「たしか、双方《そうほう》を一両二分《いちりょうにぶ》で買《か》いました」

「よく聞《き》きなさい。渋沢家《しぶさわけ》には象牙《ぞうげ》の箸《はし》も玉杯《ぎょくはい》もいらぬ。このような華美《かび》な物《もの》を平気《へいき》で買《か》ってくるようでは、この中家《なかんち》を無事安穏《ぶじあんのん》に保《たも》っていくことはできない。わしは不幸《ふこう》な息子《むすこ》を持《も》ってしまった」

高々一両《たかだかいちりょう》の端金《はしたがね》を使《つか》っただけで、これほど叱《しか》られるとは思《おも》わなかった。これまで使《つか》っていた杉板《すぎいた》の本箱《ほんばこ》は年代物《ねんだいもの》だけに、まるで炭取《すみとり》のように真黒《まっくろ》になってしまっていたではないか。新品《しんぴん》が綺麗《きれい》なのは当《あ》たり前《まえ》である。しかし、父《ちち》に表立《おもてだ》って口答《くちごた》えはできず、頭《あたま》を下《さ》げざるを得《え》なかった。

結婚《けっこん》

よくよく考《かんが》えれば父《ちち》の叱責《しっせき》もわからないではなかった。本箱《ほんばこ》や硯箱《すずりばこ》だけでなく、いずれ居間《いま》も居宅《きょたく》も気《き》に入《い》らぬと万事《ばんじ》に増長《ぞうちょう》して、虚飾《きょしょく》に身《み》を包《つつ》み、身上《しんしょう》を潰《つぶ》してしまうこともあると考《かんが》え直《なお》した。

翌日《よくじつ》、父《ちち》から叱《しか》られた仔細《しさい》と、その悩《なや》みを師《し》と仰《あお》ぐ尾高新五郎《おだかしんごろう》に打《う》ち明《あ》けてみた。

「お前《まえ》の親父《おやじ》さんは東家《ひがしんち》からの婿養子《むこようし》だ。どうしても顔《かお》は本家《ほんけ》の東家《ひがしんち》に向《む》いてしまう。この際《さい》、栄一《えいいち》、覚悟《かくご》を決《き》めろ」

「新五郎《しんごろう》さん、覚悟《かくご》とは」

「なに、簡単《かんたん》なことだ。俺《おれ》の妹《いもうと》の千代《ちよ》を嫁《よめ》にしろ。二人《ふたり》が縁組《えんぐみ》すれば親父《おやじ》さんも尾高《おだか》に顔《かお》が向《む》く。それで、結構《けっこう》、結構《けっこう》」

「それって俺《おれ》が千代《ちよ》と夫婦《めおと》になること、本気《ほんき》か、新五郎《しんごろう》さん」

「俺《おれ》が市郎右衛門《いちろうえもん》さんに千代《ちよ》のことを頼《たの》めば、結構《けっこう》、結構《けっこう》で片付《かたづ》くはずだ」

夢《ゆめ》にも思《おも》っていないことを聞《き》いて驚《おど》いた。しかし、戸惑《とまど》いよりもすぐに心《こころ》の中《なか》から嬉《うれ》しさが込《こ》み上《あ》げてきていた。

「新五郎《しんごろう》さん、お千代《ちよ》さんにはどうすればいいのだ」

「それは栄一《えいいち》が嫁《よめ》に来《き》てくれと、お千代《ちよ》に申《もう》し込《こ》めばいい」

一番気恥《いちばんきは》ずかしい問題《もんだい》が残《のこ》ってしまって、結構《けっこう》とは言《い》っていられなくなった。

新五郎《しんごろう》が市郎右衛門《いちろうえもん》に千代《ちよ》との縁談《えんだん》を申《もう》し入《い》れたからか、あの日以来《ひいらい》、父《ちち》からは小言《こごと》を言《い》われなくなった。それだけに新五郎《しんごろう》との約束《やくそく》を果《は》たさなければならない。千代《ちよ》に求婚《きゅうこん》の想《おも》いを伝《つた》える日《ひ》を諏訪神社《すわじんじゃ》の夏祭《なつまつり》と勝手《かって》に決《き》めた。

そこで漢学《かんがく》の勉強《べんきょう》に尾高家《おだかけ》に立《た》ち寄《よ》った折《おり》に、千代《ちよ》の姿《すがた》を見《み》つけたので思《おも》い切《き》って声《こえ》を掛《か》けてみた。

「千代《ちよ》さん、えっと」

「あら、栄一《えいいち》さん、何《なに》かご用《よう》」

「うむ、今度《こんど》の夏祭《なつまつり》はどうするの」

「べつに何《なに》もないわ」

「良《よ》かったら、諏訪神社《すわじんじゃ》の獅子舞《ししまい》を一緒《いっしょ》に見《み》に行《い》かないか」

「あら、嬉《うれ》しいわ」

千代《ちよ》は屈託《くったく》のない明《あか》るい声《こえ》ですぐに応《おう》じてくれた。日夜《にちゃ》、気《き》を揉《も》んでいただけに拍子抜《ひょうしぬ》けだった。

遂《つい》に指折《ゆびお》り数《かぞ》えた諏訪神社夏祭《すわじんじゃなつまつり》の日《ひ》が来《き》た。武州《ぶしゅう》の空《そら》が夕焼《ゆうやけ》で赤《あか》く燃《も》えている。紺麻《こんあさ》の浴衣《ゆかた》を着《き》て逸《はや》る心《こころ》を抑《おさ》えながら尾高家《おだかけ》の近《ちか》くの桑畑《くわばたけ》で待《ま》っていた。何気《なにげ》なく振《ふ》り向《む》くと、藍染《あいぞめ》の浴衣《ゆかた》に紫縮緬《むらさきちりめん》の丸帯《まるおび》を締《し》めた娘《むすめ》が立《た》っている。それは夕日《ゆうひ》を背《せ》にして眩《まぶ》しく輝《かがや》いている千代《ちよ》の着物姿《きものすがた》であった。

「千代《ちよ》か、見違《みちが》えた」

照《て》れながらも、会《あ》う前《まえ》から考《かんが》えていた言葉《ことば》をぎごちなく口《くち》にした。

「獅子舞《ししまい》までまだ時間《じかん》があるから、上淵《かみのふち》にでも行《い》ってみるかい」

「いいわね」

血洗島村《ちあらいじまむら》から本庄《ほんじょう》へ行《い》く路《みち》の途中《とちゅう》に、上淵《かみのふち》と下淵《しものふち》と呼《よ》ばれる沼《ぬま》がある。村人《むらびと》たちの釣場《つりば》にもなっていた。二人《ふたり》が上淵《かみのふち》に着《つ》くと、岸辺《きしべ》には真菰《まこも》と蘆荻《あしはぎ》が生《お》い茂《しげ》り、蒼《あお》い水《みず》を湛《たた》えた沼《ぬま》は神秘的《しんぴてき》に静《しず》まり返《かえ》っていた。

「この沼《ぬま》には龍神《りゅうじん》がいるそうだ」

「本当《ほんとう》なの」

「ここに遊《あそ》びに来《き》ていた村《むら》の娘《むすめ》を龍神《りゅうじん》が見初《みそ》めて契《ちぎ》ったそうだ。その子供《こども》が渋沢《しぶさわ》の先祖《せんぞ》だとか」

千代《ちよ》は暫《しばら》く怪訝《けげん》な顔《かお》をしていたが、急《きゅう》に笑《え》みを浮《う》かべると、

「栄一《えいいち》さん、それって、あなたが龍《りゅう》で、わたしが村《むら》の娘《むすめ》ということ」

千代《ちよ》の指摘《してき》が図星《ずぼし》だったので、少《すこ》し慌《あわ》てて、

「うむ、まあな」

急《きゅう》に千代《ちよ》は栄一《えいいち》の手《て》を握《にぎ》ると、もと来《き》た路《みち》へ歩《ある》き始《はじ》めた。

「もう、祭《まつり》へ行《い》こうよ」

黙《だま》って引《ひ》っ張《ぱ》られながら細《ほそ》い手《て》の柔《やわ》らかさと、温《ぬく》もりの心地良《ここちよ》さを全身《ぜんしん》で受《う》け止《と》めていた。

二年後《にねんご》の安政五年《あんせいごねん》の暮《くれ》に、二人《ふたり》は中家《なかんち》の母屋《おもや》の座敷《ざしき》で祝言《しゅうげん》を挙《あ》げた。栄一《えいいち》が十九歳《じゅうきゅうさい》、

千代《ちよ》は十八歳《じゅうはっさい》になっていた。式《しき》には渋沢一族《しぶさわいちぞく》から前家《まえんち》の保右衛門《やすえもん》、東家《ひがしんち》の宗助《そうすけ》、それに新屋敷《しんやしき》の文左衛門《ぶんざえもん》と息子《むすこ》の喜作《きさく》らが出席《しゅっせき》してくれた。

正絹《しょうけん》の羽織《はおり》、袴姿《はかますがた》で現《あらわ》れた宗助《そうすけ》が、

「市郎右衛門《いちろうえもん》、随分《ずいぶん》と客《きゃく》が少《すく》ないな。栄一《えいいち》が金《かね》を使《つか》いすぎたか」

弟《おとうと》である市郎右衛門《いちろうえもん》に嫌味《いやみ》を言《い》いながら上座《かみざ》に座《すわ》った。対面《たいめん》する席《せき》には新婦《しんぷ》の両親《りょうしん》である尾高勝五郎《おだかかつごろう》と妻《つま》のやへがいた。宗助《そうすけ》はまた慇懃無礼《いんぎんぶれい》に、

「めでたい日《ひ》だが、勝五郎《かつごろう》さん、随分《ずいぶん》と顔色《かおいろ》が悪《わる》いな。身体《からだ》は大丈夫《だいじょうぶ》か」

祝宴《しゅくえん》にも拘《かか》わらず勝五郎《かつごろう》の顔《かお》は土気色《つちけいろ》でいかにも体調《たいちょう》が悪《わる》そうであった。

「千代《ちよ》さんのようなお嫁《よめ》さんを栄一《えいいち》は貰《もら》えて幸《しあわ》せ者《もの》だ。勝五郎《かつごろう》さん、やへさん、ありがとうよ」

嫁《よめ》が中家《なかんち》へ来《く》ることになったゑいは相好《そうごう》を崩《くず》しながら近《ちか》づいた。最近長女《さいきんちょうじょ》のなかが他家《たけ》に嫁《とつ》いだばかりなので、ゑいは新《あたら》しい家族《かぞく》ができたことを心《こころ》から喜《よろこ》んでいた。新郎新婦《しんろうしんぷ》の三々九度《さんさんくど》の杯《さかずき》が終《お》わると、病身《びょうしん》の勝五郎《かつごろう》を宴席《えんせき》から早《はや》く引《ひ》かせようと喜作《きさく》が腕《うで》を取《と》って立《た》たせた。角隠《つのかくし》から一人《ひとり》で座《ざ》を立《た》てない父親《ちちおや》の姿《すがた》を見《み》て、千代《ちよ》は何《なに》か厭《いや》な予感《よかん》がした。

一方《いっぽう》、栄一《えいいち》は次《つぎ》から次《つぎ》へと回《まわ》ってくる祝酒《いわいざけ》を一気《いっき》に飲《の》み干《ほ》していた。

宴席《えんせき》から寝所《しんじょ》に戻《もど》った時《とき》には深夜《しんや》を回《まわ》っていた。千代《ちよ》は起《お》きて待《ま》っていたが、ひどい酒酔《さけよい》の所為《せい》で床入《とこいり》をする余裕《よゆう》もなく直《す》ぐに寝入《ねい》ってしまった。

明《あ》け方近《がたちか》くになってから大声《おおごえ》が外《そと》から響《ひび》いてきた。

「大変《ていへん》だ。尾高《おだか》の父《とっ》つぁんが死《し》んだ」

隣《となり》の寝床《ねどこ》に寝《ね》ていた千代《ちよ》が飛《と》び起《お》きた。

「お父《とっ》つぁん」

村中《むらじゅう》、大騒動《おおそうどう》になった。婚礼《こんれい》の翌日《よくじつ》に葬式《そうしき》を迎《むか》えた尾高家《おだかけ》の三人《さんにん》の息子《むすこ》、新五郎《しんごろう》、長七郎《ちょうしちろう》、平九郎《へいくろう》は呆然《ぼうぜん》として声《こえ》もなかった。

一転《いってん》して白《しろ》から黒《くろ》の着物《きもの》に着替《きが》えた千代《ちよ》は、葬儀《そうぎ》で隣《となり》に立《た》つ栄一《えいいち》の手《て》を握《にぎ》ったままいつまでも離《はな》さなかった。栄一《えいいち》と結婚《けっこん》したことで上淵《かみのふち》に棲《す》む龍《りゅう》が怒《おこ》って、父《ちち》を死《し》なせたと信《しん》じていた。

骨身《ほねみ》に沁《し》みる寒《さむ》さが薄《うす》れる頃《ころ》、ようやく平穏《へいおん》を取《と》り戻《もど》した栄一《えいいち》と千代《ちよ》は新婚生活《しんこんせいかつ》を中家《なかんち》で始《はじ》めていた。

「千代《ちよ》、新五郎兄《しんごろうにい》さんの所《ところ》へちょっと行《い》ってくる」

昼間《ひるま》は真面目《まじめ》に家業《かぎょう》に専念《せんねん》していたが、夕飯《ゆうめし》を済《す》ますと夜仕事《よしごと》もせずに尾高家《おだかけ》に行《い》くのが常《つね》だった。

勝手知《かってし》った二階《にかい》の座敷《ざしき》に上《あ》がると、既《すで》に新五郎《しんごろう》、喜作《きさく》、平九郎《へいくろう》とそれに江戸《えど》から戻《もど》ったばかりの長七郎《ちょうしちろう》がいた。集《あつ》まりを仕切《しき》っている新五郎《しんごろう》が栄一《えいいち》を見《み》るなり話《はなし》を始《はじ》めた。

「皆《みな》、集《あつ》まったな。いま長七郎《ちょうしちろう》から聞《き》いたばかりだが、弥生《やよい》の節句《せっく》に江戸《えど》では深雪《みゆき》が降《ふ》ったそうだ。その朝《あさ》に登城《とじょう》する大老《たいろう》井伊直弼《いいなおすけ》を水戸藩士《みとはんし》らが桜田門《さくらだもん》で討《う》ち果《は》たした。

結構《けっこう》、結構《けっこう》」

新五郎《しんごろう》の声《こえ》は殊《こと》さら明《あか》るかった。

「え、大老《たいろう》の井伊直弼《いいなおすけ》の首《くび》を」

「左様《さよう》、千葉周作《ちばしゅうさく》の門弟《もんてい》の有村次左衛門《ありむらじざえもん》以下十八名《いかじゅうはちめい》が見事《みごと》に仕留《しと》めたそうだ」

長七郎《ちょうしちろう》が重々《おもおも》しく答《こた》えると、栄一《えいいち》も自分《じぶん》が成《な》し遂《と》げたかのように興奮《こうふん》した。

「これで水戸《みと》の斉昭公《なりあきこう》もさぞ御喜《およろこ》びだろう。井伊直弼《いいなおすけ》は独断《どくだん》で亜米利加《あめりか》と通商条約《つうしょうじょうやく》を結《むす》びながら、それに反対《はんたい》した御老公《ごろうこう》を蟄居《ちっきょ》させるとは言語道断《ごんごどうだん》の沙汰《さた》であった。これで彦根藩《ひこねはん》もお家断絶《いえだんぜつ》となるか、結構《けっこう》、結構《けっこう》」

「新五郎兄貴《しんごろうあにき》、ことはそう簡単《かんたん》じゃねぇ」

長七郎《ちょうしちろう》が口《くち》を挟《はさ》んだ。

「幕府《ばくふ》の大老《たいろう》ともあろう者《もの》が首《くび》を取《と》られるような無様《ぶざま》な横死《おうし》を遂《と》げたのじゃ。井伊家《いいけ》は間違《まちが》いなく断絶《だんぜつ》であろう。結構《けっこう》、結構《けっこう》」

「ところが安藤対馬守《あんどうつしまのかみ》とかいう老中《ろうじゅう》が直弼《なおすけ》の首《くび》を胴体《どうたい》に繋《つな》いで病死《びょうし》にしてしまったのだ」

「なんとな、幕府《ばくふ》にもそのような知恵者《ちえもの》がいたのか」

白昼堂々《はくちゅうどうどう》と江戸《えど》城桜田門《じょうさくらだもん》での大老暗殺《たいろうあんさつ》は全国《ぜんこく》に大《おお》きな衝撃《しょうげき》を与《あた》えた。朝廷《ちょうてい》は改元《かいげん》を実施《じっし》して、元号《げんごう》は万延《まんえん》から文久《ぶんきゅう》へと変《か》わった。

栄一《えいいち》には開国《かいこく》を強行《きょうこう》した幕府《ばくふ》とそれに反対《はんたい》する攘夷派《じょういは》の筆頭《ひっとう》である水戸藩《みとはん》との葛藤《かっとう》はよくわからなかったが、長七郎《ちょうしちろう》のように江戸《えど》へ行《い》って広《ひろ》く憂国《ゆうこく》の志士達《ししたち》と交友《こうゆう》したい気持《きも》ちが沸《わ》き上《あ》がっていた。

武州血洗島村《ぶしゅうちあらいじまむら》でも里桜《さとざくら》が咲《さ》き始《はじ》めた頃《ころ》、栄一《えいいち》は中家《なかんち》で市郎右衛門《いちろうえもん》と向《む》かい合《あ》っていた。

「父《とう》さん、いま畑《はたけ》も暇《ひま》だから江戸《えど》へ行《い》ってくる」

「何《なに》しに行《い》く」

「俺《おれ》も少《すこ》しは本《ほん》を読《よ》んで勉強《べんきょう》したい。だから長七郎《ちょうしちろう》のように江戸《えど》の大橋訥菴先生《おおはしとつあんせんせい》の所《ところ》で講義《こうぎ》を受《う》けたい」

大橋訥菴《おおはしとつあん》は宇都宮藩《うつのみやはん》お抱《かか》えの儒学者《じゅがくしゃ》であった。

「栄一《えいいち》、書物《しょもつ》を読《よ》むために百姓《ひゃくしょう》の仕事《しごと》を打《う》ち捨《す》てて、この中家《なかんち》を粗末《そまつ》にしてはならぬ。百姓《ひゃくしょう》というものは百《ひゃく》の仕事《しごと》を知《し》らないとできない大事《だいじ》な仕事《しごと》だ。お前《まえ》は江戸《えど》へ行《い》っている暇《ひま》などないはずだ」

「父《とう》さん、お願《ねが》いだ。三カ月《さんかげつ》だけだ。田植《たうえ》までには必《かなら》ず戻《もど》ってくるから行《い》かしてください」

いつのまにか千代《ちよ》も横《よこ》で二人《ふたり》の話《はなし》を聞《き》いていた。新婚《しんこん》の妻《つま》を置《お》いて江戸《えど》へ行《い》こうとしている夫《おっと》の気持《きも》ちはわからなかった。それでも妻以上《つまいじょう》に求《もと》めているものは何《なん》なのかも知《し》りたかった。

憑《つ》かれたように何度《なんど》も懇願《こんがん》する息子《むすこ》の姿《すがた》を見《み》ていると、市郎右衛門《いちろうえもん》は根負《こんま》けして最後《さいご》には口《くち》を閉《と》じてしまった。千代《ちよ》も夫《おっと》の熱情《ねつじょう》に絆《ほだ》されて、江戸行《えどい》きを許《ゆる》していた。

勘当《かんどう》

夜明《よあ》け前《まえ》には江戸《えど》に向《む》かって中山道《なかせんどう》を急《いそ》いで上《のぼ》る栄一《えいいち》の旅姿《たびすがた》があった。長七郎《ちょうしちろう》から聞《き》いた大橋訥菴《おおはしとつあん》の思誠塾《しせいじゅく》がある日本橋《にほんばし》に向《む》かっていた。二日後《ふつかご》の夕方近《ゆうがたちか》くに着《つ》いた日本橋《にほんばし》の袂《たもと》で道《みち》を聞《き》くと、すぐに塾《じゅく》の場所《ばしょ》がわかった。

玄関口《げんかんぐち》の土間《どま》には数十人分《すうじゅうにんぶん》の下駄《げた》や草履《ぞうり》が散《ち》らばっており、八畳二間《はちじょうふたま》の部屋《へや》にはすでに座《すわ》りきれないほどの志士達《ししたち》が集《あつ》まっていた。栄一《えいいち》の姿《すがた》を見《み》つけてくれた長七郎《ちょうしちろう》が立《た》ち上《あ》がって手招《てまね》きをした。

「栄一《えいいち》、ここへ座《すわ》れ」

長七郎《ちょうしちろう》が場所《ばしょ》を狭《せば》めて作《つく》ってくれた席《せき》に座《すわ》る内《うち》に、髷《まげ》を白《しろ》くした老年《ろうねん》の侍《さむらい》が入《はい》ってきて話《はなし》を始《はじ》めた。

「此度《こたび》の桜田門《さくらだもん》における老中安藤信正《ろうじゅうあんどうのぶまさ》の所業《しょぎょう》はまさしく許《ゆる》せぬ国賊《こくぞく》の行為《こうい》である。首《くび》のない井伊直弼《いいなおすけ》を病死《びょうし》と偽《いつわ》って、井伊家《いいけ》の断絶《だんぜつ》を阻止《そし》したばかりか、昨今《さっこん》は英吉利公使《いぎりすこうし》のオールコックを私宅《したく》に招《まね》いて芸者《げいしゃ》までも枕席《ちんせき》に侍《はべ》らして馳走《ちそう》する始末《しまつ》である。なおかつ幕府《ばくふ》は朝廷《ちょうてい》からの攘夷鎖港《じょういさこう》の勅諚《ちょくじょう》をいまだに遵奉《じゅんぽう》せぬばかりか、皇妹和宮様《こうまいかずのみやさま》を徳川家《とくがわけ》に降嫁《こうか》させんとしている。このままでは神州日本国《しんしゅうにほんこく》は洋夷《ようい》のために汚辱《おじょく》されるがままである。昨年《さくねん》に水戸《みと》の斉昭公《なりあきこう》が亡《な》くなられた今《いま》、その御遺志《ごいし》を奉《ほう》じて攘夷尊王《じょういそんのう》の御世《みよ》を一日《いちにち》も早《はや》く実現《じつげん》させるために、国政《こくせい》の改革《かいかく》を図《はか》らねばならぬ」

訥菴先生《とつあんせんせい》の明快《めいかい》な講話《こうわ》を聞《き》いて心《こころ》から大喝采《だいかっさい》をした。現在《げんざい》の理不尽《りふじん》で悪辣横暴《あくらつおうぼう》な徳川幕府《とくがわばくふ》を倒《たお》して、天皇《てんのう》を中心《ちゅうしん》とする尊攘《そんじょう》の新《あたら》しい国体《こくたい》を創《つく》ることこそ男子一生《だんしいっしょう》の本懐《ほんかい》であると確信《かくしん》したのであった。

「栄一《えいいち》、よく来《き》たな。今日《きょう》からは俺《おれ》が下宿《げしゅく》している下谷《したや》の海保章之助先生《かいほしょうのすけせんせい》の家《いえ》に泊《と》まれ。

月謝《げっしゃ》は食費《しょくひ》ともで銀三分《ぎんさんぶ》だ」

「わかりました。よろしくお願《ねが》いします」

長七郎《ちょうしちろう》の優《やさ》しい言葉《ことば》に甘《あま》えて、その日《ひ》から儒学《じゅがく》の海保塾《かいほじゅく》に入門《にゅうもん》することにした。翌日《よくじつ》から早速他《さっそくた》の塾生《じゅくせい》たちと交《ま》じって孔子《こうし》と孟子《もうし》の勉学《べんがく》に入《はい》った。初日《しょにち》から孟子《もうし》の五倫《ごりん》の道《みち》の素読《そどく》を試《ため》されたが、うまく漢文《かんぶん》を読《よ》むことができずにいて、大勢《おおぜい》の塾生《じゅくせい》から笑《わら》われて大恥《おおはじ》を掻《か》くことになる。

午後《ごご》からは長七郎《ちょうしちろう》の紹介《しょうかい》で、お玉ヶ池《たまがいけ》の千葉道場《ちばどうじょう》への入門《にゅうもん》を許《ゆる》された。直《す》ぐに何人《なんにん》かと掛《か》かり稽古《けいこ》をしたものの相手《あいて》に軽《かる》くいなされて打《う》ち返《かえ》されるだけであった。改《あらた》めて剣道《けんどう》においても技量《ぎりょう》の無《な》さを自覚《じかく》させられた。長七郎《ちょうしちろう》は気楽《きらく》な顔《かお》で、

「栄一《えいいち》、すべてが初《はじ》めてで今日《きょう》は疲《つか》れただろう。今晩《こんばん》は向島《むこうじま》で飲《の》み明《あ》かそう」

「向島《むこうじま》ですか」

「浅草《あさくさ》から船《ふね》で行《い》く。茶屋《ちゃや》が多《おお》い場所《ばしょ》で芸妓《げいぎ》も揃《そろ》っているからな。ところで、栄一《えいいち》、金《かね》は持《も》ってきたか」

「ああ、三カ月分《さんかげつぶん》の旅費《りょひ》として百両《ひゃくりょう》を用意《ようい》してきました」

正直《しょうじき》、江戸《えど》での授業料《じゅぎょうりょう》や宿代《やどだい》にいくら掛《か》かるかわからなかったが、百両《ひゃくりょう》もあれば志士《しし》として恥《は》ずかしい思《おも》いはしないだろう。

長七郎《ちょうしちろう》はにやりと笑《わら》いながら、

「それだけあれば、同志《どうし》との飲《の》み代《だい》には十分《じゅうぶん》だ」

栄一《えいいち》は侍《さむらい》に成《な》れると思《おも》うことで、また気《き》が大《おお》きくなった。

二人《ふたり》は向島《むこうじま》の桜茶屋《さくらぢゃや》という料亭《りょうてい》の暖簾《のれん》を潜《くぐ》った。その大広間《おおひろま》には十数人《じゅうすうにん》の浪人《ろうにん》と思《おも》われる侍《さむらい》達《たち》が集《あつ》まって、すでに酒《さけ》を飲《の》み交《か》わしていた。

「長七郎《ちょうしちろう》、遅《おそ》かったな。そこにいる小童《こわっぱ》は誰《だれ》だ」

野州出身《やしゅうしゅっしん》の河野顕三《こうのけんぞう》という浪士《ろうし》が不審気《ふしんげ》に問《と》い質《ただ》した。

「俺《おれ》の妹《いもうと》の夫《おっと》で怪《あや》しい者《もの》ではない」

「武州《ぶしゅう》の血洗島村《ちあらいじまむら》から参《まい》りました、渋沢栄一《しぶさわえいいち》と申《もう》します」

「ちあらいじま」

「その昔《むかし》、源八幡太郎義家《みなもとのはちまんたろうよしいえ》が戦《いくさ》で腕《うで》を切《き》り落《お》とされた時《とき》に、村《むら》の池《いけ》で血《ち》を洗《あら》ったので、この名《な》が付《つ》いたそうです。その腕《うで》を葬《ほうむ》った所《ところ》が手墓村《てばかむら》と呼《よ》ばれて、長七郎兄《ちょうしちろうにい》さんの出身地《しゅっしんち》です」

「まあ、そんなことはどうでも良《よ》いわ。これからは、ここで話《はな》したことを口外《こうがい》したら貴様《きさま》の首《くび》はないと思《おも》えよ」

河野《こうの》が栄一《えいいち》を脅《おど》すように睨《にら》みつけた。

逆《ぎゃく》に浪士達《ろうしたち》の正体《しょうたい》が怪《あや》しげだったので、何《なに》をしようとしているのかが気《き》になった。攘夷《じょうい》、倒幕《とうばく》を目的《もくてき》に関八州《かんはっしゅう》から集《あつ》まった浪士達《ろうしたち》は結局《けっきょく》、毎晩《まいばん》のように栄一《えいいち》から金《かね》をせびりながら謀略実行《ぼうりゃくじっこう》の方法《ほうほう》を密談《みつだん》していた。その標的《ひょうてき》は幕府老中安藤信正《ばくふろうじゅうあんどうのぶまさ》だった。

父《ちち》と約束《やくそく》した江戸修学《えどしゅうがく》の三カ月《さんかげつ》はあっという間《ま》に過《す》ぎ去《さ》った。路銀《ろぎん》も尽《つ》きたこともあり、故郷血洗島村《こきょうちあらいじまむら》に帰《かえ》らざるを得《え》なくなった。しかし、一旦憂国《いったんゆうこく》の志士《しし》を気取《きど》った栄一《えいいち》は真面目《まじめ》に家業《かぎょう》を続《つづ》ける気力《きりょく》を失《うしな》っていた。久《ひさ》しぶりに再会《さいかい》した千代《ちよ》との会話《かいわ》も気《き》の滅入《めい》る話《はなし》に終始《しゅうし》した。

「父《とう》さんが、あなたが江戸《えど》から帰《かえ》ってから商売《しょうばい》も畑仕事《はたけしごと》も上《うわ》の空《そら》だって嘆《なげ》いていたわ」

「千代《ちよ》、今《いま》は武州《ぶしゅう》の片田舎《かたいなか》で百姓《ひゃくしょう》をやっている時代《じだい》ではなくなった。今年《ことし》の稲《いね》の刈入《かりいれ》が終《お》わったらまた江戸《えど》へ行《い》って、本物《ほんもの》の志士《しし》になるつもりだ」

千代《ちよ》の顔《かお》が急《きゅう》に厳《きび》しくなった。

「そんな勝手《かって》な事《こと》ばかり言《い》って、お腹《なか》のやや子《こ》はどうするの」

今度《こんど》は栄一《えいいち》の顔《かお》つきが変《か》わった。

「え、やや子ができたのか。いつ生《う》まれる」

「お母《かあ》さんが来年《らいねん》の初《はじ》めだって」

「そうか、千代《ちよ》でかした。これで中家《なかんち》の跡取《あととり》ができたぞ。よかった。これで心《こころ》おきなく江戸《えど》に行《い》くことができる」

千代《ちよ》は裁縫《さいほう》の手《て》を止《と》めて、夫《おっと》を注視《ちゅうし》した。子供《こども》ができたから安心《あんしん》して江戸《えど》へ行《い》くという勝手《かって》な理屈《りくつ》が到底理解《とうていりかい》できなかった。しかし、栄一《えいいち》は尊王攘夷《そんのうじょうい》の大義《たいぎ》の前《まえ》には妻子《さいし》を振《ふ》り返《かえ》らないのが志士《しし》の振舞《ふるまい》だと、思《おも》いを変《か》えなかった。

その年《とし》の暮《くれ》になって長七郎《ちょうしちろう》が江戸《えど》から新五郎《しんごろう》の許《もと》へ急《きゅう》に戻《もど》ってきた。ようやく老中安藤《ろうじゅうあんどう》信正《のぶまさ》の暗殺計画《あんさつけいかく》が纏《まと》まり、井伊直弼《いいなおすけ》の桜田門襲撃《さくらだもんしゅうげき》に倣《なら》って新年早々《しんねんそうそう》に実行《じっこう》することを告《つ》げに来《き》たのである。同席《どうせき》していた栄一《えいいち》は興奮《こうふん》して、

「長七郎兄《ちょうしちろうにい》さん、正月《しょうがつ》が過《す》ぎたら必《かなら》ず江戸《えど》に行《い》くから、一緒《いっしょ》に参加《さんか》させてくれ」

「お前《まえ》はまだ若《わか》い、千代《ちよ》と子供《こども》の面倒《めんどう》をみていろ。命《いのち》を捨《す》てるのは俺一人《おれひとり》でいい」

「結構《けっこう》、結構《けっこう》。長七郎《ちょうしちろう》の言《い》うとおりだ。此度《こたび》の件《けん》は尾高家《おだかけ》だけで始末《しまつ》をつける。渋沢家《しぶさわけ》には迷惑《めいわく》をかけられない」

尾高家《おだかけ》の惣領《そうりょう》である新五郎《しんごろう》が栄一《えいいち》を止《と》めた。

翌年《よくねん》の文久二年《ぶんきゅうにねん》の一月十七日《いちがつじゅうしちにち》の真夜中《まよなか》、身《み》を切《き》られるような冷《つめ》たい秩父颪《ちちぶおろし》が武州《ぶしゅう》の枯野《かれの》を吹《ふ》き廻《めぐ》っていた。腰《こし》に脇差《わきざし》を一本差《いっぽんさ》した栄一《えいいち》は、灯《あかり》も持《も》たずに四里先《よんりさき》の熊谷宿《くまがやしゅく》に向《む》けて懸命《けんめい》に走《はし》っていた。昨日江戸《きのうえど》に向《む》けて旅立《たびだ》った長七郎《ちょうしちろう》と、入《い》れ違《ちが》いに飛脚《ひきゃく》が届《とど》けた凶報《きょうほう》を伝《つた》えるためであった。運《うん》よく常宿《じょうやど》である小松屋《こまつや》に長七郎《ちょうしちろう》はまだ何《なに》も知《し》らずに寝《ね》ていた。

「兄《にい》さん、大変《たいへん》だ。江戸《えど》からの報《しら》せで、大橋訥菴先生《おおはしとつあんせんせい》が奉行所《ぶぎょうしょ》にしょっぴかれた。それから河野顕三《こうのけんぞう》さんらが老中《ろうじゅう》の安藤信正《あんどうのぶまさ》を坂下見付《さかしたみつけ》で襲撃《しゅうげき》したそうだ」

寝床《ねどこ》から飛《と》び上《あ》がった長七郎《ちょうしちろう》は、

「仕舞《しま》った。それで首尾《しゅび》は」

「わからない、でも討《う》ち入《い》った六人《ろくにん》は斬《き》り死《じ》にしたそうだ。ここに江戸《えど》からの書状《しょじょう》を持《も》ってきた」

懐《ふところ》から取《と》り出《だ》した封書《ふうしょ》をひったくった長七郎《ちょうしちろう》は行燈《あんどん》の灯《あかり》で一心不乱《いっしんふらん》に読《よ》み始《はじ》めた。暫《しばら》くして急《きゅう》に嗚咽《おえつ》を上《あ》げて泣《な》き始《はじ》めた。

「俺《おれ》が一足遅《ひとあしおそ》かったために、皆《みな》を死《し》なせてしまった」

「兄《にい》さん、新五郎《しんごろう》さんが江戸《えど》へ行《い》ったら捕《つか》まるから、信州路《しんしゅうじ》から京都《きょうと》へ逃《に》げろと。村《むら》には八州取締役人《はっしゅうとりしまりやくにん》がすぐ来《く》るそうだ」

「いや、江戸《えど》へ行《い》って仲間《なかま》の仇討《あだうち》をする」

「だめだよ。捕《つか》まるよ。新五郎《しんごろう》さんの言《い》うように京都《きょうと》へ逃《に》げてくれ。これは兄《にい》さんから預《あず》かった」

栄一《えいいち》は百両《ひゃくりょう》ほど入《はい》った胴巻《どうまき》を手渡《てわた》した。二人《ふたり》とも無言《むごん》だった。

ようやく思《おも》い直《なお》した長七郎《ちょうしちろう》は立《た》ち上《あ》がって、刀掛《かたなかけ》の大刀《だいとう》を取《と》ると腰帯《こしおび》に突《つ》き差《さ》した。

「わかった、一旦京都《いったんきょうと》へ行《い》くが、折《おり》を見《み》て江戸《えど》へ戻《もど》る。まだ安藤信正《あんどうのぶまさ》が生《い》き残《のこ》っていたら、必《かなら》ず仲間《なかま》の仇《あだ》を取《と》る」

赤城颪《あかぎおろし》が容赦《ようしゃ》なく吹《ふ》きつけて首筋《くびすじ》を震《ふる》えさせる早朝《そうちょう》に、栄一《えいいち》は深谷《ふかや》の手前《てまえ》で長七郎《ちょうしちろう》に別《わか》れを告《つ》げた。

「兄《にい》さん、必《かなら》ず京都《きょうと》へ迎《むか》えに行《い》くから待《ま》っていてくれ」

中山道《なかせんどう》への間道《かんどう》を行《い》く後姿《うしろすがた》を消《き》えるまで見送《みおく》り続《つづ》けたが、長七郎《ちょうしちろう》は振《ふ》り返《かえ》ってはくれなかった。

二月《にがつ》の寒月《かんげつ》が天空《てんくう》に白《しろ》く光《ひか》る晩《ばん》に千代《ちよ》が男《おとこ》の子《こ》を産《う》んだ。千代《ちよ》の実家《じっか》の尾高家《おだかけ》からも、母《はは》のやへと下女《げじょ》たちが中家《なかんち》へ総出《そうで》で手伝《てつだ》いに来《き》てくれていた。

中家《なかんち》の渋沢家《しぶさわけ》にとっては初孫《はつまご》だけに市郎右衛門《いちろうえもん》とゑいの喜《よろこ》びは殊更大《ことさらおお》きかった。そこで市郎右衛門《いちろうえもん》は出産前《しゅっさんまえ》から考《かんが》えていた市太郎《いちたろう》と名付《なづ》けた。

市太郎《いちたろう》は千代《ちよ》と栄一《えいいち》の愛情《あいじょう》を受《う》けて健《すこ》やかに成長《せいちょう》した。しかし、その夏《なつ》になって関東《かんとう》地方《ちほう》で麻疹《はしか》が大流行《だいりゅうこう》すると、不運《ふうん》にも母子《ぼし》とも感染《かんせん》してしまった。離《はな》れ座敷《ざしき》に隔離《かくり》された千代《ちよ》が高熱《こうねつ》から覚《さ》めた五日目《いつかめ》、傍《かたわ》らの布団《ふとん》に寝《ね》かされていた市太郎《いちたろう》はびくりとも動《うご》かずに寝《ね》たままであった。

千代《ちよ》が市太郎《いちたろう》を抱《だ》きあげると、その小《ちい》さな体《からだ》は異常《いじょう》な冷《つめ》たさである。瞬間的《しゅんかんてき》に事態《じたい》を悟《さと》った。

「市太郎《いちたろう》、市太郎《いちたろう》」

隣座敷《となりざしき》にいた栄一《えいいち》が千代《ちよ》の悲鳴《ひめい》と号泣《ごうきゅう》に気《き》づいて、直《す》ぐに襖《ふすま》を開《あ》けた。

「わたしも死《し》にたい」

栄一《えいいち》は千代《ちよ》と市太郎《いちたろう》をその腕《うで》の中《なか》に抱《だ》きしめた。

「千代《ちよ》、我慢《がまん》しろ。我慢《がまん》しろ、千代《ちよ》」

母親《ははおや》は吾《わ》が子《こ》のために死《し》ねる、しかし、自分《じぶん》は国《くに》のために死《し》ねるかと自問自答《じもんじとう》していた。

錦秋《きんしゅう》が上州路《じょうしゅうじ》を彩《いろど》る頃《ころ》、中山道《なかせんどう》の宿駅《しゅくえき》はどこも祭《まつり》のような大騒動《おおそうどう》になっていた。京《きょう》の御所《ごしょ》から内親王和宮様《ないしんのうかずのみやさま》御降嫁《ごこうか》の御輿《みこし》の行列《ぎょうれつ》が江戸《えど》に向《む》かう道中《どうちゅう》であった。孝明天皇《こうめいてんのう》の皇《こう》妹《まい》である和宮《かずのみや》と江戸幕府第十四代将軍《えどばくふだいじゅうよんだいしょうぐん》の徳川家茂《とくがわいえもち》との縁組《えんぐみ》がようやく成立《せいりつ》したわけであったが、公武合体《こうぶがったい》に反対《はんたい》する過激浪士《かげきろうし》の妨害《ぼうがい》を恐《おそ》れて下《くだ》る道《みち》は東海道《とうかいどう》から中山道《なかせんどう》に変更《へんこう》していた。行列《ぎょうれつ》の警護《けいご》や人足《にんそく》は総勢三万人《そうぜいさんまんにん》に上《のぼ》り、その行列《ぎょうれつ》は十里《じゅうり》にも達《たっ》した。

安中駅《あんなかえき》から本庄駅《ほんじょうえき》までの三里《さんり》の道筋《みちすじ》の警衛《けいえい》には領主《りょうしゅ》である安部摂津守《あんべせっつのかみ》が命《めい》じられたので血洗島村《ちあらいじまむら》でも大勢《おおぜい》が夫役《ふえき》として駆《か》り出《だ》されていた。それに沿道《えんどう》の商売《しょうばい》や外出《がいしゅつ》までが禁止《きんし》されて、高見《たかみ》からの見物《けんぶつ》も許《ゆる》されなかった。相変《あいか》わらずの横暴《おうぼう》な幕府《ばくふ》のやり方《かた》に、口《くち》には出《だ》せない倒幕《とうばく》という想《おも》いが自然《しぜん》と栄一《えいいち》の心中《しんちゅう》に湧《わ》いて来《き》ていた。まして幕府《ばくふ》が攘夷尊王《じょういそんのう》を遵守《じゅんしゅ》するとはとても思《おも》えず、開国《かいこく》までの単《たん》なる時間稼《じかんかせ》ぎに違《ちが》いなかった。

御降嫁《ごこうか》の一大行事《いちだいぎょうじ》も無事終《ぶじお》わって、栄一《えいいち》は久《ひさ》しぶりに自宅《じたく》の縁台《えんだい》から桑畑《くわばたけ》をぼんやりと眺《なが》めていた。夕日《ゆうひ》が秩父《ちちぶ》の峰々《みねみね》を茜色《あかねいろ》に染《そ》めて、いつのまにか東《ひがし》の空《そら》からは白《しろ》い三日月《みかづき》が上《あ》がってきた。市太郎《いちたろう》が死《し》んでから既《すで》に一周忌《いっしゅうき》も過《す》ぎていたが、日々《ひび》の家業《かぎょう》に追《お》われて初志《しょし》を実行《じっこう》できずにいた。

「あなた、何《なに》を考《かんが》えているの」

隣《となり》で縫物《ぬいもの》をしている千代《ちよ》が聞《き》いてきた。

「うむ、父《とう》さんに勘当《かんどう》してもらおうと思《おも》っている」

千代《ちよ》の持《も》つ針《はり》の手《て》が止《と》まった。

「まだそんなことを考《かんが》えているの。あなたがやらなくても志士《しし》は他《ほか》にも沢山《たくさん》いるわ。いい加減《かげん》に目《め》を覚《さ》ましてくださいな」

「千代《ちよ》、俺《おれ》はこの村《むら》で一生百姓《いっしょうひゃくしょう》をしていくことには耐《た》えられない」

千代《ちよ》は鋭《するど》い眼《め》つきで真《ま》っ直《す》ぐ夫《おっと》の顔《かお》を捉《とら》えた。

「もしもあなたが家《いえ》を捨《す》てて、お出《で》になられたら御両親《ごりょうしん》がどんなに悲《かな》しむでしょう。来月《らいげつ》には市太郎《いちたろう》の弟《おとうと》か妹《いもうと》が生《う》まれてくるというのに、やや子《こ》を愛《いと》しいとはお思《おも》いになりませんか」

大《おお》きくなった臨月《りんげつ》の腹《はら》を擦《さす》りながら、涙《なみだ》がはらはらと零《こぼ》れて、膝《ひざ》の上《うえ》の縫《ぬ》いかけの衣《ころも》を濡《ぬ》らした。二人《ふたり》の間《あいだ》に長《なが》い沈黙《ちんもく》が続《つづ》いた。

「冷《ひ》えると、やや子《こ》に悪《わる》い」

気《き》まずい思《おも》いを切《き》るように、栄一《えいいち》は雨戸《あまど》を閉《し》めるために立《た》ち上《あ》がった。

渋沢家《しぶさわけ》では稲刈《いねかり》が一段落《いちだんらく》する中秋節《ちゅうしゅうせつ》には観月《かんげつ》の宴《えん》を開《ひら》くことを慣習《かんしゅう》にしていた。栄一《えいいち》は家族全員《かぞくぜんいん》が集《あつ》まるその日《ひ》を離別《りべつ》の日《ひ》にすると勝手《かって》に決《き》めた。宴《えん》が始《はじ》まってから唐突《とうとつ》に話《はなし》を切《き》り出《だ》した。

「父《とう》さん、長七郎《ちょうしちろう》はいま京都《きょうと》で攘夷《じょうい》の志士《しし》たちと組《く》んで、世《よ》の中《なか》を変《か》えようとしている。遅《おそ》かれ早《はや》かれ天下《てんか》は乱《みだ》れる。その日《ひ》のために俺《おれ》も乱世《らんせ》に処《しょ》する覚悟《かくご》をしなければならないと思《おも》う」

すぐに市郎右衛門《いちろうえもん》が途中《とちゅう》で遮《さえぎ》った。

「栄一《えいいち》、待《ま》ちなさい。お前《まえ》の話《はなし》は身《み》の分際《ぶんざい》を超《こ》えている。根《ね》が農民《のうみん》に生《う》まれたのだから、どこまでもその本分《ほんぶん》を守《まも》って農民《のうみん》でおるのがよい」

「でも徳川《とくがわ》の政《まつりごと》がこれほど腐敗《ふはい》していて、俺《おれ》が農民《のうみん》だから関係《かんけい》ないと傍観《ぼうかん》してはいられない。このご時世《じせい》になった以上《いじょう》は、農民《のうみん》や武士《ぶし》の区別《くべつ》は無《な》いのだ。それに渋沢家《しぶさわけ》の存続《そんぞく》に俺《おれ》一人《ひとり》ぐらい居《い》なくても構《かま》わないと思《おも》う」

「それは違《ちが》う。論語《ろんご》に『其《そ》の位《くらい》に在《あ》らざれば、其《そ》の政《まつりごと》を謀《はか》らず、また過《す》ぎたるは猶《なお》及《およ》ばざるが如《ごと》し』とも言《い》うではないか」

「確《たし》かに幕府仰《ばくふおお》せの分限《ぶんげん》を守《まも》るということは当然《とうぜん》でも、人《ひと》の世《よ》は常《つね》に処《しょ》する時《とき》と、変《へん》に処《しょ》する時《とき》では違《ちが》っても良《よ》いのではないですか」

親子《おやこ》の真剣《しんけん》な論議《ろんぎ》は家族《かぞく》の心配《しんぱい》を余所《よそ》に続《つづ》いた。ようやく二人《ふたり》の激論《げきろん》は一番鶏《いちばんどり》が啼《な》き始《はじ》めてから終《お》わりを迎《むか》えた。

「わしは御上《おかみ》が無理難題《むりなんだい》を言《い》おうが、役人《やくにん》が無法《むほう》をしようが、それには構《かま》わずに農民《のうみん》として服《ふく》する所存《しょぞん》じゃ。しかし、それが出来《でき》ぬというならば、最早農民《もはやのうみん》の子《こ》ではないから勝手《かって》にするがよい。今日限《きょうかぎ》りでその身《み》を自由《じゆう》にしてやる」

とうとう市郎右衛門《いちろうえもん》は一人息子《ひとりむすこ》の自由《じゆう》を許《ゆる》した。

「でも、このことはこの上《うえ》もない親不孝《おやふこう》ですから、本日《ほんじつ》すぐに私《わたし》を勘当《かんどう》してください」

頭《あたま》を深《ふか》く下《さ》げた栄一《えいいち》は父《ちち》が目元《めもと》の熱《あつ》いものを必死《ひっし》に堪《こら》えていることには気《き》づかなかった。

仕官《しかん》

翌文久三年《よくぶんきゅうさんねん》の秋空《あきぞら》は高《たか》く抜《ぬ》けるように青《あお》い。父《ちち》から譲《ゆず》られた鎌倉時代《かまくらじだい》の銘刀月山《めいとうがっさん》の大刀《だいとう》を腰《こし》に差《さ》し、一端《いっぱし》の侍《さむらい》気取《きど》りで血洗島村《ちあらいじまむら》を出発《しゅっぱつ》した。供《とも》には二歳年長《にさいねんちょう》の従兄《いとこ》で幼馴染《おさななじみ》の渋沢喜作《しぶさわきさく》が付《つ》き従《したが》っている。喜作《きさく》は市郎右衛門《いちろうえもん》の兄《あに》、文左衛門《ぶんざえもん》の息子《むすこ》で渋沢一族《しぶさわいちぞく》からは新屋敷《しんやしき》の喜作《きさく》と呼《よ》ばれていた。

「喜作《きさく》、江戸《えど》に着《つ》いたらお玉ケ池《たまがいけ》の千葉道場《ちばどうじょう》と海保塾《かいほじゅく》へ連《つ》れていくからな」

「栄一《えいいち》、俺《おれ》は学問《がくもん》が不得手《ふえて》だから剣《けん》の道《みち》で生《い》きたい。千葉道場《ちばどうじょう》に通《かよ》えるだけで十分《じゅうぶん》だ」

「大橋訥菴先生《おおはしとつあんせんせい》は尊王攘夷《そんのうじょうい》こそが日本《にほん》を救《すく》う道《みち》だと教《おし》えてくれた。だから力《ちから》で開国《かいこく》を進《すす》める幕府《ばくふ》と夷人《いじん》を追《お》い出《だ》さなければならない」

「そうだ、その時《とき》は俺《おれ》の剣道《けんどう》を役《やく》に立《た》たせる」

「しかし、新五郎《しんごろう》さんが言《い》っていた。去年《きょねん》の生麦事件《なまむぎじけん》のように一人《ひとり》や二人《ふたり》の夷敵《いてき》を斬《き》ったところで、幕府《ばくふ》が賠償金《ばいしょうきん》を支払《しはら》って何《なに》も変《か》わらなかった。だから、この際天下《さいてんか》の耳目《じもく》を驚《おどろ》かすような大騒動《おおそうどう》を起《お》こさなければだめだと思《おも》う」

「栄一《えいいち》、それは何《なん》だ」

「江戸《えど》でまず五十名《ごじゅうめい》ほど攘夷《じょうい》の同志《どうし》を集《あつ》める。それから横濱《よこはま》の外国人居留地《がいこくじんきょりゅうち》を焼《や》き討《う》ちして、片《かた》っ端《ぱし》から夷人《いじん》を斬《き》り殺《ころ》す」

「そりゃ、凄《すご》いな。でもどうやって江戸《えど》の番所《ばんしょ》を通《とお》るのだ」

喜作《きさく》は驚《おどろ》きながらも冷静《れいせい》に聞《き》き直《なお》した。栄一《えいいち》はしたり顔《がお》で、

「まず江戸《えど》で武具《ぶぐ》を買《か》い揃《そろ》える。それを尾高家《おだかけ》の土蔵《どぞう》に運《はこ》び込《こ》んで、血洗島村《ちあらいじまむら》に同志《どうし》を集《あつ》める。それから最初《さいしょ》に高崎城《たかさきじょう》を襲《おそ》う」

「えっ、高崎城《たかさきじょう》を盗《と》るのか」

「そうすれば高崎《たかさき》から鎌倉街道《かまくらかいどう》を通《とお》って横濱《よこはま》へ抜《ぬ》けられる。警備《けいび》も手薄《てうす》で江戸《えど》の市中《しちゅう》は通《とお》らなくて済《す》む」

「なるほど、それなら見付《みつけ》の役人《やくにん》に気《き》づかれないで済《す》むな」

「俺《おれ》は旗揚《はたあ》げしたら、最初《さいしょ》にあの憎《にく》い岡部《おかべ》の代官所《だいかんしょ》に殴《なぐ》り込《こ》む。喜作《きさく》、順道《じゅんどう》ではこの徳川《とくがわ》の封建制度《ほうけんせいど》を変《か》えることはできない。しかし逆道《ぎゃくどう》かもしれぬが、大騒動《おおそうどう》を起《お》こせば世《よ》の中《なか》が混《こん》乱《らん》して英雄《えいゆう》、忠臣《ちゅうしん》が現《あらわ》れてくる。さすれば幕府《ばくふ》も転覆《てんぷく》するに違《ちが》いない。その為《ため》なら、この身《み》を犠牲《ぎせい》にしても厭《いと》わぬ」

中山道《なかせんどう》を江戸《えど》へ向《む》かう道中《どうちゅう》、二人《ふたり》は絵空事《えそらごと》を勝手《かって》に描《えが》いて興奮《こうふん》していた。

江戸《えど》に着《つ》くなり神田《かんだ》にある馴染《なじみ》の武具問屋《ぶぐどんや》に飛《と》び込《こ》んだ。懐《ふところ》には市郎右衛門《いちろうえもん》から勘当《かんどう》された時《とき》に渡《わた》された百両《ひゃくりょう》の金《かね》が強気《つよき》な言《い》い様《よう》になっていた。

「おやじ、刀剣《とうけん》と着込《きこみ》、それに高提灯《たかちょうちん》が欲《ほ》しいので用意《ようい》してくれ」

「お、渋沢《しぶさわ》さんか、お二人《ふたり》の分《ぶん》かな」

「いや、五十人《ごじゅうにん》だ」

「え、五十人《ごじゅうにん》も」

「金《かね》は十分《じゅうぶん》にある」

「渋沢《しぶさわ》さま、大事《だいじ》のようですので、先《ま》ず二階《にかい》へどうぞ」

武芸《ぶげい》にも秀《ひい》でた店主《てんしゅ》の梅田慎之介《うめだしんのすけ》は二人《ふたり》の魂胆《こんたん》を見抜《みぬ》いて二階《にかい》へ案内《あんない》した。

「ここなら人《ひと》に聞《き》かれませぬ。何《なに》か特別《とくべつ》な御事情《ごじじょう》があるようにお見受《みう》け致《いた》しました。手前《てまえ》も今様天野屋利兵衛《いまようあまのやりへえ》と自負《じふ》しております。お世話《せわ》になっている渋沢《しぶさわ》さまのためなら何《なん》なりと仰《おお》せの通《とお》りに致《いた》します」

「有難《ありがた》い。近々《きんきん》、武州《ぶしゅう》から植木屋《うえきや》の紋次郎《もんじろう》という男《おとこ》がここへ来《く》る。そうしたら運《はこ》んでいる材木《ざいもく》と一緒《いっしょ》に注文《ちゅうもん》した武具類《ぶぐるい》を積《つ》んでくれ」

「わかりました。十日《とおか》もあればご注文《ちゅうもん》の品《しな》は用意《ようい》しておきましょう」

栄一《えいいち》は得意《とくい》げに隣《となり》の喜作《きさく》に策《さく》を打《う》ち明《あ》けた。

「喜作《きさく》、その武具《ぶぐ》を蔵前《くらまえ》から船《ふね》に積《つ》んで、利根川《とねがわ》を上《のぼ》ってくれ。それで中瀬村《なかせむら》で陸揚《りくあ》げしたら手墓村《てばかむら》まで運《はこ》んで欲《ほ》しい。村《むら》で伝蔵《でんぞう》が待《ま》っている」

伝蔵《でんぞう》とは市郎右衛門《いちろうえもん》の妹《いもうと》、きいが嫁《とつ》いだ上州成塚村《じょうしゅうなりづかむら》の須永宗次郎《すながそうじろう》の息子《むすこ》であった。

「わかった、任《まか》せておけ」

喜作《きさく》は栄一《えいいち》の思慮深《しりょぶか》い計画《けいかく》に感心《かんしん》し続《つづ》けていた。しかし、百姓《ひゃくしょう》の分際《ぶんざい》で御禁制《ごきんせい》の武器《ぶき》を購入《こうにゅう》し、密《ひそ》かに倒幕《とうばく》の同志《どうし》を募《つの》ろうとしていることがわかれば一族郎党《いちぞくろうとう》が獄門《ごくもん》、磔《はりつけ》の刑《けい》になる恐《おそ》れは消《き》えなかった。

江戸《えど》での生活《せいかつ》が始《はじ》まると、直《す》ぐに千葉道場入門《ちばどうじょうにゅうもん》を許《ゆる》された喜作《きさく》は毎日稽古《まいにちけいこ》に出向《でむ》いていた。一方《いっぽう》、栄一《えいいち》は海保塾《かいほじゅく》で尊王攘夷《そんのうじょうい》に賛同《さんどう》してくれて、夷敵倒幕《いてきとうばく》の同志《どうし》になれる浪士《ろうし》を探《さが》し始《はじ》めた。暫《しばら》くしてから小網町《こあみちょう》の常宿《じょうやど》で休《やす》んでいた時《とき》、喜作《きさく》が部屋《へや》にずかずかと飛《と》び込《こ》んで来《き》た。

「栄一《えいいち》、千葉道場《ちばどうじょう》の仲間《なかま》から耳寄《みみよ》りな話《はなし》を聞《き》いた。一橋《ひとつばし》の徳川家《とくがわけ》では仕官《しかん》する侍《さむらい》を募《つの》っているそうだ。浪人《ろうにん》でも百姓《ひゃくしょう》でも新規《しんき》に召《め》し抱《かか》えるらしい」

「喜作《きさく》、待《ま》て。倒幕《とうばく》を志《こころざ》す我《われ》らが幕府《ばくふ》の御三家《ごさんけ》に仕官《しかん》してどうする」

「それでも一橋家《ひとつばしけ》は将軍家《しょうぐんけ》に近《ちか》いから、何《なに》かと有力《ゆうりょく》な内輪《うちわ》の話《はなし》を知《し》ることができるかもしれぬ」

「なるほど、それでは試《ため》しに行《い》ってみるか」

二人《ふたり》はすぐに一橋家《ひとつばしけ》の屋敷《やしき》がある小石川《こいしかわ》に向《む》かって走《はし》った。当主《とうしゅ》の徳川慶喜《とくがわよしのぶ》が京都御守衛《きょうとごしゅえい》総督《そうとく》の命《めい》を受《う》けたために、京都御所護衛《きょうとごしょごえい》の侍《さむらい》が必要《ひつよう》になり募集《ぼしゅう》していた。

一橋家《ひとつばしけ》では留守居役用人《るすいやくようにん》の平岡円四郎《ひらおかえんしろう》という幕臣《ばくしん》が意外《いがい》にも親切《しんせつ》に応対《おうたい》してくれた。栄一《えいいち》が自己紹介《じこしょうかい》を始《はじ》めた。

「我《われ》らは武州岡部藩《ぶしゅうおかべはん》の農民《のうみん》でありますが、事《こと》ある時《とき》は数十人《すうじゅうにん》の壮士《そうし》を率《ひき》いて御当家《ごとうけ》のお役《やく》に立《た》てると存《ぞん》じます」

「一橋家領内《ひとつばしけりょうない》の農民《のうみん》で武芸《ぶげい》に秀《ひい》でた者《もの》は求《もと》めておるが、他領《たりょう》の農民《のうみん》ではちと難《むずか》しいのう」

「左様《さよう》でございますか。それでは致《いた》し方《かた》ありませぬな」

二人《ふたり》が腰《こし》を浮《う》かして立《た》ち去《さ》ろうとした時《とき》、

「いつでもまた訪《たず》ねて参《まい》るがよい」

平岡《ひらおか》の優《やさ》しい言葉《ことば》が胸《むね》に響《ひび》いた。農民《のうみん》にしては稀有《けう》壮大《そうだい》で豪胆《ごうたん》な言《い》い様《ざま》が気《き》に入《い》ったようだった。

時代《じだい》の流《なが》れが人《ひと》を求《もと》めていたのか、二人《ふたり》が同志《どうし》を募集《ぼしゅう》し始《はじ》めると、驚《おどろ》くことに七十名近《ななじゅうめいちか》い志士《しし》が僅《わず》か一月足《ひとつきた》らずで集《あつ》まった。

「喜作《きさく》、仲間《なかま》も十分《じゅうぶん》に集《あつ》まったので、一度血洗島村《いちどちあらいじまむら》に帰《かえ》ろう。これから新五郎《しんごろう》さんと実行策《じっこうさく》を相談《そうだん》しようと思《おも》う」

「俺《おれ》もこれで一端《いっぱし》の侍大将《さむらいだいしょう》だな」

二人《ふたり》は意気揚々《いきようよう》と中山道《なかせんどう》を下《くだ》って尾高家《おだかけ》に戻《もど》ることにした。千葉道場《ちばどうじょう》と海保塾《かいほじゅく》の仲間《なかま》からも数十人《すうじゅうにん》が同行《どうこう》してきていた。村《むら》に入《はい》ると懐《なつ》かしい藍葉《あいば》の蒸《む》れる匂《にお》いが藍倉《あいぐら》から漂《ただよ》ってくる。

尾高家《おだかけ》の二階《にかい》で新五郎《しんごろう》が栄一《えいいち》たちを迎《むか》えてくれた。伝蔵《でんぞう》も武具預《ぶぐあず》かりの役目《やくめ》を果《は》たし安堵《あんど》した顔《かお》を見《み》せていた。

「新五郎《しんごろう》さん、お蔭《かげ》で攘夷倒幕《じょういとうばく》の志士《しし》が集《あつ》まりましたよ」

喜作《きさく》が鼻高々《はなたかだか》に叫《さけ》んだ。栄一《えいいち》も、

「全部《ぜんぶ》で六十九名《ろくじゅうきゅうめい》だ。これで尊王攘夷《そんのうじょうい》の義挙《ぎきょ》が決行《けっこう》できる」

「結構《けっこう》、結構《けっこう》。栄一《えいいち》たちがここまで志士《しし》を大勢集《おおぜいあつ》めるとは思《おも》わなかったな。それではこれから神託《しんたく》を書《か》こう。『神兵高天原《しんぺいたかまのはら》より降《お》り下《くだ》り、横濱《よこはま》に居留《きょりゅう》する外夷畜生兵《がいいちくしょうへい》を踏《ふ》み殺《ごろ》しにする』」

「なるほど、新五郎《しんごろう》さん、大《おお》いに結構《けっこう》です」

「義士《ぎし》の組《くみ》の名前《なまえ》は時勢《じせい》を憤《いきどお》る『慷慨組《こうがいぐみ》』としようか。決行日《けっこうび》を決《き》める前《まえ》に長七郎《ちょうしちろう》を京都《きょうと》から呼《よ》び戻《もど》そう」

もともと集《あつ》まった浪士《ろうし》たちは長七郎《ちょうしちろう》と縁《えん》ある者《もの》たちであったので、長七郎《ちょうしちろう》抜《ぬ》きでは決起《けっき》ができなかった。

一通《ひととお》りの打合《うちあ》わせが終《お》わると、栄一《えいいち》は尾高家《おだかけ》の離《はな》れ家《や》に走《はし》った。そこには実家《じっか》へ戻《もど》っていた千代《ちよ》と八月《はちがつ》に生《う》まれたばかりの娘《むすめ》が待《ま》っていた。囲炉裏《いろり》のある居間《いま》の襖《ふすま》を急《いそ》いで引《ひ》くと、そこには妻《つま》が赤子《あかご》を抱《だ》いていた。

「千代《ちよ》、いま帰《かえ》ったぞ」

近寄《ちかよ》るなり、すぐさま娘《むすめ》の顔《かお》を覗《のぞ》いた。

「息災《そくさい》か、名《な》はつけたのか」

「あなた、この子《こ》が歌子《うたこ》ですよ。抱《だ》いてあげてください。父《とう》さんが歌子《うたこ》と名付《なづ》けてくれました」

赤子《あかご》は丸々《まるまる》とした顔《かお》ですやすやと寝《ね》ていた。女《おんな》として歌舞音曲《かぶおんぎょく》に巧《たく》みな優雅《ゆうが》な人生《じんせい》を送《おく》って欲《ほ》しいと願《ねが》っていた。

「そうか、それはよかった。いま新五郎《しんごろう》さんたちと話《はな》して、長七郎兄《ちょうしちろうにい》さんが京都《きょうと》から帰《かえ》ってきたら一旗揚《ひとはたあ》げることにした」

「そうですか。ところで今日《きょう》からどちらに泊《と》まられるのですか」

「勘当《かんどう》された身《み》で中家《なかんち》には行《い》けぬ。暫《しばら》くはここに居《い》て、歌子《うたこ》と過《す》ごすことにする」

千代《ちよ》はそのまま歌子《うたこ》を夫《おっと》に預《あず》けて台所《だいどころ》へ立《た》とうとしたが、願《ねが》いに反《はん》して栄一《えいいち》はすぐに土蔵《どぞう》の中《なか》に隠《かく》した刀《かたな》や武具《ぶぐ》を点検《てんけん》しに行《い》く始末《しまつ》であった。

十月《じゅうがつ》の末《すえ》になって義挙《ぎきょ》の知《し》らせを受《う》けた長七郎《ちょうしちろう》が京都《きょうと》から血洗島村《ちあらいじまむら》に帰《かえ》ってきた。足《あし》の濯《すす》ぎをする暇《ひま》もなく、同志《どうし》たちが待《ま》つ尾高家《おだかけ》の二階《にかい》の広間《ひろま》に上《あ》げさせられて評議《ひょうぎ》が始《はじ》まった。すでに床《とこ》の間《ま》には新五郎《しんごろう》が揮毫《きごう》した神託《しんたく》が掛《か》けられている。

最初《さいしょ》に栄一《えいいち》が慷慨組決起《こうがいぐみけっき》の計画《けいかく》を自慢《じまん》げ気に話《はな》し始《はじ》めた。

「今日《きょう》、ここに集《つど》った義士《ぎし》たちで慷慨組《こうがいぐみ》を結成《けっせい》する。首領《しゅりょう》は尾高新五郎《おだかしんごろう》さんだ。徳川《とくがわ》の政治《せいじ》は世官世職《せいかんせいしょく》で、幾《いく》ら器量《きりょう》があろうが才識《さいしき》があろうがその官職《かんしょく》には就《つ》けない。従《したが》って順道《じゅんどう》で功名《こうみょう》が取《と》れぬなら我々《われわれ》は逆道《ぎゃくどう》を行《い》かねばならぬ。昨年《さくねん》の暮《くれ》に攘夷《じょうい》の志士《しし》たちが品川《しながわ》の英《い》吉利公使館《ぎりすこうしかん》を焼《や》き討《う》ちしたが、我々《われわれ》は夷敵《いてき》の本拠地《ほんきょち》である横濱《よこはま》の外国人居留地《がいこくじんきょりゅうち》の公使館《こうしかん》を襲撃《しゅうげき》して追《お》い払《はら》うことにする。そうすれば外国人《がいこくじん》がそのままにしては置《お》かぬから兵力《へいりょく》を以《も》って幕府《ばくふ》を討《う》つだろう。到底今日《とうていこんにち》の幕府《ばくふ》では抵抗《ていこう》することができぬから転覆《てんぷく》するに違《ちが》いない。慷慨組《こうがいぐみ》は最初《さいしょ》に高崎城《たかさきじょう》を襲撃《しゅうげき》して占拠《せんきょ》しようと思《おも》う。そして高崎《たかさき》から鎌倉街道《かまくらかいどう》を通《とお》って横濱《よこはま》へ抜《ぬ》ける。この方策《ほうさく》は如何《いかが》かな」

自慢《じまん》げに栄一《えいいち》が周囲《しゅうい》をゆっくり見渡《みわた》しながら他浪士《たろうし》たちの意見《いけん》を求《もと》めた。一呼吸置《ひとこきゅうお》いてから長七郎《ちょうしちろう》が静《しず》かに口《くち》を開《ひら》いた。

「俺《おれ》は反対《はんたい》だ。烏合《うごう》の兵《へい》が七八十人集《しちはちじゅうにんあつ》まったところで何《なに》もすることはできぬ。仮《かり》に高崎《たかさき》の城《しろ》が盗《と》れたところで、横濱《よこはま》に着《つ》くまでに近隣《きんりん》の諸藩《しょはん》の兵《へい》に討伐《とうばつ》されるのが落《お》ちだ。現《げん》にこの八月《はちがつ》に薩摩《さつま》と会津《あいづ》の公武合体派《こうぶがったいは》が尊王攘夷派《そんのうじょういは》の長州藩《ちょうしゅうはん》を京都《きょうと》から追放《ついほう》した。俺《おれ》はこの目《め》で三条実美卿《さんじょうさねとみきょう》らが長州《ちょうしゅう》に下《くだ》ったのを見《み》た」

「何《なん》だと、相変《あいか》わらず幕府《ばくふ》の力《ちから》が京都《きょうと》でも強《つよ》いということか」

栄一《えいいち》が眼光鋭《がんこうするど》く反論《はんろん》した。

「すでに我々同志《われわれどうし》は天下《てんか》の志士《しし》に先《さき》んじて事《こと》を起《お》こすことを決《き》めている。仮《かり》に一敗地《いっぱいち》に塗《まみ》れたところで、他《た》の同志《どうし》がこれを見《み》て四方《しほう》から起《お》こり、遂《つい》には徳川《とくがわ》の天下《てんか》を潰《つぶ》してくれる。我々《われわれ》がその先駆《さきがけ》になることで此度《こたび》の挙兵《きょへい》の本分《ほんぶん》は足《た》りる」

「いや、この御時勢《ごじせい》では一揆《いっき》と見《み》なされて皆《みな》が縛《しば》り首《くび》になる。そうなれば海保塾《かいほじゅく》の河野《こうの》のように犬死《いぬじに》だ。俺《おれ》はやらぬ」

長七郎《ちょうしちろう》の胸《むね》には未《いま》だに江戸坂下門《えどさかしたもん》で老中安藤《ろうじゅうあんどう》の襲撃《しゅうげき》に失敗《しっぱい》して、全員《ぜんいん》が斬死《ざんし》してしまった同志《どうし》たちへの思《おも》いが消《き》えなかった。

「長七郎兄《ちょうしちろうにい》さんがやらなくても、俺《おれ》はやるぞ。死《し》ぬと決《き》めた以上《いじょう》、ここであれこれ論《ろん》ずるには及《およ》ばぬことだ」

「栄一《えいいち》、それでも俺《おれ》はやらぬ」

「兄《にい》さん、同志《どうし》を裏切《うらぎ》るのか」

「俺《おれ》はここで殺《ころ》されてもやらせない」

「それなら兄《にい》さんを斬《き》っても、俺《おれ》はやるぞ」

激昂《げっこう》した栄一《えいいち》の腕《うで》を新五郎《しんごろう》が抑《おさ》えた。その時《とき》、長七郎《ちょうしちろう》が急《きゅう》に号泣《ごうきゅう》し始《はじ》めた。座敷《ざしき》の全員《ぜんいん》が驚《おどろ》いた。豪胆気骨《ごうたんきこつ》のある義士《ぎし》と思《おも》っていただけに、その場《ば》が水《みず》を打《う》ったように静《しず》まり返《かえ》った。

「なんで河野《こうの》が此処《ここ》にいないのだ。なんで急《いそ》いで死《し》んだ。いつでも死《し》ねる、死《し》ぬのを急《いそ》ぐことはなかった」

暫《しばら》くしてから新五郎《しんごろう》が口《くち》を開《ひら》いた。

「まあ、皆《みな》、待《ま》て。長七郎《ちょうしちろう》の言《い》い分《ぶん》にも一理《いちり》ある。百姓一揆《ひゃくしょういっき》と見《み》なされて空《むな》しく刑場《けいじょう》の露《つゆ》となれば、我々《われわれ》に続《つづ》く志士《しし》もいなくなるかもしれぬ。ここは今一度《いまいちど》、ゆっくりと考《かんが》えるとしよう。結構《けっこう》、結構《けっこう》」

首領《しゅりょう》の新五郎《しんごろう》は長七郎《ちょうしちろう》の意《い》を汲《く》んで、取《と》り敢《あ》えず決行《けっこう》を一旦中止《いったんちゅうし》することにした。

数日後《すうじつご》、夜遅《よるおそ》くに喜作《きさく》が隠《かく》れるように栄一《えいいち》を訪《たず》ねてきた。

「村《むら》の誰《だれ》かが密告《みっこく》したようだ。関東取締《かんとうとりしまり》の目明《めあか》しが武具《ぶぐ》を探《さが》しにくるらしい」

「それはまずい、喜作《きさく》、武具《ぶぐ》をすぐ隠《かく》そう」

外《そと》へ出《で》ると赤城颪《あかぎおろし》が冬《ふゆ》の訪《おとず》れを既《すで》に知《し》らせていた。二人《ふたり》は土蔵《どぞう》に燭台《しょくだい》を持《も》って入《はい》るや、武具類《ぶぐるい》を屋根裏《やねうら》に引《ひ》き上《あ》げて米藁《こめだわら》で隠《かく》す作業《さぎょう》に没頭《ぼっとう》した。

明《あ》け方近《がたちか》くなってから栄一《えいいち》が千代《ちよ》のいる居間《いま》に戻《もど》ってきた。

「まだ起《お》きていたのか」

「この行李《こうり》に新《あたら》しい着物《きもの》を用意《ようい》しました」

何着《なんちゃく》かの旅着《たびぎ》が入《はい》っていた。

「俺《おれ》が旅《たび》に出《で》ることを知《し》っていたのか」

千代《ちよ》は栄一《えいいち》の顔《かお》をつくづくと見《み》つめながら、

「わたしがあなたの妻《つま》になってからもう五年《ごねん》になります。あなたが一身《いっしん》を犠牲《ぎせい》にしてお国《くに》のために尽《つ》くそうとされる、そのお気持《きも》ちがよくわかりました。わたしも尾高新五郎《おだかしんごろう》と長七郎《ちょうしちろう》の妹《いもうと》です。今日《きょう》のような憂《う》き別《わか》れがいつかは来《く》ると覚悟《かくご》していましたが、万一《まんいち》、あなたがこと敗《やぶ》れた際《さい》には歌子《うたこ》共々《ともども》潔《いさぎよ》く命《いのち》を捨《す》てましょう。お気兼《きが》ねなくお出《で》かけください」

今度《こんど》は栄一《えいいち》が千代《ちよ》の凛《りん》とした清楚《せいそ》な顔《かお》をまじまじと見《み》つめた。

「お千代《ちよ》、お前《まえ》に話《はなし》をしたら止《と》められるかと思《おも》って、不人情《ふにんじょう》でも打《う》ち明《あ》けなかった。今度家《こんどいえ》を出《で》たら、二度《にど》と戻《もど》って来《こ》られぬかもしれぬ。俺《おれ》の代《か》わりに両親《りょうしん》と歌子《うたこ》を頼《たの》むぞ」

二人《ふたり》は期《き》せずして強《つよ》く抱《だ》き合《あ》った。隣《となり》の小《ちい》さな布団《ふとん》で安《やす》らかに寝《ね》ている歌子《うたこ》にとって、両親《りょうしん》の未来《みらい》が大《おお》きく変《か》わることなど分《わ》かる術《すべ》もなかった。

奉公《ほうこう》

明《あ》け始《はじ》めた西空《にしぞら》にまだ月《つき》が残《のこ》る頃《ころ》、栄一《えいいち》と喜作《きさく》は血洗島村《ちあらいじまむら》を抜《ぬ》け出《だ》した。岡部《おかべ》の代官所《だいかんしょ》の門衛《もんえい》が起《お》きる前《まえ》に村《むら》を離《はな》れなければならない。万一《まんいち》、問《と》いかけられたらお伊勢参《いせまい》りに行《い》くと言《い》い繕《つくろ》うつもりだが、幸運《こううん》にも代官所《だいかんしょ》の門《もん》はまだ閉《し》まったままだった。

「喜作《きさく》、ついているぞ。このまま江戸《えど》へ突《つ》っ走《ぱし》ろう」

「よしわかった」

二人《ふたり》は無心《むしん》で中山道《なかせんどう》を下《くだ》った。しかし、突然《とつぜん》の旅立《たびだち》を強《し》いられたこともあり、十分《じゅうぶん》な路銀《ろぎん》を持《ち》ち出《だ》せなかったことが不安《ふあん》であった。

それでも渋沢家《しぶさわけ》の惣領《そうりょう》と妻子《さいし》を捨《す》てた気楽《きらく》さが栄一《えいいち》の気《き》を大《おお》きくさせていた。

「喜作《きさく》、江戸《えど》へ着《つ》いたら、前祝《まえいわい》に吉原《よしわら》へ繰《く》り出《だ》そう」

志士《しし》を名乗《なの》る以上《いじょう》、吉原《よしわら》の大門《おおもん》を潜《くぐ》ったことがなくて肩身《かたみ》の狭《せま》い思《おも》いをしていた。代官所《だいかんしょ》から氏名手配《しめいてはい》されていることもあり、表立《おもてだ》って動《うご》けない二人《ふたり》は吉原《よしわら》の遊郭《ゆうかく》で面白《おもしろ》く遊《あそ》ぶことで日《ひ》を過《す》ごすことにした。当然《とうぜん》のことながら、二十四五両《にじゅうしごりょう》の金《かね》があっという間《ま》に費《つい》えた。

「喜作《きさく》、このまま此処《ここ》に居《い》ては何《なに》もしない内《うち》に金《かね》が尽《つ》きる。食《く》い扶持《ぶち》を探《さが》さねばならぬ」

「それもそうだな。それじゃ、一橋《ひとつばし》の平岡家《ひらおかけ》を訪《たず》ねてみようか。あの円四郎《えんしろう》というお侍《さむらい》なら少《すこ》しぐらい軍資金《ぐんしきん》をくれるかもしれない」

二人《ふたり》は吉原《よしわら》の大門《おおもん》を出《で》て、根岸《ねぎし》にある平岡家《ひらおかけ》の玄関《げんかん》を叩《たた》くことにした。名前《なまえ》を門番《もんばん》に告《つ》げると、意外《いがい》にも直《す》ぐ奥《おく》に通《とお》された。

怪訝《けげん》そうな顔《かお》をして待《ま》っていると、そこへ高島田《たかしまだ》を綺麗《きれい》に結《ゆ》い上《あ》げた品《ひん》のある奥方《おくがた》が現《あらわ》れて丁寧《ていねい》に応対《おうたい》してくれた。

「あいにく主人《しゅじん》は京都《きょうと》に出《で》かけてしまい不在《ふざい》ですが、渋沢《しぶさわ》さまがお見《み》えになられた時《とき》には、この通行手形《つうこうてがた》を御渡《おわた》しして京都《きょうと》までお越《こ》し下《くだ》されとのことでした」

瞬間的《しゅんかんてき》に栄一《えいいち》と喜作《きさく》は顔《かお》を見合《みあわ》せた。

「我《われ》らはこれより丁度京都《ちょうどきょうと》へ参《まい》ろうとしておりましたので、有難《ありがた》き幸《しあわ》せでございます。ついては平岡《ひらおか》さまは今《いま》どちらにおいでになりますでしょうか」

「主人《しゅじん》は徳川慶喜公《とくがわよしのぶこう》の御供《おとも》で二条城《にじょうじょう》に居《お》ると思《おも》います」

まさかあの用人《ようにん》が京都《きょうと》で、それも徳川公方様《とくがわくぼうさま》の居《お》られる二条城《にじょうじょう》の御座所《ござしょ》に控《ひか》えているとは驚《おどろ》きであった。

「それでは早速京都《さっそくきょうと》へ出向《でむ》きます。よしなに平岡《ひらおか》さまにはお伝《つた》え下《くだ》さい」

奥方《おくがた》はまた丁寧《ていねい》に頷《うなず》いてくれた。

平岡邸《ひらおかてい》を出《で》ると、京都《きょうと》までの通行手形《つうこうてがた》を手《て》にした二人《ふたり》は渡《わた》りに船《ふね》と京都《きょうと》へ目指《めざ》した。

「京都《きょうと》へ行《い》けば長七郎兄《ちょうしちろうにい》さんとも会《あ》えるな」

喜作《きさく》の声《こえ》は初《はじ》めての上方旅行《かみがたりょこう》ができることで弾《はず》んでいた。

二人《ふたり》は品川御殿山《しながわごてんやま》に在《あ》る英吉利公使館《いぎりすこうしかん》に立《た》ち寄《よ》ってから東海道《とうかいどう》を上《のぼ》ろうとした。ちょうど昨年《さくねん》の十二月《じゅうにがつ》に長州藩《ちょうしゅうはん》の攘夷武士《じょういぶし》が焼《や》き討《う》ちをした公使館《こうしかん》の焼跡《やけあと》を見《み》れば、未《いま》だに諦《あきら》めていない横濱居留地襲撃《よこはまきょりゅうちしゅうげき》の参考《さんこう》にできると思《おも》えたからである。

しかし、周囲《しゅうい》を役人《やくにん》たちが固《かた》めて警備《けいび》しており近付《ちかづ》くこともできなかった。

「栄一《えいいち》、仕方《しかた》ない。今晩《こんばん》は品川宿《しながわじゅく》で泊《と》まろう。ここは吉原《よしわら》に負《ま》けない大店《おおだな》があるらしいぞ」

「喜作《きさく》、遊《あそ》んでいる暇《ひま》はない。年内《ねんない》に京都《きょうと》へ行《い》きたいからな」

品川宿《しながわじゅく》には百軒《ひゃっけん》ほどの旅籠《はたご》があり常《つね》に賑《にぎ》わっていた。小綺麗《こぎれい》な宿《やど》を見《み》つけて夕食《ゆうしょく》の後《あと》、まだ見《み》ぬ京都《きょうと》に胸《むね》を躍《おど》らせながら寝床《ねどこ》に就《つ》いた。

東海道《とうかいどう》は五十三次《ごじゅうさんつぎ》の宿場《しゅくば》のある街道《かいどう》である。早足《はやあし》で二《ふた》つ、三《みっ》つの宿場《しゅくば》を通《とお》り越《こ》しても最低《さいてい》二十日《はつかか》近《ちか》くかかる行程《こうてい》だった。途中三河《とちゅうみかわ》の熱田宿《あつたじゅく》から船《ふね》で桑名《くわな》に渡《わた》る前《まえ》に熱田神宮《あつたじんぐう》に参《まい》ることにした。尊王攘夷《そんのうじょうい》を自称《じしょう》する二人《ふたり》が大願成就《たいがんじょうじゅ》を国家鎮護《こっかちんご》の宮《みや》に祈《いの》ったのは当然《とうぜん》のことでもあった。

ようやく京都《きょうと》へ着《つ》いたものの、見《み》ず知《し》らずの場所《ばしょ》だけに先《ま》ず旅籠《はたご》を探《さが》すことにした。賀茂《かも》川沿《がわぞ》いなら眺《なが》めがいいだろうと、三条小橋脇《さんじょうこばしわき》にある茶久《ちゃきゅう》という三食付《さんしょくつき》の宿《やど》を見《み》つけて逗留《とうりゅう》することにした。料理《りょうり》を運《はこ》んでくる下女《げじょ》たちが話《はな》す甘《あま》たるい京都弁《きょうとべん》に栄一《えいいち》と喜作《きさく》は別世界《べっせかい》の想《おも》いに浸《ひた》った。

「喜作《きさく》、路銀《ろぎん》もそろそろ尽《つ》くので、まず平岡《ひらおか》さまの所《ところ》へ行《い》って相談《そうだん》してみよう」

家《いえ》から持《も》ち出《だ》した路銀《ろぎん》もあと切《き》り餅一本《もちいっぽん》になってしまっていた。

「長七郎兄《ちょうしちろうにい》さんの行方《ゆくえ》も探《さが》さなければならない。何《なに》か攘夷派《じょういは》のことを知《し》っているといいな」

翌日《よくじつ》、徳川慶喜《とくがわよしのぶ》の御側用人平岡円四郎《おそばようにんひらおかえんしろう》が滞在《たいざい》している二条城《にじょうじょう》に勇《いさ》んで向《む》かった。その道《みち》すがら青《あお》い羽織《はおり》を纏《まと》った如何《いか》にも剣《けん》が立《た》ちそうな眼光鋭《がんこうするど》い数人《すうにん》の侍《さむらい》が通《とお》り過《す》ぎた。

「喜作《きさく》、あいつらは何者《なにもの》だ」

「将軍家茂公《しょうぐんいえもちこう》の護衛《ごえい》に雇《やと》われて、武州《ぶしゅう》の多摩郡《たまごおり》から上洛《じょうらく》してきた佐幕浪士《さばくろうし》だそうだ。新選組《しんせんぐみ》とか呼《よ》ばれている」

「そうか、いずれあいつらと戦《たたか》うことになるのか」

攘夷倒幕《じょういとうばく》を目指《めざ》す栄一《えいいち》にとって、京都《きょうと》の町《まち》は佐幕派《さばくは》との真剣勝負《しんけんしょうぶ》の場所《ばしょ》だと改《あらた》めて実感《じっかん》した。

二条城《にじょうじょう》の壮大《そうだい》な大手門《おおてもん》に控《ひか》えていた守衛《しゅえい》は当然《とうぜん》のことながら田舎出《いなかで》の百姓侍《ひゃくしょうざむらい》などは相手《あいて》にしなかった。しかし、一橋家御用人平岡円四郎《ひとつばしけごようにんひらおかえんしろう》からの通行手形《つうこうてがた》を見《み》せると対応《たいおう》が変《か》わった。

「そなたらの名《な》は何《なん》と申《もう》す。来《き》たことだけは伝《つた》えておく」

名前《なまえ》と滞在《たいざい》している旅籠《はたご》を名乗《なの》ってから、その日《ひ》は宿《やど》に帰《かえ》った。夕方《ゆうがた》になってから主人《しゅじん》である茶屋久四郎《ちゃやきゅうしろう》が急《いそ》いで階段《かいだん》を上《あが》ってきた。

「もう飯《めし》の時間《じかん》か」

喜作《きさく》が聞《き》くと、主人《しゅじん》が真剣《しんけん》な顔《かお》をしながら、

「いえ、先《さき》ほど平岡円四郎《ひらおかえんしろう》というお武家《ぶけ》さまの使《つか》いが見《み》えられまして、明朝《みょうちょう》二条《にじょう》のお城《しろ》まで御出《おい》でくだされと申《もう》して、ご存《ぞん》じですか」

不審気《ふしんげ》な顔《かお》をしている主人《しゅじん》とは対照的《たいしょうてき》に二人《ふたり》は満面《まんめん》の笑《え》みを浮《う》かべて互《たが》いに頷《うなず》いた。

翌日《よくじつ》、二条城《にじょうじょう》に向《む》かうと、直《す》ぐに平岡様《ひらおかさま》への御目通《おめどお》りが叶《かな》った。

「よう来《き》たな。以前《いぜん》は一橋家《ひとつばしけ》以外《いがい》の領地《りょうち》の者《もの》は仕官《しかん》を断《ことわ》っておったが、急《きゅう》に人手《ひとで》が必要《ひつよう》になった。其方《そなた》らはまだ当家《とうけ》に奉公《ほうこう》する気《き》はあるかな」

平岡《ひらおか》はまるで息子《むすこ》に話《はな》しかけるように優《やさ》しかった。栄一《えいいち》が暫《しばら》く考《かんが》えてから答《こた》えた。

「有難《ありがた》き仰《おお》せながら我《われ》らが京都《きょうと》に滞在《たいざい》するのは、ここで全国《ぜんこく》の名高《なだか》い尊王派《そんのうは》の慷慨家《こうがいか》と面識《めんしき》

を持《も》つ為《ため》であります」

「左様《さよう》か、それも勉強《べんきょう》になるだろう。しかし、会津藩《あいづはん》が召《め》し抱《かか》えた新選組《しんせんぐみ》には注意《ちゅうい》した方《ほう》がいい。尊王派《そんのうは》を闇雲《やみくも》に斬《き》り殺《ころ》しているからな」

平岡《ひらおか》は栄一《えいいち》の腹《はら》の内《うち》を見抜《みぬ》くように諭《さと》した。

二人《ふたり》は仕官《しかん》を断《ことわ》ったのに、長七郎《ちょうしちろう》の行方《ゆくえ》までを平岡《ひらおか》に聞《き》くわけにもいかず二条城《にじょうじょう》を後《あと》にした。

帰《かえ》り道《みち》、喜作《きさく》が栄一《えいいち》に真剣《しんけん》な顔《かお》で嚙《か》みついた。

「栄一《えいいち》、金《かね》がないのに何《なん》で仕官《しかん》を断《ことわ》ったのだ」

「喜作《きさく》、間違《まちが》いなく薩長《さっちょう》は倒幕《とうばく》の兵《へい》を近々《ちかぢか》起《お》こすぞ。さもなければ平岡《ひらおか》が他領《たりょう》の我々《われわれ》に仕官《しかん》を勧《すす》めるはずがない」

「なるほど。それじゃあ、幕府《ばくふ》との戦《いくさ》の前《まえ》に残《のこ》り少《すく》ない人生《じんせい》を楽《たの》しむのも一興《いっきょう》だ。賀茂川《かもがわ》べりのお茶屋《ちゃや》や島原《しまばら》には舞妓《まいこ》という若《わか》い別嬪《べっぴん》がいるそうだ。行《い》ってみないか」

「そうだな。まだ切《き》り餅《もち》が一本《いっぽん》は残《のこ》っている。遊《あそ》ぶには十分《じゅうぶん》だろう」

「江戸《えど》の吉原《よしわら》とは違《ちが》うのだろうな。楽《たの》しみだ」

まだ日《ひ》の明《あか》るい内《うち》に賀茂川《かもがわ》沿《ぞ》いの木屋町《きやまち》にある、あまり目立《めだ》たない吉藤《よしふじ》という茶屋《ちゃや》に思《おも》い切《き》って一見《いちげん》で飛《と》び込《こ》んでみた。

「おいでやす。どちらさんで」

色白《いろじろ》で器量《きりょう》の良《よ》い、女将《おかみ》にしてはまだ若《わか》い二十代《はたちだい》の中居《なかい》が玄関《げんかん》に出《で》てきた。

「我《われ》らは関東武州《かんとうぶしゅう》より将軍《しょうぐん》さまをお守《まも》りする一橋家《ひとつばしけ》に縁《えん》ある者《もの》だ。暫《しばら》く骨休《ほねやす》みをしたいと思《おも》って、この茶屋《ちゃや》に入《はい》ってみた。金《かね》は有《あ》るので心配《しんぱい》はいらぬ」

「まあ、よろしおますなあ。どうぞおあがりやす」

女《おんな》は気安《きやす》く笑顔《えがお》で二人《ふたり》を迎《むか》え入《い》れると二階《にかい》の部屋《へや》に案内《あんない》した。そこからは賀茂川《かもがわ》の流《なが》れが一望《いちぼう》できた。

「お武家《ぶけ》さま、この座敷《ざしき》でも、この前《まえ》の川床《かわどこ》にでも芸妓《げいこ》は呼《よ》べますえ」

「そうじゃな。ところで、ここは泊《と》まれるのか」

「へえ、何日《なんにち》でもお好《す》きなだけどうぞ」

喜作《きさく》はこれから起《お》きることを期待《きたい》してにやけた顔《かお》を隠《かく》せなかった。酒《さけ》を酌《く》み交《か》わしながら待《ま》っている内《うち》に、夕方近《ゆうがたちか》くになってから黄色《きいろ》い声《こえ》が響《ひび》いて襖《ふすま》が開《ひら》いた。

「おいでやす、豆千代《まめちよ》どす」

「おおきに、市《いち》よしどす。よろしゅうおたのもうします」

よく顔《かお》を見《み》ると目鼻立《めはなだ》ちがすっきりとして、まだ年《とし》の頃《ころ》は十六七歳《じゅうろくしちさい》でダラリの帯《おび》を垂《た》らした二人《ふたり》の舞妓《まいこ》であった。奇遇《きぐう》にも舞妓《まいこ》の名《な》は栄一《えいいち》の女房《にょうぼう》と同じ千代《ちよ》で、喜作《きさく》はよし同士《どうし》であったので互《たが》いに奇縁《きえん》だと喜《よろこ》んで意気投合《いきとうごう》した。

すぐに酒宴《しゅえん》が始《はじ》まると、栄一《えいいち》は豆千代《まめちよ》を選《えら》び、喜作《きさく》は市《いち》よしを隣《となり》に侍《はべ》らせて酌《しゃく》をさせた。殿様気分《とのさまきぶん》になった二人《ふたり》はこれからの遊《あそ》びを期待《きたい》しながら杯《はい》を次々《つぎつぎ》と飲《の》み干《ほ》した。

その日《ひ》から京美人《きょうびじん》の脂粉《しふん》の気《き》に酔《よ》いしれる夢《ゆめ》のような数日《すうじつ》が過《す》ぎ去《さ》った。朝《あさ》は朝風呂《あさぶろ》に入《はい》って、昼《ひる》は京《きょう》の名所《めいしょ》、旧跡《きゅうせき》を舞妓《まいこ》たちに案内《あんない》してもらい、所々《ところどころ》にある京自慢《きょうじまん》の老舗《しにせ》料理《りょうり》に舌鼓《したつづみ》を打《う》ち、また夜《よる》は夜《よる》で他《ほか》の芸妓《げいぎ》も加《くわ》わって大宴会《だいえんかい》を繰《く》り広《ひろ》げた。

幸《しあわ》せな日々《ひび》は金《かね》の切《き》れ目《め》が縁《えん》の切《き》れ目《め》でもある。十日後《とおかご》には気《き》づくと、懐《ふところ》の中《なか》の銭《ぜに》は殆《ほと》んど残《のこ》っていなかった。

「喜作《きさく》、そろそろ宿《やど》へ戻《もど》ろう。金《かね》も無《な》くなったし」

「そうだろうな、よく遊《あそ》んだしな」

「茶久《ちゃきゅう》へ帰《かえ》ったら、主《あるじ》にこれからは昼飯抜《ひるめしぬ》きで、一泊四百文《いっぱくよんひゃくもん》にしてくれと頼《たの》もう」

栄一《えいいち》は思《おも》い切《き》って節約《せつやく》をしたつもりでいたが、普段旅人《ふだんたびびと》たちが二百五十文《にひゃくごじゅうもん》の宿《やど》に泊《と》まっていることなど知《し》る由《よし》もなかった。

宿屋《やどや》の玄関先《げんかんさき》では主人《しゅじん》の茶屋《ちゃや》が遊《あそ》び帰《がえ》りの二人《ふたり》を薄《うす》ら笑《わら》いで出迎《でむか》えた。そして、一通《いっつう》の書状《しょじょう》を栄一《えいいち》に手渡《てわた》した。裏書《うらがき》には榛沢新六郎《はんざわしんろくろう》という見知《みし》らぬ名前《なまえ》があった。二人《ふたり》の故郷《こきょう》は武州榛沢郡《ぶしゅうはんざわぐん》という地域《ちいき》に在《あ》るだけに、身内《みうち》の誰《だれ》かからの手紙《てがみ》だと感《かん》じた。二階《にかい》の居室《いしつ》で封《ふう》を切《き》り、急《いそ》いで一読《いちどく》した後《あと》で顔色《かおいろ》が変《か》わった。

「喜作《きさく》、大変《たいへん》だ。長七郎兄《ちょうしちろうにい》さんが捕縛《ほばく》されて伝馬町《でんまちょう》に入牢《にゅうろう》している。この榛沢新六郎《はんざわしんろくろう》は新五郎《しんごろう》さんの変名《へんめい》だ」

「えっ、長七郎兄《ちょうしちろうにい》さんが江戸《えど》にいる。何《なに》かの間違《まちが》いだろう」

「この書状《しょじょう》には、荒川岸《あらかわぎし》で討手《うって》と間違《まちが》えて通行人《つうこうにん》を斬《き》り殺《ころ》してしまったと書《か》いてある。今《いま》は老中安藤信正襲撃《ろうじゅうあんどうのぶまさしゅうげき》の疑《うたが》いをかけられているらしい」

栄一自身《えいいちじしん》も捕縛《ほばく》されるのではないかと心配《しんぱい》になって腰《こし》を浮《う》かした時《とき》に、主人《しゅじん》の茶屋《ちゃや》が階段《かいだん》を上《のぼ》ってきて障子《しょうじ》の端《はし》から顔《かお》を出《だ》した。

「渋沢《しぶさわ》さま、今《いま》しがた平岡円四郎《ひらおかえんしろう》さまのお使《つか》いが見《み》えて、明朝辰《みょうちょうたつ》の刻《こく》に二条《にじょう》のお城《しろ》までお越《こ》し下《くだ》されと申《もう》されておりました」

二人《ふたり》の胸《むね》に不安《ふあん》の渦《うず》が急《きゅう》に舞《ま》い上《あ》がった。

眠《ねむ》れない一夜《いちや》を過《す》ごして、翌朝二条城《よくちょうにじょうじょう》へ出向《でむ》くとすぐさま城内《じょうない》の仮普請《かりぶしん》の部屋《へや》へ通《とお》された。暫《しばら》くしてから平岡《ひらおか》が一人《ひとり》で現《あらわ》れると、気《き》さくに話《はなし》を始《はじ》めた。

「急《きゅう》に呼《よ》び出《だ》して済《す》まなかった。足下《そっか》らとは以前《いぜん》より懇意《こんい》でもあるので、何事《なにごと》も包《つつ》まずに話《はなし》をしてくれ。これまで江戸《えど》で何《なに》か企《たくら》んだことがあるのか」

「はあ、いえ、別《べつ》に何《なに》も江戸《えど》でしたことはござりませぬ」

「しかし、何《なに》か仔細《しさい》があるであろう。実《じつ》は奉行所《ぶぎょうしょ》から足下《そっか》らの事《こと》について、当一橋家《とうひとつばしけ》へ掛合《かけあい》がきている。悪《わる》くはせぬから包《つつ》み隠《かく》さずに申《もう》すがよい」

「左様《さよう》に仰《おお》せられるならば、某《それがし》にも思《おも》い当《あ》たることがありまする。江戸《えど》の知人《ちじん》が何《なに》か罪《つみ》を犯《おか》して獄《ごく》に繋《つな》がれたとか」

栄一《えいいち》は尾高長七郎《おだかちょうしちろう》が義兄《ぎけい》であることは隠《かく》した。

「それだけではあるまい。捕縛《ほばく》された者《もの》が所持《しょじ》していた同志《どうし》の連判状《れんぱんじょう》に其方《そなた》らの名前《なまえ》が有《あ》ったそうだ」

急《きゅう》に平岡《ひらおか》の目《め》つきが厳《きび》しくなった。慷慨組《こうがいぐみ》の連判状《れんぱんじょう》に違《ちが》いない。横濱外国人居留地襲撃《よこはまがいこくじんきょりゅうちしゅうげき》の陰謀《いんぼう》がどこまで洩《も》れているのか分《わ》からなかっただけに、口《くち》を閉《と》じた。

「実《じつ》は奉行所《ぶぎょうしょ》からは、其方《そなた》らが当家《とうけ》の家来《けらい》でなければすぐに引《ひ》き渡《わた》してくれと言《い》われておる。牢《ろう》に入《い》れられれば十中八九病気《じっちゅうはっくびょうき》になって牢死《ろうし》するだろう。ただ助《たす》かる方法《ほうほう》が一《ひと》つある。今度《こんど》は真剣《しんけん》に一橋家《ひとつばしけ》の家来《けらい》になってみたらどうか。徒《いたずら》に国《くに》の為《ため》だと言《い》って一命《いちめい》を軽《かろ》んじたところで、真《しん》に日本《にほん》の為《ため》になるわけでもあるまい」

平岡《ひらおか》は何故《なぜ》かどこまでも二人《ふたり》に親切《しんせつ》だった。

「仕官《しかん》のお話《はなし》は誠《まこと》に有難《ありがた》く存《ぞん》じます。両人《りょうにん》で篤《とく》と相談《そうだん》の上《うえ》、お返事《へんじ》を致《いた》します」

と言《い》って、その場《ば》を切《き》り抜《ぬ》けた。

宿屋《やどや》の茶久《ちゃきゅう》に戻《もど》った二人《ふたり》は直《す》ぐに顔《かお》を突《つ》き合《あ》わせて相談《そうだん》を始《はじ》めた。

「このまま江戸《えど》へ逃《に》げるか、一橋家《ひとつばしけ》に仕官《しかん》するか、どうする、喜作《きさく》」

「俺《おれ》は江戸《えど》へ戻《もど》って、長七郎兄《ちょうしちろうにい》さんを助《たす》けようと思《おも》う」

「しかし、このまま江戸《えど》へ戻《もど》ったら、直《す》ぐに奉行所《ぶぎょうしょ》に捕縛《ほばく》されるぞ。長七郎兄《ちょうしちろうにい》さんを助《たす》けたいのは山々《やまやま》だが、ここは節《せっ》を曲《ま》げても一旦《いったん》一橋家《ひとつばしけ》に仕《つか》えて、時間稼《じかんかせ》ぎをした方《ほう》がいいかもしれない」

「それもそうだな。栄一《えいいち》、でもよく考《かんが》えてみれば可笑《おか》しくないか。これまで幕府《ばくふ》を潰《つぶ》すということで奔走《ほんそう》しながら、今日《きょう》になって一橋家《ひとつばしけ》に仕官《しかん》するというのは、事情《じじょう》を知《し》らぬ者《もの》から批《ひ》難《なん》されそうだ」

「なるほど、その通《とお》りだ。しかし、ここで犬死《いぬじに》してもつまらぬ。寧《むし》ろ、一橋家《ひとつばしけ》に仕《つか》えて居《い》れば、長七郎兄《ちょうしちろうにい》さんを獄《ごく》から救《すく》い出《だ》す手段《しゅだん》も見《み》つかるかもしれないぞ」

「なるほど、栄一《えいいち》の言《い》うことにも一理《いちり》があるな。それでは暫《しばら》くの間《あいだ》、志《こころざし》を屈《くっ》して平岡《ひらおか》さまに仕《つか》えることにするか」

喜作《きさく》は納得《なっとく》してくれたが、内心《ないしん》はこれまでの行動《こうどう》がどこかで間違《まちが》ったと感《かん》じ始《はじ》めていた。

慶喜拝謁《よしのぶはいえつ》

翌朝《よくちょう》、二人《ふたり》は二条城《にじょうじょう》の西門《にしもん》を通《とお》って平岡円四郎《ひらおかえんしろう》を再度訪《さいどたず》ねた。

「我々両人《われわれりょうにん》は農民風情《のうみんふぜい》から成《な》り立《た》った者《もの》ではありますが、それでも人並《ひとなみ》の志士《しし》を目指《めざ》しております。勤王攘夷《きんのうじょうい》の初志《しょし》を翻《ひるがえ》して、一橋家《ひとつばしけ》に食禄《しょくろく》を乞《こ》い願《ねが》うということは好《この》みませぬが、禁裏《きんり》で守衛《しゅえい》などの職掌《しょくしょう》ならばお召《め》し抱《かか》え下《くだ》されても差《さ》し支《つか》えないと存《ぞん》じます」

「成程《なるほど》、然《しか》らば御前《ごぜん》に御話《おはな》しいたそう」

「平岡《ひらおか》さま、いま一《ひと》つお願《ねが》いがございます。我《われ》らをお召《め》し抱《かか》えになる前《まえ》に御前《ごぜん》の拝謁《はいえつ》を賜《たまわ》りたいのですが」

平岡《ひらおか》は突拍子《とっぴょうし》もない栄一《えいいち》の言葉《ことば》に驚《おどろ》いた。

「いや、それは、そちら農民《のうみん》にはお目見《めみ》えの例《れい》がないから難《むずか》しい」

「それなら他藩《たはん》の農民《のうみん》をお召《め》し抱《かか》えになるのも前例《ぜんれい》がないことです」

「いや、そのような理屈《りくつ》を申《もう》しても、左様《さよう》にはならぬ」

「それがいかぬなら、ご奉公《ほうこう》は御免被《ごめんこうむ》るより外《ほか》に仕方《しかた》がありませぬ」

「どうも困《こま》った強情《ごうじょう》を言《い》うものだ。ともかく評議《ひょうぎ》してみるので、ここで暫《しばら》く待《ま》っておれ」

平岡《ひらおか》はそのまま奥《おく》に消《き》えて行《い》った。

暫《しばら》く待《ま》つ内《うち》に、またいつものように表情《ひょうじょう》を変《か》えずに戻《もど》ってきた。

「お目見《めみ》えは叶《かな》わぬが、御前《ごぜん》は明後日《あさって》に遠乗《とおのり》をなされる予定《よてい》じゃ。途中《とちゅう》でお見掛《みか》けできるように工夫《くふう》するがよい」

「有難《ありがた》き仰《おお》せですが、どこで待《ま》てばよろしいので」

「御館近《おやかたちか》くの下加茂付近《しもがもふきん》に居《お》ればよかろう」

「相分《あいわ》かりましてござります」

そこで早朝《そうちょう》から徳川慶喜公《とくがわよしのぶこう》の御屋敷近《おやしきちか》くで待《ま》つことにした。門《もん》が突然開《とつぜんひら》くと三頭《さんとう》の馬《うま》が速足《はやあし》で出《で》てきた。先頭《せんとう》の馬主《ばぬし》は西洋鞍《せいようくら》に乗《の》って段袋《だんぶくろ》を穿《は》いている。多分御前《たぶんごぜん》が乗《の》られているなと思《おも》った瞬間《しゅんかん》に人馬《じんば》は通《とお》り過《す》ぎて行《い》った。

「この度《たび》、お召《め》し抱《かか》え戴《いただ》いた渋沢栄一《しぶさわえいいち》と渋沢喜作《しぶさわきさく》でござります。よろしくお目見《めみ》えのほどお願《ねが》い奉《たてまつ》ります」

大声《おおごえ》を上《あ》げながらひた走《はし》りに追《お》い駆《か》けたものの、小太《こぶと》りの栄一《えいいち》の短足《たんそく》ではとても追《お》いつかなかった。十町《じっちょう》ばかり後方《こうほう》で息《いき》を切《き》らせながら、お供《とも》をする内《うち》に御前《ごぜん》たちを見失《みうしな》ってしまっていた。

お目《め》見《み》えが上手《うま》くいかずに宿《やど》で方策《ほうさく》を考《かんが》えていたところ、一両日《いちりょうじつ》してから平岡《ひらおか》の使《つか》いが来《き》た。なんと『御前《ごぜん》とのお目通《めどお》りが叶《かな》って、御池通《おいけどお》りにある若狭藩《わかさはん》の京屋敷《きょうやしき》に明日《あす》来《こ》い』と言《い》う。

屋敷《やしき》の裏口《うらぐち》から小坪《こつぼ》に回《まわ》ると瀟洒《しょうしゃ》な離《はな》れが見《み》えた。その縁側《えんがわ》に置《お》かれた書見台《しょけんだい》を前《まえ》にして、額《ひたい》の生《は》え上《あ》がった殿様《とのさま》が何《なに》やら筆《ふで》を手《て》にして書《か》いている。主君《しゅくん》となる徳川慶喜公《とくがわよしのぶこう》に違《ちが》いなかった。すぐさま地《じ》べたに伏《ふ》せた。二人《ふたり》を見《み》た平岡《ひらおか》が言葉《ことば》を発《はっ》した。

「此度《このたび》召《め》し抱《かか》えました、渋沢栄一《しぶさわえいいち》と渋沢喜作《しぶさわきさく》でございます。両人《りょうにん》とも思《おも》うところを御前《ごぜん》に述《の》べてみよ」

栄一《えいいち》は前夜《ぜんや》考《かんが》えた口上《こうじょう》をすらすらと述《の》べ始《はじ》めた。

「水戸烈公《みとれっこう》の御子《みこ》におはしまして、殊《こと》に御三卿家《ごさんきょうけ》の貴《とうと》い御身《おんみ》を以《も》って、京都守衛総督《きょうとしゅえいそうとく》に御就任遊《ごしゅうにんあそ》ばされた上《うえ》は、如何《いか》にも深遠《しんえん》の御思召《おおぼめし》の事《こと》と存《ぞん》じます。今日《こんにち》は尊王佐幕《そんのうさばく》入り乱《みだ》れて、幕府《ばくふ》の命脈《めいみゃく》も絶《た》えなんとする有様《ありさま》であります。これからは雄藩《ゆうはん》による豪族政治《ごうぞくせいじ》が始《はじ》まると思《おも》われれば、君侯《くんこう》には天下《てんか》の志士《しし》を御集《おあつ》め遊《あそ》ばすことが願《ねが》わしいと存《ぞん》じます。よくよく天下《てんか》を統《す》べるほどの力量《りきりょう》のある人物《じんぶつ》をあらかた御館《おやかた》に集《あつ》めたならば、他《ほか》に乱《みだ》す者《もの》もなくなって天下《てんか》は治《おさ》まりましょう」

しきりに天下《てんか》を統《す》べる志士《しし》は自分《じぶん》たちであると力説《りきせつ》したつもりであったが、慶喜公《よしのぶこう》はただ『フンフン』と聞《き》いているかと思《おも》う内《うち》に一言《ひとこと》も発《はっ》せずに席《せき》を立《た》ってしまった。偉《えら》い殿様《とのさま》は下賤《げせん》の者《もの》とは話《はなし》を直接交《ちょくせつか》わさないものだと改《あらた》めて感《かん》じた。

後《のち》に徳川幕府第十五代将軍《とくがわばくふだいじゅうごだいしょうぐん》となる慶喜公《よしのぶこう》と栄一《えいいち》が初《はじ》めて会合《かいごう》した日《ひ》であった。また慶喜公《よしのぶこう》がまさか人生最大《じんせいさいだい》の恩人《おんじん》になるとは知《し》る由《よし》もなかった。

二人《ふたり》は本物《ほんもの》の武士《ぶし》に成《な》れた喜《よろこ》びで、侍《さむらい》らしく改名《かいめい》することにした。用人《ようにん》の平岡《ひらおか》から

『性質《せいしつ》が篤実《とくじつ》なので、篤太夫《とくだゆう》と呼《よ》ぶがよい』と勧《すす》められたのが理由《りゆう》であった。喜作《きさく》も成一郎《せいいちろう》と名前《なまえ》を変《か》えた。

元治元年《げんじがんねん》の二月《にがつ》、冷《つめ》たい比叡颪《ひえおろし》が長屋《ながや》の破《やぶ》れ障子《しょうじ》から吹《ふ》き込《こ》んでくる。掛布団《かけぶとん》が急《きゅう》に引《ひ》っ張《ぱ》られて栄一《えいいち》の上半身《じょうはんしん》が外《そと》へ出《で》た。

「喜作《きさく》、引《ひ》っ張《ぱ》るな。俺《おれ》の布団《ふとん》がなくなるだろ」

一枚《いちまい》の掛布団《かけぶとん》を二人《ふたり》が取《と》り合《あ》っていた。平岡円四郎《ひらおかえんしろう》の好意《こうい》で一橋家《ひとつばしけ》の四石二人扶持《よんこくににんぶち》、手当《てあて》月四両一分《つきよんりょういちぶ》の身分《みぶん》を拝命《はいめい》した。役職《やくしょく》は奥口番《おくぐちばん》というものであった。しかし、召《め》し抱《かか》えられたものの二人《ふたり》が作《つく》った借金《しゃっきん》は二十五両《にじゅうごりょう》を超《こ》していたので、これからは無駄《むだ》な金《かね》は一文《いちもん》も使《つか》わぬと申《もう》し合《あ》わせた。貸家《かしや》の四畳半《よじょうはん》の座敷《ざしき》に布団《ふとん》を一組《ひとくみ》だけ借《か》りて背中合《せなかあ》わせで寝《ね》ることにしていた。

夜《よ》が明《あ》けてから喜作《きさく》は竈《かまど》で薪《まき》を燃《も》やして米《こめ》を炊《た》いた。一方《いっぽう》、栄一《えいいち》は菜葉《なっぱ》を切《き》って味噌汁《みそしる》を作《つく》っていた。

「喜作《きさく》、この飯《めし》はなんだ、めっこ飯《めし》で食《く》えたものではねえ」

「ろくな薪《まき》が無《な》いからしょうがねえ。しかし、この味噌汁《みそしる》も薄《うす》くて水《みず》のようだ」

「甕《かめ》の味噌《みそ》が無《な》かったから我慢《がまん》しろ」

そう言《い》いながら栄一《えいいち》の箸《はし》には連《つら》なった沢庵《たくあん》の切《き》れ端《はし》が上《あ》がってきていた。その横《よこ》を黒《くろ》い大《おお》きな鼠《ねずみ》が走《はし》って行《い》く。喜作《きさく》は瞬間的《しゅんかんてき》に刀《かたな》の柄《え》で叩《たた》いた。うまく仕留《しと》めることができた。

「栄一《えいいち》、今晩《こんばん》はこいつを漬焼《つけやき》にして食《く》おうぜ」

食《た》べる気《き》がしなかったので、料理《りょうり》は喜作《きさく》に任《まか》せた。

朝飯《あさめし》が終《お》わってから奥口番《おくぐちばん》の詰所《つめしょ》の所在《しょざい》を聞《き》き忘《わす》れた事《こと》に気《き》づいた。それに奥口番《おくぐちばん》とは何《なに》をする仕事《しごと》かも聞《き》いていない。仕方《しかた》なく城内《じょうない》のあちらこちらを聞《き》き歩《ある》いた末《すえ》に、奥口番《おくぐちばん》の館《やかた》が賀茂川《かもがわ》の近《ちか》くに在《あ》ることを知《し》った。

そこは蘆《あし》が生《お》い茂《しげ》る中《なか》にある、今《いま》にも崩《くず》れ落《お》ちそうな藁葺《わらぶき》の小屋《こや》であった。一目見《ひとめみ》ただけで藪蚊《やぶか》と蚤《のみ》以外《いがい》は住《す》めそうもないほどの不浄《ふじょう》さを感《かん》じた。中《なか》に入《はい》ると、すっかり擦《す》り切《き》れた畳《たたみ》の上《うえ》に耄碌《もうろく》して、やる気《き》のない二人《ふたり》の老武士《ろうぶし》が既《すで》に詰《つ》めていた。

「このたび奥口番《おくぐちばん》の半級《はんきゅう》になりました渋沢篤太夫《しぶさわとくだゆう》と同《おな》じく成一郎《せいいちろう》でございます」

一礼《いちれい》をしてから座《すわ》る場所《ばしょ》を選《えら》んで腰《こし》を下《お》ろすや否《いな》や、

「そこ許《もと》らは御心得《おこころえ》がござらぬか。そこに座《すわ》ってはならぬ」

「ここは下座《しもざ》ではないのですか」

「わからぬか、畳《たたみ》の目《め》が一級《いっきゅう》のわしより上《うえ》になっておる」

「大《おお》きに失礼《しつれい》仕《つかまつ》りました」

畳《たたみ》の縁《へり》も目《め》も消《き》えていて、何処《どこ》に在《あ》るのか分《わ》からない。

「殿《との》の奥《おく》の御用《ごよう》があるまで、ここで待機《たいき》しておるがよい」

こんな詰所《つめしょ》に一級《いっきゅう》と半級《はんきゅう》の身分差別《みぶんさべつ》があるとは馬鹿馬鹿《ばかばか》しいの一言《ひとこと》に尽《つ》きた。

数日間《すうじつかん》、二人《ふたり》は老耄《ろうもう》な上役《うわやく》と顔《かお》を見合《みあ》わせていたが、誰《だれ》も奥口《おくぐち》に訪《たず》ねてくる者《もの》がいない。ただ黙《だま》って座《すわ》っているだけだった。喜作《きさく》は遂《つい》に耐《た》えられなくなり、栄一《えいいち》を縁側《えんがわ》に連《つ》れ出《だ》した。

「栄一《えいいち》、一番《いちばん》やろう」

懐《ふところ》から紙《かみ》の将棋盤《しょうぎばん》と駒《こま》を取《と》り出《だ》した。喜作《きさく》は将棋《しょうぎ》好《ず》きで素人《しろうと》にしては強《つよ》かった。

「喜作《きさく》、奉公中《ほうこうちゅう》だ。仕舞《しま》え」

栄一《えいいち》も喜作《きさく》を窘《たしな》めたものの無聊《ぶりょう》を囲《かこ》ったままであった。そこへ平岡《ひらおか》から『二条城《にじょうじょう》まで出向《でむ》け』という呼《よ》び出《だ》しが来《き》た。奥口番《おくぐちばん》の御役《おやく》に辟易《へきえき》していた両人《りょうにん》は飛《と》び上《あ》がって駆《か》け出《だ》した。二度《にど》と此処《ここ》には戻《もど》らないつもりであった。

城《しろ》に着《つ》いてから平岡《ひらおか》が発《はっ》した言葉《ことば》は意外《いがい》にも、

「本日《ほんじつ》よりそなたらを御用談所《ごようだんしょ》の下役《したやく》とする。御前《ごぜん》は今《いま》のところ御独《おひと》りにつき奥口《おくぐち》の仕事《しごと》もないのでな」

奥口《おくぐち》とは家政《かせい》に関《かん》する所《ところ》だと分《わ》かったが、あんな所《ところ》へは下女一人《げじょひとり》でさえ訪《たず》ねて来《く》る訳《わけ》がない。

「ところで御用談所《ごようだんしょ》とは如何《いか》なる仕事《しごと》でありますか」

「まあ、一言《ひとこと》で言《い》えば一橋《ひとつばし》家《け》の隠密《おんみつ》の用向《ようむき》をする所《ところ》だ。ついては幕府《ばくふ》が大坂摂海《おおざかせっかい》での砲台《ほうだい》築造《ちくぞう》を薩摩藩《さつまはん》の折田要蔵《おりたようぞう》という者《もの》に命《めい》じたが、この者《もの》の挙動《きょどう》が少々不審《しょうしょうふしん》な故《ゆえ》、渋沢《しぶさわ》はそこに弟子《でし》入《い》りして調《しら》べて欲《ほ》しい」

思《おも》いがけぬ朗報《ろうほう》であった。倒幕《とうばく》のためには薩摩藩《さつまはん》と手《て》を結《むす》ばねばならぬと思《おも》っていただけに、この好機《こうき》を逃《のが》す手《て》はないと感《かん》じた。

「委細《いさい》、かしこまりました。つきましては少々月俸《しょうしょうげっぽう》の前借《まえがり》を御願《おねが》いしたいのですが」

先立《さきだ》つ路銀《ろぎん》が全《まった》く無《な》かった。

「案《あん》ずるな。路銀《ろぎん》は遣《つか》わす。しかし、万一幕府《まんいちばくふ》の身内《みうち》と知《し》られたら殺《や》られるかもしれぬぞ」

「勿論《もちろん》、覚悟《かくご》の上《うえ》でございます」

「よい覚悟《かくご》じゃ。上役《うわやく》の川村恵十郎《かわむらえじゅうろう》の友人《ゆうじん》が折田《おりた》と別懇《べっこん》と聞《き》いたので、その伝《つて》から頼《たの》み込《こ》んでみるとしよう」

「某《それがし》も一緒《いっしょ》でよろしいのか」

喜作《きさく》が不安《ふあん》そうな顔《かお》で尋《たず》ねた。

「いや、そなたは腕《うで》も立《た》つようなので、二条城《にじょうじょう》で殿《との》の御用伺役《ごようかがいやく》を命《めい》じる」

栄一《えいいち》と別《わか》れるのには不安《ふあん》があったが、剣《けん》の腕《うで》が立《た》つと見込《みこ》まれたことで喜作《きさく》は気《き》を良《よ》くしていた。

栄一《えいいち》は心置《こころお》きなく折田要蔵《おりたようぞう》がいる大坂土佐堀《おおざかとさぼり》の松屋《まつや》という下宿《げしゅく》に向《む》かった。宿《やど》の玄関《げんかん》には紫《むらさき》の幕《まく》が張《は》り巡《めぐ》らされており、看板《かんばん》には『摂海防御台築造用掛折田要蔵様御宿《せっかいぼうぎょだいちくぞうようがかりおりたようぞうさまおやど》』と筆太《ふでぶと》の楷書《かいしょ》で書《か》かれていた。宿《やど》の主《あるじ》からは折田《おりた》の仕事場《しごとば》は二階《にかい》の奥《おく》にあると言《い》われて、すぐに部屋《へや》に向《む》かうと、中年《ちゅうねん》の職人《しょくにん》が顔《かお》を上《あ》げた。

「一橋家家臣《ひとつばしけかしん》の渋沢篤太夫《しぶさわとくだゆう》でござります。某《それがし》も攘夷鎖港《じょういさこう》の方策《ほうさく》には大坂《おおざか》の海防《かいぼう》が何《なに》よりも大事《だいじ》と考《かんが》えております。就《つ》きましては」

「挨拶《あいさつ》はせんでよか。ここにある絵図《えず》の下絵《したえ》を引《ひ》いてみろ」

作業台《さぎょうだい》の上《うえ》には多数《たすう》の大砲《おおづつ》の絵図《えず》が乱雑《らんざつ》に置《お》かれていた。これまで小筆《こふで》で構図《こうず》などを引《ひ》く稽古《けいこ》はしたことがなかったので、引《ひ》いた線《せん》は屈曲《くっきょく》し、墨《すみ》の濃淡《のうたん》がついた反故《ほご》しかできない有様《ありさま》だった。

「こんなこともできんのか」

数日間《すうじつかん》、図面書《ずめんかき》を手伝《てつだ》ったものの真面《まとも》な絵図《えず》は一枚《いちまい》も書《か》けなかった。痺《しび》れを切《き》らした折田《おりた》は遂《つい》に愛想《あいそ》を尽《つ》かして、

「もう絵図《えず》は書《か》かなくてよか。俺《おい》の代《か》わりに奉行所《ぶぎょうしょ》へ用足《ようたし》に行《い》ってこい」

折田《おりた》は生粋《きっすい》の薩摩人《さつまじん》で鹿児島弁《かごしまべん》でしか話《はなし》ができなかったので、幕府《ばくふ》の役人《やくにん》との打《う》ち合《あ》わせはあまりしたがらなかった。それからは大坂町奉行所《おおざかまちぶぎょうしょ》とか勘定奉行《かんじょうぶぎょう》との応接《おうせつ》に出《で》かけるようになった。一月《ひとつき》ばかり経《た》つ内《うち》に生粋《きっすい》の薩摩藩士《さつまはんし》である三島弥兵衛《みしまやへえ》や川村与十郎《かわむらよじゅうろう》などとも親《した》しい関係《かんけい》になることができた。しかし、折田《おりた》は肝心《かんじん》の砲術《ほうじゅつ》に関《かん》して非凡《ひぼん》な人物《じんぶつ》とは思《おも》えず、島津《しまづ》の殿様《とのさま》や西郷隆盛《さいごうたかもり》などの信任《しんにん》を得《え》ているとも思《おも》えなかった。

そのことを平岡《ひらおか》に手紙《てがみ》で報告《ほうこく》をすると、帰京《ききょう》しろとの命令《めいれい》が返《かえ》ってきた。すぐ折田《おりた》に辞《や》めることを伝《つた》えると、

「仕方《しかた》がなか。ここにおっても役《やく》に立《た》たん」

少《すこ》しの慰留《いりゅう》もしてくれなかった。

薩摩藩屋敷《さつまはんやしき》に別《わか》れの挨拶《あいさつ》に行《い》くと、示現流《じげんりゅう》の猛者《もさ》である三島《みしま》と川村《かわむら》が惜《お》しんでくれた。

「渋沢《しぶさわ》、そなたが京都《きょうと》へ帰《かえ》るのは残念《ざんねん》だ。これから雑魚場《ざこば》の茶屋《ちゃや》へ一緒《いっしょ》に来《こ》ないか。送別《そうべつ》に一献傾《いっこんかたむ》けよう」

その晩《ばん》は料理屋《りょうりや》で大《おお》いに焼酎《しょうちゅう》を飲《の》んで、歌《うた》ったりして愉快《ゆかい》な時間《じかん》を過《す》ごすことにした。泥酔《でいすい》の上《うえ》で寝《ね》てしまい、気《き》づくと二人《ふたり》の姿《すがた》はもう消《き》えていた。下宿《げしゅく》の松屋《まつや》へ戻《もど》ると真夜中《まよなか》になっていた。

「折田先生《おりたせんせい》、遅《おそ》くなりましたが、只今戻《ただいまもど》りました」

座敷《ざしき》の襖《ふすま》を開《あ》けると、宿《やど》の娘《むすめ》が眉間《みけん》を血《ち》に染《そ》めて横《よこ》たわっている。傍《かたわ》らには先生《せんせい》が呆然《ぼうぜん》として割《わ》れた徳利《とっくり》を手《て》にして座《すわ》っていた。

「先生《せんせい》、これは一体《いったい》、如何《いかが》したのでありますか」

「いま三島《みしま》が来《き》て、怒《いか》ってこの通《とお》り狼藉《ろうぜき》をして帰《かえ》った」

「はて、先《さき》ほどまで三島《みしま》さんとは送別会《そうべつかい》で一緒《いっしょ》でしたが」

「その席《せき》で、三島《みしま》の悪口《わるくち》を俺《おい》が言《ゆ》っていると、お前《まえ》が言《ゆ》ったからだ」

「実《じっ》に奇怪千万《きかいせんばん》なことをおっしゃいます。私《わたし》は折田先生《おりたせんせい》を師《し》としてご教授《きょうじゅ》頂《いただ》いている身分《みぶん》であります。たとえ如何様《いかよう》なことがあろうとも、陰《かげ》で先生《せんせい》を誹謗《ひぼう》するような卑《いや》しい心《こころ》は持《も》ちませぬ。三島《みしま》は嘘《うそ》をついている。許《ゆる》せない、ここへ連《つ》れてきます」

激情《げきじょう》に駆《か》られて口走《くちばし》ると、急《きゅう》に座敷《ざしき》を飛《と》び出《だ》した。

「待《ま》て、渋沢《しぶさわ》」

折田《おりた》の制止《せいし》を無視《むし》して三島《みしま》の居《い》る宿《やど》へ走《はし》った。宿《やど》の裏木戸《うらきど》を無理矢理《むりやり》開《あ》けて勝手口《かってぐち》に入《はい》ると、川村《かわむら》がまだ起《お》きていて酔《よ》い覚《ざ》ましの水《みず》を甕《かめ》から柄杓《ひしゃく》で飲《の》んでいた。

「三島《みしま》はどこだ」

「もう二階《にかい》で寝《ね》とる」

栄一《えいいち》は刀《かたな》の鯉口《こいぐち》を緩《ゆる》めて二階《にかい》に上《あ》がろうとした。

「渋沢《しぶさわ》、待《ま》て、何《なに》をするか」

血相《けっそう》を変《か》えている栄一《えいいち》を見《み》て、川村《かわむら》が背後《はいご》から抱《だ》き留《と》めた。

「三島《みしま》が俺《おれ》を騙《かた》って折田先生《おりたせんせい》を侮蔑《ぶべつ》したから、先生《せんせい》の所《ところ》に連《つ》れて行《い》って、殊《こと》の次第《しだい》では斬《き》り殺《ころ》す」

「待《ま》たんか」

川村《かわむら》は羽交《はが》い絞《じ》めにした栄一《えいいち》を放《はな》そうとはしなかった。仕方《しかた》なくこれまでの事情《じじょう》を話《はな》すと、

「お前《まえ》の力《ちから》では三島《みしま》は斬《き》れぬ。起《お》こすと面倒《めんどう》になるから、俺《おい》が一緒《いっしょ》に行《い》ってやる」

仕方《しかた》なく川村《かわむら》を連《つ》れて松屋《まつや》へ戻《もど》ることになった。折田《おりた》は酔《よ》いが醒《さ》めたからか青白《あおじろ》い顔《かお》をして起《お》きていた。娘《むすめ》はすでに居《い》なかった。

折田《おりた》は川村《かわむら》が一緒《いっしょ》だと知《し》ると、急《きゅう》に殊勝《しゅしょう》になって、

「渋沢《しぶさわ》、謝《あやま》る。俺《おい》が嘘《うそ》をついた。悪《わる》いのは俺《おい》だ」

すぐに川村《かわむら》と折田《おりた》が薩摩弁《さつまべん》で何《なに》やら話《はな》し始《はじ》めたが、意味不明《いみふめい》であった。話《はなし》を推測《すいそく》するに、折田《おりた》が宿屋《やどや》の娘《むすめ》、おみきに酌《しゃく》をさせながら手籠《てごめ》にしようとしていた姿《すがた》を、帰《かえ》りに立《た》ち寄《よ》った三島《みしま》が見《み》てしまい、『薩摩武士《さつまぶし》の面汚《つらよご》しだ』とばかりに酔《よ》った勢《いきお》いで暴《あば》れたようである。側《そば》にいたおみきは運悪《うんわる》く割《わ》れた杯《さかづき》が額《ひたい》に当《あ》たって怪我《けが》をしたのだった。

「折田《おりた》、お前《まえ》の嘘《うそ》のせいで、渋沢《しぶさわ》は三島《みしま》を斬《き》るところだったぞ」

栄一《えいいち》は事実《じじつ》を知《し》って、折田《おりた》を軽蔑《けいべつ》したが逆《ぎゃく》に川村《かわむら》の沈着冷静《ちんちゃくれいせい》な行動《こうどう》には尊敬《そんけい》の念《ねん》を抱《いだ》いた。

明治維新後《めいじいしんご》、川村《かわむら》は海軍大将《かいぐんたいしょう》になり、三島《みしま》は警視総監《けいしそうかん》になって立身出世《りっしんしゅっせ》する。

帰郷《ききょう》

京都《きょうと》に戻《もど》った栄一《えいいち》は用人《ようにん》の平岡《ひらおか》と久《ひさ》しぶりに面会《めんかい》した。

「ご苦労《くろう》であったな。折田《おりた》の件《けん》は早速御前《さっそくごぜん》に話《はなし》をしておこう。ところで、其方《そなた》を呼《よ》び戻《もど》した訳《わけ》は、近頃長州藩《ちかごろちょうしゅうはん》を中心《ちゅうしん》とした尊攘派《そんじょうは》が過激《かげき》になってきている。当一橋家《とうひとつばしけ》もいま少《すこ》し志士《しし》たちを召《め》し抱《かか》えなければならないのだ」

徳川慶喜公《とくがわよしのぶこう》は京都守衛《きょうとしゅえい》の大役《たいやく》を仰《おお》せつかっていたにも拘《かか》わらず、直参《じきさん》の侍《さむらい》は百人《ひゃくにん》にも満《み》たず全《まった》くの人数不足《にんずうぶそく》であった。そもそも一橋家《ひとつばしけ》は田安家《たやすけ》、清水家《しみずけ》と並《なら》ぶ御三卿《ごさんきょう》で、徳川《とくがわ》将軍家《しょうぐんけ》に後嗣《こうし》がない場合《ばあい》に将軍《しょうぐん》の後継者《こうけいしゃ》を提供《ていきょう》する役割《やくわり》を担《にな》うだけなので、正規《せいき》の武士団《ぶしだん》などは持《も》たずにいた。

「平岡《ひらおか》さま、我《われ》ら二人《ふたり》をその人選御用《じんせんごよう》として関東《かんとう》に遣《つか》わしてください。高禄高官《こうろくこうかん》を望《のぞ》まず、義《ぎ》の在《あ》る処《ところ》に死《し》を視《み》ること鴻毛《こうもう》の如《ごと》し、という気魄《きはく》のある者《もの》を三十人《さんじゅうにん》や四十人《よんじゅうにん》は連《つ》れて参《まい》ります」

「それは誠《まこと》に大義《たいぎ》である。志士《しし》たちは随分《ずいぶん》と使《つか》い道《みち》があるので、関東《かんとう》の御領内《ごりょうない》を回《まわ》って早々《そうそう》に召《め》し連《つ》れてくるがよい」

思《おも》いがけずに関東《かんとう》に戻《もど》れることを聞《き》いて、栄一《えいいち》と喜作《きさく》は内心狂喜《ないしんきょうき》した。ひょっとすれば故郷《こきょう》に戻《もど》れるかもしれない。

早速旅支度《さっそくたびじたく》に取《と》り掛《か》かっていると、喜作《きさく》が独言《ひとりごと》のように、

「栄一《えいいち》、よく考《かんが》えてみるとおかしくないか。俺《おれ》らは倒幕《とうばく》を志《こころざ》して家《うち》を出《で》たはずだ。それに薩長《さっちょう》と誼《よしみ》を通《つう》じるために京都《きょうと》へ来《き》たはずなのに、いつの間《ま》にか徳川《とくがわ》の殿様《とのさま》の家来《けらい》になって、浪士《ろうし》を集《あつ》める羽目《はめ》になっている」

「うむ、俺《おれ》も同《おな》じことを考《かんが》えていた。しかし、長七郎兄《ちょうしちろうにい》さんを助《たす》けるためには、もう暫《しばら》く一橋家《ひとつばしけ》の家臣《かしん》でいるしかないだろう」

その年《とし》の四月《しがつ》になって半年振《はんとしぶ》りに、篤太夫《とくだゆう》と成一郎《せいいちろう》になった二人は喜《よろこ》び勇《いさ》んで江戸《えど》へ向《む》かった。一生懸命奉公《いっしょうけんめいほうこう》した甲斐《かい》もあり、二十五両《にじゅうごりょう》の借金《しゃっきん》はきれいに全額返済《ぜんがくへんさい》できていて足《あし》取《ど》りを軽《かる》くしていた。人集《ひとあつ》めに関《かん》しては、以前横濱《いぜんよこはま》の外人居留地《がいじんきょりゅうち》を襲《おそ》うために作《つく》った慷慨組《こうがいぐみ》の同志《どうし》を勧誘《かんゆう》しようと考《かんが》えていた。何《なに》よりも長七郎《ちょうしちろう》を救出《きゅうしゅつ》する便宜《べんぎ》が図《はか》れる。

江戸《えど》へ下《くだ》ってから先《ま》ず小石川《こいしかわ》の一橋家《ひとつばしけ》に出頭《しゅっとう》した。御用人平岡《ごようにんひらおか》の後任《こうにん》となっていた黒川嘉《くろかわか》兵衛《へえ》は赤《あか》ら顔《がお》で恰幅《かっぷく》の良《よ》い人物《じんぶつ》であった。京都《きょうと》での一部始終《いちぶしじゅう》を報告《ほうこく》してから、思《おも》い切《き》って長七郎《ちょうしちろう》の行方《ゆくえ》を聞《き》いてみた。

「知人《ちじん》が昨年急《さくねんきゅう》に伝馬町《でんまちょう》の牢《ろう》に囚《とら》われて難渋《なんじゅう》しております。つきましては委細《いさい》を知《し》る何《なに》か方便《ほうべん》はないでしょうか」

「某《それがし》はその方面《ほうめん》は詳《くわ》しくないのでな、幕府《ばくふ》の御勘定組頭《おかんじょうくみがしら》の小田又蔵《おだまたぞう》を紹介《しょうかい》しよう」

「有難《ありがと》うございます」

早速《さっそく》、小田《おだ》に面会《めんかい》して徳川慶喜公《とくがわよしのぶこう》の家臣《かしん》と述《の》べただけで、直《す》ぐに町奉行所《まちぶぎょうしょ》へ照会《しょうかい》してくれた。

「その方《ほう》らのお尋《たず》ね者《もの》は榛沢七郎《はんざわしちろう》という輩《やから》と思《おも》われる。戸田《とだ》に於《お》いて通行人《つうこうにん》を死傷《ししょう》させた科《とが》で伝馬町《でんまちょう》の牢《ろう》に入《い》れられて居《お》る。何《なに》せ現行犯《げんこうはん》だけにそう簡単《かんたん》に保釈《ほしゃく》はできぬと町奉行《まちぶぎょう》は言《い》っている」

小田《おだ》は気《き》の毒《どく》がってくれたが、如何《いかん》ともなし難《がた》いとの表情《ひょうじょう》は変《か》わらなかった。これからの御用《ごよう》を前《まえ》にして罪人《ざいにん》の榛沢七郎《はんざわしちろう》が渋沢家《しぶさわけ》の縁者《えんじゃ》であるとは最後《さいご》まで言《い》えずにいた。

「喜作《きさく》、困《こま》ったな。このままでは新五郎《しんごろう》さんや、お千代《ちよ》にも合《あ》わせる顔《かお》がない」

「栄一《えいいち》、でも京都《きょうと》へ戻《もど》る時《とき》は中山道《なかせんどう》から血洗島村《ちあらいじまむら》を通《とお》って帰《かえ》ろう。およしにも会《あ》いたい」

喜作《きさく》は別《わか》れ際《ぎわ》に泣《な》きじゃくっていた妻《つま》を思《おも》い出《だ》して里心《さとごころ》がついていた。

本来《ほんらい》の人選御用《じんせんごよう》に取《と》り掛《か》かると、千葉道場《ちばどうじょう》や海保塾《かいほじゅく》で知《し》り合《あ》った浪士《ろうし》たちの多《おお》くは、水戸筑波山《みとつくばさん》で尊王攘夷《そんのうじょうい》を掲《かか》げて挙兵《きょへい》した天狗党《てんぐとう》へ入党《にゅうとう》してしまい見当《みあ》たらなかった。

「天狗党《てんぐとう》とは、さすがに水戸藩《みとはん》は恰好《かっこう》いい名前《なまえ》をつけるな。慷慨組《こうがいぐみ》より超人的《ちょうじんてき》な働《はたら》きができそうだ」

「喜作《きさく》、我《われ》らはいま幕臣《ばくしん》だぞ。人集《ひとあつ》めの御用《ごよう》が先《さき》だ」

「うん、わかっている。それでは武蔵国《むさしのくに》の一橋家《ひとつばしけ》の領地《りょうち》へ行《い》って探《さが》してみよう」

上方《かみがた》と違《ちが》って武州《ぶしゅう》は勝手知《かってし》った場所《ばしょ》だけに人集《ひとあつ》めも捗《はかど》って、奉公希望《ほうこうきぼう》の農民三四十名《のうみんさんしじゅうめい》を見《み》つけることができた。これに江戸《えど》で採用《さいよう》した八人《はちにん》の剣客《けんきゃく》と二人《ふたり》の漢学《かんがく》の書生《しょせい》を加《くわ》えた集団《しゅうだん》を率《ひき》いて、二人《ふたり》は意気揚々《いきようよう》と中山道《なかせんどう》へと向《む》かった。

利根川沿《とねがわぞ》いに上《のぼ》って熊谷《くまがや》と深谷《ふかや》の中間《ちゅうかん》にある妻沼《つまぬま》の近《ちか》くまで来《く》ると、前方《ぜんぽう》から誰《だれ》かが駆《か》けてくる。故郷《ふるさと》の血洗島村《ちあらいじまむら》まではもう一里《いちり》も残《のこ》っていなかった。顔《かお》をよく見《み》れば須永伝蔵《すながでんぞう》ではないか。伝蔵《でんぞう》は市郎右衛門《いちろうえもん》の妹《いもうと》、きいの息子《むすこ》で栄一《えいいち》より二歳《にさい》ほど年下《としした》の従弟《いとこ》である。

「おーい、伝蔵《でんぞう》。俺《おれ》だ。喜作《きさく》だ」

伝蔵《でんぞう》は葵《あおい》の御紋《ごもん》を纏《まと》った羽織《はおり》と袴《はかま》姿《すがた》に変身《へんしん》した二人《ふたり》に名乗《なの》られるまで気《き》づかなかった。

「喜作《きさく》さんか。見違《みちが》えた。栄一《えいいち》さんも一緒《いっしょ》か。よかった」

伝蔵《でんぞう》は大勢《おおぜい》の武士《ぶし》を率《ひき》いている二人《ふたり》にひどく驚《おどろ》いた。

「手紙《てがみ》を書《か》いておいたから、迎《むか》えに来《き》てくれたのか」

栄一《えいいち》の問《と》いに伝蔵《でんぞう》は息《いき》を切《き》らせながら、

「いや違《ちが》う、岡部《おかべ》の代官《だいかん》が兄《にい》さんたちを捕《とら》えようと血洗島村《ちあらいじまむら》で待《ま》っている。だから、間違《まちが》っても来《こ》させるなと市郎右衛門《いちろうえもん》さんに言《い》われて一足先《ひとあしさき》に駆《か》けつけた。お二人《ふたり》の父上《ちちうえ》は妻沼《つまぬま》の宿《しゅく》で待《ま》っている」

昔《むかし》、御用金《ごようきん》で苛《いじ》められた岡部《おかべ》の代官《だいかん》、若森権六《わかもりごんろく》の憎《にく》たらしい顔《かお》を思《おも》い出《だ》した。

妻沼《つまぬま》の宿《やど》の二階《にかい》で市郎右衛門《いちろうえもん》と喜作《きさく》の父《ちち》の文左衛門《ぶんざえもん》が心配気《しんぱいげ》に待《ま》ってくれていた。村《むら》を逐電《ちくでん》してからまだ一年《いちねん》も経《た》たないにも拘《かか》わらず、二人《ふたり》ともひどく歳《とし》を取《と》ったように思《おも》えた。

市郎右衛門《いちろうえもん》が口《くち》を開《ひら》いた。

「お前《まえ》たちが村《むら》を出《で》てから、新五郎《しんごろう》は村預《むらあず》かり、平九郎《へいくろう》も宿預《やどあず》かりの刑《けい》で謹慎《きんしん》させられておる」

「えっ、二人《ふたり》が何《なに》をした」

栄一《えいいち》が大声《おおごえ》を上《あ》げた。

「お前《まえ》らが土蔵《どぞう》に隠《かく》した刀剣《とうけん》を見《み》つけられて、水戸天狗党《みとてんぐとう》との関係《かんけい》を疑《うたが》われたからだ」

事《こと》の重大《じゅうだい》さを知《し》って顔《かお》が引《ひ》き攣《つ》った。

「父《とう》さん、申《もう》し訳《わけ》ない。でも俺《おれ》と喜作《きさく》は晴《は》れて徳川慶喜公《とくがわよしのぶこう》の家臣《かしん》になれた。京都《きょうと》に戻《もど》ったら御前《ごぜん》にお願《ねが》いして、新五郎《しんごろう》さんと平九郎《へいくろう》はすぐに許《ゆる》してもらうから」

「そうしてくれ。お千代《ちよ》とおよしは隣村《となりむら》の宿根《しゅくね》で待《ま》っているから、直《す》ぐに会《あ》いに行《い》ってやれ」

市郎右衛門《いちろうえもん》の優《やさ》しい言葉《ことば》に喜作《きさく》が最初《さいしょ》に座敷《ざしき》を飛《と》び出《だ》した。

栄一《えいいち》は桑《くわ》の木陰《こかげ》で嬰児《みどりご》を背負《せお》った千代《ちよ》が立《た》っているのを見《み》つけた。初《はじ》めての逢瀬《おうせ》だった夏祭《なつまつり》の宵《よい》と同《おな》じように夕日《ゆうひ》が千代《ちよ》を眩《まぶ》しく照《て》らしている。急《きゅう》に懐《なつ》かしさと嬉《うれ》しさで熱《あつ》く心《こころ》がときめいた。

「喜《よろこ》んでくれ。徳川慶喜公《とくがわよしのぶこう》の直参《じきさん》の身分《みぶん》になれた。だから長七郎兄《ちょうしちろうにい》さんも必《かなら》ず助《たす》けるからな。平九郎《へいくろう》も一橋家《ひとつばしけ》に奉公《ほうこう》させるように計《はか》らうつもりだ」

「あなた、とうとう本当《ほんとう》のお侍《さむらい》になられたのですね。今晩《こんばん》はどちらにお泊《とま》りなの」

「これからお役目《やくめ》で皆《みな》を連《つ》れて、一日《いちにち》も早《はや》く京都《きょうと》へ行《い》かねばならぬ」

抱《だ》いていた歌子《うたこ》を戻《もど》した。そして優《やさ》しく千代《ちよ》の肩《かた》に手《て》を置《お》きながら、

「千代《ちよ》、辛抱《しんぼう》してくれ。くれぐれも両親《りょうしん》の面倒《めんどう》を頼《たの》む」

千代《ちよ》はせめて一晩《ひとばん》でも一緒《いっしょ》に居《い》てくれればと願《ねが》っていたが、叶《かな》わないと知《し》って、口《くち》には出《だ》さずに俯《うつむ》いてしまっている。

この場《ば》に長《なが》くいれば妻《つま》により辛《つら》い思《おも》いをさせるかと思《おも》うと、切《せつ》なくなって居《い》た堪《たま》れなかった。

「あとは頼《たの》むぞ」

そのまま元来《もとき》た路《みち》を駆《か》け出《だ》した。仕方《しかた》なく千代《ちよ》も歌子《うたこ》をまた負《お》ぶうと、役人《やくにん》に見《み》つからぬように畦道《あぜみち》を戻《もど》って行《い》くのであった。

岡部村《おかべむら》の代官所《だいかんしょ》の前《まえ》を葵《あおい》の御紋《ごもん》の幟旗《のぼりばた》を立《た》てた一団《いちだん》の侍《さむらい》集団《しゅうだん》が通《とお》り過《す》ぎて行《い》く。その先頭《せんとう》を徳川家《とくがわけ》の陣笠《じんがさ》をかぶり、意気揚々《いきようよう》と歩《ある》く栄一《えいいち》であった。

「権六《ごんろく》、今度《こんど》帰《かえ》る時《とき》は、貴様《きさま》を地《じ》べたに跪《ひざまず》かせてやる」

代官《だいかん》を睨《にら》みつけながら固《かた》く誓《ちか》って、また京都《きょうと》へ上《のぼ》った。代官《だいかん》の若森権六《わかもりごんろく》は指《ゆび》を銜《くわ》えたまま一団《いちだん》を見過《みす》ごすしかなかった。

九月《くがつ》の初《はじ》めになって一団《いちだん》は山科《やましな》の里《さと》から花山《はなやま》を通《とお》って京都《きょうと》に入《はい》ろうとしていた。山《やま》の頂《いただき》からは京都《きょうと》の町並《まちなみ》が一望《いちぼう》できた。

「栄一《えいいち》、見《み》てみろ。大変《たいへん》だ。京《きょう》の町《まち》が消《き》えている」

喜作《きさく》の指差《ゆびさ》す方向《ほうこう》の洛中全体《らくちゅうぜんたい》が黒《くろ》く焼《や》け焦《こ》げていた。長州藩《ちょうしゅうはん》が七月《しちがつ》に御所《ごしょ》の蛤御門《はまぐりごもん》に攻《せ》め入《い》ったことは噂《うわさ》に聞《き》いてはいたが、これほど大《おお》きな戦《いくさ》が起《お》きたとは夢《ゆめ》にも思《おも》わなかった。ただ慶喜公《よしのぶこう》が陣頭指揮《じんとうしき》を執《と》って、押《お》しかけた長州《ちょうしゅう》の軍団《ぐんだん》を鎮圧《ちんあつ》して勝利《しょうり》を収《おさ》めたことは嬉《うれ》しかった。長州藩《ちょうしゅうはん》の勤王倒幕《きんのうとうばく》に賛成《さんせい》はできても、禁裏《きんり》に銃砲《じゅうほう》を向《む》けたことは許《ゆる》せなかった。

旅姿《たびすがた》もそのままに、二人《ふたり》は一橋家《ひとつばしけ》の避難先《ひなんさき》になった京館《きょうやかた》に浪士集《ろうしあつ》めの報告《ほうこく》に上《あ》がった。迎《むか》えたのは新《あたら》しく家老《かろう》になった川村恵十郎《かわむらえじゅうろう》だった。しかし、その顔《かお》を一目見《ひとめみ》て驚《おどろ》いた。

「川村《かわむら》さま、お顔《かお》の刀傷《かたなきず》は如何《いかが》なされたのですか」

「渋沢《しぶさわ》、言《い》い難《がた》きことであるが、平岡円四郎《ひらおかえんしろう》さまが六月十四日《ろくがつじゅうよっか》の夜《よる》に屋敷《やしき》を出《で》た所《ところ》で闇討《やみうち》に遭《あ》い亡《な》くなられた。某《それがし》もお供《とも》していて刺客《しきゃく》の二人《ふたり》を斬《き》り殺《ころ》したものの、平岡《ひらおか》さまは残念《ざんねん》ながら曲者《くせもの》の初太刀《はったち》を受《う》けて即死《そくし》されてしまっていた」

「なんと、して、相手《あいて》の刺客《しきゃく》は何者《なにもの》ですか」

「先《さき》の五日《いつか》に新選組《しんせんぐみ》が池田屋《いけだや》に集合《しゅうごう》した謀反浪士《むほんろうし》を捕殺《ほさつ》したことを、平岡《ひらおか》さまが指示《しじ》したと信《しん》じた長州志士《ちょうしゅうしし》らの仕業《しわざ》であった」

まだ赤《あか》い三日月《みかづき》のような切傷《きりきず》を間近《まぢか》にすると、凶事《きょうじ》は昨夜《さくや》の出来事《できごと》のように思《おも》えた。平岡《ひらおか》様《さま》のような有為《ゆうい》な人物《じんぶつ》を闇討《やみうち》にする長州藩《ちょうしゅうはん》には強《つよ》い嫌悪感《けんおかん》を抱《いだ》いた。享年《きょうねん》まだ四十三歳《よんじゅうさんさい》と聞《き》いて、江戸《えど》で出会《であ》った奥方《おくがた》には同情《どうじょう》した。

「さて、その方《ほう》らは平岡《ひらおか》さまに代《か》わって筆頭用人《ひっとうようにん》になられた黒川嘉兵衛《くろかわかへえ》さまの御指示《ごしじ》を頂《いただ》くがよい」

関東《かんとう》から連《つ》れてきた四十名近《よんじゅうめいちか》くの浪士達《ろうしたち》の行末《ゆくすえ》も心配《しんぱい》になったが、新《あたら》しい用人《ようにん》の黒川《くろかわ》に全《すべ》てを託《たく》すことにした。

黒川《くろかわ》は元下田奉行《もとしもだぶぎょう》を務《つと》めていたが、数年前《すうねんまえ》より平岡《ひらおか》と共《とも》に慶喜公《よしのぶこう》に仕《つか》えていた。黒川《くろかわ》は五十歳位《ごじっさいくらい》であった。

「平岡《ひらおか》さまがご健在《けんざい》であればさぞお喜《よろこ》びだったろう。そちらが連《つ》れて参《まい》った者《もの》はすべて採用《さいよう》することで御前《ごぜん》がご許可《きょか》なされた」

「有難《ありがた》き次第《しだい》でございます」

「なお御前《ごぜん》は此度《こたび》の人選御用《じんせんごよう》を評価《ひょうか》されて、来月《らいげつ》より其方《そなた》らを御徒士《おかち》の身分《みぶん》とされた。食《しょく》禄《ろく》も八石二人扶持《はっこくににんぶち》で月棒《げっぽう》は金六両《きんろくりょう》となる」

御徒士《おかち》は奥口番《おくぐちばん》より一級上《いっきゅううえ》の身分《みぶん》であった。

「これからも粉骨砕身《ふんこつさいしん》で努《つと》めます」

すぐに喜作《きさく》が大声《おおごえ》で返礼《へんれい》した。

帰《かえ》り道《みち》、喜作《きさく》が上機嫌《じょうきげん》で語《かた》り掛《か》けてきた。

「栄一《えいいち》、月俸《げっぽう》も上《あ》がったし、今度《こんど》は先斗町《ぽんとちょう》でなくて祇園《ぎおん》にしよう」

「馬鹿《ばか》こけ、もうあんな高《たか》い場所《ばしょ》には行《い》かかぬ」

「それもそうだな。いい夢《ゆめ》は何度《なんど》も見《み》られるわけじゃねえからな」

喜作《きさく》は歩兵隊《ほへいたい》に配属《はいぞく》されたが、栄一《えいいち》は案《あん》に相違《そうい》して毎夜祇園町《まいよぎおんまち》や木屋町《きやまち》の紅灯緑酒《こうとうりょくしゅ》の海《うみ》に身《み》を投《とう》じる羽目《はめ》になった。上司《じょうし》になった黒川《くろかわ》の随伴役《ずいばんやく》で酒席《しゅせき》の段取《だんどり》をすることを命《めい》じられたからである。蛤御門《はまぐりごもん》の戦以来《いくさいらい》、御前《ごぜん》の名声《めいせい》が高《たか》くなり、今夜《こんや》は筑前藩《ちくぜんはん》の御馳走《ごちそう》、明晩《みょうばん》は加賀藩《かがはん》の招待《しょうたい》、明後日《あさって》の夕《ゆう》べには彦根藩《ひこねはん》の家老岡本半介《かろうおかもとはんすけ》が上七軒《かみしちけん》の料亭《りょうてい》に招《まね》いてくれるといった毎日《まいにち》が始《はじ》まった。

黒川《くろかわ》は年齢《ねんれい》の割《わり》に酒《さけ》と遊興《ゆうきょう》の席《せき》になると別人《べつじん》のように壮健《そうけん》になった。ある晩《ばん》、栄一《えいいち》がいつものように末席《まっせき》で神妙《しんみょう》に座《ざ》していると、黒川《くろかわ》がにやけた顔をしながら近《ちか》づいてきた。

「渋沢《しぶさわ》、その方《ほう》は毎夜座敷《まいよざしき》に侍《はべ》りながら、酒《さけ》は嗜《たしな》まぬのか」

「はい、御奉公中《ごほうこうちゅう》でありますから酒《さけ》は飲《の》みませぬ」

「そうか、堅物《かたぶつ》だな」

何《なに》か珍《めずら》しいものを見《み》たような怪訝《けげん》な顔《かお》つきをした。

年《とし》が明《あ》けた元治二年《がんじにねん》に栄一《えいいち》は二十六歳《にじゅうろくさい》になった。京都《きょうと》の冬《ふゆ》は武州《ぶしゅう》よりも冷《ひ》えが厳《きび》しかった。その晩《ばん》も賀茂川東《かもがわひがし》で黒川《くろかわ》の接待《せったい》が終《お》わるのを待《ま》っていると、子《ね》の刻《こく》も過《す》ぎる頃《ころ》、仲居《なかい》の女中《じょちゅう》が栄一《えいいち》を邸内《ていない》に呼《よ》び込《こ》んだ。何事《なにごと》かと思《おも》って案内《あんない》された部屋《へや》へ入《はい》ると赤色《あかいろ》の寝具《しんぐ》が敷《し》かれていて、芸者《げいしゃ》がぽつんと一人座《ひとりすわ》っていた。

「黒川《くろかわ》の大夫《たいふ》さんから頼《たの》まれて参《まい》りました」

驚《おどろ》くと同時《どうじ》に、御用中《ごようちゅう》に枕芸者《まくらげいしゃ》を呼《よ》んだ黒川《くろかわ》に腹《はら》が立《た》った。

「姐《ねえ》さん、今夜《こんや》は急《きゅう》な用《よう》があって戻《もど》らなければならない。もし黒川《くろかわ》さまが尋《たず》ねたら、先《さき》に帰《かえ》ったと言《い》ってくれ」

芸者《げいしゃ》が慌《あわ》てて止《と》めるのを振《ふ》り切《き》って茶屋《ちゃや》を飛《と》び出《だ》した。後《うし》ろも振《ふ》り返《かえ》らずに早足《はやあし》で三条《さんじょう》の小橋《こばし》まで来《き》た時《とき》、

「おーい、おーい。渋沢《しぶさわ》よ、待《ま》て」

後《うし》ろから追《お》いかけてきたのは黒川《くろかわ》の声《こえ》であった。

「気《き》を回《まわ》したつもりだったが、腹《はら》を立《た》てたのか」

「いえ、両三年《りょうさんねん》の間《あいだ》は心《こころ》に誓《ちか》ったことがありますので。ただ大夫《たいふ》の御厚意《ごこうい》を空《むな》しくして相《あい》済《す》みませぬ」

「いやあ、これは恥《は》じ入《い》った。大志《たいし》を抱《いだ》いた志士《しし》とはそう在《あ》りたいものだ。それでこそ天下《てんか》の大事《だいじ》が頼《たの》める」

黒川《くろかわ》は芸者《げいしゃ》を回《まわ》したことを後《うし》ろめたいと思《おも》ったのか、しきりに栄一《えいいち》を褒《ほ》めちぎった。このまま不快《ふかい》な顔《かお》を続《つづ》けるのも大人気無《おとなげな》いので、その晩《ばん》は誘《さそ》われるままに黒川《くろかわ》の旅館《りょかん》に同宿《どうしゅく》することにした。

黒川《くろかわ》は幕府《ばくふ》の御小人目付《おこびとめつけ》から下田奉行《しもだぶぎょう》まで昇進《しょうしん》した時《とき》に、亜米利加《あめりか》から丁度黒船《ちょうどくろふね》が来航《らいこう》した。その亜米利加使節団《あめりかしせつだん》への対応《たいおう》を評価《ひょうか》されて一橋家《ひとつばしけ》の用人《ようにん》まで昇《のぼ》りつめた如才無《じょさいな》い能吏《のうり》であったが、気骨《きこつ》のある志士《しし》には程遠《ほどとお》かった。

芸者《げいしゃ》の一件《いっけん》を断《ことわ》って以来《いらい》、志操堅固《しそうけんご》の信用《しんよう》できる男《おとこ》と思《おも》われたらしく、食禄《しょくろく》が十七石《じゅうななこく》五人扶持《ごにんぶち》の月棒十三両二分《げっぽうじゅうさんりょうにぶ》に加増《かぞう》された。役職《やくしょく》も御用談所下役《ごようだんしょしたやく》から出役《でやく》という上級職《じょうきゅうしょく》に昇進《しょうしん》することになり、正式《せいしき》に御前《ごぜん》と御目見《おめみ》えもできる身分《みぶん》になった。

一月《ひとつき》ほどしてから昇進《しょうしん》の御礼《おんれい》に黒川《くろかわ》を訪《たず》ねた時《とき》、日頃《ひごろ》の奉公《ほうこう》の実態《じったい》を打《う》ち明《あ》けた。

「黒川《くろかわ》さま、御加増《ごかぞう》の件《けん》は誠《まこと》に有難《ありがた》く存《ぞん》じます。恐《おそ》れながらつらつら感《かん》じるに、御用談所《ごようだんしょ》に来《く》る者《もの》らは世《よ》の中《なか》をうまく泳《およ》ぐことしか考《かんが》えぬ連中《れんちゅう》ばかりで、こんな奴《やつ》らと酒食《しゅしょく》を共《とも》にして上滑《うわすべ》りな談義《だんぎ》を続《つづ》けたところで何《なん》の奉公《ほうこう》にもならぬと存《ぞん》じます」

「成程《なるほど》な、して」

「御前《ごぜん》は京都守衛総督《きょうとしゅえいそうとく》であられるが、この騒動相次《そうどうあいつ》ぐ時代《じだい》に幕府《ばくふ》から派遣《はけん》された二小隊《にしょうたい》の御客兵隊《おきゃくへいたい》と吾《われ》らが集《あつ》めた四五十名《しごじゅうめい》の志士《しし》だけでは御所護衛《ごしょごえい》の役《やく》にも立《た》ちませぬ」

「そうよな、昨年《さくねん》の禁門《きんもん》の変《へん》では、我《わ》が一橋家《ひとつばしけ》の兵《へい》は僅《わず》か百人《ひゃくにん》に過《す》ぎなかった。幕府《ばくふ》からは賄費《まかないひ》として月々一万五千両《つきづきいちまんごせんりょう》と米五千石《こめごせんごく》を宛《あ》てがわれておるので、やり繰《く》りはできるものの兵《へい》隊《たい》は人集《ひとあつ》めを要《よう》するだけに、いまだ工夫《くふう》がつかぬ」

「金《かね》の算段《さんだん》がつくなら、某《それがし》に妙案《みょうあん》があります」

「されど兵隊《へいたい》は容易《ようい》に集《あつ》まるまい、してその手立《てだて》はあるのか」

「いかにも、その詳《くわ》しい話《はなし》は御前《ごぜん》の御前《おんまえ》で申《もう》し上《あ》げたいと存《ぞん》じます」

尋常《じんじょう》な格式《かくしき》からは無理《むり》であったが、両三日《りょうみっか》ほど待《ま》つと慶喜公《よしのぶこう》に拝謁《はいえつ》することができた。

「恐《おそ》れながら、京都御守衛総督《きょうとごしゅえいそうとく》の職任《しょくにん》を十分《じゅうぶん》にお尽《つ》くしなされるには是非《ぜひ》とも兵隊《へいたい》が入用《いりよう》でござります。その兵員《へいいん》を集《あつ》めるには御領地《ごりょうち》から農民《のうみん》を集《あつ》めるのが一番良《いちばんよ》い策《さく》と思《おも》われます。鉄砲《てっぽう》を持《も》つ西洋式兵隊《せいようしきへいたい》ならば、二大隊《にだいたい》の兵千人《へいせんにん》ぐらいは簡単《かんたん》に組《く》み立《た》てられます」

御前《ごぜん》はいつものように無表情《むひょうじょう》で「フンフン」とだけ言《い》って、奥《おく》に消《き》えた。

その翌々日《よくよくじつ》になって、黒川《くろかわ》から早速言《さっそくい》いつけられた。

「渋沢《しぶさわ》、本日《ほんじつ》より歩兵取立御用係《ほへいとりたてごようがかり》を命《めい》ずる。必《かなら》ず相応《そうおう》の兵《へい》を集《あつ》めて参《まい》れ」

「はい、間違《まちが》いなく集《あつ》めて参《まい》ります」

いつもながら拙速《せっそく》の命令《めいれい》であったが、臨機応変《りんきおうへん》に即応《そくおう》できる御前《ごぜん》ならではの御器量《ごきりょう》と評価《ひょうか》した。一橋家《ひとつばしけ》は摂州《せっしゅう》に一万五千石《いちまんごせんごく》、泉州《せんしゅう》に八千石《はっせんごく》、播州《ばんしゅう》に二万石《にまんごく》、備中《びっちゅう》に三万三千石《さんまんさんぜんごく》の他《ほか》、関東《かんとう》には二万石余《にまんごくよ》あって合計十万石《ごうけいじゅうまんごく》の御賄料地《おんまかないりょうち》を領有《りょうゆう》していた。

「渋沢《しぶさわ》、これが御用状《ごようじょう》だ。此度《こたび》は御料地《ごりょうち》への出役《でやく》であれば、少《すこ》しは威容《いよう》を整《ととの》えて行《い》くがよい」

家老《かろう》の川村恵十郎《かわむらえじゅうろう》が気《き》を利《き》かせてくれた。出立時《しゅったつじ》には槍持《やりもち》の侍二十人《さむらいにじゅうにん》と供廻《ともまわ》りに合羽籠《かっぱかご》を持《も》たせた上《うえ》に、長棒付《ながぼうづき》の駕籠《かご》まで用意《ようい》してくれた。御用状《ごようじょう》にも、

「此度《こたび》、歩兵取立御用係《ほへいとりたてごようがかり》として渋沢篤太夫《しぶさわとくだゆう》を派出《はしゅつ》するに付《つ》き万事同人《ばんじどうにん》の指図《さしず》に従《したが》うべし」

と書《か》かれてあった。道中先払《どうちゅうさきばらい》が

「下《した》にいろ、下《した》にいろ」

と下座触《げざぶ》れまでするので、急《きゅう》に本当《ほんとう》の殿様《とのさま》になった気分《きぶん》であった。

幕臣取立《ばくしんとりたて》

先《ま》ず京都《きょうと》から一番遠《いちばんとお》い備中《びっちゅう》の井原村《いはらむら》へ向《む》かった。当地《とうち》の代官木村熊太郎《だいかんきむらくまたろう》に面会《めんかい》して御用《ごよう》の趣《おもむき》である農兵募集《のうへいぼしゅう》を伝《つた》えた。

「これは徳川慶喜公《とくがわよしのぶこう》からの御用状《ごようじょう》である。幕府《ばくふ》の兵隊《へいたい》になる志《こころざし》のある者《もの》を募集《ぼしゅう》する」

長年地元《ながねんじもと》の代官《だいかん》を務《つと》めている古手《ふるて》の木村《きむら》は素《そ》っ気《け》なく迎《むか》えた。栄一《えいいち》を若造《わかぞう》と思《おも》ったようで、

「わしから申《もう》しつけるより、そなたから直接百姓《ちょくせつひゃくしょう》共《ども》に申《もう》し渡《わた》した方《ほう》がよかろう」

代官《だいかん》が力《ちから》を貸《か》さないことを知《し》って、翌日《よくじつ》から代官所《だいかんしょ》に陣取《じんど》って各村《かくむら》の庄屋三十名近《しょうやさんじゅうめいちか》くを

呼《よ》んで御用向《ごようむき》を話《はな》すことにした。

「今般《こんぱん》の御用《ごよう》は御前《ごぜん》の深《ふか》い御思召《おぼしめし》があって殊更《ことさら》に仰《おお》せ出《だ》されたことである。一橋家《ひとつばしけ》には兵隊《へいたい》がいないことは各々方《おのおのがた》も御承知《ごしょうち》であろう。また今《いま》の御職任《ごしょくにん》は京都守衛総督《きょうとしゅえいそうとく》であることも御承知《ごしょうち》であろう。ついては一人《ひとり》の兵《へい》もなくては守衛総督《しゅえいそうとく》の御職《おんしょく》は尽《つ》くせぬ。せめて御料地《ごりょうち》の子弟《してい》の次男《じなん》や三男《さんなん》で兵隊《へいたい》を組《く》み立《た》てれば、万一《まんいち》の時《とき》には随分《ずいぶん》と役《やく》に立《た》つであろう。それ故《ゆえ》、拙者《せっしゃ》が歩兵取立御用係《ほへいとりたてごようがかり》を仰《おお》せつけられ参《まい》った次第《しだい》である」

しかし、数日経過《すうじつけいか》しても、誰一人《だれひとり》として応募者《おうぼしゃ》の村人《むらびと》を連《つ》れて来《く》る庄屋《しょうや》はいなかった。

「いずれ特《とく》と申《もう》し渡《わた》してからお請《う》けさせます」

どの庄屋《しょうや》も申《もう》し合《あ》わせたような同《おな》じ口上《こうじょう》に、これはおかしい、何《なに》かが背後《はいご》にあると感《かん》じたので、代官所《だいかんしょ》ではなく宿泊《しゅくはく》している陣屋《じんや》に庄屋一同《しょうやいちどう》を呼《よ》び出《だ》すことにした。

「先日来《せんじつらい》、その方《ほう》らに一橋家《ひとつばしけ》のご趣旨《しゅし》を懇々《こんこん》と申《もう》し聞《き》かせたにも拘《かか》わらず、一人《ひとり》の応募者《おうぼしゃ》も無《な》いとは不可思議千万《ふかしぎせんばん》である。察《さっ》するところ、陰《かげ》にまわって応募者《おうぼしゃ》を差《さ》し止《と》めているように思《おも》える。もし左様《さよう》なことであれば、その方《ほう》らを処罰《しょばつ》せざるを得《え》ないが」

膝元《ひざもと》に置《お》いた刀《かたな》に手《て》をかけた。栄一《えいいち》の真剣《しんけん》な顔《かお》を見《み》た庄屋《しょうや》たちは神妙《しんみょう》な面持《おもも》ちで答《こた》え始《はじ》めた。

「申《もう》し訳《わけ》ございませぬ。これから申《もう》し上《あ》げることは是非《ぜひ》とも内々《ないない》に御願《おねが》い致《いた》します。実《じっ》は代官《だいかん》さまより事前《じぜん》にお達《たっ》しがございました。近頃《ちかごろ》の一橋家《ひとつばしけ》は山師《やまし》が多《おお》く、いちいち御用状《ごようじょう》の申《もう》すことを聞《き》いていては領民《りょうみん》の難儀《なんぎ》になるので、此度《こたび》は敬遠《けいえん》しろとの仰《おお》せでした」

案《あん》の定《じょう》、怠惰《たいだ》な代官《だいかん》の木村《きむら》が考《かんが》えそうな屁理屈《へりくつ》だった。

「左様《さよう》だったか。よくぞ申《もう》した。改《あらた》めてその方《ほう》らを代官所《だいかんしょ》に呼《よ》び出《だ》すから、その時《とき》には素直《すなお》に返答《へんとう》せよ」

庄屋《しょうや》たちは深々《ふかぶか》と頭《あたま》を下《さ》げた。

翌日《よくじつ》、栄一《えいいち》は代官所《だいかんしょ》を訪《おとず》れて木村代官《きむらだいかん》と談判《だんぱん》を始《はじ》めた。

「木村殿《きむらどの》、今日《こんにち》に至《いた》っても数十箇村《すうじっかそん》から一人《ひとり》も応募者《おうぼしゃ》がない。わしはこれまでの一橋家《ひとつばしけ》の家来《けらい》のようにただ禄《ろく》を食《は》んで何事《なにごと》もせぬ役人《やくにん》と思《おも》うと大間違《おおまちが》いであるぞ。もし農兵募集《のうへいぼしゅう》ができなかった場合《ばあい》は、庄屋《しょうや》の十人《じゅうにん》や十五人《じゅうごにん》を斬《き》り殺《ころ》すぐらいのことは何《なん》とも思《おも》わぬ。貴様《きさま》にも毛頭容赦《もうとうようしゃ》しない。責任上《せきにんじょう》わしが辞職《じしょく》すれば済《す》むと思《おも》っているかもしれぬが、この一身《いっしん》と共《とも》に貴様《きさま》も成敗《せいばい》する所存《しょぞん》でおる。これからはこの点《てん》をよく考《かんが》えて、庄屋《しょうや》たちを説諭《せつゆ》せよ」

代官《だいかん》はさすがにこれ以上妨害《いじょうぼうがい》することはまずいと感《かん》じたらしく、翌日《よくじつ》からは数日《すうじつ》の間《あいだ》に二百人《にひゃくにん》ほどの農家《のうか》の次男《じなん》、三男《さんなん》による志願者《しがんしゃ》が現《あらわ》れたのであった。

その後《ご》の旅程《りょてい》で播州《ばんしゅう》、摂州《せっしゅう》、泉州《せんしゅう》を廻《まわ》ったところ、やはり時代《じだい》が人《ひと》を望《のぞ》んでいるようで、志願者《しがんしゃ》が続々《ぞくぞく》と応募《おうぼ》してきて全部《ぜんぶ》で四百五十人《よんひゃくごじゅうにん》ほどの人数《にんずう》が纏《まと》まった。

五月《ごがつ》の中旬《ちゅうじゅん》になって京都《きょうと》へ戻《もど》ると、御前《ごぜん》から早速《さっそく》お呼《よ》びがあった。

「渋沢《しぶさわ》、速《すみ》やかに大役《たいやく》を仕遂《しと》げて満足《まんぞく》に思《おも》う」

初《はじ》めて慶喜公《よしのぶこう》から直接《ちょくせつ》お褒《ほ》めの言葉《ことば》を戴《いただ》いた。それに白銀五枚《はくぎんごまい》と時服一重《じふくひとかさね》を添《そ》えて賞与《しょうよ》された。十代《じゅうだい》の頃《ころ》に良質《りょうしつ》な藍玉《あいだま》を仕入《しい》れるために各地方《かくちほう》の藍葉《あいば》の番付表《ばんづけひょう》を創《つく》って得意《とくい》になっていた頃《ころ》と違《ちが》って、真摯《しんし》に奉公《ほうこう》して認《みと》められた喜《よろこ》びは感慨無量《かんがいむりょう》であった。

集《あつ》められた農民《のうみん》たちを幕府《ばくふ》の洋式歩兵《ようしきほへい》にするための教練《きょうれん》が速《すみ》やかに開始《かいし》された。喜作《きさく》は剣術《けんじゅつ》の腕《うで》を認《みと》められて歩兵組《ほへいぐみ》の仕官《しかん》に任命《にんめい》されていた。金線《きんせん》の入《はい》った陣笠《じんがさ》をかぶり、マンテルという西洋式《せいようしき》の長《なが》い外套《がいとう》を着《き》て得意気《とくいげ》だった。歩兵《ほへい》たちも日本《にほん》で初《はじ》めての洋式軍装《ようしきぐんそう》である袂《たもと》のない筒袖《つつそで》の上着《うわぎ》と、膝《ひざ》から下《した》が細《ほそ》く締《し》まったズボンという袴《はかま》を着用《ちゃくよう》していた。

栄一《えいいち》が宿屋《やどや》に帰《かえ》ると、すぐに喜作《きさく》が訪《たず》ねてきた。

「栄一《えいいち》、賞与《しょうよ》を貰《もら》ったわりには難《むずか》しい顔《かお》をしているな。少《すこ》し相談《そうだん》があるのだが」

「喜作《きさく》、その前《まえ》に一橋家《ひとつばしけ》の領内《りょうない》を廻《まわ》ってきて気《き》づいたことがある。いい商売《しょうばい》の元《もと》があるのに誰《だれ》も家中《かちゅう》では気《き》づいていない」

「それは何《なん》だ」

「まず摂州《せっしゅう》、播州《ばんしゅう》ではかなりの良米《りょうまい》を作《つく》っている。だから元米《もとごめ》として灘《なだ》の蔵元《くらもと》に売《う》る方《ほう》が大坂《おおざか》の米問屋《こめどんや》に売《う》るよりも、一石《いっこく》につき半両《はんりょう》は高《たか》く売《う》れるはずだ。年貢米一万石《ねんぐまいいちまんごく》につき五千両《ごせんりょう》は儲《もう》かる計算《けいさん》だ。また播州《ばんしゅう》では農家《のうか》が一軒《いっけん》ごとに木綿反物《もめんたんもの》を勝手《かって》に売《う》っている。しかも藩札《はんさつ》でも引《ひ》き受《う》けている」

「藩札《はんさつ》では貨幣《かへい》に替《か》えられないぞ」

「その通《とお》りだ。だから一橋家《ひとつばしけ》で木綿《もめん》を藩札《はんさつ》でなく金貨《きんか》で買《か》い上《あ》げる。それを一括《いっかつ》して大坂《おおざか》の会所《かいしょ》へ売《う》れば両者《りょうしゃ》とも手間《てま》が省《はぶ》けてもっと儲《もう》かるはずだ」

「栄一《えいいち》の言《い》う通《とお》りだ。黒川《くろかわ》さまに話《はな》してみたらどうだ」

「それより御前《ごぜん》に建議書《けんぎしょ》を差《さ》し出《だ》してみることにする。ところで相談《そうだん》とは何《なん》だ、喜作《きさく》」

「最近御前《さいきんごぜん》は長州征伐《ちょうしゅうせいばつ》に眼《まなこ》を吊《つ》り上《あ》げている。前《まえ》からおかしいと思《おも》っているのだが、そもそも我《われ》らは徳川幕府《とくがわばくふ》を倒《たお》すために京都《きょうと》に来《き》たはずなのに、逆《ぎゃく》に倒幕派《とうばくは》の長州藩《ちょうしゅうはん》を討《う》とうとしている。このままでは、いつまで経《た》ってもあべこべで埒《らち》が明《あ》かないぞ」

「うむ、俺《おれ》も近頃同《ちかごろおな》じことを考《かんが》えていた。御前《ごぜん》を推《お》し立《た》てていけば新《あたら》しい政府《せいふ》ができるかと期待《きたい》していたが、どうも当《あ》てが外《はず》れたらしい」

世《よ》の中《なか》は目《め》まぐるしく変《か》わり過《す》ぎていて、二人《ふたり》には終着点《しゅうちゃくてん》が見《み》えなくなっていた。

栄一《えいいち》は暫《しばら》くしてから、領内《りょうない》の経済《けいざい》立《た》て直《なお》しの建議書《けんぎしょ》を慶喜公《よしのぶこう》に差《さ》し出《だ》した。年貢米《ねんぐまい》の蔵元《くらもと》への直販売《ちょくはんばい》、播州木綿《ばんしゅうもめん》の売買方法《ばいばいほうほう》、それに備中《びっちゅう》での硝石製造《しょうせきせいぞう》の三箇条《さんかじょう》であった。先《ま》ず上司《じょうし》の黒川用人《くろかわようにん》に建議書《けんぎしょ》を披露《ひろう》すると、目《め》を丸《まる》くして、

「その方《ほう》がこれほど商売《しょうばい》に詳《くわ》しいとは思《おも》いも寄《よ》らなかった。すぐに御前《ごぜん》に話《はな》して勘定組《かんじょうぐみ》に入《はい》るように御願《おねが》いしよう」

算盤《そろばん》をろくに弾《はじ》けなかった黒川《くろかわ》は具体的《ぐたいてき》に商売《しょうばい》の仕方《しかた》を建議《けんぎ》してきた渋沢《しぶさわ》の商才《しょうさい》に甚《はなは》だ感心《かんしん》した。一橋家《ひとつばしけ》は雇人《やといにん》と兵隊《へいたい》が増《ふ》えて財政《ざいせい》の赤字《あかじ》に悩《なや》まされていたこともあり、栄一《えいいち》は勘定組《かんじょうぐみ》の組頭《くみがしら》を命《めい》じられた。同時《どうじ》に二十五石七人扶持《にじゅうごこくななにんぶち》、月額手当《げつがくてあて》二十一両《にじゅういちりょう》の身分《みぶん》に昇給《しょうきゅう》した。若干《じゃっかん》二十六歳《にじゅうろくさい》にして百人以上《ひゃくにんいじょう》が仕《つか》える大所帯《おおじょたい》の勘定奉行《かんじょうぶぎょう》に次《つ》ぐ要職《ようしょく》に抜擢《ばってき》されたのである。しかし、備中《びっちゅう》の代官問題《だいかんもんだい》に続《つづ》いて融通《ゆうずう》の利《き》かない御金奉行《おかねぶぎょう》や御蔵奉行《おくらぶぎょう》たちと日々《ひび》張《は》り合《あ》うことになる。

元号《げんごう》は元治《がんじ》から慶応《けいおう》に変《か》わっていた。慶応二年《けいおうにねん》の祇園祭《ぎおんまつり》が始《はじ》まる頃《ころ》、長州藩《ちょうしゅうはん》がまた朝廷《ちょうてい》に背《そむ》いて禁裏《きんり》に発砲《はっぽう》したことを契機《けいき》に、長州征伐《ちょうしゅうせいばつ》の大命令《だいめいれい》が徳川慶喜公《とくがわよしのぶこう》と列藩《れっぱん》に下《くだ》った。栄一《えいいち》も勘定組頭《かんじょうくみがしら》から御前《ごぜん》の御使番格《おつかいばんかく》を命《めい》じられて出兵《しゅっぺい》することになった。長州藩《ちょうしゅうはん》を討《う》つことが己《おのれ》の意《い》に反《はん》しても、今更武士《いまさらぶし》たる者《もの》が途中《とちゅう》で背中《せなか》を見《み》せるわけにはいかないと、馬前《ばぜん》で一命《いちめい》を捨《す》てる覚悟《かくご》を決《き》めた。故郷《ふるさと》の千代《ちよ》と歌子《うたこ》には出陣前《しゅつじんまえ》に一度会《いちどあ》いたいと思《おも》ったが、武州《ぶしゅう》と京都《きょうと》は遠《とお》すぎた。仕方《しかた》なく別《わか》れの手紙《てがみ》と形見《かたみ》の懐剣《ふところがたな》を送《おく》ることにした。

しかし、長州征伐《ちょうしゅうせいばつ》の総大将《そうだいしょう》である徳川家茂公《とくがわいえもちこう》が大坂城御滞在中《おおざかじょうごたいざいちゅう》、八月《はちがつ》になって俄《にわ》かに身罷《みまか》られて長州征伐《ちょうしゅうせいばつ》は泰山鳴動《たいざんめいどう》して沙汰止《さたや》みになってしまった。

喜作《きさく》がまた愚痴《ぐち》を言《い》い始《はじ》めた。

「栄一《えいいち》、知《し》っているか。将軍《しょうぐん》が急《きゅう》に亡《な》くなられて、御前《ごぜん》を新将軍《しんしょうぐん》にするために幕府《ばくふ》の老中共《ろうじゅうども》が江戸《えど》から来《き》ているって噂《うわさ》だ」

「それは困《こま》ったな。御前《ごぜん》が将軍《しょうぐん》になる前《まえ》に一橋家《ひとつばしけ》を辞《や》めよう」

「それと、用人筆頭《ようにんひっとう》がまた代《か》わって、黒川嘉兵衛《くろかわかへえ》から原市之進《はらいちのしん》という人《ひと》になったそうだ」

「仕方《しかた》ない、これから原《はら》さまの所《ところ》へ行《い》こう」

二人《ふたり》は急遽《きゅうきょ》新《あたら》しい上司《じょうし》になった原一之進《はらいちのしん》のもとへ出頭《しゅっとう》したところ、初対面《しょたいめん》にも拘《かか》わらず笑顔《えがお》で切《き》り出《だ》した。

「慶喜公《よしのぶこう》は大坂《おおざか》に御下《おくだ》りである。渋沢《しぶさわ》には陸軍奉行支配調役《りくぐんぶぎょうしはいしらべやく》を命《めい》じられた。大役《たいやく》であるだけに喜《よろこ》ぶがよい」

栄一《えいいち》の心中《しんちゅう》を知《し》らない原《はら》は素直《すなお》に喜《よろこ》んでいたが、漠然《ばくぜん》とした不安《ふあん》が的中《てきちゅう》した。既《すで》に自分《じぶん》が徳川家《とくがわけ》の正式《せいしき》な旗本《はたもと》として、取《と》り込《こ》まれていることを思《おも》い知《し》らされた。しかし、武士《ぶし》は二《に》君《くん》に仕《つか》えずの格言《かくげん》の重《おも》みが急《きゅう》に感《かん》じられて、辞《や》めるという言葉《ことば》が口《くち》から出《だ》せなくなっていた。

悩《なや》み始《はじ》めた栄一《えいいち》は以前《いぜん》のように勤勉《きんべん》に仕《つか》えることに気乗《きの》りしなくなっていた。朝《あさ》も出勤《しゅっきん》せずに日柄書物《ひがらしょもつ》を読《よ》んで過《す》ごしていたが、陸軍奉行所《りくぐんぶぎょうしょ》からとうとう呼《よ》び出《だ》しがあって、詰所《つめしょ》に顔《かお》を出《だ》さなければならなくなった。所内《しょない》では丁度組頭《ちょうどくみがしら》の森新十郎《もりしんじゅうろう》が大袈裟《おおげさ》に騒《さわ》いでいた。

「京都町奉行《きょうとまちぶぎょう》から陸軍奉行所《りくぐんぶぎょうしょ》に掛合《かけあい》があった。禁裏御警衛《きんりごけいえい》の御書院番士《ごしょいんばんし》の大沢源次郎《おおさわげんじろう》と申《もう》す者《もの》に国事犯《こくじはん》の嫌疑《けんぎ》があり、大人数《おおにんずう》の共謀者《きょうぼうしゃ》もいて、銃砲《じゅうほう》なども所持《しょじ》しているそうだ」

陸軍奉行所《りくぐんぶぎょうしょ》でも怯懦《きょうだ》な幕吏《ばくり》が多《おお》いらしく、側《そば》に控《ひか》えていた十五名《じゅうごめい》は全員押《ぜんいんお》し黙《だま》ったままである。

「この件《けん》、誰《だれ》か引《ひ》き受《う》ける者《もの》はないか」

咳音一《せきおとひと》つ聞《き》こえてこない。

「軟弱《なんじゃく》な者《もの》ばかりだな。しかしながら相手《あいて》は多人数《たにんずう》である故《ゆえ》に、警護《けいご》は新選組《しんせんぐみ》に頼《たの》むことにする。さて、捕縛《ほばく》には誰《だれ》が行《い》くか」

誰《だれ》からも何《なん》の反応《はんのう》もなかった。口《くち》にはしなかったが、誰《だれ》しも組頭《くみがしら》が行《い》くべきだと思《おも》っていた。遂《つい》に組頭《くみがしら》の言動《げんどう》に痺《しび》れを切《き》らした栄一《えいいち》が、

「恐《おそ》れながら、組頭《くみがしら》の森《もり》さまが直々《じきじき》に行《い》かれるのが良《よ》いと思《おも》いますが」

暫《しば》し沈黙《ちんもく》の後《あと》、

「いや、組頭《くみがしら》がなさるほどの仕事《しごと》ではないので、新入《しんい》りの渋沢《しぶさわ》に命《めい》じたらよいでしょう」

誰《だれ》かが無責任《むせきにん》にも栄一《えいいち》に白羽《しらは》の矢《や》を立《た》てた。組頭《くみがしら》は直《す》ぐさま同調《どうちょう》して、

「渋沢《しぶさわ》、わしは忙《いそが》しい、奉行《ぶぎょう》の名代《みょうだい》としてそちが行《い》け。大沢《おおさわ》は北野辺《きたのあた》りの寺《てら》に宿泊《しゅくはく》してい

るそうだ。新選組《しんせんぐみ》と一緒《いっしょ》に行《い》って捕縛《ほばく》して参《まい》れ」

「組頭《くみがしら》がお忙《いそが》しくて、左様仰《さようおお》せなら参《まい》りましょう」

臆病風《おくびょうかぜ》に吹《ふ》かれた森《もり》や同輩《どうはい》を見下《みくだ》して皮肉《ひにく》った。

京都町奉行《きょうとまちぶぎょう》の陣屋《じんや》で溝口《みぞぐち》という奉行《ぶぎょう》と打合《うちあ》わせた後《あと》、喜作《きさく》を連《つ》れて新選組《しんせんぐみ》の宿舎《しゅくしゃ》がある壬生村《みぶむら》に出向《でむ》いた。

局長《きょくちょう》の近藤勇《こんどういさみ》は武州多摩郡《ぶしゅうたまごおり》出身《しゅっしん》の郷士《ごうし》にしては町奉行《まちぶぎょう》などよりも遥《はる》かに逞《たくま》しく武士《ぶし》らしかった。

「お手前《てまえ》らも武州《ぶしゅう》からとは懐《なつ》かしい。腕《うで》の立《た》つ者《もの》を四五人同道《しごにんどうどう》させるので捕縛《ほばく》することなど訳《わけ》はござらぬ」

二人《ふたり》が同《おな》じ武州《ぶしゅう》の出身《しゅっしん》と知《し》ると気《き》さくに応対《おうたい》してくれた。

「近藤《こんどう》さん、かたじけない。しかし捕縛《ほばく》はいかん。先《ま》ず某《それがし》が京都町奉行《きょうとまちぶぎょう》の代理《だいり》として、大沢本人《おおさわほんにん》に不審《ふしん》の廉《かど》があるからと糾問《きゅうもん》する」

栄一《えいいち》の返答《へんとう》に近藤《こんどう》は一瞬顔色《いっしゅんかおいろ》を変《か》えた。

「先《さき》に捕縛《ほばく》してから言《い》い渡《わた》してもよいのではないか」

「いや、相成《あいな》らぬ。奉行《ぶぎょう》の命《めい》を伝《つた》えぬ内《うち》はまだ大沢《おおさわ》は罪人《ざいにん》にならぬ」

「だが、その男《おとこ》に用意《ようい》があって、言《い》い渡《わた》す間際《まぎわ》に斬《き》って来《こ》られたら如何《いかが》するつもりで」

「心配《しんぱい》するには及《およ》ばぬ。斬《き》ってきたら、こちらも相手《あいて》になるまで」

喜作《きさく》が近藤《こんどう》に言《い》い返《かえ》した。

近藤《こんどう》は苦笑《にがわら》いをしながら、二人《ふたり》の胆力《たんりょく》に少《すこ》し驚《おどろ》いたようで、

「よく分《わ》かりました。本来《ほんらい》は某《それがし》が出向《でむ》くべきでありますが、他《ほか》に所用《しょよう》があるので副長《ふくちょう》の土方歳三《ひじかたとしぞう》を遣《つか》わしましょう。同《おな》じ武州《ぶしゅう》の日野宿《ひのじゅく》の道場《どうじょう》で修練《しゅうれん》を積《つ》んだ仲間《なかま》でござる」

近藤《こんどう》は存外穏当《ぞんがいおんとう》な人物《じんぶつ》で、巷《ちまた》で言《い》われている暴虎馮河《ぼうこひょうが》の趣《おもむき》は無《な》く、能《よ》く事理《じり》の解《わか》る人《ひと》でもあった。

真夜中《まよなか》になってから大沢《おおさわ》の宿舎《しゅくしゃ》である紫野《むらさきの》の大徳寺境内《だいとくじけいだい》にある塔頭《たっちゅう》に向《む》かった。同行《どうこう》した新選組副隊長《しんせんぐみふくたいちょう》の土方《ひじかた》は二人《ふたり》の剣術《けんじゅつ》の技量《ぎりょう》がわからないこともあって、二人《ふたり》の背後《はいご》に立《た》って警戒《けいかい》してくれていた。

塔頭《たっちゅう》の玄関《げんかん》に入《はい》るや否《いな》や、栄一《えいいち》は大声《おおごえ》で、

「大沢源次郎《おおさわげんじろう》はいるか。京都町奉行代理《きょうとまちぶぎょうだいり》の渋沢篤太夫《しぶさわとくだゆう》である。不審《ふしん》の廉《かど》があるから糾問《きゅうもん》する故《ゆえ》に捕縛《ほばく》する。左様心得《さようこころえ》よ」

暫《しばら》くしてから寝衣《しんい》を着《き》たまま眠《ねむ》そうな顔《かお》をして大沢《おおさわ》が出《で》てきた。案《あん》に相違《そうい》して神妙《しんみょう》な声《こえ》で、

「縛《ばく》につく」

背後《はいご》にいる水色《みずいろ》の羽織《はおり》を纏《まと》った土方《ひじかた》らの勇姿《ゆうし》を見《み》て諦《あきら》めたのか、大沢《おおさわ》は素直《すなお》に両刀《りょうとう》を栄一《えいいち》の前《まえ》に差《さ》し出《だ》したので大過《たいか》なく捕縛《ほばく》することができた。夜明《よあ》け前《まえ》に町奉行《まちぶぎょう》の旅館《りょかん》へ復命《ふくめい》に戻《もど》ると、奉行《ぶぎょう》の溝口《みぞぐち》は寝《ね》ずに待《ま》っていて大層喜《たいそうよろこ》んでくれた。

「誠《まこと》の使《つか》いなるかな」

栄一《えいいち》は羅紗《らしゃ》の羽織《はおり》を当座《とうざ》の褒美《ほうび》に貰《もら》ったのであった。

一方《いっぽう》、喜作《きさく》はこの大沢源次郎《おおさわげんじろう》を江戸《えど》へ檻送《かんそう》する御用《ごよう》を命《めい》じられた。

海外渡航《かいがいとこう》

その年《とし》の十一月《じゅういちがつ》に、用人《ようにん》の原市之進《はらいちのしん》から栄一《えいいち》は急《きゅう》な呼《よ》び出《だ》しを受《う》けた。何事《なにごと》かと不審気《ふしんげ》に話《はなし》を聞《き》くと、

「実《じつ》はこの度《たび》、慶喜公《よしのぶこう》の弟君《おとうとぎみ》であられる昭武公《あきたけこう》が欧羅巴《よおろっぱ》の仏蘭西《ふらんす》とかいう国《くに》へ留学《りゅうがく》されることに相成《あいな》った。ついては御前《ごぜん》から特別《とくべつ》に其方《そなた》に御供《おとも》をせよと命《めい》が下《くだ》った」

また青天霹靂《せいてんのへきれき》の話《はなし》であった。

「え、仏蘭西《ふらんす》へ」

「なんでも来年仏蘭西《らいねんふらんす》で万国博覧会《ばんこくはくらんかい》というものが開《ひら》かれるそうである。我国《わがくに》からも幕府名代《ばくふみょうだい》

の使節《しせつ》として水戸藩《みとはん》の徳川昭武公《とくがわあきたけこう》を派遣《はけん》することになったが、如何《いかん》せんまだ十四歳《じゅうよんさい》の少年《しょうねん》であられる。そして博覧会《はくらんかい》の後《あと》は、そのまま彼《か》の国《くに》で留学《りゅうがく》されよという御前《ごぜん》の思《おぼ》し召《め》しである」

「何故《なぜ》、私目《わたしめ》が」

「御前《ごぜん》が水戸藩《みとはん》は攘夷派《じょういは》ばかりで、その侍供《さむらいども》と昭武公《あきたけこう》を異国《いこく》へ行《い》かせるのは不安《ふあん》である。だから御守役《おもりやく》には渋沢《しぶさわ》が適任《てきにん》であると、御前《ごぜん》自《みずか》ら仰《おお》せられた」

栄一《えいいち》も内心攘夷《ないしんじょうい》の思《おも》いは同《おな》じである。今更異人《いまさらいじん》の国《くに》などへ行《い》って、その風下《かざしも》に立《た》つのは御免《ごめん》だ。答《こた》えに逡巡《しゅんじゅん》していると、

「それに慶喜公《よしのぶこう》は来月《らいげつ》に第十五代徳川家《だいじゅうごだいとくがわけ》の征夷大将軍《せいいたいしょうぐん》にお成《な》りになられる」

「え、真《まこと》に」

「そうだ、喜《よろこ》ぶがよい」

参《まい》った。今度《こんど》は本物《ほんもの》の旗本《はたもと》にさせられて徳川家《とくがわけ》に忠誠《ちゅうせい》を誓《ちか》わなければならなくなる。嫌《いや》なら浪人《ろうにん》になるか、腹《はら》を切《き》らねばならぬ。原様《はらさま》の言葉《ことば》は喜《よろこ》びよりも闇夜《やみよ》に灯火《とうか》を失《うしな》う話《はなし》であった。しかし、これまで慶喜公《よしのぶこう》には一方《ひとかた》ならぬご寵愛《ちょうあい》を戴《いただ》いた。主君《しゅくん》が出世《しゅっせ》するのを喜《よろこ》ばずに辞《じ》するのは仁義《じんぎ》に反《はん》するのではないか。

逡巡《しゅんじゅん》の沈黙《ちんもく》が続《つづ》いた後《あと》で、遂《つい》に徳川家《とくがわけ》への義《ぎ》に順《じゅん》じる覚悟《かくご》を決《き》めた。

「原《はら》さま、分《わ》かりました。御前《ごぜん》の仰《おお》せに従《したが》います」

「そうか、それでは来月《らいげつ》の末《すえ》に出立《しゅったつ》することになるので随行《ずいこう》の用意《ようい》をせよ」

僅《わず》か一カ月《いっかげつ》の間《あいだ》では故郷《ふるさと》に戻《もど》る暇《ひま》もない。また千代《ちよ》が怒《おこ》るだろうと思《おも》いながらも別《わか》れの手紙《てがみ》を書《か》き始《はじ》めるしかなかった。

＊＊＊＊＊

お千代《ちよ》へ

いまだ寒《さむ》さ強《つよ》き日々《ひび》が続《つづ》くも　その後《ご》お変《か》わりないものと存《ぞん》じ上《あ》げ候《そうろう》　さて此度《このたび》は仏蘭西国《ふらんすこく》での万国博覧会《ばんこくはくらんかい》に慶喜公《よしのぶこう》の弟《おとうと》君《ぎみ》昭武公《あきたけこう》の御供《おとも》被仰付《おおせつけ》られ候《そうろう》　およそ三年《みとせ》もかかる旅《たび》なればくれぐれも両親子供《りょうしんこども》を大切《たいせつ》に留守《るす》を御頼《おたの》み候《そうろう》　なお当家《とうけ》に平九郎《へいくろう》を養子《ようし》に致《いた》す儀　左様《さよう》ご承知《しょうち》なさるべく候《そうろう》　月日《つきひ》は早《はや》きものにてその間《あいだ》に帰《かえ》るべく候《そうろう》

慶応三年正月《けいおうさんねんしょうがつ》

篤太夫《とくだゆう》

＊＊＊＊＊

異国《いこく》に滞在中《たいざいちゅう》、万一《まんいち》の事《こと》を考《かんが》えた栄一《えいいち》は中家《なかんち》の跡継《あとつぎ》として千代《ちよ》の弟《おとうと》の平九郎《へいくろう》を迎《むか》えようとした。

しかし、血洗島村《ちあらいじまむら》で待《ま》つ千代《ちよ》は手紙《てがみ》を読《よ》むなり襖《ふすま》に向《む》かって投《な》げつけた。この三年《みとせ》の間《あいだ》、一日《いちにち》として親子水入《おやこみずい》らずの日《ひ》もなく、また海《うみ》の彼方《かなた》の仏蘭西《ふらんす》とやらに行《い》くという。国事《こくじ》とはいえ家《いえ》に帰《かえ》る暇《ひま》がないのなら、せめて一日《いちにち》でも良《よ》いから会《あ》いに来《こ》いと言《い》ってくれないのか。両親《りょうしん》の孝行《こうこう》を頼《たの》むと言《い》われても、一人待《ひとりま》つ身《み》の切《せつ》なさをわからないでは済《す》まなかった。傍《かたわ》らにいて母《はは》の異様《いよう》さに気《き》がついた歌子《うたこ》が泣《な》き始《はじ》めた。千代《ちよ》の目《め》にも涙《なみだ》が溢《あふ》れて止《と》まらないでいた。

喜作《きさく》が捕縛《ほばく》した大沢源次郎《おおさわげんじろう》を江戸《えど》まで檻送《かんそう》してからまた京都《きょうと》へ戻《もど》ってきた。海外《かいがい》への御役目《おやくめ》には喜作《きさく》を連《つ》れて行《い》く訳《わけ》にはいかないので、直《す》ぐに事情《じじょう》を話《はな》すことにした。

「これまで色々《いろいろ》と回《まわ》り道《みち》をしたが、この際《さい》は本当《ほんとう》の幕臣《ばくしん》になって仏蘭西《ふらんす》へ行《い》くことにした。喜作《きさく》はこれからどうする」

「栄一《えいいち》は慶喜公《よしのぶこう》からご寵愛《ちょうあい》を受《う》けているから付《つ》いて行《い》くのがいいだろう。この先《さき》、徳川《とくがわ》の世《よ》も永《なが》くは持《も》たないだろうから、俺《おれ》はまた浪人《ろうにん》になるかもしれない」

これからの世《よ》の中《なか》が平穏無事《へいおんぶじ》に過《す》ごせる時代《じだい》ではないことは、二人《ふたり》ともよく自覚《じかく》していた。

「喜作《きさく》、俺《おれ》が戻《もど》るまでは徳川家《とくがわけ》に仕《つか》えていてくれ。俺《おれ》は家臣《かしん》として仁義《じんぎ》に反《はん》することはできない。徳川《とくがわ》の臣《しん》として死《し》ぬべき時《とき》が来《き》た時《とき》は、互《たが》いに志士《しし》らしく死《し》に恥《はじ》を晒《さら》さぬようにしようではないか」

こうして唯一無二《ゆいつむに》の朋友《ほうゆう》である喜作《きさく》と別《わか》れた。その時《とき》は、まさか信《しん》じられないほどの永《なが》い別《わか》れになるとは夢《ゆめ》にも思《おも》わなかった。

十二月二十九日《じゅうにがつにじゅうくにち》、京都《きょうと》を発《た》って、大坂《おおざか》から長鯨丸《ちょうげいまる》という船《ふね》に乗《の》り込《こ》んだ。横濱《よこはま》に着船《ちゃくせん》したのは正月五日《しょうがついつか》であった。昭武公《あきたけこう》の供侍《ともざむらい》として水戸藩《みとはん》からは七人《しちにん》の小姓《こしょう》が参加《さんか》して来《き》ていた。栄一《えいいち》が用意《ようい》した海外旅行《かいがいりょこう》の行李《こうり》の中《なか》には黒羽二重《くろはぶたえ》の小袖羽織《こそではおり》と、義経袴《よしつねばかま》、それに洋服《ようふく》も必要《ひつよう》だと思《おも》って横濱《よこはま》で買《か》い入《い》れた古《ふる》い上着《うわぎ》と縞《しま》ズボン、それに誰《だれ》が穿《は》いたか分《わ》からない古靴《ふるぐつ》を収《おさ》めた。

正月《しょうがつ》の十一日《じゅういちにち》は早朝《そうちょう》から粉雪《こなゆき》がちらつく寒《さむ》い日《ひ》であったが、横濱港《よこはまこう》を出港《しゅっこう》する頃《ころ》には晴《は》れ渡《わた》り青空《あおぞら》になった。栄一《えいいち》は仏蘭西《ふらんす》の蒸気船《じょうきせん》アルヘー号《ごう》の船上《せんじょう》にあった。アルヘー号《ごう》は香港《ほんこん》と日本《にほん》を往復《おうふく》する郵便定期船《ゆうびんていきせん》である。岸壁《がんぺき》の見送人《みおくりにん》には老中小笠原壱岐守《ろうじゅうおがさわらいきのかみ》や仏蘭西《ふらんす》公使《こうし》レオン・ロッシュ以下多《いかおお》くの武家《ぶけ》や町人《ちょうにん》が集《あつ》まっていた。乗船《じょうせん》した博覧会代表団《はくらんかいだいひょうだん》の一行《いっこう》は徳川昭武公《とくがわあきたけこう》以下《いか》、団長《だんちょう》の外国奉行向山隼人正《がいこくぶぎょうむこうやまはやとのかみ》、御守役《おもりやく》の山高石見守等《やまたかいわみのかみなど》、総勢《そうぜい》二十八名《にじゅうはちめい》の大所帯《おおじょたい》であった。

航海中《こうかいちゅう》、食堂室《しょくどうしつ》で出《だ》された仏蘭西料理《ふらんすりょうり》の豪華《ごうか》さには肝《きも》を潰《つぶ》した。毎朝午前七時《まいあさごぜんしちじ》ごろから始《はじ》まる朝食《ちょうしょく》はパン菓子《がし》に牛《うし》の乳《ちち》を固《かた》めたブールというものを塗《ぬ》って食《しょく》し、味《あじ》は甚《はなは》だ美味《びみ》であった。カッフェーという豆《まめ》を煎《せん》じた黒《くろ》い湯《ゆ》には砂糖《さとう》と牛乳《ぎゅうにゅう》を入《い》れて飲《の》むのである。味《あじ》は頗《すこぶ》る胸中《きょうちゅう》を爽《さわ》やかにするものであった。他《ほか》にも豚肉《ぶたにく》の詰物《つめもの》や南国《なんごく》の果物《くだもの》がテーブルの上《うえ》に溢《あふ》れるように並《なら》んでいた。

四日《よっか》ほどして清国《しんこく》の上海《しゃんはい》という海沿《うみぞ》いの街《まち》に着《つ》いてから上陸《じょうりく》した。その西洋人居留地《せいようじんきょりゅうち》では瓦斯灯《がすとう》が燈《とも》り、道路《どうろ》の脇《わき》には樹々《きぎ》が整然《せいぜん》と植《う》えられていた。阿片戦争《あへんせんそう》が起《お》きた場所《ばしょ》だけに興味津々《きょうみしんしん》で観察《かんさつ》すると、英吉利人《いぎりすじん》が支那人《しなじん》をまるで牛馬《ぎゅうば》のように鞭《むち》を持《も》って使役《しえき》する光景《こうけい》であった。しかも支那人《しなじん》がこれを怪《あや》しむことなく、むしろ当然《とうぜん》の如《ごと》くに従《したが》っていた。日本《にほん》では決《けっ》して有《あ》ってはならぬことと改《あらた》めて攘夷《じょうい》の正《ただ》しさを自覚《じかく》した。

上海《しゃんはい》を出航《しゅっこう》して香港《ほんこん》に着いてから仏蘭西《ふらんす》の郵便船《ゆうびんせん》であるアンペラトリス号《ごう》に乗《の》り換《か》えた。今度《こんど》の船《ふね》はアルヘー号《ごう》の二倍《にばい》もある大型蒸気船《おおがたじょうきせん》であった。

香港《ほんこん》を出発《しゅっぱつ》してからサイゴン、シンガポール、セイロン島《とう》、アデンを経《へ》て二月二十一日《にがつにじゅういちにち》に無事《ぶじ》スエズの港《みなと》に到着《とうちゃく》した。そのスエズで下船《げせん》して汽車《きしゃ》という箱型《はこがた》の蒸気《じょうき》で走《はし》る乗物《のりもの》に初《はじ》めて乗《の》った。乗り込《こ》む前《まえ》に食料《しょくりょう》としてパン、乾肉《ほしにく》、果物《くだもの》、葡萄酒《ぶどうしゅ》などを買《か》い整《ととの》えてアレキサンドリアという町《まち》に向《む》かうのである。

汽車《きしゃ》は馬《うま》のように鉄路《てつろ》の上《うえ》を走《はし》り始《はじ》めて車窓《しゃそう》から外《そと》を眺《なが》めると、多数《たすう》のテントが立《た》ち並《なら》び、人夫《にんぷ》が手押《てお》し車《ぐるま》で土砂《どしゃ》を運《はこ》んでいるのが散見《さんけん》できた。訳《わけ》を訊《き》くと、紅海《こうかい》と地中海《ちちゅうかい》を結《むす》ぶ運河《うんが》を造《つく》っており、四五年後《しごねんご》には大型船《おおがたせん》が通《とお》れるとのことであった。使節団《しせつだん》の全員《ぜんいん》がその壮大《そうだい》な工事《こうじ》に感嘆《かんたん》した。

車中《しゃちゅう》で昭武公《あきたけこう》の髪結《かみゆい》である綱吉《つなきち》という男《おとこ》が前席《ぜんせき》に座《すわ》っていた外国人《がいこくじん》と急《きゅう》に大声《おおごえ》で口喧嘩《くちげんか》を始《はじ》めた。

「綱吉《つなきち》、どうしたのだ。やめろ」

「渋沢《しぶさわ》、どうもこうもねえ。こちらが大人《おとな》しく蜜柑《みかん》を食《た》べているのに、この異人《いじん》が取《と》り上《あ》げようとしやがる」

代表団《だいひょうだん》の通弁《つうべん》として雇《やと》われた英吉利公使館《いぎりすこうしかん》のシーボルトを呼《よ》んで、その外国人《がいこくじん》の言《い》い分《ぶん》を聞《き》いてみると、

「この男《おとこ》が蜜柑《みかん》の皮《かわ》を窓《まど》に投《な》げつけて私《わたし》の顔《かお》に跳《は》ね返《かえ》ってくるのに、平気《へいき》な顔《かお》をしている

ので止《や》めさせようとしたと言《い》っています。渋沢《しぶさわ》さん、この男《おとこ》に『皮《かわ》をガラス窓《まど》に投《な》げるな』と注意《ちゅうい》してください」

確《たし》かに二人《ふたり》の間《あいだ》の座席《ざせき》の下《した》には蜜柑《みかん》の皮《かわ》が散乱《さんらん》していた。

「綱吉《つなきち》、窓《まど》から手《て》を出《だ》してみろ」

「窓《まど》、あれ、手《て》が出《で》ないぞ。こりゃなんだ」

綱吉《つなきち》は目《め》を丸《まる》くして驚《おどろ》いている。周《まわ》りの外国人《がいこくじん》たちがガラスを知《し》らなかった日本人《にほんじん》を笑《わら》った。綱吉《つなきち》も釣《つ》られて苦笑《にがわら》いしながら、

「こりゃ、悪《わる》かった。おいらは窓《まど》の外《そと》へ皮《かわ》を捨《す》てたと思《おも》っていた」

一件落着《いっけんらくちゃく》して、一昼夜後《いっちゅうやご》にエジプトのアレキサンドリアの駅舎《えきしゃ》に着《つ》いた。そしてアレキサ

ンドリアからまた船《ふね》を乗《の》り換《か》えて、地中海《ちちゅうかい》を渡《わた》って仏蘭西《ふらんす》の馬耳塞港《まるせいゆこう》に向《む》かった。

徳川昭武公一行《とくがわあきたけこういっこう》を乗《の》せた船《ふね》は、慶応三年《けいおうさんねん》の二月二十九日《にがつにじゅうくにち》の朝《あさ》に馬耳塞港《まるせいゆこう》に接岸《せつがん》した。横濱《よこはま》出港以来《しゅっこういらい》、四十八日間《よんじゅうはちにちかん》の船旅《ふなたび》であった。すでに電信《でんしん》で連絡《れんらく》がされていたようで歓迎《かんげい》の祝砲《しゅくほう》が撃《う》たれた。港《みなと》には仏蘭西海軍《ふらんすかいぐん》の関係者多数《かんけいしゃたすう》が軍服姿《ぐんぷくすがた》で迎《むか》えてくれた。また万国博覧会《ばんこくはくらんかい》の出品係《しゅっぴんがかり》で、先着《せんちゃく》していた幕府《ばくふ》の塩島《しおじま》と北村《きたむら》の両名《りょうめい》も迎《むか》えに来《き》てくれていた。港《みなと》からは馬《ば》車《しゃ》に乗《の》って宿泊先《しゅくはくさき》のグランドオテルに入《はい》った。

安着《あんちゃく》を祝《いわ》って勲章《くんしょう》で着飾《きかざ》った陸海軍《りくかいぐん》の総督《そうとく》らが昭武公《あきたけこう》の滞在《たいざい》する部屋《へや》を訪《おとず》れた。御付《おつき》の栄一《えいいち》は公《こう》の側《そば》で慣《な》れない応対《おうたい》に忙《いそが》しかった。その晩《ばん》は早速豪華《さっそくごうか》な徳川昭武公歓迎《とくがわあきたけこうかんげい》の晩餐会《ばんさんかい》が開《ひら》かれた。

泡《あわ》が立《た》つシャンパンとかいう慣《な》れない飲物《のみもの》を多飲《たいん》したからか宴《えん》が終《お》わって、ふらつきながら部屋《へや》へ戻《もど》ると塩島《しおじま》と北村《きたむら》の二人《ふたり》が団長《だんちょう》の外国奉行向山《がいこくぶぎょうむこうやま》に血相《けっそう》を変《か》えて何《なに》やら報告《ほうこく》していた。

「一大事《いちだいじ》が出来《しゅったい》いたしました。我《われ》らが先月巴里《せんげつぱり》に着《つ》いたところ、既《すで》に薩摩藩《さつまはん》の出品物《しゅっぴんぶつ》が五百箱《ごひゃっぱこ》も送《おく》られておりました」

「それが如何《いかが》したのか」

「万国博覧会《ばんこくはくらんかい》の日本会場《にほんかいじょう》をその物品《ぶっぴん》がすでに占拠《せんきょ》しており、我《われ》らの品物《しなもの》を置《お》く場所《ばしょ》がございませぬ」

「はて、おかしな事《こと》を申《もう》す。長崎奉行《ながさきぶぎょう》からは薩摩藩《さつまはん》の物品輸出《ぶっぴんゆしゅつ》は無《な》いと聞《き》いているが」

「いえ、英吉利人《いぎりすじん》グラバーが琉球王国《りゅうきゅうおうこく》の名《な》を騙《かた》って薩摩藩《さつまはん》の出品物《しゅっぴんぶつ》を送《おく》っていたのです」

「これは異《い》な事《こと》を聞《き》く。その方《ほう》らは直《す》ぐに巴里《ぱり》へ戻《もど》って、薩摩藩《さつまはん》に某《それがし》が査問《さもん》を行《おこな》うと申《もう》し伝《つた》えよ」

「畏《かしこ》まりました」

栄一《えいいち》は傍《かたわ》らで三人《さんにん》の話《はなし》を黙《だま》って聞《き》いていたが、これは幕府《ばくふ》と薩摩藩《さつまはん》との大喧嘩《おおげんか》になると感《かん》じた。

翌朝《よくちょう》、身《み》の引《ひ》き締《し》まる寒《さむ》さの中《なか》を使節団《しせつだん》の写真《しゃしん》を撮《と》るために全員《ぜんいん》で写真館《しゃしんかん》に出《で》かけた。攘夷派《じょういは》の水戸《みと》侍《ざむらい》が多《おお》いこともあり、通訳《つうやく》のシーボルト以外《いがい》は誰《だれ》も洋服《ようふく》を着《き》る者《もの》はいなかった。栄一《えいいち》も羽織袴《はおりはかま》に二本差《にほんざし》の侍姿《さむらいすがた》であった。

巴里万博《ぱりばんぱく》

三月七日《さんがつなのか》の夕方《ゆうがた》、栄一《えいいち》たちを乗《の》せた汽車《きしゃ》が馬耳塞《まるせいゆ》から巴里《ぱり》の駅舎《えきしゃ》にようやく到着《とうちゃく》した。日本《にほん》に居《い》たことがある仏蘭西人《ふらんすじん》の宣教師《せんきょうし》カションが通弁《つうべん》として出迎《でむか》えてくれた。

「ようこそいらっしゃいました。これから皆様《みなさま》をグランドオテルにご案内《あんない》します」

仏蘭西訛《ふらんすなま》りの流暢《りゅうちょう》な日本語《にほんご》で挨拶《あいさつ》した後《あと》で、一行《いっこう》を先導《せんどう》し始《はじ》めた。その後《うし》ろを丁髷《ちょんまげ》、着《き》物姿《ものすがた》の風変《ふうが》わりな一団《いちだん》がぞろぞろと黙《だま》って付《つ》いて行《い》く。道《みち》を通《とお》り過《す》ぎる仏蘭西人《ふらんすじん》たちがそれを奇異《きい》な目《め》で見《み》ていた。

ようやくオテルと呼《よ》ばれる巨大《きょだい》な石造《いしづく》りの旅館《りょかん》に着《つ》いてから、部屋数《へやかず》が七百室《ななひゃくしつ》を超《こ》すと聞《き》いて全員《ぜんいん》が驚《おどろ》きの溜息《ためいき》を吐《つ》いた。案内《あんない》された昭武公《あきたけこう》の部屋《へや》には豪華《ごうか》な調度品《ちょうどひん》が置《お》かれた居《い》間《ま》と寝室《しんしつ》の二部屋《ふたへや》があり、風呂《ふろ》と便所《べんじょ》までが装備《そうび》されていた。御守役《おもりやく》の栄一《えいいち》は次《つぎ》の間《ま》の絨毯《じゅうたん》の上《うえ》に控《ひか》えて、夜《よる》はそこで寝《ね》ることにした。

翌日《よくじつ》になって団員《だんいん》の加地権三郎《かじごんざぶろう》という小姓《こしょう》が文句《もんく》を言《い》いに来《き》た。

「渋沢《しぶさわ》、わしがいる部屋《へや》はなんと三階《さんかい》の屋根裏《やねうら》だぞ。それなのに部屋代《へやだい》は二十《にじゅう》フラン、蝋燭《ろうそく》一本《いっぽん》で一《いち》フラン、風呂代《ふろだい》は一回《いっかい》につき十四《じゅうよん》フランも取《と》られる。朝飯《あさめし》はまた別《べつ》に十五《じゅうご》フランも払《はら》わされたぞ。これでは一日《いちにち》に十両《じゅうりょう》も支払《しはら》うことになる。とても金《かね》が続《つづ》かぬ」

「いかにも困《こま》りましたな」

「何《なん》とかせよ、渋沢《しぶさわ》」

栄一《えいいち》は通弁《つうべん》のカションに相談《そうだん》すると、

「ここは巴里《ぱり》の最高級《さいこうきゅう》オテルなので、それぐらいの金《かね》はかかります。でも心配《しんぱい》ありません、近《ちか》い内《うち》に貸家《かしゃ》を借《か》りましょう」

カションは楽天的《らくてんてき》な仏蘭西人《ふらんすじん》の気性《きしょう》からか、直《す》ぐ心配《しんぱい》はないと気楽《きらく》に言《い》う。しかし、持参《じさん》した金《かね》は五万《ごまん》ドルのみである。両替《りょうがえ》すれば二十五万《にじゅうごまん》フランにしかならない。栄一《えいいち》の計算《けいさん》では総勢二十八人《そうぜいにじゅうはちにん》の路銀《ろぎん》は二カ月《にかげつ》で底《そこ》を突《つ》くはずであった。

十日後《とおかご》の日曜日《にちようび》に幕府《ばくふ》の代理人《だいりにん》であるレセップ男爵《だんしゃく》の私邸《してい》で会議《かいぎ》が行《おこな》われた。問題《もんだい》になっている徳川幕府《とくがわばくふ》と薩摩藩《さつまはん》の何《いず》れが日本国《にほんこく》の正式《せいしき》な代表《だいひょう》として万国博覧会《ばんこくはくらんかい》に出品《しゅっぴん》するのかという、誠《まこと》に使節団《しせつだん》にとっては屈辱的《くつじょくてき》な議題《ぎだい》であった。

薩摩方《さつまがた》は家老《かろう》の岩下佐次右衛門《いわしたさじえもん》とその代理人《だいりにん》のモンブラン伯《はく》が出席《しゅっせき》した。幕府方《ばくふがた》は外国《がいこく》奉行組頭《ぶぎょうくみがしら》の田辺太一《たなべたいち》と通訳《つうやく》の山内文次郎《やまうちぶんじろう》が出席《しゅっせき》したが、団長《だんちょう》の向山《むこうやま》の顔《かお》は何故《なぜ》か見《み》えなかった。会議《かいぎ》は終始仏蘭西語《しゅうしふらんすご》で討論《とうろん》された。仏蘭西語《ふらんすご》に堪能《たんのう》ではない田辺《たなべ》と岩下《いわした》の二人《ふたり》は机《つくえ》を挟《はさ》んで終始《しゅうし》激《はげ》しく睨《にら》み合《あ》っていた。しかし、会議《かいぎ》は幕府《ばくふ》にとって意外《いがい》な結果《けっか》を迎《むか》えることになった。

レセップ男爵《だんしゃく》が書面《しょめん》を読《よ》み上《あ》げた。

「巴里《ぱり》の万国博覧会《ばんこくはくらんかい》に送付《そうふ》された諸物産《しょぶっさん》は日本連合国《にほんれんごうこく》の下《もと》に共同《きょうどう》で出品《しゅっぴん》される。徳川幕府《とくがわばくふ》と薩摩藩《さつまはん》の両者《りょうしゃ》を判別《はんべつ》するのは二《ふた》つの領主《りょうしゅ》のそれぞれの紋章《もんしょう》と、出品者名《しゅっぴんしゃめい》の一方《いっぽう》を大君《たいくん》政府《せいふ》、他方《たほう》を薩摩太守政府《さつまたいしゅせいふ》と明記《めいき》することに決《けっ》した」

結局《けっきょく》、出品点数《しゅっぴんてんすう》に勝《まさ》る薩摩藩《さつまはん》が実質的《じっしつてき》に日本国《にほんこく》の主役《しゅやく》にとって代《か》わることになった。完《かん》全《ぜん》に出遅《でおく》れた幕府使節団《ばくふしせつだん》の大失態《だいしったい》であった。

栄一《えいいち》は巴里《ぱり》に先着《せんちゃく》していた外国奉行支配調役《がいこくぶぎょうしはいしらべやく》の杉浦愛蔵《すぎうらあいぞう》と気《き》が合《あ》って特《とく》に親《した》しくなっていた。その夜《よる》、ボルドーワインを飲《の》みながらお互《たが》いに憤懣《ふんまん》をぶつけ合《あ》った。

「渋沢《しぶさわ》、聞《き》いたか、薩摩《さつま》との経緯《いきさつ》を、我《われ》らの代表《だいひょう》である向山《むこうやま》は会議《かいぎ》を逃《に》げて、責任《せきにん》をすべて田辺《たなべ》に押《お》し付《つ》けて我関《われかん》せずという顔《かお》をしている」

「その責任《せきにん》を取《と》らされて田辺《たなべ》さんには帰国命令《きこくめいれい》が出《で》たとか。私《わたし》は日本《にほん》を出国《しゅっこく》してからこれまでの考《かんが》え方《かた》が一変《いっぺん》しました。攘夷《じょうい》の思想《しそう》だけでは日本国《にほんこく》は滅《ほろ》びてしまいます。もはや幕府《ばくふ》でも薩摩藩《さつまはん》でもない、新《あたら》しい日本国《にほんこく》を創《つく》る必要《ひつよう》があるのではないかと思《おも》うようになりました。杉浦《すぎうら》さんはどうですか」

「もっともだ。全《すべ》ての面《めん》で日本《にほん》は西洋《せいよう》に遅《おく》れていることがわかった。何事《なにごと》も習《なら》い事《ごと》は型《かた》から入《はい》れという。我《われ》らも西洋服《せいようふく》をまず着《き》てみよう。この丁髷《ちょんまげ》も切《き》ろう」

「同感《どうかん》です。明日《あす》、服《ふく》を買《か》いに行《い》きましょう」

栄一《えいいち》はすぐに同意《どうい》した。

翌朝《よくちょう》、栄一《えいいち》は思《おも》い切《き》って髷《まげ》を切《き》り断髪《だんぱつ》した。そして洋式《ようしき》の正装服《せいそうふく》を新調《しんちょう》した。燕尾服《えんびふく》に山高帽《やまたかぼう》をかぶり、ステッキまで用意《ようい》した。自分《じぶん》の変身《へんしん》した姿《すがた》を故郷《ふるさと》の千代《ちよ》に見《み》せたいと思《おも》って、写真館《しゃしんかん》で写真《しゃしん》まで撮《と》ってみた。

その帰《かえ》り道《みち》、巴里《ぱり》の陽《ひ》はすでに落《お》ちて、街灯《がいとう》が燈《とも》り始《はじ》めていた。路角《みちかど》に黒《くろ》く長《なが》い毛皮《けがわ》の外《がい》套《とう》を纏《まと》った一人《ひとり》の金髪《きんぱつ》の女《おんな》が佇《たたず》んでいる。栄一《えいいち》と杉浦《すぎうら》が横目《よこめ》で通《とお》り過《す》ぎようとした瞬間《しゅんかん》、女《おんな》が外套《がいとう》を開《ひら》いた。目《め》の前《まえ》に真《ま》っ白《しろ》な物体《ぶったい》が飛《と》び出《だ》してきて、それが女《おんな》の裸《はだか》だとわかるまで二人《ふたり》とも暫《しばら》く唖然《あぜん》としてその場《ば》に立《た》ち竦《すく》んでいた。

その女《おんな》は淫靡《いんび》な笑《え》みを浮《う》かべてから片目《かため》を軽《かる》く瞑《つぶ》った。そしてゆっくりと毛皮《けがわ》を閉《と》じた。次《つぎ》に真《ま》っ赤《か》な唇《くちびる》が動《うご》くと、

「ソンフラン」

警戒《けいかい》した杉浦《すぎうら》が、

「これは夜鷹《よたか》だぞ。百《ひゃく》フランと言《い》っている」

栄一《えいいち》はその時《とき》、改《あらた》めて人《ひと》の欲望《よくぼう》は国情《こくじょう》が違《ちが》っても同《おな》じということを実感《じっかん》した。それならば西洋人《せいようじん》の悪《あ》しきことは排斥《はいせき》し、我《われ》らよりも進《すす》んでいることを素直《すなお》に学《まな》べば、いずれ西洋諸《せいようしょ》国《こく》に追《お》いつき追《お》い越《こ》すことも可能《かのう》ではないのか。街娼《がいしょう》の経験《けいけん》から栄一《えいいち》の気持《きも》ちは攘夷《じょうい》から、

より強《つよ》い開国思想《かいこくしそう》へと変《か》わりつつあった。

三月二十四日《さんがつにじゅうよっか》の日曜日《にちようび》の午後二時《ごごにじ》からティユルリー宮《きゅう》で昭武公《あきたけこう》とナポレオン三世皇帝《さんせいこうてい》の謁見式《えっけんしき》が執《と》り行《おこな》われることになった。今回《こんかい》の使節団《しせつだん》における一番重要《いちばんじゅうよう》な式典《しきてん》であったが、団員《だんいん》の内《うち》で渋沢篤太夫《しぶさわとくだゆう》はまだ参加《さんか》できる旗本《はたもと》の身分《みぶん》ではなかった。改《あらた》めて幕藩体制《ばくはんたいせい》の世襲《せしゅう》制度《せいど》を思《おも》い知《し》らされた。

巴里万国博覧会《ぱりばんこくはくらんかい》は四月一日《しがつついたち》から始《はじ》まった。期間《きかん》は半年間《はんとしかん》である。会場《かいじょう》はセーヌ川沿《がわぞ》いの周囲一里《しゅういいちり》もある練兵場《れんぺいじょう》の跡地《あとち》であった。木戸銭《きどせん》の一《いち》フランを支払《しはら》って会場内《かいじょうない》に入《はい》ると、中央《ちゅうおう》には巨大《きょだい》な屋根《やね》のある楕円《だえん》の建物《たてもの》が聳《そび》えていた。そこから徘徊遊覧《はいかいゆうらん》できるように四方《しほう》の門《もん》に通《つう》じている回路《かいろ》が延《の》びていた。

仏蘭西《ふらんす》は主催国《しゅさいこく》だけに、その展示場《てんじじょう》の規模《きぼ》は最大《さいだい》で実《じつ》に会場《かいじょう》の半分《はんぶん》を占《し》めていた。西洋《せいよう》各国館《かっこくかん》に陳列《ちんれつ》された出品物《しゅっぴんぶつ》はいずれも見《み》たことのない発明品《はつめいひん》で溢《あふ》れており、英吉利館《いぎりすかん》では蒸気《じょうき》を使《つか》い押《お》し上《あ》げる台《だい》に乗《の》って屋上《おくじょう》まで昇《のぼ》ると、巨大《きょだい》な会場《かいじょう》が一望《いちぼう》できたのには驚《おどろ》かされた。亜米利加《あめりか》が出品《しゅっぴん》した工作機械《こうさくきかい》や紡績機械《ぼうせききかい》は日本《にほん》でもすぐに役立《やくだ》てられると栄一《えいいち》には思《おも》えた。

日本館《にほんかん》に近《ちか》づくと、藁葺檜造《わらぶきひのきづく》りの茶店《ちゃみせ》ができていて、その前《まえ》には黒山《くろやま》の西洋人《せいようじん》が群《むらが》っていた。しかし、隣《となり》の薩摩藩《さつまはん》の展示場《てんじじょう》には人《ひと》が殆《ほとん》どいないのを見《み》て栄一《えいいち》は少《すこ》し安心《あんしん》した。

背《せ》の高《たか》い見物客《けんぶつきゃく》に隠《かく》れてしまい、中《なか》で何《なに》が起《お》きているのかよく分《わ》からなかった。近《ちか》くに立《た》っている杉浦《すぎうら》を見《み》つけたので、

「すごい人《ひと》ですね。中《なか》に誰《だれ》がいるのですか」

杉浦《すぎうら》は得意然《とくいぜん》とした顔《かお》で、

「ああ、江戸《えど》から一緒《いっしょ》に連《つ》れてきた柳橋《やなぎばし》の芸者《げいしゃ》たちに茶《ちゃ》を点《た》てさせている。さと、すみ、かねの三人《さんにん》だ」

無理《むり》やり見物客《けんぶつきゃく》を押《お》し退《の》けて前《まえ》に出《で》ると、確《たし》かに貫禄《かんろく》のある芸者三人《げいしゃさんにん》が煙管《きせる》で煙草《たばこ》をふかしたり、茶《ちゃ》を点《た》てたりしていた。茶店《ちゃみせ》は随行《ずいこう》してきた江戸《えど》の商人《しょうにん》清水卯三郎《しみずうさぶろう》が建《た》てた和風《わふう》

建築《けんちく》であった。座敷《ざしき》は六畳《ろくじょう》の土間《どま》付《つ》きで、縁台《えんだい》で茶《ちゃ》や味醂酒《みりんしゅ》を飲《の》ませ、庭《にわ》には休憩所《きゅうけいじょ》として椅子《いす》が置《お》いてあり、その傍《かたわ》らには釣鐘《つりがね》が吊《つ》るしてあった。

博覧会《はくらんかい》を訪《おとず》れた客《きゃく》にとって初《はじ》めて見《み》る着物姿《きものすがた》の芸者《げいしゃ》が繰《く》り広《ひろ》げる動作《どうさ》は、蒸気機関以上《じょうききかんいじょう》に興味《きょうみ》ある存在《そんざい》であったようで、これが新聞《しんぶん》にも出《で》て大評判《だいひょうばん》になったと聞《き》いた。

そこにシーボルトが近《ちか》づいて来《き》て可笑《おか》しなことを告《つ》げた。

「渋沢《しぶさわ》、ここに来《き》た見物客《けんぶつきゃく》が皆《みな》、日本《にほん》の女《おんな》の背中《せなか》には瘤《こぶ》があると話《はな》していますよ」

「瘤《こぶ》があるとは」

その意味《いみ》を知《し》るまでにはかなりの時間《じかん》を要《よう》した。帯《おび》のお太鼓《たいこ》の結目《むすびめ》が瘤《こぶ》のように盛《も》り上《あ》がっていると、彼等《かれら》には見《み》えたようだった。幕府《ばくふ》が出品《しゅっぴん》した品物《しなもの》は日本画《にほんが》、和紙《わし》、漆器《しっき》、陶器《とうき》、工芸品《こうげいひん》などであったが、改《あらた》めて彼我《ひが》の国力《こくりょく》の差《さ》を知《し》らされることになった。紙《かみ》と木《き》の調度品《ちょうどひん》が如何《いか》に巧《たく》みでも、巨大《きょだい》な鉄製《てっせい》の大砲《たいほう》や、蒸気機関《じょうききかん》にはとても敵《かな》わないという屈辱感《くつじょくかん》だった。

暫《しばら》くしてから巴里万博《ぱりばんぱく》で薩摩藩《さつまはん》の専横《せんおう》を許《ゆる》した廉《かど》で、外国奉行組頭《がいこくぶぎょうくみがしら》の田辺太一《たなべたいち》が帰国《きこく》を命《めい》じられた。栄一《えいいち》は千代宛《ちよあて》の手紙《てがみ》を託《たく》そうとした。

「田辺《たなべ》さま、厄介《やっかい》でしょうが、この手紙《てがみ》と写真《しゃしん》を日本《にほん》に着《つ》いたら妻《つま》に渡《わた》して頂《いただ》けますか」

お千代《ちよ》はさぞかし驚《おどろ》くだろうが、思《おも》い切《き》って仏蘭西《ふらんす》で写《うつ》した断髪洋服姿《だんぱつようふくすがた》の写真《しゃしん》を渡《わた》した。

「お安《やす》い御用《ごよう》だ。渋沢《しぶさわ》、仏蘭西《ふらんす》は俺《おれ》の性分《しょうぶん》に合《あ》わないから一足先《ひとあしさき》に帰《かえ》るが、昭武公《あきたけこう》のお世話《せわ》をよろしく頼《たの》むぞ」

「はい、間違《まちが》いなく御守《おまも》りいたします」

田辺《たなべ》は日本《にほん》に帰《かえ》ることを内心喜《ないしんよろこ》んでいるようで晴《は》れ晴《ば》れとした顔《かお》で手紙《てがみ》を受《う》け取《と》ってくれた。故郷《ふるさと》からの便《たよ》りはまだ一通《いっつう》もなかったので、不安《ふあん》と寂《さび》しさを隠《かく》しながら田辺《たなべ》を見送《みおく》った。

た。

使節団全員《しせつだんぜんいん》が巴里滞在中《ぱりたいざいちゅう》、何《なに》を見《み》ても聞《き》いても初《はじ》めての事《こと》が多《おお》く興味《きょうみ》は尽《つ》きなかった。ノートルダム寺院《じいん》、フォンテンブロー宮殿《きゅうでん》、シャンゼリゼ博物館《はくぶつかん》から始《はじ》まり、病院《びょういん》や地下《ちか》の下水道《げすいどう》まで見学《けんがく》した。また植物園《しょくぶつえん》や動物園《どうぶつえん》では世界中《せかいじゅう》の奇木《きぼく》や珍獣《ちんじゅう》を見《み》て驚《おどろ》いた。夜《よ》な夜《よ》な舞踏会《ぶとうかい》やオペラ、大劇場《だいげきじょう》で五十人以上《ごじゅうにんいじょう》の踊《おど》り子《こ》の歌謡《かよう》と舞踊《ぶよう》の観劇《かんげき》を楽《たの》しんだ。特《とく》にオペラ座《ざ》の厠《かわや》が水洗式《すいせんしき》であることに驚嘆《きょうたん》した。思春期《ししゅんき》の昭武公《あきたけこう》は、男女《だんじょ》が手《て》を結《むす》んで体《からだ》を接《せっ》する踊《おど》りが卑猥《ひわい》な振《ふ》る舞《ま》いに思《おも》えて驚《おどろ》きながらも軽蔑《けいべつ》していた。

栄一自身《えいいちじしん》が特《とく》に驚《おどろ》いたことは、貴族《きぞく》たちが競馬《けいば》を観覧《かんらん》しながら公然《こうぜん》と博打《ばくち》を打《う》っていることだった。日本人《にほんじん》が好《この》むおいちょかぶとはあまりにも規模《きぼ》が違《ちが》い過《す》ぎた。

日々《ひび》の生活《せいかつ》は金勘定《かねかんじょう》ができる人間《にんげん》は栄一《えいいち》、独《ひと》りとも言《い》えたので、どの団員《だんいん》にも増《ま》して多忙《たぼう》であった。まもなく持参金《じさんきん》が底《そこ》を突《つ》く、その前《まえ》に昭武公《あきたけこう》が留学期間《りゅうがくきかん》の三年間《さんねんかん》を過《す》ごせる屋敷《やしき》を探《さが》さなければならなかった。

あちらこちらを探《さが》す内《うち》に六月《ろくがつ》になってから相応《ふさわ》しい物件《ぶっけん》が見《み》つかった。ブローニュの森《もり》の近《ちか》くペルゴレーズ街五十三番《がいごじゅうさんばん》にある六百坪強《ろっぴゃくつぼきょう》の二階建《にかいだて》の館《やかた》だった。持主《もちぬし》は露西亜貴族《ろしあきぞく》の未亡人《みぼうじん》であった。早速《さっそく》まだ学生《がくせい》の山内文次郎《やまうちぶんじろう》に交渉《こうしょう》の通訳《つうやく》を依頼《いらい》することにした。玄関先《げんかんさき》で品《ひん》の良《よ》い老夫人《ろうふじん》が応対《おうたい》してくれたので、通訳《つうやく》してもらう内容《ないよう》を山内《やまうち》に話《はな》し始《はじ》めた。

「山内《やまうち》、この館《やかた》で公《こう》のお世話《せわ》をしようと思《おも》っている。大家《おおや》の婦人《ふじん》が家賃《やちん》は年三万五千《ねんさんまんごせん》フランと言《い》っているが、高《たか》すぎるので少《すこ》し負《ま》けてくれるように頼《たの》んでくれ」

「渋沢《しぶさわ》さん、御婦人《ごふじん》に対《たい》してそんな失礼《しつれい》なことは言《い》えません」

「山内《やまうち》、賃借《ちんしゃく》の高《たか》い、安《やす》いは商取引《しょうとりひき》だから失礼《しつれい》ではない」

「あなたは乱暴《らんぼう》すぎます」

「お前《まえ》は意気地《いくじ》なしだ」

急《きゅう》に日本人同士《にほんじんどうし》が口論《こうろん》を始《はじ》めたので、大家《おおや》の婦人《ふじん》は目《め》を丸《まる》くして何事《なにごと》が起《お》きたのかと怪訝《けげん》な顔《かお》をした。栄一《えいいち》はその場《ば》で喧嘩《けんか》をするわけにもいかず、

「エクスクゼモア《失礼しました》、アデゥモン《明日また会いましょう》、マダム《奥様》」

片言《かたこと》の仏蘭西語《ふらんすご》でその場《ば》を取《と》り繕《つくろ》うと、そのまま山内《やまうち》を連《つ》れて帰《かえ》ってきてしまった。

翌日《よくじつ》、もう一人《ひとり》の通弁《つうべん》である山内六三郎《やまうちろくさぶろう》を連《つ》れて館《やかた》を再訪《さいほう》した。昨日《さくじつ》の口論《こうろん》の内容《ないよう》をそれとなく感《かん》じていたのか、婦人《ふじん》は値引要求《ねびきようきゅう》に愛想《あいそ》よく応《おう》じ、結局三万《けっきょくさんまん》フランで同意《どうい》してくれた。

いざ引《ひ》っ越《こ》す段《だん》になってからがもっと大事《おおごと》だった。家具《かぐ》を買《か》い、内装《ないそう》を整《ととの》え、料理人《りょうりにん》、門番《もんばん》、馭者《ぎょしゃ》など十六人《じゅうろくにん》も雇《やと》い入《い》れなければならなかった。それに昭武公《あきたけこう》の仏蘭西人教育係《ふらんすじんきょういくがかり》のヴィレット陸軍中佐《りくぐんちゅうさ》とその家族《かぞく》、付《つ》き添《そ》いの日本人《にほんじん》を含《ふく》めると四十人近《よんじゅうにんちか》い大所帯《おおじょたい》になった。

その費用《ひよう》はこれまでの二カ月間《にかげつかん》のオテル代七万《だいななまん》フランを含《ふく》めると、実《じつ》に三十三万《さんじゅうさんまん》フランと

いう巨額《きょがく》な金額《きんがく》に上《のぼ》った。手持《ても》ちの金《かね》は二十七万五千《にじゅうななまんごせん》フランしかない。
団長《だんちょう》の向山《むこうやま》に相談《そうだん》すると、苦虫《にがむし》を噛《か》み潰《つぶ》す顔《かお》をしながらもヴィレット中佐《ちゅうさ》に相談《そうだん》しろと言《い》う。ヴィレットはバンカーでもあるフロリヘラルドに頼《たの》み込《こ》んで、オリエンタルバンクから三万《さんまん》ドルを借《か》りてもらった。金貨《きんか》の担保《たんぽ》がなくても、徳川幕府《とくがわばくふ》が保証《ほしょう》するという一筆《いっぴつ》の証文《しょうもん》だけで巨額《きょがく》な紙幣《しへい》を気軽《きがる》に貸《か》し出《だ》すバンクと呼《よ》ばれる制度《せいど》に驚嘆《きょうたん》した。それと日本《にほん》の身分制度《みぶんせいど》で言《い》えば「町人《ちょうにん》」であるフロリヘラルドが、「武士《ぶし》」であるヴィレット中佐《ちゅうさ》と対等《たいとう》に話《はな》せる自由《じゆう》さにも驚《おどろ》きだった。

西洋暦《せいようれき》一八六七年《1867ねん》の五月二十九日《ごがつにじゅうくにち》にパレ・ド・ランデュストリ《産業宮殿》において博覧会《はくらんかい》の褒章《ほうしょう》授与式《じゅよしき》が行《おこな》われた。快晴《かいせい》の空《そら》の下《した》、二万人《にまんにん》の参加者《さんかしゃ》が待《ま》つ会場《かいじょう》にトランペットの吹奏楽《すいそうがく》と共《とも》に王旗《おうき》をはためかせて親衛隊《しんえいたい》の槍騎兵《そうきへい》が入場《にゅうじょう》してきた。その後《あと》に四頭立《よんとうだ》ての馬車《ばしゃ》が五台《ごだい》続《つづ》き、最後《さいご》の八頭《はちとう》に引《ひ》かれた第六車《だいろくしゃ》には仏蘭西《ふらんす》ナポレオン三世皇帝《さんせいこうてい》と皇后《こうごう》、皇太子《こうたいし》が搭乗《とうじょう》されていた。中央《ちゅうおう》の帝座《ていざ》に皇帝《こうてい》が着《つ》くと同時《どうじ》に、ロッシーニの指揮《しき》の下《もと》に千二百人《せんにひゃくにん》の楽士《がくし》が奏《かな》でる「皇帝讃歌《こうていさんか》」の曲《きょく》に乗《の》って数百人《すうひゃくにん》による大合唱《だいがっしょう》が続《つづ》いた。

「カション、何《なん》という歌《うた》だ」

昭武公《あきたけこう》に陪従《ばいじゅう》してきた通弁《つうべん》のカションに栄一《えいいち》が尋《たず》ねた。

「ナポレオン皇帝《こうてい》を讃《たた》える歌《うた》です」

当《あ》たり前《まえ》の返事《へんじ》につまらないことを訊《き》いたと思《おも》った。歓呼《かんこ》と拍手《はくしゅ》の中《なか》で、皇帝《こうてい》の祝辞《しゅくじ》が始《はじ》まると同時《どうじ》にカションは得意気《とくいげ》に使節団全員《しせつだんぜんいん》に通訳《つうやく》をした。

「人《ひと》の知恵《ちえ》は目《め》から入《はい》る。百聞《ひゃくぶん》は一見《いっけん》に如《し》かずである。そして目《め》から知恵《ちえ》を得《え》るには博覧会《はくらんかい》が最適《さいてき》と考《かんが》える。古代希臘《こだいぎりしあ》では人々《ひとびと》が競技《きょうぎ》で競《きそ》い、詩人《しじん》が詩《し》に残《のこ》したが、今《いま》や全世界《ぜんせかい》の人々《ひとびと》がこの万国博覧会《ばんこくはくらんかい》を通《つう》じて、全地球上《ぜんちきゅうじょう》からの新発明《しんはつめい》の物品《ぶっぴん》や文化的作品《ぶんかてきさくひん》を鑑賞《かんしょう》できるようになった。この一八六七年《1867ねん》の巴里博覧会《ぱりはくらんかい》は実《じつ》に国際的《こくさいてき》だと言《い》える。だからこの博覧会《はくらんかい》を見《み》て発奮《はっぷん》しないような者《もの》は役《やく》に立《た》たない人間《にんげん》である」

観客《かんきゃく》の歓呼《かんこ》と万雷《ばんらい》の拍手《はくしゅ》で皇帝《こうてい》の尊大《そんだい》な演説《えんぜつ》は度々《たびたび》中断《ちゅうだん》していた。カションが付《つ》け足《た》した。

「第一番《だいいちばん》の陳列品《ちんれつひん》には皇帝自《こうていみずか》らがグランプリ《大賞牌》を渡《わた》します。次《つぎ》は金《きん》、銀《ぎん》、銅《どう》のメダルが褒章《ほうしょう》として授与《じゅよ》されます」

日本《にほん》の出品物《しゅっぴんぶつ》の中《なか》では養蚕《ようさん》、漆器《しっき》、工芸品《こうげいひん》、和紙《わし》に第一等《だいいっとう》の大賞牌《たいしょうはい》が贈《おく》られたが、欧羅《よおろ》巴製《っぱせい》の千馬力《せんばりき》の蒸気機関《じょうききかん》や大砲《たいほう》を見《み》せられた後《あと》では少《すこ》しも喜《よろこ》べなかった。

秋風《あきかぜ》の立《た》つ九月《くがつ》に入《はい》って、遂《つい》に手持《ても》ちの資金《しきん》が底《そこ》を突《つ》いた。団長《だんちょう》の向山《むこうやま》の指示《しじ》で、栄一《えいいち》は十万《じゅうまん》ドルの借入《かりいれ》を仏蘭西《ふらんす》のソシエテジェネラルバンクに依頼《いらい》した。

「ムッシュ渋沢《しぶさわ》、残念《ざんねん》ながら当行《とうこう》では一《いち》フランも貸出《かしだし》はできません」

驚《おどろ》いて片言《かたこと》のフランス語《ご》ですぐに反論《はんろん》した。

「それは何《なに》かの間違《まちが》いだ。徳川幕府《とくがわばくふ》の保証《ほしょう》があるはずですが」

「確《たし》かにありました。しかし、現在幕府《げんざいばくふ》から仏蘭西政府《ふらんすせいふ》に対《たい》する六百万《ろっぴゃくまん》ドルの借款《しゃっかん》の契約《けいやく》は破棄《はき》されています」

栄一《えいいち》はそれを聞《き》いて愕然《がくぜん》とした。思《おも》い当《あ》たることはこの数ケ月間《すうかげつかん》、本国《ほんごく》からは何《なん》の指示《しじ》も返事《へんじ》もなかったことである。日本《にほん》で何《なに》か重大《じゅうだい》な事件《じけん》が発生《はっせい》したように感《かん》じた。向山《むこうやま》に事件《じけん》を報告《ほうこく》すると、また苦虫《にがむし》を噛《か》み潰《つぶ》した顔《かお》で、

「渋沢《しぶさわ》、仏蘭西《ふらんす》が叶《かな》わぬなら他国《たこく》から借金《しゃっきん》の算段《さんだん》をせよ。わしは送金依頼《そうきんいらい》を直《す》ぐに国《くに》へ認《したた》める」

会計補佐《かいけいほさ》の栄一《えいいち》は仕方《しかた》なく仏蘭西国以外《ふらんすこくいがい》のバンクを駆《か》けまわることになった。これから使節団《しせつだん》が欧羅巴諸国《よおろっぱしょこく》を親善歴訪《しんぜんれきほう》する費用《ひよう》と、昭武公《あきたけこう》の今後《こんご》の留学費《りゅうがくひ》を考《かんが》えるとやはり十万《じゅうまん》

ドルは必要《ひつよう》だった。

各地《かくち》を飛《と》び回《まわ》った結果《けっか》、なんとか和蘭《おらんだ》の貿易商会《ぼうえきしょうかい》から五万《ごまん》ドル、英吉利《いぎりす》のオリエンタルバンクから五千《ごせん》ポンドを借《か》りることができた。

一方《いっぽう》、親《した》しかった杉浦愛蔵《すぎうらあいぞう》は滞在費《たいざいひ》の送金依頼《そうきんいらい》の手紙《てがみ》を幕府《ばくふ》に届《とど》けるために帰国《きこく》することになった。栄一《えいいち》はこの機会《きかい》を捉《とら》えて尾高新五郎宛《おだかしんごろうあて》の欧羅巴《よおろっぱ》の状況《じょうきょう》を詳《くわ》しく述《の》べた書状《しょじょう》を手《て》渡《わた》した。

「杉浦《すぎうら》さん、日本《にほん》に帰《かえ》ったら武州《ぶしゅう》の手墓村《てばかむら》にいる義兄《ぎけい》の尾高新五郎《おだかしんごろう》にこの書状《しょじょう》を渡《わた》して頂《いただ》けますか」

「いかにも承知仕《しょうちつかまつ》った。奥方《おくがた》への手紙《てがみ》はないのか」

「できれば、この手紙《てがみ》も妻《つま》に届《とど》けて下《くだ》されば有難《ありがた》いです」

義兄《ぎけい》には長文《ちょうぶん》の手紙《てがみ》を書《か》いたものの、妻《つま》には会《あ》いたい思《おも》いがより募《つの》って切《せつ》なくなるだけに簡略《かんりゃく》になって仕舞《しま》った。ただ師《し》にあたる新五郎《しんごろう》には欧羅巴《よおろっぱ》の実像《じつぞう》を見聞《けんぶん》した後《あと》では、己《おのれ》の大《おお》きな心変《こころが》わりを伝《つた》えざるを得《え》なかった。

＊＊＊＊＊

尾高新五郎殿《おだかしんごろうどの》

西洋《せいよう》の開化文明《かいかぶんめい》は聞《き》き及《およ》ぶことより数等上《すうとううえ》で驚《おどろ》き入《い》るばかりにして　己《おのれ》の人知《じんち》の及《およ》ぶところにはあらず　今後《こんご》は外国《がいこく》に深《ふか》く接《せっ》して長《ちょう》ずる点《てん》を学《まな》び取《と》るべし　これまでの攘夷《じょうい》の思想《しそう》を捨《す》て去《さ》り　日本国《にほんこく》の真《しん》の独立《どくりつ》を目指《めざ》すべく候《そうろう》

巴里《ぱり》の街《まち》では形《かたち》なきガスの火力《かりょく》で調理《ちょうり》し　夜《よる》は昼間《ひるま》のように明《あか》るき灯火《とうか》として使用《しよう》され

また街《まち》にはいたる所《ところ》に噴水《ふんすい》が噴出《ふきだ》して道《みち》の埃《ほこり》を沈《しず》めたり　建物《たてもの》は石造《いしづく》りで七八階《しちはちかい》に至《いた》り座敷《ざしき》の壮麗《そうれい》なことは諸侯《しょこう》の住《す》まい以上《いじょう》に候《そうろう》　婦人《ふじん》の美《うつく》しきことは実《じつ》に雪《ゆき》の如《ごと》く玉《たま》

の如《ごと》し　何《なに》もかもただ嘆息《たんそく》するばかりなり　巴里《ぱり》の物価《ぶっか》は日本《にほん》より五六倍高《ごろくばいたか》けれど両替《りょうがえ》も自由自在《じゆうじざい》にて　紙幣《しへい》も貨幣《かへい》と同様《どうよう》に使用《しよう》され候《そうろう》
慶応三年八月二日《けいおうさんねんはちがつふつか》
渋沢篤太夫《しぶさわとくだゆう》

＊＊＊＊＊

日本《にほん》を発《た》ってから僅《わず》か半年余《はんとしあま》りで攘夷主義者《じょういしゅぎしゃ》から開国支持派《かいこくしじは》に変《か》わったことを、新五郎《しんごろう》だけでなく渋沢《しぶさわ》の一族《いちぞく》や千代《ちよ》、喜作《きさく》、それに平九郎《へいくろう》がどう思《おも》うか、栄一《えいいち》にはひどく気懸《きが》かりであった。

杉浦《すぎうら》が帰国《きこく》した後《あと》、欧羅巴各国《よおろっぱかっこく》を巡歴《じゅんれき》する大事《だいじ》な行事《ぎょうじ》が残《のこ》された。しかし、資金不足《しきんぶそく》もあり随行者全員《ずいこうしゃぜんいん》を参加《さんか》させられないことを知《し》った団長《だんちょう》の向山《むこうやま》が御小姓頭取《おこしょうとうどり》の山高《やまたか》を呼《よ》んだ。

いつもの苦虫顔《にがむしがお》で唐突《とうとつ》に命令《めいれい》した。

「山高《やまたか》、小姓《こしょう》どもに昭武公《あきたけこう》の各国巡歴《かっこくじゅんれき》には連《つ》れていかぬと話《はなし》をしてこい」

「しかし、何《なん》と説明《せつめい》すればよろしいので」

「其方《そなた》に任《まか》せたのだ。何《なん》とでも言《い》い繕《つくろ》って納得《なっとく》させよ」

山高《やまたか》は仕方《しかた》なく小姓部屋《こしょうべや》に出向《でむ》いて話《はな》し始《はじ》めた。

「皆々《みなみな》に向山団長《むこうやまだんちょう》の御意向《ごいこう》を申《もう》し伝《つた》える。博覧会《はくらんかい》も終《お》わり、これより昭武公《あきたけこう》が欧羅巴各国《よおろっぱかっこく》を巡回《じゅんかい》されるにあたり、供廻《ともまわ》りは三人《さんにん》だけとする。従《したが》って、その他《た》の随員《ずいいん》はこの巴里《ぱり》に滞在《たいざい》して仏蘭西語《ふらんすご》を勉強《べんきょう》する事《こと》とする」

山高《やまたか》の話《はなし》が終《お》わらない内《うち》に、大声《おおごえ》が小姓《こしょう》の加地権三郎《かじごんざぶろう》から上《あ》がった。

「何《なん》だって、我々小姓《われわれこしょう》が昭武公《あきたけこう》の御供《おとも》をして仏蘭西《ふらんす》へ来《き》たのは夷敵《いてき》の言葉《ことば》を学《まな》んで、その真似《まね》をする為《ため》と違《ちが》うぞ。公《こう》が何処《どこ》へ行《い》かれようと何処《どこ》までも御供《おとも》をしていくのが小姓《こしょう》の務《つと》めだ。左様《さよう》な事《こと》ならば昭武公《あきたけこう》はここから一歩《いっぽ》たりとも御出《おだ》しさせぬ」

まだ二十六歳《にじゅうろくさい》の若《わか》い山高《やまたか》はぴしゃりと言《い》い返《かえ》されて言葉《ことば》が続《つづ》かなかった。

気落《きお》ちした山高《やまたか》が栄一《えいいち》に助《たす》けを求《もと》めて相談《そうだん》に来《き》た。

「向山団長《むこうやまだんちょう》の言《い》うことが聞《き》けぬなら、山高《やまたか》さまの職権《しょっけん》を以《も》って、小姓《こしょう》たちに帰国《きこく》を申《もう》しつければ宜《よろ》しかろうと存《ぞん》じますが」

「なるほど、そうすれば方《かた》が付《つ》くが、左様《さよう》な事《こと》を申《もう》せば何《なに》をするかわからぬので心配《しんぱい》である」

「山高《やまたか》さま、さすれば取《と》り押《お》さえるまでの事《こと》ではありませぬか。尚更帰国《なおさらきこく》を命《めい》ずる大義《たいぎ》が十分《じゅうぶん》に立《た》ちましょう。取《と》り敢《あ》えず私《わたし》が再度話《さいどはなし》をして参《まい》ります」

山高《やまたか》はほっとした顔《かお》をして

「有難《ありがた》い。すべて渋沢《しぶさわ》に任《まか》せる」

水戸《みと》からの供廻《ともまわ》りの小姓《こしょう》は七名《ななめい》であった。説得《せっとく》するために徹夜覚悟《てつやかくご》で小姓部屋《こしょうべや》へ向《む》かった。

「この度《たび》の各国巡歴《かっこくじゅんれき》だが、大勢《おおぜい》で御供《おとも》をすれば体裁《ていさい》も悪《わる》いし、経費《けいひ》も無駄《むだ》にかかると向山《むこうやま》団長《だんちょう》が申《もう》されて三人《さんにん》にしたのであるが、何故《なぜ》一同《いちどう》が一緒《いっしょ》で行《い》かなければならぬのだ」

代表《だいひょう》の加地《かじ》が憤然《ふんぜん》として答《こた》えた。

「渋沢《しぶさわ》、水戸《みと》を出立以来《しゅったついらい》、殿《との》の供廻《ともまわ》りとして全員一緒《ぜんいんいっしょ》にここまで随従《ずいじゅう》してきた。それを全員《ぜんいん》で行《い》けば経費《けいひ》が掛《か》かるの、どうこう言《い》うが奉行《ぶぎょう》らはせんでもよい贅沢《ぜいたく》をしておきながら、それは棚《たな》に上《あ》げて置《お》いて、我《われ》らにだけ倹約《けんやく》せいと言《い》う方《ほう》がおかしかろう」

小姓《こしょう》たちのこれまでの不満《ふまん》が一気《いっき》に爆発《ばくはつ》して、議論《ぎろん》は収拾《しゅうしゅう》がつかなくなった。遂《つい》に七人《しちにん》の小姓《こしょう》たちは日本《にほん》に帰《かえ》る、帰《かえ》らないで内輪揉《うちわも》めを始《はじ》めた。翌日《よくじつ》になって、激論《げきろん》の末《すえ》の折衷案《せっちゅうあん》として三人《さんにん》が欧羅巴《よおろっぱ》に残《のこ》り、他《ほか》は帰国《きこく》するという案《あん》が出《で》てきた。辛抱強《しんぼうづよ》く聞《き》いていた栄一《えいいち》が頃合《ころあ》いと感《かん》じて、

「それでは帰《かえ》る者《もの》と、残《のこ》る者《もの》を決《き》めなさい」

そこでもまた意見《いけん》が続出《ぞくしゅつ》して、今度《こんど》は人選《じんせん》が決《き》まらないでいた。最後《さいご》に加地《かじ》が言《い》い難《にく》そうに、

「渋沢《しぶさわ》、然《しか》らば全員帰国《ぜんいんきこく》せずに仏蘭西《ふらんす》に残《のこ》り、交代《こうたい》で昭武公《あきたけこう》の御供《おとも》をするのは如何《いかが》かな。瑞《す》西《いす》、和蘭《おらんだ》、白耳義《べるぎい》の組《くみ》と伊太利《いたりあ》と英吉利《いぎりす》を巡行《じゅんこう》する組《くみ》に分《わ》かれてはどうか」

全員《ぜんいん》が顔《かお》を見合《みあ》わせて静《しず》かになったので、栄一《えいいち》はこれで話《はなし》が纏《まと》まったと感《かん》じた。こうして使節団《しせつだん》は八月初旬《はちがつしょじゅん》から瑞西《すいす》を始《はじ》めとする各国歴訪《かっこくれきほう》に出発《しゅっぱつ》することになった。

革命前夜《かくめいぜんや》

神田《かんだ》お玉ケ池《たまがいけ》の近《ちか》くに来《く》ると剣術《けんじゅつ》の稽古《けいこ》の気合声《きあいごえ》が聞《き》こえてくる。腰《こし》に大小二刀《だいしょうにとう》を差《さ》した武士姿《ぶしすがた》の尾高平九郎《おだかへいくろう》はすらりとした長身《ちょうしん》の足先《あしさき》を池《いけ》の方《ほう》に向《む》けた。

先月《せんげつ》、渋沢栄一《しぶさわえいいち》の舎弟《しゃてい》として代官所《だいかんしょ》に届《とど》けた中家《なかんち》の見立養子《みたてようし》が許《ゆる》されて、平九郎《へいくろう》は渋沢平九郎《しぶさわへいくろう》として士分《しぶん》に取《と》り立《た》てられた。そのため俸給《ほうきゅう》と御扶持米《おふちまい》を受《う》け取《と》るために、手墓《てばか》村《むら》から母親《ははおや》のやへと一緒《いっしょ》に江戸《えど》に上《のぼ》ってきていた。二人《ふたり》は日本橋付近《にほんばしふきん》で親戚《しんせき》の須永伝蔵《すながでんぞう》の家《いえ》を探《さが》していた。

「母《かあ》さん、あの先《さき》が千葉道場《ちばどうじょう》のようですので、伝蔵《でんぞう》さんの家《いえ》はこの近《ちか》くですよ」

「もう神無月《かんなづき》だというのに、江戸《えど》は暖《あたた》かいな」

やへが汗《あせ》を拭《ぬぐ》いながら曲《ま》がった腰《こし》を伸《の》ばした。その道《みち》の先《さき》に一人《ひとり》の男《おとこ》が立《た》っていた。よく見《み》ればそれは伝蔵《でんぞう》の姿《すがた》だった。

「やへさんか、よく来《こ》られたの」

「懐《なつ》かしいな。立派《りっぱ》になって、元気《げんき》かぇ」

「どうぞ、家《うち》へ入《はい》って下《くだ》さい。長旅《ながたび》で疲《つか》れただろう」

伝蔵《でんぞう》は栄一《えいいち》や喜作《きさく》と同様《どうよう》に侍《さむらい》に憧《あこが》れて、上州《じょうしゅう》から江戸《えど》へ出《で》てきていた。今《いま》は市中《しちゅう》取締役《とりしまりやく》として三番町《さんばんちょう》の屯所《とんしょ》に勤務《きんむ》する身分《みぶん》でもあった。

三人《さんにん》は奥座敷《おくざしき》で互《たが》いの近況《きんきょう》を話《はな》し始《はじ》めた。

「まあ、茶《ちゃ》でも飲《の》んで、一息入《ひといきい》れて下《くだ》され」

やへが伝蔵《でんぞう》の断髪姿《だんぱつすがた》をまじまじと見《み》ながら、

「それはそうと、伝蔵《でんぞう》も紅毛《あかげ》かぶれしたか」

歯《は》に衣着《きぬき》せぬ言葉《ことば》に伝蔵《でんぞう》は苦笑《にがわら》いをして、

「やへさん、長七郎《ちょうしちろう》さんの出牢嘆願書《しゅつろうたんがんしょ》は奉行所《ぶぎょうしょ》に改《あらた》めて届《とど》けておきました」

「面倒《めんどう》かけるな。これからは平九郎《へいくろう》と一緒《いっしょ》に江戸《えど》で長七郎《ちょうしちろう》に会《あ》える日《ひ》を待《ま》つことにしたので、よろしくな」

いまだに牢獄《ろうごく》に繋《つな》がれている次男《じなん》の長七郎《ちょうしちろう》を思《おも》って、やへからは長《なが》い溜息《ためいき》が漏《も》れた。隣《となり》の平九郎《へいくろう》が、

「伝蔵《でんぞう》さん、公方《くぼう》さまが何《なん》でも大政奉還《たいせいほうかん》とか言《い》って、天子《てんし》さまに将軍職《しょうぐんしょく》をお返《かえ》しになったとか、専《もっぱ》らの噂《うわさ》です。それに公方《くぼう》さまはおかしな事《こと》に、かれこれ三年近《さんねんちか》くも大坂《おおざか》に居《い》て江戸《えど》には居《お》られないですね」

「いかにも、そのせいで薩長《さっちょう》のごろつき侍《ざむらい》がでかい顔《かお》をして、このお江戸《えど》を歩《ある》くようになっている。早《はや》く追《お》い出《だ》さなければならない」

大政奉還《たいせいほうかん》に反対《はんたい》する忠実《ちゅうじつ》な幕臣《ばくしん》の伝蔵《でんぞう》は日頃《ひごろ》の鬱憤《うっぷん》を晴《は》らすように大声《おおごえ》を出《だ》した。しかし、剣術《けんじゅつ》に専心《せんしん》している若《わか》い平九郎《へいくろう》にはまだ大政奉還《たいせいほうかん》の意味《いみ》がよく分《わ》からなかった。次《つぎ》の将軍《しょうぐん》は誰《だれ》が成《な》るのか、次《つぎ》に新五郎《しんごろう》に会《あ》ったらよく聞《き》いてみようと思《おも》った。

翌日《よくじつ》から暇《ひま》のある平九郎《へいくろう》は伊庭八郎《いばはちろう》の剣道場《けんどうじょう》に通《かよ》いながら母親《ははおや》と住《す》む家《いえ》を探《さが》し始《はじ》めた。十一月《じゅういちがつ》になって近《ちか》くの神田本銀町《かんだほんぎんちょう》に六畳二間《ろくじょうふたま》の一軒家《いっけんや》が見《み》つかったので引越《ひっこし》をすることにした。兄《あに》の長七郎《ちょうしちろう》が収監《しゅうかん》されている郡代屋敷《ぐんだいやしき》が近《ちか》いせいもあったからである。栄一《えいいち》に代《か》わって百両以上《ひゃくりょういじょう》の月棒《げっぽう》が平九郎《へいくろう》に支給《しきゅう》される身分《みぶん》になったことで、江戸《えど》の生活《せいかつ》に困《こま》ることはなかった。

神田川《かんだがわ》が隅田川《すみだがわ》に合流《ごうりゅう》する袂《たもと》に柳橋《やなぎばし》と浅草御門《あさくさごもん》がある。その浅草御門《あさくさごもん》を渡《わた》った土手下《どてした》の広《ひろ》い湿地《しっち》が関八州《かんはっしゅう》の民政《みんせい》や訴訟《そしょう》を扱《あつか》う江戸《えど》の代官屋敷《だいかんやしき》だった。敷地《しきち》は二千坪《にせんつぼ》を超《こ》してお り、周囲《しゅうい》には高《たか》さ一丈《いちじょう》の練塀《ねりべい》があり、その上《うえ》には忍《しの》び返《がえ》しまでが張《は》り巡《めぐ》らされていた。

翌日《よくじつ》、平九郎《へいくろう》は伝蔵《でんぞう》に案内《あんない》されて、母《はは》が長七郎《ちょうしちろう》のために縫《ぬ》った着物《きもの》を持《も》って郡代屋敷《ぐんだいやしき》を訪《おとず》れた。渋沢篤太夫《しぶさわとくだゆう》が慶喜公《よしのぶこう》の直臣《じきしん》となり、水戸《みと》の昭武公《あきたけこう》の御供《おとも》で外国《がいこく》へ行《い》っている身分《みぶん》に出世《しゅっせ》したことを知《し》っている代官《だいかん》は平九郎《へいくろう》には親切《しんせつ》であった。

牢番《ろうばん》に一分銀《いちぶぎん》を掴《つか》ませてから案内《あんない》された牢獄《ろうごく》の廊下《ろうか》は暗《くら》く糞尿《ふんにょう》の悪臭《あくしゅう》が鼻《はな》を突《つ》いた。

「長七郎兄《ちょうしちろうにい》さん、いるか」

暫《しばら》くして近《ちか》くの一室《いっしつ》から懐《なつ》かしい声《こえ》が聞《き》こえてきた。

「平九郎《へいくろう》か、しばらく見《み》ぬうちに立派《りっぱ》な侍《さむらい》になったな」

「兄《にい》さん、これ母《かあ》さんからの差《さ》し入《い》れの着物《きもの》だ」

牢格子《ろうごうし》の間《あいだ》から取《と》り合《あ》った長七郎《ちょうしちろう》の手《て》の冷《つめ》たさが過酷《かこく》な日々《ひび》を物語《ものがた》っていた。それに窶《やつ》れて青白《あおじろ》い幽霊《ゆうれい》のような顔《かお》つきの兄《あに》を見《み》ると胸《むね》が切《せつ》なくなって、それ以上《いじょう》は言葉《ことば》が続《つづ》かなかった。

師走《しわす》の二十五日《にじゅうごにち》には恒例《こうれい》の歳《とし》の市《いち》が江戸《えど》の各町内《かくちょうない》で開《ひら》かれた。骨《ほね》の髄《ずい》まで震《ふる》えるような早《そう》朝《ちょう》に江戸中《えどじゅう》の木戸番《きどばん》の半鐘《はんしょう》が鳴《な》り始《はじ》めた。市中取締役《しちゅうとりしまりやく》である伝蔵《でんぞう》の仕事《しごと》を手伝《てつだ》っていた平九郎《へいくろう》は直《す》ぐに三番町《さんばんちょう》の屯所《とんしょ》の屋根《やね》に上《のぼ》って辺《あた》りを眺《なが》めた。午《うま》の方角《ほうがく》に黒《くろ》い煙《けむり》が立《た》ち上《のぼ》っていた。

「平九郎《へいくろう》、火元《ひもと》はどの辺《へん》だ」

「伝蔵《でんぞう》さん、愛宕山《あたごやま》から品川《しながわ》の方《ほう》に煙《けむり》が上《あ》がっている。また薩摩強盗《さつまごうとう》かな」

十二月《じゅうにがつ》になってから江戸市中《えどしちゅう》では薩摩訛《さつまなま》りで『勤王御用金《きんのうごようきん》を申《もう》しつける』と言《い》って、押《お》し込《こ》み強盗《ごうとう》、殺人《さつじん》を犯《おか》す正体不明《しょうたいふめい》の無頼浪人《ぶらいろうにん》たちの事件《じけん》が群発《ぐんぱつ》していた。二日前《ふつかまえ》にも江戸城《えどじょう》の二《に》の丸《まる》で不審火《ふしんび》が発生《はっせい》した。

「そうか、やっぱり火元《ひもと》は薩摩藩《さつまはん》の品川下屋敷《しながわしもやしき》だ」

「伝蔵《でんぞう》さん、どうしてわかるのだ」

「役目柄《やくめがら》、既《すで》に聞《き》いていた。江戸市中取締役《えどしちゅうとりしまりやく》の庄内藩《しょうないはん》が江戸《えど》から薩摩《さつま》の連中《れんちゅう》を追《お》い出《だ》すために焼《や》き討《う》ちすることになっている。同時《どうじ》に上方《かみがた》にいる喜作《きさく》さんたちも京都《きょうと》の薩摩屋敷《さつまやしき》に攻《せ》め込《こ》む予定《よてい》だ」

「えらい事《こと》だな」

既《すで》に幕府《ばくふ》の小栗陸海軍奉行《おぐりりくかいぐんぶぎょう》は一万五千人《いちまんごせんにん》の幕府陸軍《ばくふりくぐん》と新型《しんがた》の洋式軍艦三隻《ようしきぐんかんさんせき》を大坂《おおざか》へ派遣《はけん》し

ていた。

一刻《いっこく》ほどの戦闘《せんとう》で薩摩藩邸《さつまはんてい》は焼《や》け落《お》ちて、邸内《ていない》にいた藩士三十人程《はんしさんじゅうにんほど》が品川沖《しながわおき》から船《ふね》で逃走《とうそう》した。伝蔵《でんぞう》はこの江戸《えど》の騒動《そうどう》がまさか徳川幕府崩壊《とくがわばくふほうかい》に繋《つな》がるとは考《かんが》えもしなかった。

一方《いっぽう》、武州血洗島村《ぶしゅうちあらいじまむら》の渋沢家《しぶさわけ》では何事《なにごと》も変《か》わらずにのんびりと時間《じかん》が過《す》ぎていた。千代《ちよ》は五歳《ごさい》になった歌子《うたこ》と一緒《いっしょ》に平九郎《へいくろう》が江戸《えど》から届《とど》けてくれた夫《おっと》の手紙《てがみ》を開《あ》けようとしていた。

「歌子《うたこ》、これは父上《ちちうえ》からのお手紙《てがみ》ですよ。いま読《よ》んであげますからね」

封筒《ふうとう》の表《おもて》には『お千代《ちよ》どの　ふらんすより　とく太夫《だゆう》』見知《みし》った懐《なつ》かしい字《じ》が並《なら》んでいた。手紙《てがみ》に添《そ》えられて一枚《いちまい》の写真《しゃしん》が同封《どうふう》されていた。千代《ちよ》には一瞬誰《いっしゅんだれ》の写真《しゃしん》か分《わ》からなかったが、よく見《み》れば断髪《だんぱつ》した洋装姿《ようそうすがた》の男《おとこ》の顔《かお》は全《まった》くの別人《べつじん》かと思《おも》える栄一《えいいち》の顔《かお》であった。自然《しぜん》と涙《なみだ》が頬《ほお》を伝《つた》って落《お》ちてきていた。

「母《かか》さま、なぜ泣《な》いているの」

あまりにも浅《あさ》ましく情《なさ》けなかった。そこには尊王攘夷《そんのうじょうい》を口《くち》に雄々《おお》しく四年前《よねんまえ》に家《いえ》を出《で》て行《い》った侍姿《さむらいすがた》は影《かげ》も形《かたち》もなかった。

ようやく気《き》が落《お》ち着《つ》いてから筆《ふで》を手《て》にした。

＊　＊　＊　＊　＊

お前《まえ》さま

先《さき》ごろとは事《こと》かはり何《なに》ゆへのおことにて　浅《あさ》ましく見《み》る目《め》もつらきお髪《かみ》のようにあられもとのお形《かたち》になられ召《め》されるよう願《ねが》い上《あ》げ候《そうろう》

＊　＊　＊　＊　＊

西洋《せいよう》かぶれした夫《おっと》の姿《すがた》に、千代《ちよ》は獄中《ごくちゅう》で耐《た》えている兄《あに》の長七郎《ちょうしちろう》に申《もう》し訳《わけ》が立《た》たないことを恥《は》じていた。

慶応三年《けいおうさんねん》もあと数十日《すうじゅうにち》で暮《く》れようとしていた。京都二条城《きょうとにじょうじょう》にいた渋沢成一郎《しぶさわせいいちろう》と喜作《きさく》は急遽統率《きゅうきょとうそつ》する二百名《にひゃくめい》の歩兵《ほへい》を率《ひき》いて徳川慶喜公《とくがわよしのぶこう》と共《とも》に大坂城《おおざかじょう》へ退去《たいきょ》した。この十月《じゅうがつ》に慶喜《よしのぶ》公《こう》が将軍職《しょうぐんしょく》を朝廷《ちょうてい》に返上《へんじょう》した事情《じじょう》はよくわからなかったが、今回《こんかい》もなぜ二条城《にじょうじょう》から大坂城《おおざかじょう》へ戻《もど》るのか理解《りかい》できていなかった。

正月《しょうがつ》が明《あ》けた二日《ふつか》の早朝《そうちょう》、仏蘭西式洋装《ふらんすしきようそう》で最新《さいしん》のシャスポー銃《じゅう》を持《も》つ伝習大隊《でんしゅうだいたい》四百名《よんひゃくめい》、それに歩兵第一連隊千名《ほへいだいいちれんたいせんめい》と共《とも》に京都二条城《きょうとにじょうじょう》へまた出立《しゅったつ》することになった。下《くだ》された命令《めいれい》は薩摩藩《さつまはん》の罪状《ざいじょう》を列挙《れっきょ》した上奏文《じょうそうぶん》を朝廷《ちょうてい》に届《とど》ける滝川播磨守《たきがわはりまのかみ》の護衛《ごえい》の役目《やくめ》だった。京都《きょうと》へ向《む》かう幕府軍《ばくふぐん》の総勢《そうぜい》は八千名《はっせんめい》を超《こ》す大部隊《だいぶたい》の行進《こうしん》になっていた。残《のこ》る大坂城《おおざかじょう》には総大将《そうだいしょう》の徳川慶喜公《とくがわよしのぶこう》を筆頭《ひっとう》に譜代《ふだい》、旗本併《はたもとあわ》せて一万近《いちまんちか》くの兵《へい》がまだ控《ひか》えていた。

翌三日《よくみっか》の昼下《ひるさ》がり鳥羽街道《とばかいどう》を進《すす》む渋沢成一郎《しぶさわせいいちろう》の中隊《ちゅうたい》は賀茂川《かもがわ》の小枝橋近《こえだばしちか》くまで行《い》きついていた。この橋《はし》を渡《わた》れば夕刻《ゆうこく》には何事《なにごと》もなく京都《きょうと》へ入洛《にゅうらく》できるなと思《おも》った途端《とたん》、橋《はし》の対岸《たいがん》から喇叭《らっぱ》の音《おと》と弾《はじ》けるような銃弾《じゅうだん》の音《おと》が響《ひび》いてきた。敵《てき》が現《あらわ》れたと身構《みがま》えた時《とき》、近《ちか》くに大《おお》きな轟音《ごうおん》と地響《じひび》きが聞《き》こえた。それが大砲《たいほう》の弾丸《だんがん》が着弾《ちゃくだん》したとわかるまでに暫《しばら》く時間《じかん》がかかった。前方《ぜんぽう》を見《み》ると先発《せんぱつ》していた歩兵《ほへい》たちが我先《われさき》にと駆《か》け戻《もど》って来《く》る。喜作《きさく》は中隊《ちゅうたい》に反撃《はんげき》の号令《ごうれい》を掛《か》けようとしたが、逃《に》げ帰《かえ》ってくる大勢《おおぜい》の兵士《へいし》たちに逆《ぎゃく》に押《お》し戻《もど》されて前進《ぜんしん》などできない状態《じょうたい》であった。

「逃《に》げるな。戻《もど》れ、戻《もど》れ」

喜作《きさく》の叱声《しっせい》も道幅《みちはば》の狭《せま》い鳥羽街道《とばかいどう》では為《な》す術《すべ》もなく、人混《ひとご》みに押《お》し戻《もど》されてしまった。ようやく全軍《ぜんぐん》が落《お》ち着《つ》いた時《とき》には冬《ふゆ》の日《ひ》が暮《く》れ始《はじ》めていた。敵《てき》の薩長軍《さっちょうぐん》は幸《さいわ》いにも賀茂《かも》川《がわ》を渡《わた》っては来《こ》なかったので、その対岸《たいがん》で夜襲《やしゅう》に備《そな》えて灯《ひ》も点《つ》けずに守備《しゅび》に就《つ》くことにした。

明《あ》け六《む》つの頃《ころ》、今度《こんど》は東《ひがし》の伏見《ふしみ》の方面《ほうめん》から激《はげ》しい砲戦《ほうせん》の音《おと》が聞《き》こえてきた。夜空《よぞら》に火炎《かえん》が上《あ》がり、伏見《ふしみ》の街《まち》が戦闘《せんとう》で燃《も》えているようであった。

「伏見奉行所《ふしみぶぎょうしょ》が薩長勢《さっちょうぜい》に襲《おそ》われているらしい」

将兵《しょうへい》の間《あいだ》ですぐに話《はなし》が広《ひろ》がった。事実《じじつ》、薩摩《さつま》、長州《ちょうしゅう》、土佐《とさ》の連合軍《れんごうぐん》が伏見奉行所《ふしみぶぎょうしょ》を守備《しゅび》していた幕府軍《ばくふぐん》と会津藩兵《あいづはんへい》を攻撃《こうげき》し、陥落《かんらく》させたことが知《し》らされた。喜作《きさく》の率《ひき》いる歩兵《ほへい》部隊《ぶたい》にも幕府軍《ばくふぐん》の本営《ほんえい》である淀城《よどじょう》からの伝令《でんれい》が伝《つた》えられた。

『各々方《おのおのがた》には本朝六時《ほんちょうろくじ》を期《き》して、下鳥羽《しもとば》の陣《じん》より再度小枝橋《さいどこえだばし》の薩長軍《さっちょうぐん》を打《う》ち破《やぶ》り、京都《きょうと》への道《みち》を開《ひら》くべし』

喜作《きさく》は今日《きょう》こそ京都《きょうと》へ一番乗《いちばんの》りを目指《めざ》すつもりでいた。これまで受《う》けた仏蘭西式《ふらんすしき》の教練《きょうれん》の成果《せいか》を挙《あ》げて、慶喜公《よしのぶこう》の役《やく》に立《た》ちたい一心《いっしん》だった。

昨日《さくじつ》に続《つづ》いて北風《きたかぜ》が強《つよ》く吹《ふ》く朝《あさ》に鳥羽街道《とばかいどう》を二列縦隊《にれつじゅうたい》で進軍《しんぐん》していた所《ところ》、急《きゅう》に道沿《みちぞ》いの人家《じんか》や竹藪《たけやぶ》から射撃《しゃげき》を受《う》けた。それでも匍匐前進《ほふくぜんしん》して一気《いっき》に切《き》り込《こ》むつもりであったが、風《かぜ》を切《き》る銃弾《じゅうだん》が激《はげ》しくて動《うご》くことができなかった。敵軍《てきぐん》は幕府軍《ばくふぐん》よりも遥《はる》かに多《おお》い小銃《しょうじゅう》を装《そう》備《び》しているようであった。その時《とき》、喇叭《らっぱ》が吹《ふ》かれて小太鼓《こだいこ》が叩《たた》かれると同時《どうじ》に、前方《ぜんぽう》から黒《くろ》い円錐形《えんすいけい》の半首《はっぷり》の陣笠《じんがさ》に黒《くろ》の胴着《どうぎ》、股引《ももひき》、地下足袋《じかたび》を穿《は》いた薩摩軍《さつまぐん》が進撃《しんげき》してきた。

喜作《きさく》は立《た》ち上《あ》がって叫《さけ》んだ。

「全員《ぜんいん》、刀《かたな》を抜《ぬ》いて突撃《とつげき》せよ。突撃《とつげき》」

その時《とき》、太股《ふともも》に鋭《するど》い痛《いた》みが走《はし》って喜作《きさく》は倒《たお》れ込《こ》んだ。

「渋沢隊長《しぶさわたいちょう》、大丈夫《だいじょうぶ》ですか」

「太股《ふともも》を撃《う》たれたらしい」

味方《みかた》の護衛兵《ごえいへい》が喜作《きさく》を無理矢理《むりやり》担《かつ》ぎ上《あ》げて後退《こうたい》し始《はじ》めた。

「俺《おれ》は戦《たたか》う、降《お》ろせ」

しかし、屈強《くっきょう》な兵士《へいし》たちは喜作《きさく》を担《かつ》いだまま元来《もとき》た路《みち》を戻《もど》って行《い》く。隊長《たいちょう》が後退《こうたい》するのを見《み》た中隊全員《ちゅうたいぜんいん》もまた後退《こうたい》し始《はじ》めた。

今《いま》は鳥羽街道全域《とばかいどうぜんいき》で戦闘《せんとう》が始《はじ》まっているらしく大砲《たいほう》の音《おと》と小銃《しょうじゅう》の響《ひび》き、それに形容《けいよう》しがたい怒号《どごう》が聞《き》こえていた。戦《たたか》いらしい戦《たたか》いをせずに淀付近《よどふきん》まで戻《もど》って見《み》た光景《こうけい》は、伏見《ふしみ》街道《かいどう》からも鳥羽街道《とばかいどう》からも大勢《おおぜい》の幕府軍《ばくふぐん》が次《つぎ》から次《つぎ》と逃《に》げ戻《もど》ってくる敗残兵《はいざんへい》の姿《すがた》であった。幕府軍《ばくふぐん》の指揮系統《しきけいとう》は最初《さいしょ》から機能《きのう》しておらず、誰《だれ》が前線《ぜんせん》を指揮《しき》しているのか全《まった》く分《わ》からなかった。真面《まとも》に薩長軍《さっちょうぐん》と戦《たたか》っていたのは会津兵《あいづへい》と桑名兵《くわなへい》ぐらいであった。

一月五日《いちがついつか》になって朝廷《ちょうてい》は突如徳川幕府軍《とつじょとくがわばくふぐん》を朝敵《ちょうてき》と認定《にんてい》したために、逆《ぎゃく》に薩長土藩《さっちょうとはん》は官軍《かんぐん》となった。その結果《けっか》、全戦線《ぜんせんせん》で賊軍《ぞくぐん》となった幕府軍《ばくふぐん》は意気消沈《いきしょうちん》、呆然自失《ぼうぜんじしつ》として大坂城《おおざかじょう》に向《む》かって撤退《てったい》し始《はじ》めた。

喜作《きさく》は幕府軍《ばくふぐん》がなぜ賊軍《ぞくぐん》になったのか全《まった》く理解《りかい》できないでいた。周囲《しゅうい》には節義《せつぎ》に命《いのち》を賭《か》ける勇気《ゆうき》のある徳川《とくがわ》の旗本《はたもと》、将官《しょうかん》は最早居《もはやい》なかった。それでも大坂城《おおざかじょう》にはまだ全国《ぜんこく》から集《あつ》まった一万人近《いちまんにんちか》い将兵《しょうへい》がいる。薩長《さっちょう》土藩《とはん》と再戦《さいせん》するには充分《じゅうぶん》な戦力《せんりょく》がまだ残《のこ》っていると思《おも》うと、銃創《じゅうそう》による太股《ふともも》の痛《いた》さも消《き》えるようだった。

七日《なのか》になって枚方《ひらかた》の陣所《じんしょ》まで戻《もど》ると、そこには総大将慶喜公《そうだいしょうよしのぶこう》からの直筆《じきひつ》の令書《れいしょ》が届《とど》いていた。

『事《こと》、既《すで》にここに至《いた》る　縦令千騎戦没《たといせんきせんぼつ》して一騎《いっき》となるといえども退《しりぞ》くべからず　汝《なんじ》らよろしく奮発《ふんぱつ》して力《ちから》を尽《つ》くすべし　もしこの地敗《ちやぶ》るるとも関東《かんとう》あり　関東敗《かんとうやぶ》るるとも水戸《みと》あり　決《けっ》して中途《ちゅうと》に已《や》まざるべし』

さすがに我《わ》が御前《ごぜん》だと思《おも》った。主君《しゅくん》の為《ため》にも、栄一《えいいち》の為《ため》にもこの大坂《おおざか》で一働《ひとはたら》きをしよう。

翌日《よくじつ》、傷《きず》の治療《ちりょう》のために大坂城《おおざかじょう》に戻《もど》る前《まえ》に中之島《なかのしま》の幕府海軍所《ばくふかいぐんしょ》の病院《びょういん》へ一先《ひとま》ず行《い》くことにした。しかし、海軍所《かいぐんしょ》にも病院《びょういん》の中《なか》にも傷病兵以外《しょうびょうへいいがい》、医師《いし》は誰一人《だれひとり》いなかった。傍《かたわ》らの寝台《しんだい》に寝《ね》ている兵士《へいし》の一人《ひとり》に尋《たず》ねた。

「おい、誰《だれ》か医者《いしゃ》はいないのか」

「皆《みな》、歩《ある》ける者《もの》は出《で》て行《い》った」

「どこへ」

「なんでも総大将《そうだいしょう》が大坂城《おおざかじょう》から突然居《とつぜんい》なくなったそうだ。皆《みな》、江戸《えど》へ戻《もど》ると言《い》っていた」

「なんだと、慶喜公《よしのぶこう》が江戸《えど》へ戻《もど》ったのか」

兵士《へいし》は面倒臭《めんどうくさ》そうにそれ以上答《いじょうこた》えなかった。認《みと》めたくはないが御前《ごぜん》は戦《たたか》わずに江戸《えど》へ逃《に》げ帰《かえ》ったのか。側《そば》に相談《そうだん》できる栄一《えいいち》が居《い》ない虚脱感《きょだつかん》で土間《どま》に尻《しり》をつくしかなかった。

年《とし》が明《あ》けた慶応四年《けいおうよねん》の二月《にがつ》になって、冷《つめ》たい空《から》っ風《かぜ》が江戸市中《えどしちゅう》に吹《ふ》き渡《わた》っていた。そんな日《ひ》に一台《いちだい》の御用駕籠《ごようかご》が、やへと平九郎《へいくろう》が住《す》む神田《かんだ》の貸家《かしや》に横付《よこづ》けされた。降《お》り立《た》ったのは西洋式《せいようしき》の服《ふく》にサーベルを吊《つ》るし革靴《かわぐつ》を履《は》いた男《おとこ》だった。それは大坂《おおざか》からようやく江戸《えど》に戻《もど》れた喜作《きさく》であった。片足《かたあし》を引《ひ》き摺《ず》りながら、

「中家《なかんち》の母《かあ》さんは、こちらにお住《す》まいか」

平九郎《へいくろう》が疲《つか》れ切《き》った喜作《きさく》に気《き》づいて、すぐに家《いえ》の中《なか》に招《まね》き入《い》れた。

「母《かあ》さん、喜作《きさく》さんが戻《もど》られたよ」

「喜作《きさく》さんか、懐《なつ》かしいな。京都《きょうと》から戻《もど》られたのか」

「いまは幕府陸軍《ばくふりくぐん》に仕《つか》えて渋沢成一郎《しぶさわせいいちろう》と名乗《なの》っている。それに奥祐筆《おくゆうひつ》にもなった」

「おくゆうひつ、それは何《なん》だ」

「まあ、お城《しろ》の御用部屋《ごようべや》で老中《ろうじゅう》を見張《みは》る仕事《しごと》かな」

「ほう、大層《たいそう》えらい仕事《しごと》だの、それで駕籠《かご》に乗《の》っているのか」

喜作自身《きさくじしん》もまさか幕府《ばくふ》の直臣《じきしん》となって、老中《ろうじゅう》に御目見《おめみ》えできる身分《みぶん》に成《な》れるとは夢《ゆめ》にも思《おも》っていなかった。

「足《あし》を怪我《けが》したのか、戦《いくさ》はどうなった」

伝蔵《でんぞう》も顔《かお》を見《み》せた。喜作《きさく》が真剣《しんけん》な顔《かお》をして話《はな》し始《はじ》めた。

「どうもこうもない。朝廷《ちょうてい》が急《きゅう》に徳川《とくがわ》さまの御領地《ごりょうち》を全《すべ》て召《め》し上《あ》げると聞《き》いて、幕府軍《ばくふぐん》が京都御所《きょうとごしょ》へ談判《だんぱん》に行《い》こうとしたら鳥羽《とば》の関門《かんもん》で『通《とお》せ』『通《とお》さない』の押《お》し問答《もんどう》になった。その内《うち》、薩摩《さつま》が鉄砲《てっぽう》と大砲《たいほう》を撃《う》ちかけてきて戦《いくさ》になった。幕府《ばくふ》の旗本《はたもと》もだらしなくて、真面《まとも》に戦《たたか》ったのは桑名藩《くわなはん》と会津藩《あいづはん》だけだった。仕方《しかた》がないから一度《いちど》大坂城《おおざかじょう》まで退却《たいきゃく》して、そこで薩長《さっちょう》を迎《むか》え討《う》とうと思《おも》っていた矢先《やさき》に、今度《こんど》は御前《ごぜん》が城《しろ》から居《い》なくなった」

「居《い》なくなった」

「夜逃《よに》げ同然《どうぜん》に、軍艦《ぐんかん》で江戸《えど》へ戻《もど》ったことを後《あと》で聞《き》いた」

「それで最近《さいきん》、江戸城《えどじょう》が騒《さわ》がしいのか」

「それから大坂城《おおざかじょう》に残《のこ》された幕兵《ばくへい》たちが大変《たいへん》で、紀州藩《きしゅうはん》から蒸気船《じょうきせん》を借《か》りて一万人以上《いちまんにんいじょう》を江《え》戸《ど》に輸送《ゆそう》することにしたのだ。そんなことで、てんやわんやの連続《れんぞく》で江戸《えど》まで戻《もど》ってきた。でも間《ま》もなく薩長勢《さっちょうぜい》が東海道《とうかいどう》を上《のぼ》ってくるに違《ちが》いない」

黙《だま》って聞《き》いていた平九郎《へいくろう》が上気《じょうき》した顔《かお》で、

「いよいよ今度《こんど》は江戸《えど》で戦《いくさ》ですね」

「お前《まえ》にこの刀《かたな》をやる。月山源貞一《がっさんみなもとのさだいち》の銘刀《めいとう》だ」

平九郎《へいくろう》が月山《がっさん》を手《て》に取《と》って鞘《さや》からゆっくりと抜《ぬ》くと、刃《は》こぼれ一《ひと》つない白刃《しらは》が現《あらわ》れた。

「喜作《きさく》さん、本当《ほんとう》にこの刀《かたな》を俺《おれ》にくれるのか」

「ああ、いいとも。これからの戦《いくさ》は刀《かたな》より鉄砲玉《てっぽうだま》が飛《と》ぶ戦《いくさ》になる。だが平九郎《へいくろう》なら貞一《さだいち》を使《つか》えるだろう」

これで思《おも》う存分《ぞんぶん》に敵《てき》と真剣勝負《しんけんしょうぶ》ができると平九郎《へいくろう》の血《ち》は燃《も》えていた。しかし、喜作《きさく》は銃《じゅう》弾《だん》で傷《きず》ついた太股《ふともも》を擦《さす》りながら鳥羽伏見《とばふしみ》の戦《いくさ》を経験《けいけん》してみて、これからの戦《いくさ》は刀《かたな》ではなく間違《まちが》いなく銃砲《じゅうほう》になると達観《たっかん》していた。

彰義隊《しょうぎたい》

江戸《えど》へ戻《もど》った渋沢喜作《しぶさわきさく》は浅草堀田原《あさくさほったはら》の自宅《じたく》で傷《きず》の療養《りょうよう》に努《つと》めていた。二月《にがつ》の節分《せつぶん》に須永伝蔵《すながでんぞう》、渋沢平九郎《しぶさわへいくろう》、それに武州《ぶしゅう》から尾高新五郎《おだかしんごろう》も加《くわ》わって久《ひさ》しぶりに一族《いちぞく》の四人《よにん》が喜作《きさく》の家《いえ》に集《あつ》まった。奥祐筆《おくゆうひつ》の仕事《しごと》を失《うしな》った喜作《きさく》は心《こころ》なしか元気《げんき》がなかった。それは大坂城《おおざかじょう》から逃《に》げ戻《もど》った徳川慶喜公《とくがわよしのぶこう》の行動《こうどう》に納得《なっとく》が出来《でき》なかったからだった。

江戸《えど》で留守《るす》を預《あず》かっていた陸海軍奉行《りくかいぐんぶぎょう》の小栗上野介忠順《おぐりこうずけのすけただまさ》は薩長藩《さっちょうはん》を討《う》つべしと強硬《きょうこう》に主張《しゅちょう》したために、御役御免《おやくごめん》が申《もう》し渡《わた》されていた。主戦派《しゅせんは》の会津藩主松平容保《あいづはんしゅまつだいらかたもり》と、その弟《おとうと》である桑名藩主松平定敬《くわなはんしゅまつだいらさだあき》の登城《とじょう》も差《さ》し止《と》められた。そして官軍《かんぐん》との非戦《ひせん》を主張《しゅちょう》する軍艦《ぐんかん》奉行勝安房守麟太郎《ぶぎょうかつあわのかみりんたろう》が陸海軍総裁《りくかいぐんそうさい》に抜擢《ばってき》されていた。

喜作《きさく》が愚痴《ぐち》って話《はなし》を始《はじ》めた。

「新五郎《しんごろう》さん、俺《おれ》はわからなくなった。攘夷倒幕《じょういとうばく》を信《しん》じて京都《きょうと》に栄一《えいいち》と行《い》ったが、仕官《しかん》ができずに食《く》い詰《つ》めた挙句《あげく》、逆《ぎゃく》に徳川家《とくがわけ》に奉公《ほうこう》してしまった。それに肝心《かんじん》の栄一《えいいち》は何《なん》の因果《いんが》か、一番嫌《いちばんきら》いな外国《がいこく》へ行《い》ったまま、まだ帰《かえ》って来《こ》ない。いつの間《ま》にか俺《おれ》は薩長《さっちょう》と戦《たたか》う羽目《はめ》になっている。それなのに御前《ごぜん》は上野《うえの》の寛永寺《かんえいじ》に隠居《いんきょ》されてしまっている。どうしたらいい」

将軍職《しょうぐんしょく》を返上《へんじょう》した慶喜公《よしのぶこう》は江戸城《えどじょう》を出《で》て、上野寛永寺《うえのかんえいじ》の大慈院《だいじいん》へ蟄居《ちっきょ》、謹慎《きんしん》していた。

「結構《けっこう》、結構《けっこう》、そなたは慶喜公《よしのぶこう》に御目見《おめみ》えできる幕吏《ばくり》として禄《ろく》を食《は》んでいる身《み》だ。いまさら主家《しゅけ》が転覆《てんぷく》しそうだからといって、義《ぎ》を欠《か》く行《おこな》いは許《ゆる》されまい。ここはどこまでも公《こう》の身《み》を一番《いちばん》に考《かんが》えるのが臣下《しんか》の侍《さむらい》というものだ」

「まあ、その通《とお》りだな。きっと栄一《えいいち》も同《おな》じことを言《い》うだろうな」

「喜作《きさく》、ここは徳川家《とくがわけ》のため、いや一橋家存続《ひとつばしけそんぞく》のためにも慶喜公《よしのぶこう》を再度御守《さいどおまも》りする必要《ひつよう》がある。そのためには兵隊《へいたい》がいるぞ」

「わかった」

新五郎《しんごろう》の提案《ていあん》で直《す》ぐに伝蔵《でんぞう》は人集《ひとあつ》めを始《はじ》めた。時勢《じせい》が人《ひと》を集《あつ》めるのか、呼《よ》びかけると一橋《ひとつばし》家《け》に殉《じゅん》ずる有志《ゆうし》が続々《ぞくぞく》と参集《さんしゅう》してきた。募集場所《ぼしゅうばしょ》になった四谷《よつや》の円応寺《えんのうじ》には六十名《ろくじゅうめい》を超《こ》す浪人《ろうにん》と町人《ちょうにん》、博徒《ばくと》、侠客《きょうかく》までもが集《あつ》まった。

喜作《きさく》が先《ま》ず代表《だいひょう》として演説《えんぜつ》した。

「徳川家危急存亡《とくがわけききゅうそんぼう》の折《おり》、ここに集《あつ》められた有志《ゆうし》は身命《しんめい》をなげうち今日《こんにち》の形勢《けいせい》を逆転《ぎゃくてん》して、奸悪《かんあく》である薩摩《さつま》、長州《ちょうしゅう》、土佐《とさ》を戮滅《りくめつ》しようとする方々《かたがた》である。いままた慶喜公《よしのぶこう》の冤罪《えんざい》を晴《は》らし御恩《ごおん》に報《むく》いようとする徳川《とくがわ》の志士《しし》は断然一死《だんぜんいっし》を天地神明《てんちしんめい》に誓《ちか》って欲《ほ》しい。趣旨《しゅし》に賛同《さんどう》する者《もの》は、この誓書《せいしょ》に各々《おのおの》の姓名《せいめい》を記帳《きちょう》されたい」

白紙《はくし》の血誓帖《けっせいちょう》に最初《さいしょ》に渋沢成一郎《しぶさわせいいちろう》と名前《なまえ》を記《しる》して血判《けっぱん》を押《お》した。

「渋沢殿《しぶさわどの》、某《それがし》は旗本《はたもと》の天野八郎《あまのはちろう》と申《もう》す。わしも元《もと》は上野国磐戸村《こうずけのくにいわとむら》の百姓《ひゃくしょう》出身《しゅっしん》である。貴殿《きでん》とは同《おな》じ関東育《かんとうそだ》ちでもある故《ゆえ》に、良《よ》き同志《どうし》としてご厚誼《こうぎ》をお願《ねが》いする」

二番目《にばんめ》に天野八郎《あまのはちろう》が血判《けっぱん》を押《お》した。体《からだ》は肥《こ》えていて笑《わら》うと笑窪《えくぼ》ができたが、象牙《ぞうげ》の入歯《いれば》が目立《めだ》つ侍《さむらい》であった。結局《けっきょく》、血誓帖《けっせいちょう》の同志《どうし》は六十七名《ろくじゅうななめい》にも上《のぼ》った。

「それでは次《つぎ》に隊《たい》の名前《なまえ》を付《つ》けたい」

隊名《たいめい》の候補《こうほ》がいくつか挙《あ》げられたが、その中《なか》の一《ひと》つに喜作《きさく》の声《こえ》が上《あ》がった。

「しょうぎたい、どんな字《じ》だ」

提案《ていあん》した阿部杖策《あべじょうさく》という侍《さむらい》が答《こた》えた。

「大義《たいぎ》を彰《あきら》かにするという意味《いみ》でござる」

「それがいい、彰義隊《しょうぎたい》に決《き》めよう」

喜作《きさく》は即断《そくだん》した。好《す》きな将棋《しょうぎ》と同《おな》じ呼《よ》び名《な》は最高《さいこう》の隊名《たいめい》に思《おも》えた。隊名《たいめい》が決《き》まったところで、役職《やくしょく》と役割分担《やくわりぶんたん》を投票《とうひょう》で決《き》めることにした。彰義隊頭取《しょうぎたいとうどり》には当然《とうぜん》のごとく渋沢成一郎《しぶさわせいいちろう》が選《えら》ばれた。副頭取《ふくとうどり》には天野八郎《あまのはちろう》が、須永伝蔵《すながでんぞう》は幹事《かんじ》となり、渋沢平九郎《しぶさわへいくろう》は第二青隊《だいにあおたい》の組頭《くみがしら》、尾高新五郎《おだかしんごろう》は第三黄隊《だいさんきたい》の組頭《くみがしら》に就任《しゅうにん》した。

そこで思《おも》ったよりも隊員《たいいん》が多《おお》く集《あつ》まったために喜作《きさく》が提案《ていあん》した。

「この寺《てら》では何《なに》かと手狭《てぜま》だ。俺《おれ》の家《いえ》の近《ちか》くの東本願寺《ひがしほんがんじ》を屯集場《とんしゅうじょう》にしよう」

浅草《あさくさ》にある東本願寺《ひがしほんがんじ》は家康《いえやす》が関東八州《かんとうはっしゅう》に秀吉《ひでよし》によって移封《いほう》された時《とき》に、京都《きょうと》の本願寺《ほんがんじ》から分派《ぶんぱ》した由緒《ゆいしょ》ある寺《てら》であった。しかし、東本願寺《ひがしほんがんじ》の役僧《やくそう》たちは最初物騒《さいしょぶっそう》な武装集団《ぶそうしゅうだん》の使用《しよう》を断《ことわ》ってきたが、彰義隊《しょうぎたい》の徳川将軍《とくがわしょうぐん》を護《まも》るという名分《めいぶん》にとうとう折《お》れて、三百畳《さんびゃくじょう》もある本殿《ほんでん》の大広間《おおひろま》を貸《か》すことに同意《どうい》した。

東本願寺《ひがしほんがんじ》の正門《せいもん》には『尊王恭順同志会彰義隊《そんのうきょうじゅんどうしかいしょうぎたい》』の看板《かんばん》を高々《たかだか》と掲《かか》げると、次《つぎ》から次《つぎ》と入隊希望者《にゅうたいきぼうしゃ》が押《お》しかけてきて、直《す》ぐに隊士《たいし》は二百人《にひゃくにん》にも膨《ふく》れ上《あ》がった。

暫《しばら》くすると彰義隊《しょうぎたい》の噂《うわさ》が幕府《ばくふ》にも伝《つた》わったらしく、江戸城《えどじょう》の総責任者《そうせきにんしゃ》である大目付《おおめつけ》の川勝丹後守《かわかつたんごのかみ》から喜作《きさく》に登城命令《とじょうめいれい》が届《とど》いた。

隊士百名《たいしひゃくめい》ほどを連《つ》れて裃姿《かみしもすがた》で威儀《いぎ》を正《ただ》して西《にし》の丸《まる》に登城《とじょう》すると、御使番《おつかいばん》が津山藩主《つやまはんしゅ》松平三河守《まつだいらみかわのかみ》への御目通《おめどお》りを伝《つた》えた。

喜作《きさく》が平伏《へいふく》すると、

「渋沢成一郎《しぶさわせいいちろう》、その方《ほう》らが結成《けっせい》した彰義隊《しょうぎたい》が城内《じょうない》でも評判《ひょうばん》になって、勝安房守《かつあわのかみ》さまも心配《しんぱい》されておる。慶喜公《よしのぶこう》はすでに帝《みかど》には恭順謹慎《きょうじゅんきんしん》されておられるのに、まさか官軍《かんぐん》と一騒動《ひとそうどう》起《お》こす訳《わけ》ではあるまいな」

「三河守《みかわのかみ》さま、その様《よう》なことは考《かんが》えておりませぬ。ただ御前《ごぜん》が上野山《うえのやま》で謹慎《きんしん》されて居《お》られるので、恙無《つつがな》きように護衛《ごえい》を仕《つかまつ》っておるだけでございます」

三河守《みかわのかみ》はそれを聞《き》いて安堵《あんど》したようで、

「相分《あいわ》かった。きっと粗暴《そぼう》な振《ふ》る舞《ま》いはすまいぞ。昨日《さくじつ》、寛永寺座主《かんえいじざす》の輪王寺法親王《りんのうじほっしんのう》さまが慶喜公《よしのぶこう》の恭順嘆願《きょうじゅんたんがん》のために京都《きょうと》に向《む》けて出立《しゅったつ》されたばかりじゃ」

内心御前《ないしんごぜん》は何《なに》も謝《あやま》ることはないし、まして何《なん》のために恭順《きょうじゅん》しなければならないのだと、幕府《ばくふ》のお偉方《えらがた》の考《かんが》えには不満《ふまん》であった。今一度《いまいちど》薩長《さっちょう》と戦《たたか》って勝《か》てば、全《すべ》てが逆転《ぎゃくてん》するではないか。

三河守《みかわのかみ》は元奥祐筆《もとおくゆうひつ》であった成一郎《せいいちろう》の素直《すなお》な態度《たいど》を見《み》て安心《あんしん》したのか、彰義隊頭取《しょうぎたいとうどり》の正式《せいしき》な御達状《おたっしじょう》を渡《わた》してくれた。

一方《いっぽう》、上野山《うえのやま》で慶喜公《よしのぶこう》が謹慎《きんしん》している大慈院《だいじいん》の周囲《しゅうい》では主戦派《しゅせんは》の幕府海軍《ばくふかいぐん》の榎本釜次郎《えのもとかまじろう》を始《はじ》めとして、見廻組《みまわりぐみ》や新選組《しんせんぐみ》の一団《いちだん》が警護《けいご》に当《あ》たっていた。幕臣《ばくしん》の山岡鉄太郎《やまおかてつたろう》などは慶喜公《よしのぶこう》の居《お》られる座敷《ざしき》の前《まえ》から一歩《いっぽ》も動《うご》かずに鋭《するど》い睨《にら》みを利《き》かせていた。

そんな光景《こうけい》を見《み》て、彰義隊頭取《しょうぎたいとうどり》になった喜作《きさく》は天下《てんか》の一大事《いちだいじ》の渦中《かちゅう》に巻《ま》き込《こ》まれた事実《じじつ》を知《し》った。果《は》たして百姓出身《ひゃくしょうしゅっしん》の自分《じぶん》に、この大役《たいやく》が務《つと》まるのかどうか内心《ないしん》では心細《こころぼそ》くなってきていた。唐突《とうとつ》であったが主戦派《しゅせんは》の首領《しゅりょう》で解雇《かいこ》されたばかりの小栗上野介《おぐりこうずけのすけ》に彰義隊《しょうぎたい》の頭取《とうどり》を依頼《いらい》することを思《おも》いついた。

翌日一人《よくじつひとり》で神田駿河台《かんだするがだい》にある小栗家《おぐりけ》を訪《おとず》れた。小栗《おぐり》は気安《きやす》く会《あ》ってくれて、喜作《きさく》の話《はなし》を最後《さいご》まで聞《き》いてくれた。それから鋭《するど》い眼光《がんこう》を向《む》けた。

「渋沢成一郎《しぶさわせいいちろう》とか申《もう》す者《もの》、そなたの話《はなし》は受《う》けられぬ。御上《おかみ》に戦《たたか》う御意志《ごいし》がお有《あ》りならともかく、朝敵《ちょうてき》となった幕府軍《ばくふぐん》はもはや戦《たたか》えぬ。それに拙者《せっしゃ》は勝《か》てぬ戦《いくさ》の采配《さいはい》は取《と》らぬ」

なぜ勝《か》てぬと言《い》えるのか、戦《たたか》ってみなければ分《わ》からないではないか、しかし、徳川家《とくがわけ》の内情《ないじょう》をすべて知《し》る小栗《おぐり》が断定《だんてい》した以上《いじょう》、その訳《わけ》を聞《き》く勇気《ゆうき》はなかった。

気落《きお》ちした喜作《きさく》が彰義隊《しょうぎたい》に戻《もど》ると、逆《ぎゃく》に朗報《ろうほう》が待《ま》っていた。小栗《おぐり》に代《か》わって幕府最高指《ばくふさいこうし》揮者《きしゃ》となった勝安房守《かつあわのかみ》から彰義隊《しょうぎたい》に江戸市中治安取締《えどしちゅうちあんとりしまり》の命《めい》が届《とど》いていたのである。

そこで三百余人《さんびゃくよにん》の隊士《たいし》は喜《よろこ》び勇《いさ》んで昼夜《ちゅうや》の別《べつ》なく、朱色《しゅいろ》の字《じ》に染《そ》めた『彰《しょう》』と『義《ぎ》』の丸提灯《まるちょうちん》を持《も》って江戸市中《えどしちゅう》の巡察《じゅんさつ》に赴《おもむ》いた。

しかし、日《ひ》を追《お》うに従《したが》って幕府軍《ばくふぐん》の崩壊《ほうかい》は誰《だれ》の目《め》にもわかるほど酷《ひど》くなり止《と》まらなかった。陣営《じんえい》から逃亡《とうぼう》する旗本《はたもと》、歩兵《ほへい》が続《つづ》いて、部隊《ぶたい》の維持《いじ》もできなくなっていた。

四月《しがつ》になると官軍《かんぐん》となった長州《ちょうしゅう》、土州《としゅう》、薩州《さっしゅう》などの軍勢《ぐんぜい》が各街道《かくかいどう》を下《くだ》って江戸《えど》に向《む》かってきた。既《すで》に先鋒《せんぽう》の一陣《いちじん》は、東海道《とうかいどう》は品川《しながわ》の宿《しゅく》、甲州街道《こうしゅうかいどう》は新宿《しんじゅく》、中山道《なかせんどう》は板橋《いたばし》の宿《しゅく》まで進駐《しんちゅう》してきていた。唯一《ゆいいつ》抵抗《ていこう》したのは甲州街道《こうしゅうかいどう》で待《ま》ち受《う》けた新選組《しんせんぐみ》の近藤勇《こんどういさみ》を中心《ちゅうしん》とする一党《いちとう》だけであったが、西洋式銃砲《せいようしきじゅうほう》で装備《そうび》された官軍《かんぐん》には敵《かな》うはずがなく、数日《すうじつ》で胡散無性《うさんむしょう》する戦《たたか》いになってしまった。

その月《つき》の四日《よっか》になると、朝廷《ちょうてい》からの勅使《ちょくし》が江戸城《えどじょう》に入《はい》り、西《にし》の丸《まる》に於《お》いて幕府軍《ばくふぐん》の解散《かいさん》と江戸城《えどじょう》の明《あ》け渡《わた》し、徳川慶喜公《とくがわよしのぶこう》の水戸《みと》への隠退《いんたい》の朝命《ちょうめい》が下《くだ》された。実施《じっし》の日時《にちじ》は四月十《しがつじゅう》一日《いちにち》と決《き》められた。

漆黒《しっこく》の闇《やみ》の寅《とら》の刻《こく》に黒木綿《くろもめん》の羽織《はおり》に小倉袴《おぐらばかま》を穿《は》き、麻裏《あさうら》の草履《ぞうり》を履《は》いた一人《ひとり》の人物《じんぶつ》が数人《すうにん》の護衛《ごえい》に囲《かこ》まれて、上野大慈院《うえのだいじいん》からひっそりと立《た》ち退《の》く姿《すがた》があった。

喜作《きさく》は彰義隊《しょうぎたい》の隊士三百人《たいしさんびゃくにん》を率《ひき》いて千住《せんじゅ》の宿外《やどはず》れで待機《たいき》している内《うち》に、朝焼《あさや》けの中《なか》に駕籠《かご》が一挺進《いっちょうすす》んで来《き》た。前《さき》の十五代征夷大将軍《じゅうごだいせいいたいしょうぐん》である徳川慶喜公《とくがわよしのぶこう》の一団《いちだん》であった。事前《じぜん》に水戸《みと》への随行《ずいこう》を願《ねが》い出《で》たにも拘《かか》わらずお許《ゆる》しがなく、この千住大橋《せんじゅおおはし》の袂《たもと》で別《わか》れざるを得《え》なかった。喜作《きさく》は一行《いっこう》が見《み》えなくなるまで土下座《どげざ》したまま溢《あふ》れ出《で》る悔《くや》し涙《なみだ》で頭《あたま》を下《さ》げ続《つづ》けていた。

千住《せんじゅ》のお見送《みおく》りから戻《もど》った喜作《きさく》は力《ちから》なく副頭取《ふくとうどり》の天野《あまの》と本音《ほんね》を交《か》わすことになった。

「今朝《けさ》、御前《ごぜん》は水戸《みと》へ下《くだ》られたが、もしも朝廷《ちょうてい》から死一等《しいっとう》を賜《たまわ》ったならば、どうする」

「恐《おそ》れ多《おお》いことながら慶喜公《よしのぶこう》が朝廷《ちょうてい》の命《めい》を奉《ほう》じて自決《じけつ》なさるなら仕方《しかた》がなかろうが、拙者《せっしゃ》は幕府海軍《ばくふかいぐん》の榎本総督《えのもとそうとく》に倣《なら》って徳川家《とくがわけ》の社稷《しゃしょく》を護《まも》るために最後《さいご》まで戦《たたか》うつもりでござる。すでに榎本殿《えのもとどの》は幕府《ばくふ》の軍艦《ぐんかん》すべて八隻《はっせき》を率《ひき》いて江戸湾《えどわん》から出航《しゅっこう》されたとか」

喜作《きさく》は迷《まよ》っていた。慶喜公守護《よしのぶこうしゅご》を名目《めいもく》に集《あつ》まった彰義隊《しょうぎたい》は五十人《ごじゅうにん》が一組《ひとくみ》となり、赤青黄《あかあおき》黒白《くろしろ》の五色《ごしょく》の組《くみ》を一部隊《いちぶたい》として、すでに第四部隊《だいよんぶたい》までが編制《へんせい》できており、総人数《そうにんずう》は千余名《せんよめい》に増《ふ》えていた。

「俺《おれ》も御前《ごぜん》には恩《おん》があるので最後《さいご》まで戦《たたか》うつもりだが、江戸城《えどじょう》を明《あ》け渡《わた》した以上《いじょう》、江戸《えど》の町《まち》で戦《いくさ》をしても勝《か》ち目《め》はない。御前《ごぜん》を水戸《みと》から日光《にっこう》へお連《つ》れして、山《やま》に籠《こも》って薩長《さっちょう》と一戦《いっせん》すれば良《よ》かろう」

「いや、わしはそんな遠《とお》くの山《やま》などへは行《い》かぬ。彰義隊《しょうぎたい》をこの東本願寺《ひがしほんがんじ》から上野《うえの》の山《やま》に移《うつ》そうと思《おも》う」

「天野《あまの》、あんな狭《せま》い上野《うえの》の山《やま》でどう戦《たたか》うのだ。敵《てき》は万以上《まんいじょう》の兵《へい》がいるぞ。すぐに囲《かこ》まれて犬死《いぬじ》にするのが落《お》ちだ」

「いや、猿《さる》しかいない日光《にっこう》の山《やま》で戦《たたか》っても大義《たいぎ》は立《た》たぬぞ」

関八州《かんはっしゅう》をよく知《し》る二人《ふたり》だけに意見《いけん》は最後《さいご》まで合《あ》わなかった。

「そうかい、それでは俺《おれ》だけで水戸《みと》へ行《い》く」

喜作《きさく》にとっての一大事《いちだいじ》は徳川《とくがわ》の行《ゆ》く末《すえ》よりも、あくまでも御前《ごぜん》を護持《ごじ》することであった。栄一《えいいち》の居《い》ない間《あいだ》に万一《まんいち》のことがあったら、腹《はら》を切《き》らなければならないと思《おも》う焦《あせ》りが全《すべ》てに優先《ゆうせん》した。

遂《つい》に、この日《ひ》を境《さかい》に両人《りょうにん》は袂《たもと》を分《わ》けることになった。喜作《きさく》は潔《いさぎよ》く彰義隊《しょうぎたい》を天野八郎《あまのはちろう》に譲《ゆず》ると、新五郎《しんごろう》、伝蔵《でんぞう》、平九郎《へいくろう》と身内《みうち》の三十余名《さんじゅうよめい》だけを引《ひ》き連《つ》れて東本願寺《ひがしほんがんじ》を後《あと》にした。

振武軍《しんぶぐん》

東本願寺《ひがしほんがんじ》を出《で》た喜作《きさく》は道《みち》すがら隣《となり》を歩《ある》く新五郎《しんごろう》に溜息《ためいき》をついた。

「新五郎《しんごろう》さん、よく考《かんが》えてみれば銃《じゅう》も軍資金《ぐんしきん》もない我《われ》らが水戸《みと》へ行《い》っても何《なん》の役《やく》にも立《た》たないな」

「結構《けっこう》、結構《けっこう》。一先《ひとま》ず武州《ぶしゅう》へ戻《もど》ってから武器《ぶき》と兵《へい》をもう一度《いちど》集《あつ》めよう。それから水戸《みと》へ行《い》っても遅《おそ》くはない」

「そうだ、いいことを思《おも》いついた」

「何《なに》をする」

「確《たし》か飯田町《いいだまち》の幕府陸軍《ばくふりくぐん》の営所《えいしょ》には銃《じゅう》があったはずだ。そこで小銃《しょうじゅう》と馬《うま》を調達《ちょうたつ》しよう」

その深夜《しんや》、喜作《きさく》は営所《えいしょ》の門《もん》を叩《たた》いた。

「陸軍奉行勝安房守《りくぐんぶぎょうかつあわのかみ》さまより小銃《しょうじゅう》の調達《ちょうたつ》を命《めい》じられた彰義隊頭取《しょうぎたいとうどり》の渋沢成一郎《しぶさわせいいちろう》である。門《もん》を開《あ》けよ」

幕兵《ばくへい》たちは奥祐筆《おくゆうひつ》だった喜作《きさく》の命令《めいれい》を少《すこ》しも疑《うたが》わなかった。まんまと仏蘭西製《ふらんすせい》のミニエー二連発銃《にれんぱつじゅう》を三百挺《さんびゃくちょう》と弾薬《だんやく》、それに馬二十頭《うまにじゅうとう》をせしめることができた。それから一団《いちだん》は三里《さんり》ほど先《さき》の中山道《なかせんどう》の田無村《たなしむら》まで幕府《ばくふ》の追手《おって》から逃《に》げ延《の》びるために駆《か》け通《とお》した。夜《よる》が明《あ》ける頃《ころ》になって一安心《ひとあんしん》した喜作《きさく》は伝蔵《でんぞう》と平九郎《へいくろう》を呼《よ》んだ。

「伝蔵《でんぞう》、済《す》まないがこれから水戸《みと》まで行《い》って、慶喜公《よしのぶこう》の様子《ようす》を見《み》てきてくれるかい。平九郎《へいくろう》は血洗島村《ちあらいじまむら》の中家《なかんち》へ寄《よ》って、ちっと銭《ぜに》を用立《ようだ》してもらってきてくれんか」

二《に》の句《く》も告《つ》げる暇《ひま》なく、平九郎《へいくろう》は馬《うま》に鞭《むち》を入《い》れて血洗島村《ちあらいじまむら》へ向《む》かった。残《のこ》った新五郎《しんごろう》が喜作《きさく》に話《はな》しかけた。

「いつまでも彰義隊《しょうぎたい》の名前《なまえ》は使《つか》えないから新《あたら》しい隊名《たいめい》を考《かんが》えてみた。振武軍《しんぶぐん》というのはどうだろう」

「しんぶぐん、どんな意味《いみ》だ」

「武《ぶ》を振《ふ》るう軍《ぐん》という意味《いみ》だ」

「それは彰義隊《しょうぎたい》よりいいな。武《ぶ》を振《ふ》るう軍《ぐん》の方《ほう》が薩長《さっちょう》の輩《やから》に勝《か》てそうだ」

「結構《けっこう》、結構《けっこう》」

喜作《きさく》はまだ慶喜公《よしのぶこう》を上州《じょうしゅう》の日光《にっこう》か、赤城山《あかぎさん》に連《つ》れて行《い》くことを考《かんが》えていた。徳川家《とくがわけ》の捲土重来《けんどちょうらい》を期《き》すには江戸《えど》や水戸《みと》では匿《かくま》うにも、薩長軍《さっちょうぐん》から護《まも》るにも不適当《ふてきとう》だと思《おも》えたからである。

平九郎《へいくろう》はようやく夜中《よなか》になってから血洗島村《ちあらいじまむら》に着《つ》くと、直《す》ぐに中家《なかんち》の戸口《とぐち》を叩《たた》いた。市郎右衛門《いちろうえもん》自《みずか》らが出迎《でむか》えてくれた。

「平九郎《へいくろう》か、こんな夜更《よふ》けにどうした。戦《いくさ》にでも負《ま》けたのか」

「御前《ごぜん》が水戸《みと》へ行《い》かれたので、渋沢家《しぶさわけ》は彰義隊《しょうぎたい》と別《わか》れて最後《さいご》までお護《まも》りすることにしました。それで喜作《きさく》さんから軍資金《ぐんしきん》をお願《ねが》いしてこいと言《い》われたので参《まい》りました」

「そうかい。賊軍《ぞくぐん》が先日深谷《せんじつふかや》まで来《き》たらしいが、忍藩《おしはん》は金子六百両《きんすろっぴゃくりょう》と草鞋千足《わらじせんそく》を差《さ》し出《だ》して追《お》っ払《ぱら》ったらしい」

「あれ、平九郎《へいくろう》か。そんなところに居《お》らずに座敷《ざしき》に上《あ》がれ。茶《ちゃ》でも出《だ》すから」

二人《ふたり》の話《はな》し声《ごえ》を聞《き》いて、縕袍《どてら》を羽織《はお》ったゑいが奥座敷《おくざしき》から土間口《どまぐち》に顔《かお》を出《だ》した。姉《あね》の千代《ちよ》も起《お》きてきて、厳《きび》しい顔《かお》つきで平九郎《へいくろう》を迎《むか》えた。それから自然《しぜん》と渋沢家《しぶさわけ》の将来《しょうらい》が懸《か》かった真夜中《まよなか》の談義《だんぎ》が始《はじ》まった。

「平九郎《へいくろう》、今《いま》やこの渋沢家《しぶさわけ》は栄一《えいいち》を始《はじ》めとして、皆《みな》が一橋《ひとつばし》の殿様《とのさま》にお世話《せわ》になっている身《み》だ。最後《さいご》までしっかりとご面倒《めんどう》を見《み》なければならない。貴《とうと》いお方《かた》の役《やく》に立《た》つことだから、我《わ》が家《や》の財産《ざいさん》も惜《お》しいことはない。金《かね》は明日《あす》、蔵《くら》から好《す》きなだけ持《も》って行《い》け」

市郎右衛門《いちろうえもん》にとっては一族《いちぞく》が徳川家《とくがわけ》の幕臣《ばくしん》に成《な》れたことは大《おお》きな誇《ほこ》りであったが、その自慢《じまん》を壊《こわ》すこの数カ月《すうかげつ》の世間《せけん》の変《か》わり様《よう》には全《まった》く納得《なっとく》できなかった。

千代《ちよ》が床《ゆか》に正座《せいざ》したまま凛《りん》とした顔《かお》で、

「平九郎《へいくろう》、そなたはこの中家《なかんち》の跡取《あとと》りとなって将軍《しょうぐん》さまの禄《ろく》を食《は》むからには、もしも、一事《いちじ》ある日《ひ》には父上《ちちうえ》に代《か》わって忠義《ちゅうぎ》の道《みち》を尽《つ》くさねばなりませぬ。侍《さむらい》になった以上《いじょう》は臆病《おくびょう》な振《ふ》る舞《ま》いは決《けっ》してせぬように」

「わかっております」

「千代《ちよ》、そんな縁起《えんぎ》でもないことを言《い》うな」

ゑいが涙《なみだ》ぐみながら茶《ちゃ》を配《くば》ると、そのまま深《ふか》い沈黙《ちんもく》に包《つつ》まれた。

一旦《いったん》、江戸《えど》の家《いえ》へ戻《もど》った平九郎《へいくろう》は留守居《るすい》の下男《げなん》と別《わか》れの盃《はい》を交《か》わした。それから傍《かたわ》らの障子《しょうじ》に漢詩《かんし》を殴《なぐ》り書《が》きした。

楽人之楽者《人の楽しみを楽しむ者は》　憂人之憂《人の憂いを憂い》
喰人之食者《人の食を食む者は》　死人之事《人の事に死す》

二度《にど》とこの家《いえ》には戻《もど》らぬ決意《けつい》を書《か》き表《あらわ》した。

天野八郎率《あまのはちろうひき》いる上野山《うえのやま》の彰義隊《しょうぎたい》は二千五百名《にせんごひゃくめい》を超《こ》す大集団《だいしゅうだん》となっていた。日々《ひび》、市中見廻《しちゅうみまわ》り中《ちゅう》に江戸《えど》を占拠《せんきょ》した官軍《かんぐん》との小競《こぜ》り合《あ》いや、肩章《けんしょう》の金裂奪《きんぎれど》りによる殺傷事件《さっしょうじけん》を起《お》こしていた。

五月十五日《ごがつじゅうごにち》は朝《あさ》から強《つよ》い雨《あめ》が降《ふ》り続《つづ》いていた。上野《うえの》の山《やま》に雨音《あまおと》ならぬ銃弾《じゅうだん》の連続音《れんぞくおん》が緑《みどり》濃《こ》い樹々《きぎ》の間《あいだ》に木霊《こだま》した。その内《うち》、花火《はなび》のような大《おお》きな爆発音《ばくはつおん》が続《つづ》いたのは官軍《かんぐん》が使用《しよう》している英吉利製《いぎりすせい》のアームストロング砲《ほう》だった。周辺《しゅうへん》の民家《みんか》からも黒煙《こくえん》が上《あ》がり始《はじ》めた。西郷隆盛《さいごうたかもり》率《ひき》いる薩長軍《さっちょうぐん》による彰義隊《しょうぎたい》の掃討作戦《そうとうさくせん》が始《はじ》まったのである。

午前中《ごぜんちゅう》は両軍《りょうぐん》とも上野寛永寺《うえのかんえいじ》の黒門《くろもん》を中心《ちゅうしん》に一進一退《いっしんいったい》を続《つづ》けていたが、昼過《ひるす》ぎに雨《あめ》が小降《こぶ》りになり風向《かざむ》きが南寄《みなみよ》りに変《か》わると、砲弾《ほうだん》が根本中堂《こんぽんちゅうどう》を始《はじ》めとする伽藍《がらん》に届《とど》くようになった。それを合図《あいず》に寛永寺《かんえいじ》の八《やっ》つの門《もん》から官軍《かんぐん》が一斉《いっせい》に境内《けいだい》に攻《せ》め込《こ》んだ。火縄銃《ひなわじゅう》や和製《わせい》の大砲《たいほう》は雨《あめ》で役《やく》に立《た》たなくなって、彰義隊《しょうぎたい》は槍《やり》と刀《かたな》で奮戦《ふんせん》するも兵力差《へいりょくさ》は如何《いかん》とも成《な》し難《がた》く二百余名《にひゃくよめい》が戦死《せんし》した。午後二時頃《ごごにじごろ》には天野八郎《あまのはちろう》を含《ふく》む敗残兵《はいざんへい》が不忍池《しのばずのいけ》近《ちか》くの根岸口門《ねぎしぐちもん》から脱出《だっしゅつ》して、戦闘《せんとう》は官軍《かんぐん》の一方的《いっぽうてき》な勝利《しょうり》で終《お》わった。彰義隊《しょうぎたい》の総大将《そうだいしょう》になった輪王寺宮親王《りんのうじみやしんのう》も東北《とうほく》へ落《お》ち延《の》びる次第《しだい》になった。

その前日《ぜんじつ》、田無村《たなしむら》の法正寺《ほっしょうじ》に駐屯《ちゅうとん》していた喜作《きさく》は江戸市中《えどしちゅう》の探察《たんさつ》をしていた平九郎《へいくろう》から報告《ほうこく》を受《う》けた。

「喜作《きさく》さん、いよいよ官軍《かんぐん》が上野山《うえのやま》の彰義隊《しょうぎたい》を攻撃《こうげき》するようです」

「そうか、明日《あす》は振武隊《しんぶたい》も応援《おうえん》に甲州街道《こうしゅうかいどう》を下《くだ》ろう。全員《ぜんいん》に出陣《しゅつじん》の用意《ようい》をさせてくれ」

翌日《よくじつ》、直《ただ》ちに一隊《いったい》を率《ひき》いて甲州街道《こうしゅうかいどう》を下《くだ》った。昼過《ひるす》ぎて四谷新宿《よつやしんじゅく》に着《つ》いた頃《ころ》には上野山《うえのやま》での彰義隊《しょうぎたい》の敗戦《はいせん》を知《し》った。夜《よる》まで支《ささ》えてくれれば、火《ひ》を放《はな》って夜討《ようち》をかける積《つも》りだったが空《むな》しく引《ひ》き上《あ》げざるを得《え》なかった。

翌日《よくじつ》の正午《しょうご》過《す》ぎから田無《たなし》の振武軍《しんぶぐん》の元《もと》に血塗《ちまみ》れになった彰義隊士《しょうぎたいし》が三々五々《さんさんごご》落《お》ち延《の》びてきた。負《ま》け戦《いくさ》の話《はなし》を聞《き》くと、喜作《きさく》が苦労《くろう》して編成《へんせい》した仏蘭西式《ふらんすしき》の歩兵軍《ほへいぐん》は戦闘《せんとう》が始《はじ》まる前《まえ》にその殆《ほとん》どが上野《うえの》から脱走《だっそう》してしまい、残《のこ》った部隊《ぶたい》は『我《われ》こそは』とばかりに白刃《はくじん》を振《ふ》り回《まわ》すことしか知《し》らない古式《こしき》の侍達《さむらいたち》だけだった。彰義隊《しょうぎたい》がわずか半日《はんにち》で壊滅《かいめつ》したことを知《し》って、振武軍《しんぶぐん》の前途《ぜんと》も急《きゅう》に不安《ふあん》になってきた。

しかし、その危惧《きぐ》を抑《おさ》えて、喜作《きさく》は強気《つよき》に身内《みうち》の兵士《へいし》たちに伝《つた》えた。

「我《われ》らはもともと武州《ぶしゅう》の百姓《ひゃくしょう》上《あ》がりだ。たまたま一橋家《ひとつばしけ》に栄一《えいいち》と一緒《いっしょ》に召《め》し抱《かか》えられて、その恩義《おんぎ》に報《むく》いるために官軍《かんぐん》と戦《たたか》う羽目《はめ》になっているだけだから討死《うちじに》は無用《むよう》だぞ」

政治状況《せいじじょうきょう》が大《おお》きく変《か》わった今《いま》、まず考《かんが》えることは渋沢家一族《しぶさわけいちぞく》の行《ゆ》く末《すえ》だった。栄一《えいいち》が日本《にほん》に帰《かえ》ってくるまでは、絶対《ぜったい》に誰《だれ》も死《し》なす訳《わけ》にはいかなかった。全員《ぜんいん》が喜作《きさく》の命令《めいれい》に頷《うなず》いた。

「明日《あす》は高麗《こま》か飯能《はんのう》に行《い》く。一橋家《ひとつばしけ》の御領地《ごりょうち》だから悪《わる》いことはないだろう」

喜作《きさく》の頭《あたま》には万一官軍《まんいちかんぐん》と遭遇《そうぐう》しても、飯能辺《はんのうあた》りからなら郷里《きょうり》の血洗島村《ちあらいじまむら》へも逃《に》げやすい。それから様子《ようす》をみて日光《にっこう》か赤城山《あかぎさん》に籠《こも》れば良《よ》いと考《かんが》えていた。江戸《えど》の彰義隊《しょうぎたい》が敗《やぶ》れたことを知《し》って、逆《ぎゃく》に近隣《きんりん》の在所《ざいしょ》から佐幕派《さばくは》の俄兵士《にわかへいし》が集《あつ》まってきていた。いつしか嬉《うれ》しいことに六百名《ろっぴゃくめい》を超《こ》す人数《にんずう》に膨《ふく》れ上《あ》がっていた。平九郎《へいくろう》が血洗島村《ちあらいじまむら》から持《も》ち帰《かえ》った金子《きんす》が直《す》ぐに役立《やくだ》ったことは言《い》うまでもなかった。

十六日《じゅうろくにち》の夜《よる》、振武軍《しんぶぐん》は篠《しの》つく雨《あめ》の泥道《どろみち》の中《なか》、飯能宿《はんのうしゅく》を目指《めざ》して出発《しゅっぱつ》した。中軍《ちゅうぐん》の歩兵《ほへい》百五十名《ひゃくごじゅうめい》を率《ひき》いる組頭《くみがしら》の平九郎《へいくろう》は馬《うま》に乗《の》っていた。飯能《はんのう》に到着《とうちゃく》してから能仁寺《のうにんじ》の本堂《ほんどう》を借《か》りて本陣《ほんじん》とした。近《ちか》くの四《よっ》つの寺《てら》にも兵《へい》を分宿《ぶんしゅく》させた。飯能《はんのう》に留《とど》まっている僅《わず》か四五日《しごにち》の間《あいだ》に武州近在《ぶしゅうきんざい》の郷士《ごうし》たちが集《あつ》まり続《つづ》けて、遂《つい》にその人数《にんずう》は千二百名《せんにひゃくめい》にも達《たっ》した。

五月二十二日《ごがつにじゅうににち》になって、四谷《よつや》と新宿《しんじゅく》に置《お》いた探察《たんさつ》から官軍二千名《かんぐんにせんめい》ほどが川越《かわごえ》を経由《けいゆ》して飯能《はんのう》に向《む》かっている知《し》らせが本陣《ほんじん》に入《はい》った。隊長《たいちょう》の喜作《きさく》はすぐに作戦会議《さくせんかいぎ》を招集《しょうしゅう》して、参謀《さんぼう》の新五郎《しんごろう》と組頭《くみがしら》の伝蔵《でんぞう》と平九郎《へいくろう》が集《つど》った。

「敵《てき》は入間川《いるまがわ》を越《こ》えた高倉山《たかくらやま》に布陣《ふじん》しているようだ。前軍《ぜんぐん》と後軍《こうぐん》の二《ふた》つに分《わ》けて、先手《せんて》を打《う》って夜討《ようち》をかけよう」

「結構《けっこう》、結構《けっこう》。先手《せんて》は誰《だれ》が行《い》く」

平九郎《へいくろう》はまだ見《み》えぬ敵軍《てきぐん》との戦《たたか》いを身近《みじか》に感《かん》じて、武者震《むしゃぶる》いをするほど気力《きりょく》が高《たか》まっていた。

「新五郎《しんごろう》さん、俺《おれ》に先鋒《せんぽう》を是非《ぜひ》やらせてください」

「平九郎《へいくろう》、お前《まえ》が行《い》くか。それなら二百名《にひゃくめい》を率《ひき》いて先《さき》に高倉山《たかくらやま》へ出発《しゅっぱつ》しろ」

参謀《さんぼう》の新五郎《しんごろう》に続《つづ》いて喜作《きさく》が命《めい》じた。

「ただし、本隊《ほんたい》が着《つ》くまで攻撃《こうげき》はするなよ」

平九郎《へいくろう》に念《ねん》を押《お》してから送《おく》り出《だ》した。

そぼ降《ふ》る雨《あめ》が続《つづ》く中《なか》、平九郎《へいくろう》は大小《だいしょう》の二刀《にとう》を腰《こし》に差《さ》し、部隊長《ぶたいちょう》として馬《うま》に乗《の》って出発《しゅっぱつ》した。いまや振武軍《しんぶぐん》は渋沢一族《しぶさわいちぞく》の軍隊《ぐんたい》でもあった。

真夜中《まよなか》に入間川《いるまがわ》の浅瀬《あさせ》を渡《わた》った。高倉山付近《たかくらやまふきん》は闇《やみ》に沈《しず》んだかのように虫《むし》の声《こえ》さえ聞《き》こえて来《こ》なかった。平九郎《へいくろう》は夜《よ》が明《あ》けるまで、その場《ば》に留《とど》まることを指示《しじ》した。

空《そら》が白《しら》む頃《ころ》、振武軍《しんぶぐん》の本陣《ほんじん》を置《お》いた飯能方面《はんのうほうめん》から砲声《ほうせい》の音《おと》が連続《れんぞく》して聞《き》こえてきた。敵《てき》は高倉山《たかくらやま》でなく、飯能側《はんのうがわ》から進出《しんしゅつ》してきたようだ。平九郎《へいくろう》が戻《もど》ろうとした瞬間《しゅんかん》、竹《たけ》を割《わ》るような音《おと》が連《つら》なって響《ひび》いてきた。振《ふ》り向《む》くと、高倉山《たかくらやま》に潜《ひそ》んでいた黒服《くろふく》を着《き》た官軍《かんぐん》の兵士《へいし》たちが川《かわ》を渡《わた》ってくるではないか。

謀《はか》られたと知《し》った平九郎《へいくろう》が叫《さけ》んだ。

「引《ひ》け、引《ひ》け」

その時《とき》、轟音《ごうおん》が聞《き》こえると同時《どうじ》に爆風《ばくふう》で馬《うま》から振《ふ》り落《お》とされた。太股《ふともも》に熱《あつ》い痛《いた》さを感《かん》じて立《た》ち上《あ》がれなかった。温《あたた》かいヌルっとした嫌《いや》な流《なが》れが膚《はだ》を伝《つた》わってくるのを知《し》った。見《み》ると袴全体《はかまぜんたい》が赤黒《あかぐろ》く染《そ》まっていた。大刀《だいとう》を杖代《つえが》わりに何《なん》とか立《た》ち上《あ》がったが、眼前《がんぜん》に敵兵《てきへい》が迫《せま》って来《き》ていた。平九郎《へいくろう》は刀《かたな》を抜《ぬ》いて、鞘《さや》を捨《す》てると覚悟《かくご》を決《き》めた。昔《むかし》、血洗島村《ちあらいじまむら》の諏訪神社《すわじんじゃ》の奉納試合《ほうのうじあい》で作男《さくおとこ》に打《う》ち負《ま》かされた時《とき》に見《み》えた、あの同《おな》じ青空《あおぞら》が敵兵《てきへい》を通《とお》してどこまでも続《つづ》いていた。

同《おな》じ頃《ころ》、能仁寺《のうにんじ》の本殿《ほんでん》にも砲弾《ほうだん》が炸裂《さくれつ》していた。轟音《ごうおん》と共《とも》に砕《くだ》けた本堂《ほんどう》の屋根瓦《やねがわら》と梁柱《はりばしら》が落下《らっか》してきた。

「早《はや》く逃《に》げろ、討死《うちじに》は無用《むよう》だ」

喜作《きさく》は叫《さけ》びながら一瞬《いっしゅん》のうちに外《そと》へ飛《と》び出《だ》していた。こんな所《ところ》で死《し》ねるか。振武軍《しんぶぐん》の兵《へい》士《し》に出会《であ》う度《たび》に、ただ『逃《に》げろ』と叫《さけ》び続《つづ》けた。

慶応四年《けいおうよねん》の栄一《えいいち》が帰国《きこく》する半年前《はんとしまえ》の出来事《できごと》であった。

各国歴訪《かっこくれきほう》

慶応三年八月六日《けいおうさんねんはちがつむいか》、巴里《ぱり》に滞在《たいざい》している徳川昭武一行十八名《とくがわあきたけいっこうじゅうはちめい》は欧羅巴各国《よおろっぱかっこく》の歴訪《れきほう》に出発《しゅっぱつ》した。最初《さいしょ》の巡歴国《じゅんれきこく》は瑞西《すいす》、次《つぎ》は和蘭《おらんだ》と白耳義国《べるぎいこく》である。それぞれの国王《こくおう》に贈呈《ぞうてい》する蒔絵《まきえ》の手箱《てばこ》、文箱《ふばこ》、料紙箱《りょうしばこ》、硯箱《すずりばこ》、香箱《こうばこ》、白縮緬《しろちりめん》などを持参《じさん》した。

栄一《えいいち》は日本《にほん》で価値《かち》ある物《もの》とは知《し》っていても、何《なに》か空《むな》しくなる気持《きもち》を消《け》せなかった。瑞西《すいす》のベルンでは大統領《だいとうりょう》に謁見《えっけん》してから、民兵《みんぺい》による観兵式《かんぺいしき》に臨《のぞ》んだ。また電信器製造所《でんしんきせいぞうしょ》や時計《とけい》工場《こうじょう》を見学《けんがく》した。

夜《よる》、ベルンのオテルに戻《もど》ると嬉《うれ》しいことに、そこには新《あたら》しい全権大使《ぜんけんたいし》として日本《にほん》から急遽来欧《きゅうきょらいおう》した外国奉行栗本安芸守《がいこくぶぎょうくりもとあきのかみ》が待《ま》っていた。栗本《くりもと》は幕府《ばくふ》の万国博覧会《ばんこくはくらんかい》での名誉回復《めいよかいふく》と借款問題《しゃっかんもんだい》の解決《かいけつ》のために派遣《はけん》されて来《き》ていたのである。栗本一行《くりもといっこう》は巴里《ぱり》に向《む》かい、栄一《えいいち》たちは次《つぎ》の歴訪国《れきほうこく》である和蘭《おらんだ》へ出発《しゅっぱつ》した。

ライン川《がわ》を蒸気船《じょうきせん》で下《くだ》りながらプロシャを通《とお》って、首都《しゅと》のハーグに到着《とうちゃく》した。和蘭《おらんだ》は鎖国《さこく》時代《じだい》より唯一交易《ゆいつこうえき》を許《ゆる》された国《くに》だけに、国王《こくおう》ヴィレム三世《さんせい》は特《とく》に親密《しんみつ》の情《じょう》を示《しめ》された。滞在中《たいざいちゅう》に軍艦製造所《ぐんかんせいぞうじょ》や、長崎出島《ながさきでじま》の和蘭商館《おらんだしょうかん》の医師《いし》だったシーボルトの別荘《べっそう》などを訪問《ほうもん》した。

和蘭《おらんだ》からは白耳義国《べるぎいこく》に入《はい》り、首都《しゅと》ブリュッセルでは国王《こくおう》レオポルド二世《にせい》に謁見《えっけん》し観兵式《かんぺいしき》にも臨《のぞ》んだ。進物《しんもつ》に瑞西《すいす》と変《か》わらぬ蒔絵《まきえ》の箱物《はこもの》や陶器《とうき》などを贈呈《ぞうてい》した。そこでも陸軍学校《りくぐんがっこう》、鉄砲製造所《てっぽうせいぞうじょ》や製鉄所《せいてつじょ》、ガラス工場《こうじょう》などを見学《けんがく》したのである。三十代《さんじゅうだい》の国王《こくおう》は気軽《きがる》に仏蘭《ふらん》西語《すご》で話《はな》しかけた。

「昭武公《あきたけこう》はまだ幼《おさな》いのに遥々《はるばる》と海《うみ》を越《こ》え、外国《がいこく》に来《き》て中々苦労《なかなかくろう》も多《おお》いであろう」

「はい、でも色々《いろいろ》と見学《けんがく》できて楽《たの》しゅうございます」

「何処《どこ》を見学《けんがく》したのか」

「ガラス工場《こうじょう》」

「あれは有望《ゆうぼう》な工場《こうじょう》だが、まだまだ改良《かいりょう》の余地《よち》の多《おお》い仕事《しごと》だ。それから何処《どこ》を見《み》たのか」

「リエージュで製鉄所《せいてつじょ》を見《み》ました」

「流石《さすが》に見学《けんがく》する所《ところ》がお分《わ》かりだ。我国《わがくに》は鉄《てつ》の生産量《せいさんりょう》が多《おお》いので国外《こくがい》に多《おお》く輸出《ゆしゅつ》をしている。これからは鉄《てつ》の時代《じだい》です。鉄《てつ》を多《おお》く使《つか》う国《くに》は大《おお》いに富《と》み栄《さか》え、そして強《つよ》くなる。是非《ぜひ》貴国《きこく》も白耳義《べるぎい》の鉄《てつ》を使《つか》われるのがいいでしょう」

日本《にほん》ではまだ良質《りょうしつ》な鉄鉱石《てっこうせき》がなく、欧州各国《おうしゅうかっこく》に対抗《たいこう》できる大砲《たいほう》や銃《じゅう》を作《つく》れずにいたので国王《こくおう》の指摘《してき》は傾聴《けいちょう》に値《あたい》した。しかし、栄一《えいいち》には国王自《こくおうみずか》らが商人《しょうにん》と同《おな》じように売《う》り込《こ》みをする姿勢《しせい》が大《おお》きな驚《おどろ》きであった。

国王《こくおう》は昭武公《あきたけこう》の素直《すなお》さが気《き》に入《い》ったらしく、昼夜《ちゅうや》を別《わか》たずに楽団《がくだん》付《つ》きの華麗《かれい》な宴会《えんかい》を催《もよお》して大歓待《だいかんたい》をしてくれたのであった。

九月十二日《くがつじゅうににち》、一行《いっこう》は三十七日《さんじゅうななにち》ぶりに巴里《ぱり》へ戻《もど》った。


そして九月二十日《くがつはつか》から再度《さいど》の歴訪《れきほう》が始《はじ》まった。

目的地《もくてきち》は伊太利《いたりあ》の首都《しゅと》フローレンスである。今度《こんど》は栄一《えいいち》以下《いか》五名が随行《ずいこう》した。サンミシェルまで鉄道《てつどう》で行《い》き、そこからは大型馬車二台《おおがたばしゃにだい》でアルプス越《ご》えをすることになる。俗《ぞく》にナポレオン街道《かいどう》と呼《よ》ばれている古道《こどう》であった。伊太利領《いたりありょう》に入《はい》ってからはまた鉄道《てつどう》に乗《の》り、フローレンスでエマヌエル二世国王《にせいこくおう》に謁見《えっけん》した。昭武公《あきたけこう》に勲一等大綬章《くんいっとうだいじゅしょう》が授《さず》けられ、栄一《えいいち》も光栄《こうえい》にも五等《ごとう》の勲章《くんしょう》を授与《じゅよ》された。帰《かえ》りは英吉利領《いぎりすりょう》のマルタ島《とう》から英吉利《いぎりす》の軍艦《ぐんかん》でマルセイユに戻《もど》ったが、船《ふね》に弱《よわ》い栄一《えいいち》は荒天《こうてん》でひどい船酔《ふなよ》いに悩《なや》まされ続《つづ》けた。翌日《よくじつ》、マルセイユから夜行《やこう》の汽車《きしゃ》に乗《の》り、十月二十四日《じゅうがつにじゅうよっか》の朝《あさ》、実《じつ》に三十四日《さんじゅうよんにち》ぶりで巴里《ぱり》に帰還《きかん》した。

十一月六日《じゅういちがつむいか》、最後《さいご》の歴訪国《れきほうこく》である英吉利《いぎりす》へ向《む》かった。今回《こんかい》は向山団長《むこうやまだんちょう》を含《ふく》めた十七名《じゅうななめい》の大旅行団《だいりょこうだん》になっていた。冬《ふゆ》の寒《さむ》さは日本《にほん》の比《ひ》ではなく、体《からだ》が凍《こお》るような風雪《ふうせつ》の日《ひ》にドーバー海峡《かいきょう》を渡《わた》ることになった。僅《わず》か十里《じゅうり》の海峡《かいきょう》を渡《わた》るだけで船《ふね》は大《おお》きく揺《ゆ》れて、栄一《えいいち》は勿論《もちろん》、船酔《ふなよ》いに強《つよ》い昭武公《あきたけこう》を含《ふく》む全員《ぜんいん》が船室《せんしつ》で横《よこ》たわっていた。ドーバー港《こう》では礼砲二十一発《れいほうにじゅういっぱつ》が打《う》たれたが、船酔《ふなよ》いと厳《きび》しい寒《さむ》さに一同《いちどう》は青褪《あおざ》めた顔《かお》のままであった。

英吉利《いぎりす》は外交的《がいこうてき》に仏蘭西《ふらんす》に対抗《たいこう》するためもあって、昭武公一行《あきたけこういっこう》の往復《おうふく》の船賃《ふなちん》と宿泊費《しゅくはくひ》までも全《すべ》て負担《ふたん》してくれた。八日《ようか》にはゴシック建築《けんちく》の国会議事堂《こっかいぎじどう》を見学《けんがく》し、九日《ここのか》にはウィンザー城《じょう》にて女王謁見《じょおうえっけん》となった。ヴィクトリア女王《じょおう》は夫《おっと》の喪中《もちゅう》のため謁見《えっけん》は非公式《ひこうしき》に行《おこな》われた。

二週間《にしゅうかん》に及《およ》ぶ英吉利訪問《いぎりすほうもん》において栄一《えいいち》にとって心《こころ》に強《つよ》く刻《きざ》まれた見学場所《けんがくばしょ》は造船所《ぞうせんじょ》や軍事《ぐんじ》施設《しせつ》などより、日本《にほん》より遥《はる》かに進歩《しんぽ》しているイングランド銀行《ぎんこう》、造幣局《ぞうへいきょく》、両替局《りょうがえきょく》などの商業施設《しょうぎょうしせつ》であった。

十一月下旬《じゅういちがつげじゅん》に欧羅巴各国歴訪《よおろっぱかっこくれきほう》の大役《たいやく》が終《お》わった。向山団長《むこうやまだんちょう》と外国係《がいこくがかり》は小姓四名《こしょうよんめい》と共《とも》に十二月《じゅうにがつ》に帰国《きこく》することになった。

栄一《えいいち》は昭武公《あきたけこう》を補佐《ほさ》して、最初《さいしょ》の目的《もくてき》である修学《しゅうがく》の生活《せいかつ》を始《はじ》めることにした。この日《ひ》から年三万《ねんさんまん》フランで賃借《ちんしゃく》したベルゴレーズの館《やかた》は仮屋形《かりやかた》と呼《よ》ばれた。教育係《きょういくがかり》に指名《しめい》されたレオポルト・ヴィレット陸軍中佐《りくぐんちゅうさ》と、その家族《かぞく》も仮屋形《かりやかた》に同居《どうきょ》した。

先《ま》ず手始《てはじ》めに栄一《えいいち》は留学生《りゅうがくせい》になった昭武公《あきたけこう》に心置《こころお》きなく断髪《だんぱつ》をさせて洋服《ようふく》を着《き》せ、草履《ぞうり》の代《か》わりに靴《くつ》も履《は》かせた。ヴィレット中佐《ちゅうさ》もすぐさま昭武公《あきたけこう》の日々《ひび》の修学過程《しゅうがくかてい》を決《き》めた。毎朝七時《まいあさしちじ》の起床《きしょう》、朝食《ちょうしょく》の後《あと》で直《す》ぐに馬術《ばじゅつ》と体育《たいいく》の稽古《けいこ》、九時半《くじはん》からは図画《ずが》、歴史《れきし》、地理《ちり》、科学《かがく》などの授業《じゅぎょう》を仏蘭西語《ふらんすご》で受《う》けることになった。授業《じゅぎょう》が午後三時《ごごさんじ》に終《お》わってから散歩《さんぽ》、夕食《ゆうしょく》は六時《ろくじ》に取《と》り、夜《よる》は十時《じゅうじ》の就寝《しゅうしん》まで翌日《よくじつ》の授業《じゅぎょう》の下読《したよ》み、作文《さくぶん》、暗唱《あんしょう》の自習《じしゅう》が残《のこ》っていた。寸暇《すんか》もない厳《きび》しい学生生活《がくせいせいかつ》が始《はじ》まった。特《とく》に乗馬《じょうば》が得意《とくい》で、ナポレオン皇太子《こうたいし》から贈《おく》られた飼《か》い犬《いぬ》リョンを可愛《かわい》がった。

一方《いっぽう》、栄一《えいいち》は仮屋形《かりやかた》の最高責任者《さいこうせきにんしゃ》として生活《せいかつ》の一切《いっさい》と金銭《きんせん》の管理《かんり》、その他日本《たにほん》との連絡《れんらく》などに忙殺《ぼうさつ》されて日記《にっき》を書《か》く些《いささ》かの余地《よち》もないほど繁忙《はんぼう》になった。毎月《まいつき》の家賃《やちん》、ヴィレット中佐《ちゅうさ》の給料《きゅうりょう》、それに仮屋形《かりやかた》に勤《つと》める料理人《りょうりにん》、門番《もんばん》、馭者《ぎょしゃ》など十六人《じゅうろくにん》の雇人《やといにん》を含《ふく》めると、五千《ごせん》ドル近《ちか》い経費《けいひ》を賄《まかな》わなければならなかったが、年《とし》が明《あ》けても日本《にほん》からは一銭《いっせん》の金《かね》も送《おく》られてこなかった。

仕方《しかた》なく幕府《ばくふ》が領事《りょうじ》として雇《やと》っていたバンカーのフロリヘラルトに資金繰《しきんぐ》りを依頼《いらい》した所《ところ》、彼《かれ》は懇切丁寧《こんせつていねい》にバンクや証券取引所《しょうけんとりひきじょ》の仕組《しくみ》を教《おし》えてくれた。そのお蔭《かげ》で残《のこ》してあった二万《にまん》ドルで仏蘭西国《ふらんすこく》の公債《こうさい》と鉄道債券《てつどうさいけん》を買《か》って運用《うんよう》することにした。高額《こうがく》な金利《きんり》が付《つ》くので何《なん》とか滞在費《たいざいひ》を賄《まかな》うことができると思《おも》った。

翌年《よくねん》の一月二日《いちがつふつか》、日本《にほん》に戻《もど》っていた杉浦愛蔵《すぎうらあいぞう》から一通《いっつう》の御用状《ごようじょう》を受《う》け取《と》った。開《ひら》く前《まえ》に嫌《いや》な予感《よかん》がした。

『極秘改態御変革《ごくひかいたいごへんかく》の儀《ぎ》　慶応三年十月十四日《けいおうさんねんじゅうがつじゅうよっか》征夷大将軍徳川慶喜《せいいたいしょうぐんとくがわよしのぶ》上表《じょうひょう》して将軍職《しょうぐんしょく》を辞《じ》して大政《たいせい》を奉還《ほうかん》せんことを請《こ》う　朝廷《ちょうてい》その政権奉還《せいけんほうかん》の請《せい》を充《ゆる》す』

案《あん》の定《じょう》、御前《ごぜん》が徳川家《とくがわけ》による治世《ちせい》を諦《あきら》めて征夷大将軍《せいいたいしょうぐん》を辞《じ》したことを知《し》った。止《や》むを得《え》ない事情《じじょう》があったに違《ちが》いないが、政権返上《せいけんへんじょう》が如何《いか》なる意趣《いしゅ》であるか、又《また》このまま異国《いこく》に滞在《たい》していいのか判断《はんだん》はつかなかった。

直《す》ぐに外国奉行栗本安芸守《がいこくぶぎょうくりもとあきのかみ》に御用状《ごようじょう》を回覧《かいらん》したところ、

「これは虚説《きょせつ》じゃ、このようなことは有《あ》り得《え》ない」

日本《にほん》を発《た》つ前《まえ》には、幕府《ばくふ》の体制《たいせい》に何《なに》も変《か》わりが無《な》かったことを知《し》っている栗本《くりもと》は真《しん》に驚《おどろ》きながらも否定《ひてい》し続《つづ》けた。

「しかし、栗本《くりもと》さま、国許《くにもと》より一銭《いっせん》の金子《きんす》も送《おく》られてこないことは、この件《けん》と関係《かんけい》があるのではないでしょうか」

「まさかと思《おも》うが、わしはすぐに帰国《きこく》する」

内心《ないしん》、幕府《ばくふ》が崩壊《ほうかい》したのではないかと不安《ふあん》に囚《とら》われた栗本《くりもと》は帰心矢《きしんや》の如《ごと》しであった。

「お待《ま》ちください。将軍家《しょうぐんけ》が大政《たいせい》を奉還《ほうかん》して朝命《ちょうめい》に従《したが》うということであれば、このままこちらに居《い》て昭武公《あきたけこう》は学芸《がくげい》の一科《いっか》でも習得《しゅうとく》することが望《のぞ》ましいと存《ぞん》じますが」

「勝手《かって》にせよ、わしは帰《かえ》る」

栄一《えいいち》はそのまま主君昭武公《しゅくんあきたけこう》の部屋《へや》に向《む》かい戸板《といた》を叩《たた》いた。

「昭武《あきたけ》さま、お話《はなし》があります」

「江戸《えど》より火急《かきゅう》の書状《しょじょう》があり、昨年《さくねん》の十月《じゅうがつ》に慶喜公《よしのぶこう》が将軍家《しょうぐんけ》の職《しょく》を辞《じ》せられて、大政《たいせい》を朝廷《ちょうてい》に奉還《ほうかん》なされたそうであります」

バルコニーに面《めん》した机《つくえ》に向《む》かって日記《にっき》を書《か》いているようであった。昭武公《あきたけこう》が少《すこ》しも慌《あわ》てずに振《ふ》り向《む》いた。

「渋沢《しぶさわ》、兄君《あにぎみ》は息災《そくさい》なのか」

「詳《くわ》しくは存《ぞん》じませぬが、多分一橋家《たぶんひとつばしけ》に戻《もど》られたのではないでしょうか。幕府《ばくふ》が衰微《すいび》いたしておる昨今《さっこん》、斯様《かよう》な事《こと》もあるかと心配《しんぱい》をしておりました」

「余《よ》は如何《いかが》すれば良《よ》いのか」

「政体《せいたい》が如何様《いかよう》に変化《へんか》すれども、外国《がいこく》との交際《こうさい》は益々《ますます》必要《ひつよう》になって参《まい》ります。昭武公《あきたけこう》におかれては、こちらで充分《じゅうぶん》な修学《しゅうがく》を積《つ》まれるまでお留《とど》まりすることが、帰国後《きこくご》の御国《おくに》のためになるかと存《ぞん》じます」

「渋沢《しぶさわ》、そなたの申《もう》すことは尤《もっと》だ。日本《にほん》を旅発《たびだ》つ時《とき》に、兄《あに》よりも御国《おくに》の変事《へんじ》の風聞《ふうぶん》を聞《き》いても妄《みだ》りに動揺《どうよう》するなと言《い》われている。雑事《ざつじ》には惑《まど》わされずに勉学《べんがく》に勤《いそ》しむことにしよう」

まだ十五歳《じゅうごさい》にも拘《かか》わらず昭武公《あきたけこう》の態度《たいど》は幕府《ばくふ》の用人《ようにん》たちよりも遥《はる》かに君子《くんし》であり、その言葉《ことば》は滅私奉公《めっしほうこう》している自分《じぶん》を誰《だれ》よりも信頼《しんらい》してくれている証《あか》しであった。そのまま直《す》ぐに背《せ》を向《む》けて机《つくえ》に向《む》かう主君《しゅくん》を見《み》て、静《しず》かにその場《ば》を立《た》ち去《さ》った。

仏蘭西《ふらんす》の新聞《しんぶん》にも日本《にほん》の大政変《だいせいへん》の記事《きじ》が出《で》るようになり、その全《すべ》てが真実《しんじつ》であることを知《し》った。二月末《にがつまつ》になって更《さら》に驚愕《きょうがく》する記事《きじ》が新聞《しんぶん》の見出《みだ》しを飾《かざ》った。一瞬《いっしゅん》、夢《ゆめ》であって欲《ほ》しいと思《おも》うほどであった。

「一八六八年《1868ねん》一月三日《いちがつみっか》　日本《にほん》で内戦勃発《ないせんぼっぱつ》　薩摩藩《さつまはん》と長州藩《ちょうしゅうはん》が勝利《しょうり》する　大君徳川慶喜《たいくんとくがわよしのぶ》は大坂城《おおざかじょう》から亜米利加軍艦《あめりかぐんかん》で江戸《えど》へ逃《に》げ帰《かえ》る」

すべてが信《しん》じられない。蛤御門《はまぐりごもん》の戦《いくさ》で長州藩《ちょうしゅうはん》を破《やぶ》った御前《ごぜん》がまさか大坂城《おおざかじょう》から逃《に》げ帰《かえ》るとは、何《なに》かの間違《まちが》いに違《ちが》いない。大政奉還《たいせいほうかん》されたにも拘《かか》わらず、何故《なぜ》また薩長藩《さっちょうはん》と戦《たたか》う羽目《はめ》になったのだろうか。

新聞《しんぶん》に続《つづ》いて、三月《さんがつ》には江戸《えど》から御用状《ごようじょう》が届《とど》いた。徳川軍《とくがわぐん》が鳥羽伏見《とばふしみ》で敗戦《はいせん》、慶喜公《よしのぶこう》の大坂城脱出《おおざかじょうだっしゅつ》などの詳《くわ》しい状況《じょうきょう》が記《しる》されてあり、新聞《しんぶん》の報道《ほうどう》がすべて正《ただ》しいことを知《し》らされた。

また樹立《じゅりつ》されたばかりの新政府《しんせいふ》の外国係《がいこくがかり》に任命《にんめい》された伊達宗城《だてむねなり》と東久世通禧《ひがしくぜみちとみ》の二人《ふたり》の名前《なまえ》を以《も》って、徳川昭武公《とくがわあきたけこう》に一片《いっぺん》の通知状《つうちじょう》が届《とど》いた。

『この度王政御一新《たびおうせいごいっしん》につき帰朝致《きちょういた》すべく申《もう》し達候《たちそうろう》』

栄一《えいいち》は昭武公《あきたけこう》の部屋《へや》を訪《たず》ねた。

「新政府《しんせいふ》より帰国《きこく》せよとの通知《つうち》が参《まい》りました。しかし、今日《こんにち》の新政府《しんせいふ》は詰《つ》まる所《ところ》、薩長《さっちょう》の二藩《にはん》でありますから、これを兄君《あにぎみ》が討滅《とうめつ》することは然程困難《さほどこんなん》とも思《おも》いません。されど今《いま》この大混乱《だいこんらん》の間《あいだ》に帰国《きこく》されることは得策《とくさく》とも思《おも》われません。せめてあと四五年《しごねん》は留学《りゅうがく》されて、一技《いちぎ》に長《ちょう》じ一芸《いちげい》に熟《じゅく》された上《うえ》で帰国《きこく》されたならば御国《おくに》の御用《ごよう》に役立《やくだ》つと思《おも》われます」

「渋沢《しぶさわ》、この外国《がいこく》に来《き》て居《お》られる事《こと》こそ幸《さいわい》なり。禍《わざわい》を避《さ》けて、その間《あいだ》に学問《がくもん》の修行《しゅぎょう》ができる。これこそ天来《てんらい》の僥倖《ぎょうこう》であるから是非《ぜひ》とも、ここに居《い》て勉学《べんがく》を続《つづ》けたい」

「それをお聞《き》きして喜《よろこ》ばしい限《かぎ》りです」

「しかし、渋沢《しぶさわ》、第一《だいいち》の心配《しんぱい》は金《かね》である。幕府《ばくふ》も瓦解《がかい》したようであり、金銭《きんせん》の工夫《くふう》については、そなたをまた煩《わずら》わせることになるが」

「この際《さい》は徳川家《とくがわけ》から四五万両《しごまんりょう》の送金《そうきん》を御願《おねが》いしましょう。混乱《こんらん》している昨今《さっこん》でも、お家《いえ》では然程《さほど》の難事《なんじ》とは思《おも》われませぬ。然《しか》しながら国《くに》からの送金《そうきん》が滞《とどこお》っておりますので、使用人《しようにん》を減《へ》らして費用《ひよう》を節減《せつげん》し、欧羅巴各国《よおろっぱかっこく》に滞在《たいざい》している留学生《りゅうがくせい》は全員帰国《ぜんいんきこく》させます」

「相分《あいわ》かった。よろしく頼《たの》む」

結果《けっか》として英国倫敦《えいこくろんどん》と和蘭《おらんだ》に留学中《りゅうがくちゅう》の学生二十三名《がくせいにじゅうさんめい》が巴里《ぱり》の仮屋形《かりやかた》に呼《よ》び戻《もど》された。取《と》り敢《あ》えず学生《がくせい》たちを広間《ひろま》に寝《ね》かせることにしたところ、林董《はやしただす》という学生《がくせい》が怒鳴《どな》り込《こ》んできた。

「急《きゅう》に我々《われわれ》を呼《よ》び戻《もど》した上《うえ》に床《ゆか》の上《うえ》に寝《ね》かせるとは何事《なにごと》だ」

栄一《えいいち》は鋭《するど》い視線《しせん》で一喝《いっかつ》した。

「貴様《きさま》らは何《なん》と心得《こころえ》ておるのか。アフリカ喜望峰廻《きぼうほうまわり》の貨物帆船《かもつはんせん》の荷物扱《にもつあつか》いで帰《かえ》るところを、昭武公《あきたけこう》が大切《たいせつ》な留学資金《りゅうがくしきん》を割《さ》かれて貴様《きさま》らの為《ため》に客船《きゃくせん》の船賃《ふなちん》を支給《しきゅう》された。絨毯《じゅうたん》の上《うえ》で寝《ね》られるだけでも幸《しあわ》せと思《おも》え。もし嫌《いや》なら、ここから直《す》ぐに出《で》て行《い》け」

学生《がくせい》たちは栄一《えいいち》の怒声《どせい》に縮《ちぢ》み上《あ》がって無言《むごん》で立《た》ち尽《つ》くした。スエズ運河経由《うんがけいゆ》で帰《かえ》れば時間《じかん》も早《はや》いが船賃《ふなちん》はかなり高《たか》いために、元々留学生《もともとりゅうがくせい》たちは片道三《かたみちさん》カ月《かげつ》もかかるアフリカ経由《けいゆ》の貨物帆船《かもつはんせん》で帰《かえ》らされる羽目《はめ》になっていた。

栄一《えいいち》は留学生《りゅうがくせい》が仮屋形《かりやかた》を去《さ》る前夜《ぜんや》、特別《とくべつ》にシャンパンを用意《ようい》して別《わか》れの杯《さかずき》を交《か》わした。しかし、杉浦《すぎうら》からの手紙《てがみ》で、慶喜公《よしのぶこう》が江戸《えど》城《じょう》を出《で》られて上野《うえの》の寛永寺《かんえいじ》に蟄居《ちっきょ》されたことを知《し》らされた後《あと》だけに酔《よ》える気分《きぶん》ではなかった。

翌朝《よくあさ》、渋沢喜作宛《しぶさわきさくあて》の手紙《てがみ》を学生《がくせい》たちに託《たく》した。

＊　＊　＊　＊　＊

朝廷《ちょうてい》の兵《へい》ら江戸《えど》に到着《とうちゃく》　会議《かいぎ》の上御沙汰《うえごさた》ある事《こと》と承知《しょうち》いたし候《そうろう》　もとより今更驚《いまさらおどろ》きつかまらず　何《なに》を申《もう》すにも当地《とうち》は一万里《いちまんり》の外《ほか》につき歯《は》がゆく　昭武公《あきたけこう》の御守役《おもりやく》を辞《じ》する訳《わけ》にもいかず　唯呑恨《ただどんこん》の外《ほか》あるまじきと　自問自答《じもんじとう》する日々《ひび》を送《おく》り候《そうろう》　万一御家消滅《まんいちおいえしょうめつ》し慶喜公《よしのぶこう》を喪《うしな》う時《とき》は去就相決《きょしゅうあいけっ》する覚悟《かくご》に候《そうろう》　このことは億万里隔絶《おくまんりかくぜつ》するとも自然《しぜん》の道理《どうり》に候《そうろう》　平九郎《へいくろう》の事何卒《ことなにとぞ》よろしく願《ねが》い候《そうろう》

喜作兄《きさくあに》

栄一拝《えいいちはい》

＊　＊　＊　＊　＊

万一《まんいち》、御前《ごぜん》に事《こと》あれば即殉《そくじゅん》ずるつもりだった。今《いま》は何《なに》もできずに地団太《じだんだ》を踏《ふ》むだけの悔《くや》しさを筆《ふで》にぶつけるしかなかった。

帰国《きこく》

その年《とし》の慶応四年六月二十三日《けいおうよねんろくがつにじゅうさんにち》、昭武公《あきたけこう》の長兄《ちょうけい》である水戸藩十代目藩主《みとはんじゅうだいめはんしゅ》の徳川慶篤《とくがわよしあつ》死去《しきょ》の訃報《ふほう》が届《とど》いた。慶喜公《よしのぶこう》の実兄《じっけい》でもある。享年《きょうねん》まだ三十七歳《さんじゅうななさい》であられた。ベルゴレーズの仮屋形《かりやかた》は灯《ひ》の消《き》えた寂《さび》しさに包《つつ》まれ、昭武公《あきたけこう》は五日間《いつかかん》喪《も》に服《ふく》した。

七月二十日《しちがつはつか》、新《あら》たな御用状《ごようじょう》が届《とど》き、徳川家《とくがわけ》は田安亀之助《たやすかめのすけ》が相続《そうぞく》した報《しら》せであった。同時《どうじ》に新政府《しんせいふ》から昭武公《あきたけこう》に即時帰国《そくじきこく》する命令《めいれい》が出《で》た。

『先君慶喜公《せんくんよしのぶこう》　朝命《ちょうめい》を以《も》って水戸《みと》へご退隠《たいいん》　猶《なお》また朝命《ちょうめい》を以《も》って即刻昭武公《そっこくあきたけこう》も　御同様《ごどうよう》に
水戸《みと》へ御帰朝《ごきちょう》申《もう》し越《こ》し候《そうろう》』

昭武公《あきたけこう》にも栄一《えいいち》にとっても最悪《さいあく》の知《し》らせであった。完全《かんぜん》な徳川幕府崩壊《とくがわばくふほうかい》の通知《つうち》であった。さすがに今度《こんど》ばかりは昭武公《あきたけこう》も応《おう》じるほかなかった。

「渋沢《しぶさわ》、帰国《きこく》しよう。兄君《あにぎみ》が心配《しんぱい》だ」

「かしこまりました。早速帰《さっそくかえ》りの船《ふね》を手配《てはい》しますが、この仮屋形《かりやかた》も整理《せいり》しなければならないので暫《しば》しの猶予《ゆうよ》を頂《いただ》きたいと存《ぞん》じます」

頭《あたま》の中《なか》は帰《かえ》る前《まえ》に百《ひゃく》に近《ちか》い仕事《しごと》を終《お》えなければならないことを瞬間的《しゅんかんてき》に感《かん》じた。一番《いちばん》の大仕事《おおしごと》はこのベルゴレーズの館《やかた》の解約《かいやく》とその後始末《あとしまつ》、資金運用中《しきんうんようちゅう》の仏蘭西政府公債《ふらんすせいふこうさい》と鉄道《てつどう》債券《さいけん》の元本二万《がんぽんにまん》ドルの解約業務《かいやくぎょうむ》、それに銀行借入《ぎんこうかりいれ》を含《ふく》めたこれまでの貸借金《たいしゃくきん》を全清算《ぜんせいさん》しなければならなかった。急《きゅう》な離国《りこく》だけに、すべての家具《かぐ》や諸什器《しょじゅうき》を売却《ばいきゃく》する時間《じかん》などはなく、バンカーのフロリヘラルトに未清算分《みせいさんぶん》の処理《しょり》を含《ふく》めて全《すべ》てを依頼《いらい》することにした。

フロリヘラルトが数日《すうじつ》かけて計算《けいさん》した未清算金《みせいさんきん》は実《じつ》に六万《ろくまん》フランを超《こ》えていた。その他《ほか》に使用人《しようにん》の給料《きゅうりょう》と餞別《せんべつ》の手当《てあて》に四千《よんせん》フランが必要《ひつよう》であった。得意《とくい》な算盤《そろばん》を手元《てもと》から一時《いっとき》も離《はな》す暇《ひま》がなくなり、文字通《もじどお》り八面六臂《はちめんろっぴ》の働《はたら》きになった。仏蘭西政府《ふらんすせいふ》は徳川政府《とくがわせいふ》が衰亡《すいぼう》したことを知《し》って、手《て》の平《ひら》を返《かえ》したようにあらゆる面《めん》で昭武一行《あきたけいっこう》の特別待遇措置《とくべつたいぐうそち》を中止《ちゅうし》してきた。

栄一《えいいち》は走《はし》り回《まわ》ってようやく九月四日《くがつよっか》にマルセイユ港発《こうはつ》の船《ふね》に予約《よやく》を入《い》れることができた。持《も》ち帰《かえ》る荷物《にもつ》を行李《こうり》に詰《つ》め始《はじ》めたが、厳選《げんせん》してもその数《かず》は五十九梱《ごじゅうきゅうこり》にもなった。

八月三十日《はちがつさんじゅうにち》、一年余《いちねんよ》を過《す》ごした仮屋形《かりやかた》で最後《さいご》の朝食《ちょうしょく》を済《す》ませて、オレヤン駅《えき》から汽車《きしゃ》に乗《の》った。巴里《ぱり》を出発《しゅっぱつ》してボルドーで一泊《いっぱく》してから大西洋岸《たいせいようがん》の避暑地《ひしょち》であるビヤリイトに寄《よ》ることにした。ナポレオン三世夫妻《さんせいふさい》が当地《とうち》の別荘《べっそう》に滞在中《たいざいちゅう》と聞《き》いて帰国《きこく》の挨拶《あいさつ》に出向《でむ》くためであった。

御供《おとも》は栄一《えいいち》とヴィレット中佐《ちゅうさ》、二人《ふたり》の小姓《こしょう》と召使《めしつかい》のアンリの五名《ごめい》だけである。残《のこ》りの日本人《にほんじん》とはマルセイユ港《こう》で落《お》ち合《あ》うことにした。

ビヤリイト駅《えき》には皇帝差《こうていさ》し回《まわ》しの馬車《ばしゃ》が出迎《でむか》えてくれていた。先《ま》ずその晩《ばん》の宿舎《しゅくしゃ》であるガルデオテルに立《た》ち寄《よ》って荷物《にもつ》を降《お》ろし、礼服《れいふく》に着替《きが》えてから皇帝《こうてい》の別荘《べっそう》に向《む》かった。

青《あお》い海《うみ》を一望《いちぼう》に見下《みお》ろす松林《まつばやし》の中《なか》に白亜《はくあ》の建物《たてもの》が見《み》えてきた。昭武公《あきたけこう》はナポレオン皇帝《こうてい》と最後《さいご》の会談《かいだん》に臨《のぞ》んだ。

「昭武《あきたけ》が日本《にほん》に帰《かえ》ると聞《き》いたが残念《ざんねん》である。できればこの際《さい》、兄君《あにぎみ》にもフランスへ来《き》てもらい当地《とうち》で幕府《ばくふ》を存続《そんぞく》させればよいと思《おも》うが」

皇帝《こうてい》は真面目《まじめ》に徳川家《とくがわけ》の亡命政権《ぼうめいせいけん》を仏蘭西《ふらんす》に創《つく》ることを勧《すす》めた。新政府《しんせいふ》の樹立《じゅりつ》が英吉利国《いぎりすこく》の後押《あとお》しによって成《な》されただけに、それに対抗《たいこう》する目的《もくてき》もあった。

「お言葉有難《ことばありがと》うございます。貴国《きこく》で修学中《しゅうがくちゅう》ではありますが、兄慶喜《あによしのぶ》の動静《どうせい》も心配《しんぱい》ですので、お世話《せわ》になりましたが一度日本《いちどにほん》に帰《かえ》りたいと思《おも》います」

昭武公《あきたけこう》は学《まな》んだ仏蘭西語《ふらんすご》ではっきりと意志《いし》を伝《つた》えたことで、皇帝《こうてい》の心証《しんしょう》をすっかり良《よ》くした。帰《かえ》りは皇帝夫妻《こうていふさい》のそばに居《い》た皇太子《こうたいし》が長《なが》い廊下《ろうか》をずっと玄関《げんかん》まで送《おく》ってくれた。昭武公《あきたけこう》と歳《とし》の近《ちか》い皇太子《こうたいし》は巴里《ぱり》で互《たが》いの館《やかた》を行《い》き来《き》するなど親睦《しんぼく》を深《ふか》めていただけに別《わか》れを惜《お》しんだ。

その日《ひ》はバイヨンに泊《と》まり、翌日《よくじつ》ピレネー山脈《さんみゃく》に沿《そ》って馬車《ばしゃ》で走《はし》り、夕方《ゆうがた》トゥルーズに到着《とうちゃく》した。昭武公《あきたけこう》は名産《めいさん》の菫《すみれ》の花《はな》を買《か》い、愛犬《あいけん》リョンと共《とも》に写《うつ》った自身《じしん》の写真《しゃしん》を添《そ》えてナポレオン皇太子《こうたいし》に送《おく》った。写真《しゃしん》の裏《うら》には皇帝一家《こうていいっか》への感謝《かんしゃ》が綴《つづ》られていた。

翌朝《よくあさ》、トゥルーズから汽車《きしゃ》に乗《の》りマルセイユに到着《とうちゃく》すると一年半前《いちねんはんまえ》に宿泊《しゅくはく》した懐《なつ》かしいグランドオテルに入《はい》り、一行《いっこう》は仏蘭西最後《ふらんすさいご》の夜《よる》を過《す》ごした。

見送《みおく》りに来《き》てくれたヴィレット中佐《ちゅうさ》と固《かた》い握手《あくしゅ》を交《か》わすと、二度《にど》と会《あ》えないという感慨《かんがい》で栄一《えいいち》の胸《むね》は熱《あつ》くなった。昭武公《あきたけこう》に連《つ》れ添《そ》う御供《おとも》は山高《やまたか》と渋沢《しぶさわ》、それに小姓《こしょう》らの八人《はちにん》だけで、その帰国姿《きこくすがた》は来欧《らいおう》した時《とき》と比《くら》べると尾羽《おは》打《う》ち枯《か》らしたという言葉以外《ことばいがい》に形容《けいよう》できなかった。

出発《しゅっぱつ》の九月四日《くがつよっか》は朝《あさ》から雷《かみなり》が鳴《な》り始《はじ》め風雨《ふうう》の激《はげ》しい日《ひ》になった。それでも夕方《ゆうがた》になって一行《いっこう》が乗《の》った一本《いっぽん》マストの快速船《かいそくせん》ペリユーズ号《ごう》は出航《しゅっこう》した。案《あん》の定《じょう》、予想以上《よそういじょう》に船《ふね》は揺《ゆ》れ続《つづ》け全員《ぜんいん》が酷《ひど》い船酔《ふねよ》いに罹《かか》ってしまった。栄一《えいいち》は船酔《ふなよ》いの苦《くる》しさも帰国後《きこくご》の不安《ふあん》や問題《もんだい》に比《くら》べれば、これぐらいの辛《つら》さには耐《た》えようと青白《あおじろ》い顔《かお》で横《よこ》たわっている昭武公《あきたけこう》を見守《みまも》った。

翌日《よくじつ》は嵐《あらし》も静《しず》まり打《う》って変《か》わった快晴《かいせい》となった。三日後《みっかご》、アレキサンドリア港《こう》に着《つ》いた。船《ふね》を降《お》りてからスエズまで四十八里《よんじゅうはちり》の汽車《きしゃ》の旅《たび》が待《ま》っていた。汽車《きしゃ》の中《なか》で一晩《ひとばん》を過《す》ごし、翌朝《よくちょう》の七時《しちじ》にスエズ駅舎《えきしゃ》に到着《とうちゃく》した。

全員《ぜんいん》の船賃《ふなちん》である二万八千八百五十《にまんはっせんはっぴゃくごじゅう》フランを支払《しはら》って、往航《おうこう》してきた時《とき》と同《おな》じアンペラトリス号《ごう》に乗船《じょうせん》することができた。部屋《へや》もなぜか来《き》た時《とき》と同《おな》じ部屋《へや》であった。すぐに小姓《こしょう》の一人《ひとり》が居室《きょしつ》の狭《せま》さに文句《もんく》を言《い》いに来《き》た。栄一《えいいち》は癇《かん》に障《さわ》って叱《しか》りつけた。

「日本《にほん》に帰《かえ》りたくないのなら即刻《そっこく》このスエズで下船《げせん》せよ」

思《おも》わぬ栄一《えいいち》の剣幕《けんまく》に小姓《こしょう》は直《す》ぐに詫《わ》びを入《い》れた。今《いま》は何《なに》があっても主君昭武公《しゅくんあきたけこう》を無事《ぶじ》に日本《にほん》に連《つ》れて戻《もど》ることが全《すべ》てであった。

大洋《たいよう》に出《で》てから甲板《かんぱん》で一人《ひとり》物思《ものおも》いに沈《しず》んでいた。満月《まんげつ》の月波《げっぱ》が創《つく》る蛇《へび》のように細《ほそ》く長《なが》く伸《の》びている海面《かいめん》を帆先《ほさき》が追《お》いかけて行《い》く。この遥《はる》か先《さき》に日本《にほん》があるという嬉《うれ》しさと同時《どうじ》に、改《あらた》めて家族《かぞく》や喜作《きさく》たちの動静《どうせい》を案《あん》じた。

十月十日《じゅうがつとうか》に船《ふね》は仏蘭西領《ふらんすりょう》になったばかりのインドシナのサイゴンに入港《にゅうこう》した。そこで食料《しょくりょう》と水《みず》を補給《ほきゅう》してから南支那海《みなみしなかい》を北上《ほくじょう》した。日本《にほん》まではあと少《すこ》しと思《おも》って安心《あんしん》していたところ、急《きゅう》に波浪《はろう》が高《たか》くなり甲板《かんぱん》のいたる所《ところ》が白《しろ》く洗《あら》われるようになった。続《つづ》いて暴風雨《ぼうふうう》圏内《けんない》に入《はい》った船《ふね》は強風《きょうふう》と高波《たかなみ》によって舳先《へさき》のマストが折《お》れてしまい進《すす》めない日《ひ》が続《つづ》いたが、七日後《なのかご》の十月十七日《じゅうがつじゅうしちにち》にようやく香港《ほんこん》に入港《にゅうこう》できた。その夜《よる》は上陸《じょうりく》し、揺《ゆ》れる恐《おそ》れのないホテルの寝台《しんだい》で直《す》ぐに全員《ぜんいん》が深《ふか》い眠《ねむ》りに落《お》ちた。

翌朝《よくあさ》、見《み》たくない光景《こうけい》であったが、往《ゆ》く時《とき》と同《おな》じように英吉利人《いぎりすじん》は香港《ほんこん》をまるで自国領《じこくりょう》かのように志那人《しなじん》に対《たい》して傍若無人《ぼうじゃくぶじん》に振舞《ふるま》っていた。

二十八日《にじゅうはちにち》の夜遅《よるおそ》く上海《しゃんはい》に到着《とうちゃく》してから、次《つぎ》の出航日《しゅっこうび》まで仏蘭西《ふらんす》経営《けいえい》のホテルに泊《と》まることにした。そこで独逸人《どいつじん》のスネルという男《おとこ》と会津藩士《あいづはんし》の長野慶次郎《ながのけいじろう》が止宿《ししゅく》していることを知《し》った。会津藩士《あいづはんし》の長野《ながの》とは以前《いぜん》に京都《きょうと》の茶屋《ちゃや》で知《し》り合《あ》っていた。

「渋沢《しぶさわ》ではないか、仏蘭西《ふらんす》から戻《もど》って来《き》たのか」

「徳川家《とくがわけ》の一大事《いちだいじ》で急遽昭武公《きゅうきょあきたけこう》と一緒《いっしょ》に帰《かえ》るところだ。仏蘭西《ふらんす》にいては何《なに》が起《お》きたのかよくわからない。長野《ながの》さん、詳《くわ》しく教《おし》えて欲《ほ》しい」

「そうだな、昨年十月《さくねんじゅうがつ》の大政奉還《たいせいほうかん》の話《はなし》は知《し》っているか」

「はい、鳥羽伏見《とばふしみ》で幕府軍《ばくふぐん》が薩長軍《さっちょうぐん》に負《ま》けて、慶喜公《よしのぶこう》は江戸《えど》に戻《もど》られた。それからは謹慎《きんしん》されているとしか聞《き》いていない」

「その後《あと》で勝麟太郎《かつりんたろう》という陸軍奉行《りくぐんぶぎょう》が薩長《さっちょう》の賊軍《ぞくぐん》と戦《たたか》わずに江戸城《えどじょう》を明《あ》け渡《わた》してしまった。そこで彰義隊《しょうぎたい》だけが上野《うえの》の山《やま》で薩長軍《さっちょうぐん》と戦《たたか》ったが、情《なさ》けないことに半日《はんにち》で負《ま》けてしまったのだ」

「会津藩《あいづはん》も降伏《こうふく》したのか」

「何《なに》を言《い》うか。まだ戦《たたか》っている最中《さいちゅう》だ。薩長《さっちょう》の賊軍《ぞくぐん》が会津藩《あいづはん》と荘内藩《しょうないはん》を討《う》つために戦《いくさ》をまた仕掛《しか》けてきたのだ。そこで我《われ》らは奥羽越《おううえつ》の二十五藩《にじゅうごはん》と同盟《どうめい》を組《く》んで戦《たたか》っている。某《それがし》は同盟軍《どうめいぐん》の武器《ぶき》が足《た》らんので、香港《ほんこん》へ行《い》ってスネルに鉄砲《てっぽう》を調達《ちょうたつ》してもらうところだ」

「なるほど、それで幕府軍《ばくふぐん》はどうなった」

「海軍奉行《かいぐんぶぎょう》の榎本《えのもと》が軍艦《ぐんかん》で幕府陸軍《ばくふりくぐん》を率《ひき》いて、蝦夷島《えぞしま》の五稜郭《ごりょうかく》に集合《しゅうごう》している。渋沢《しぶさわ》、この際《さい》、昭武公《あきたけこう》をここから函館《はこだて》へお連《つ》れしろ。幕府軍《ばくふぐん》の首領《しゅりょう》に成《な》っていただければ全軍《ぜんぐん》の士気《しき》も上《あ》がる」

「長野《ながの》さん、それは以《もっ》ての外《ほか》です。昭武公《あきたけこう》を左様《さよう》な戦地《せんち》にお連《つ》れすることなど断《だん》じてできませぬ」

「意気地《いくじ》のないことだ。鉄砲《てっぽう》の一丁《いっちょう》でも買《か》った方《ほう》が役《やく》に立《た》つか」

長野《ながの》は当《あ》てが外《はず》れて紹興酒《しょうこうしゅ》を瓶《びん》ごと口飲《くちの》みするのであった。

古今東西《ここんとうざい》、亡国《ぼうこく》の遺臣《いしん》が集《あつ》まって失地回復《しっちかいふく》を試《こころ》みても成功《せいこう》した試《ため》しがない。況《ま》して蝦夷島《えぞしま》の北辺《ほくへん》の地《ち》で武備《ぶび》と兵《へい》を整《ととの》えてから本州《ほんしゅう》へまた戻《もど》るという戦術《せんじゅつ》は成功《せいこう》するはずがないと、長野《ながの》の説得《せっとく》には応《おう》じなかった。

上海《しゃんはい》を出航《しゅっこう》してから二日後《ふつかご》、寒気《かんき》が一段《いちだん》と増《ま》してきた。甲板《かんぱん》に立《た》つと日本《にほん》の陸地《りくち》が見《み》えた。万国博覧会《ばんこくはくらんかい》で苦労《くろう》させられた、ごろつき薩摩《さつま》の領土《りょうど》であった。慶応四年十一月三日《けいおうよねんじゅういちがつみっか》の朝《あさ》に白雪《はくせつ》に覆《おお》われた富士《ふじ》の霊峰《れいほう》が見《み》えてくると、ようやく日本《にほん》に帰《かえ》って来《き》たのだ。自然《しぜん》に涙《なみだ》が頬《ほお》を伝《つた》わってきていた。

栄一《えいいち》は船室《せんしつ》へ戻《もど》って、帰国《きこく》の整理《せいり》を始《はじ》めている昭武公《あきたけこう》に話《はな》しかけた。

「昭武《あきたけ》さま、夕方《ゆうがた》には横濱港《よこはまこう》に着《つ》きますが、新政府《しんせいふ》の不躾《ぶしつけ》な検問《けんもん》を避《さ》けるため小舟《こぶね》を手配《てはい》しました。新政府管轄《しんせいふかんかつ》の横濱《よこはま》ではなく対岸《たいがん》の神奈川湊《かながわみなと》への上陸《じょうりく》をお願《ねが》いします」

「渋沢《しぶさわ》、最後《さいご》の最後《さいご》まで面倒《めんどう》をかけるな。迎《むか》えが来《く》るまで船室《せんしつ》で待《ま》っていよう」

昭武公《あきたけこう》は何時《いつ》如何《いか》なる時《とき》でも道理《どうり》の分《わ》かる素直《すなお》な青年《せいねん》であった。

その日《ひ》の夕方《ゆうがた》、ついにアンペラトリス号《ごう》が横濱港《よこはまこう》に入港《にゅうこう》した。

静岡藩《しずおかはん》から杉浦愛蔵《すぎうらあいぞう》が商人姿《しょうにんすがた》に身《み》を窶《やつ》して出迎《でむか》えた。栄一《えいいち》らが下船《げせん》すると、検問所《けんもんじょ》の役人達《やくにんたち》は『先《ま》ず名《な》を名乗《なの》れ』と詰《つ》め寄《よ》り、こちらの身分《みぶん》を知《し》っているにも拘《かか》わらず、まるで罪人扱《ざいにんあつか》いであった。また勝手《かって》に手荷物《てにもつ》を検《あらた》めると言《い》って調《しら》べ始《はじ》める横柄《おうへい》さは、まるで昔《むかし》の代官所《だいかんしょ》の小役人《こやくにん》のようで腹《はら》が立《た》つより呆《あき》れてしまった。

荷物《にもつ》の受《う》け取《と》りなどの打《う》ち合《あ》わせを済《す》ませて杉浦《すぎうら》が仕切《しき》ってくれた宿屋《やどや》に入《はい》ると、直《す》ぐに女中《じょちゅう》が夜食《やしょく》の膳《ぜん》と酒《さけ》を運《はこ》んできた。

「渋沢《しぶさわ》、日本食《にほんしょく》は久《ひさ》し振《ぶ》りだろう。存分《ぞんぶん》に食《た》べて飲《の》んでくれ」

「杉浦《すぎうら》さん、ありがとうございます。でもその前《まえ》に何《なに》が御前《ごぜん》に起《お》きたのか詳《くわ》しく聞《き》かせてください」

「いいだろう、だが驚《おどろ》くなよ。慶喜公《よしのぶこう》が昨年十月《さくねんじゅうがつ》に大政奉還《たいせいほうかん》されてから御維新《ごいしん》の世《よ》となり、あまりにも全《すべ》てが変《か》わった。先《ま》ず話《はな》さなければならないのは、そなたに仏蘭西《ふらんす》行《い》きを命《めい》じた御用人《ごようにん》の原市之進殿《はらいちのしんどの》が昨年《さくねん》の八月《はちがつ》に幕府《ばくふ》の旗本《はたもと》によって暗殺《あんさつ》された」

杉浦《すぎうら》の声《こえ》は豪華《ごうか》な夜食《やしょく》と酒《さけ》を前《まえ》にしても弾《はず》んではいなかった。

「え、原《はら》さまが幕府《ばくふ》を裏切《うらぎ》ったと思《おも》われたのですか」

「そうかもしれぬ。あの頃《ころ》は何《なに》が起《お》きてもおかしくなかった」

自分《じぶん》を一橋家《ひとつばしけ》の家臣《かしん》に採用《さいよう》してくれた平岡円四郎様《ひらおかえんしろうさま》だけでなく、原市之進様《はらいちのしんさま》までもが命《いのち》を落《お》とされたと知《し》って、呆然《ぼうぜん》としたまま盃《さかずき》を一気《いっき》に呷《あお》った。

「彼《か》の国《くに》ではどうしても分《わ》からなかったのですが、鳥羽伏見《とばふしみ》の戦《いくさ》で負《ま》けた後《あと》、なぜ御前《ごぜん》は大坂城《おおざかじょう》で戦《たたか》わずに江戸《えど》へ戻《もど》られたのですか」

「それはわしにも分《わ》からぬ。直接慶喜公《ちょくせつよしのぶこう》にお会《あ》いして聞《き》かれるがよい」

「して、今《いま》はどちらに居《お》られるのですか」

「駿河《するが》の駿府《すんぷ》で謹慎《きんしん》されて居《お》られる」

夜通《よどお》し昨今《さっこん》の日本《にほん》の事情《じじょう》と渋沢一族《しぶさわいちぞく》の様子《ようす》を杉浦《すぎうら》に問《と》い詰《つ》めた。

「また言《い》い難《がた》き話《はなし》であるが、そなたの従兄弟《いとこ》である渋沢成一郎《しぶさわせいいちろう》は慶喜公《よしのぶこう》が水戸《みと》へ謹慎《きんしん》された後《のち》、彰義隊《しょうぎたい》を立《た》ち上《あ》げて新政府軍《しんせいふぐん》と戦《たたか》ったが、負《ま》け戦《いくさ》となり今《いま》は函館《はこだて》の地《ち》で幕軍《ばくぐん》と一緒《いっしょ》に居《い》るらしい」

「そうですか。私《わたし》の息子《むすこ》の渋沢平九郎《しぶさわへいくろう》はどうしているか、ご存《ぞん》じですか」

「新政府軍《しんせいふぐん》と飯能《はんのう》の戦《いくさ》の後《あと》で、皆《みな》、散《ち》り散《ぢ》りになって消息《しょうそく》は不明《ふめい》だと、其方《そなた》の父上《ちちうえ》がおっしゃっていた」

栄一《えいいち》は悲《かな》しみよりも先《さき》に深《ふか》い慙愧《ざんき》の念《ねん》で拳《こぶし》を握《にぎ》り締《し》めた。なぜ皆《みな》が命《いのち》を賭《か》けて戦《たたか》っていた時《とき》に仏蘭西《ふらんす》などで無為《むい》に日々《ひび》を過《す》ごしてしまったのか。

杉浦《すぎうら》は一拍置《いっぱくお》いてから、栄一《えいいち》にそっと二通《につう》の書状《しょじょう》を渡《わた》した。

「其方《そなた》が帰《かえ》ってきたら渡《わた》してくれと随分前《ずいぶんまえ》に預《あず》かっていた手紙《てがみ》だ。俺《おれ》は先《さき》に部屋《へや》へ戻《もど》るからゆっくり読《よ》むがいい」

裏書《うらがき》を見《み》ると喜作《きさく》と平九郎《へいくろう》からの手紙《てがみ》であった。最初《さいしょ》に喜作《きさく》の封《ふう》を切《き》った。

＊　＊　＊　＊　＊

渋沢篤太夫様《しぶさわとくだゆうさま》
今年《ことし》の正月三日《しょうがつみっか》大坂城《おおざかじょう》から京都二条城《きょうとにじょうじょう》に向《む》けて慶喜公《よしのぶこう》が戻《もど》られる候所《ところ》　我《われ》ら旗本勢《はたもとぜい》と

会津《あいづ》桑名《くわな》両藩《りょうはん》が護衛《ごえい》して鳥羽伏見《とばふしみ》の両道《りょうどう》に至《いた》り候得共《そうらえども》　突然《とつぜん》薩州《さっしゅう》土州《としゅう》長州《ちょうしゅう》の三藩《さんぱん》の兵《へい》が阻止《そし》したために戦《いくさ》となり候《そうろう》
慶喜公《よしのぶこう》は大坂城《おおざかじょう》より急《きゅう》に江戸《えど》へ戻《もど》られる候所《ところ》　朝敵《ちょうてき》の汚名《おめい》を受《う》けることになり候《そうろう》
上野寛永寺《うえのかんえいじ》に御蟄居《ごちっきょ》の身《み》となられ候得者《そうらへば》　憤激《ふんげき》した旗本御家人《はたもとごけにん》四百人《よんひゃくにん》が浅草東本願寺《あさくさひがしほんがんじ》に屯集《とんしゅう》して某《それがし》は彰義隊《しょうぎたい》の頭《かしら》になり候《そうろう》
徳川家《とくがわけ》の存亡《そんぼう》はいずれその運命《うんめい》を決《けっ》するとも　慶喜公《よしのぶこう》は尊王《そんのう》に背《そむ》くことは御座無候《ござなくそうろう》　真《しん》に血涙《けつるい》をしぼるほど悔《くや》しく　願《ねが》はくは一日《いちにち》も早《はや》く栄一《えいいち》に会《あ》いたく御座候《ござそうろう》
慶応四年三月八日《けいおうよねんさんがつようか》

渋沢成一郎《しぶさわせいいちろう》

＊＊＊＊＊

栄一《えいいち》は一心不乱《いっしんふらん》になって読《よ》み続《つづ》けた。

＊＊＊＊

父上殿《ちちうえどの》

徳川家《とくがわけ》が廃嫡《はいちゃく》となり誠《まこと》に悔《くや》しき思《おも》ひなれど　常《つね》に大刀《たち》の鯉口《こいぐち》を緩《ゆる》めて戦《たたか》える用意《ようい》を致《いた》し候《そうろう》　旗本以下有志《はたもといかゆうし》で慶喜公《よしのぶこう》を御守《おまも》り候《さぶらふ》　父上《ちちうえ》が帰国《きこく》されるまでは草《くさ》の間《ま》に忍《しの》んでもお待《ま》ち御座候《ござそうろう》

慶応四年三月八日《けいおうよねんさんがつようか》

渋沢平九郎《しぶさわへいくろう》

＊＊＊＊

一部始終《いちぶしじゅう》を知《し》った栄一《えいいち》はその晩《ばん》、大《おお》きく傷《きず》ついた心《こころ》に蓋《ふた》をすることを決意《けつい》した。嘆《なげ》いていても結果《けっか》は変《か》えられない、この先《さき》どのような道《みち》があろうとも毅然《きぜん》と歩《あゆ》んで行《い》くしかないと腹《はら》を括《くく》った。

数日後《すうじつご》、栄一《えいいち》は身支度《みじたく》を整《ととの》えてから小船《こぶね》で品川《しながわ》へ行《い》き、そこから馬《うま》で江戸城《えどじょう》へ向《む》かった。江戸《えど》は東京《とうきょう》へと名称《めいしょう》が変《か》わっていた。気《き》づくと多《おお》くの新政府軍《しんせいふぐん》の兵士《へいし》が英吉利製《いぎりすせい》のスナイドル銃《じゅう》を携《たずさ》えて北国《ほっこく》の戦場《せんじょう》から引《ひ》き揚《あ》げて来《く》る光景《こうけい》だった。会津《あいづ》や荘内地方《しょうないちほう》での戦《いくさ》は終《お》わったが、函館《はこだて》の五稜郭《ごりょうかく》では幕府軍《ばくふぐん》がまだ戦闘《せんとう》を続《つづ》けているという。この形勢《けいせい》ではもはや喜作《きさく》、新五郎《しんごろう》、平九郎《へいくろう》にも今生《こんじょう》で会《あ》えないかもしれない。忠実《ちゅうじつ》な幕臣《ばくしん》として潔《いさぎよ》く殉死《じゅんし》してしまう恐《おそ》れは消《け》せなかった。

栄一《えいいち》は江戸城《えどじょう》の中《なか》にある田安邸《たやすてい》を訪《たず》ねた。第十六代徳川宗家《だいじゅうろくだいとくがわそうけ》を継《つ》いだ徳川家達《とくがわいえさと》は幼少《ようしょう》なので静岡藩《しずおかはん》の役人《やくにん》が応対《おうたい》した。

そこへ栄一《えいいち》と同《おな》じ背格好《せかっこう》の痩《や》せた年配《ねんぱい》の役人《やくにん》が話《はな》しかけてきた。

「君《きみ》が渋沢君《しぶさわくん》か。昭武公《あきたけこう》を函館《はこだて》などに連《つ》れていかなくてよかったよ。幕臣《ばくしん》の中《なか》にもまだ幕府《ばくふ》再興《さいこう》を夢見《ゆめみ》ている者《もの》がいて困《こま》る」

「失礼《しつれい》ですが、どちらさまですか」

「俺《おい》らは勝麟太郎《かつりんたろう》だ。仏蘭西《ふらんす》帰《がえ》りではわからないのも無理《むり》ねえ」

「あの海軍奉行《かいぐんぶぎょう》だった勝《かつ》さまですか。それではお聞《き》かせください。これから駿府《すんぷ》の慶喜公《よしのぶこう》の所《ところ》へ帰国《きこく》のご挨拶《あいさつ》に参《まい》るのですが、なぜ御前《ごぜん》を江戸城《えどじょう》からお移《うつ》しなされたのですか」

徳川軍《とくがわぐん》を戦《たたか》わせずに江戸城《えどじょう》を明《あ》け渡《わた》し、今日《こんにち》の徳川家《とくがわけ》の衰退《すいたい》を招《まね》いた張本人《ちょうほんにん》を前《まえ》にして不躾《ぶしつけ》な質問《しつもん》を発《はっ》した。

「まあ戦《たたか》って江戸《えど》の町《まち》を焼《や》くよりはいいだろう」

「しかし、私《わたし》が居《お》ればそのような始末《しまつ》にはさせませんでした」

「おー、そうかい。早《はや》く帰《かえ》ってきて欲《ほ》しかったよ」

勝《かつ》は高笑《たかわら》いをしながら、そのまま奥《おく》へ戻《もど》って行《い》ってしまった。

数日経過《すうじつけいか》してから栄一《えいいち》は小石川《こいしかわ》にある水戸藩上屋敷《みとはんかみやしき》の大手門《おおてもん》を潜《くぐ》った。水戸家《みとけ》の宗主《そうしゅ》になった昭武公《あきたけこう》は既《すで》に藩邸《はんてい》に戻《もど》っていた。

「渋沢《しぶさわ》、よく来《き》てくれた。近《ちか》く水戸表《みとおもて》へ出立《しゅったつ》するが、今宵《こよい》はゆっくりしていくがよい。明日《あす》は後楽園《こうらくえん》を案内《あんない》しよう」

横濱港《よこはまこう》で別《わか》れてからまだ数日《すうじつ》にも拘《かか》わらず、何年《なんねん》か振《ぶ》りの対面《たいめん》であるかのように懐《なつ》かしそうに振舞《ふるま》った。

「有難《ありがた》き幸《しあわ》せでございます」

栄一《えいいち》は久《ひさ》しぶりに畳《たたみ》の上《うえ》で平伏《へいふく》した。

翌日《よくじつ》、水戸藩《みとはん》が自慢《じまん》する後楽園《こうらくえん》の十万坪《じゅうまんつぼ》もある広大《こうだい》な庭園《ていえん》を周遊《しゅうゆう》した。池《いけ》と築山《つきやま》を見渡《みわた》せる涵徳亭《かんとくてい》で昼食《ちゅうしょく》の茶席《ちゃせき》が催《もよお》された。

日本《にほん》に戻《もど》った昭武公《あきたけこう》は栄一《えいいち》の前《まえ》で雄弁《ゆうべん》だった。

「我《われ》ら徳川家《とくがわけ》の者《もの》はいまや朝敵《ちょうてき》となり、兄《あに》との対面《たいめん》も叶《かな》わぬ。これから引《ひ》き継《つ》ぐ水戸藩《みとはん》は前々《まえまえ》から騒動《そうどう》の多《おお》い藩《はん》で先《さき》が思《おも》いやられる。殊《こと》に余《よ》が頼《たの》みに思《おも》う藩士《はんし》も少《すく》ない。渋沢《しぶさわ》、余《よ》と一緒《いっしょ》に水戸《みと》へ来《き》てくれぬか」

「有難《ありがた》き思《おぼ》し召《め》しでござりますが、先《ま》ず慶喜公《よしのぶこう》に帰国《きこく》の御挨拶《ごあいさつ》に駿府《すんぷ》へ参《まい》りたいと存《ぞん》じます」

多大《ただい》な恩顧《おんこ》を受《う》けた御前《ごぜん》には、特《とく》に駿府《すんぷ》で謹慎《きんしん》の御身《おんみ》と聞《き》いては直《す》ぐに会《あ》いに行《い》かねばならなかった。

「それもそうだな。それでは兄《あに》への手紙《てがみ》を持参《じさん》してくれ」

「昭武《あきたけ》さま、水戸《みと》に帰《かえ》られる時《とき》の御土産《おみやげ》を御用意《ごようい》しました。横濱《よこはま》の瑞西九十番《すいすきゅうじゅうばん》の商人《しょうにん》から購入《こうにゅう》した銀時計四個《ぎんどけいよんこ》とピストル四挺《よんちょう》、それにスナイドル銃三百六十挺《じゅうさんびゃくろくじゅうちょう》と弾丸《だんがん》でございます」

「そのような高価《こうか》な物《もの》をどうして」

「旅行中《りょこうちゅう》の残金《ざんきん》より用立《ようだて》ましたので、どうぞご心配《しんぱい》はいりません。新藩主《しんはんしゅ》として家中《かちゅう》へ恥《は》ずかしくない御土産《おみやげ》が必要《ひつよう》と思《おも》いましたので」

帰国《きこく》の時《とき》に栄一《えいいち》が持《も》って帰《かえ》った金額《きんがく》は一万六千両余《いちまんろくせんりょうよ》であったが、その半分《はんぶん》を昭武公《あきたけこう》のために静岡藩《しずおかはん》の役人《やくにん》に許可《きょか》を得《え》て使用《しよう》した。元々攘夷派《もともとじょういは》の過激浪士《かげきろうし》が多《おお》い水戸藩内《みとはんない》では隙《すき》は見《み》せられない。それだけに新藩主《しんはんしゅ》として、それ相応《そうおう》の武器《ぶき》の必要性《ひつようせい》を強《つよ》く感《かん》じていた。

まさか一ケ月後《いっかげつご》に昭武公《あきたけこう》が朝命《ちょうめい》によって函館《はこだて》へ出軍《しゅつぐん》するとは思《おも》いも寄《よ》らなかった。栄一《えいいち》のスナイドル銃購入《じゅうこうにゅう》は結果《けっか》として大《おお》いに役《やく》に立《た》つことになる。

再会《さいかい》

水戸藩邸《みとはんてい》を出《で》ると霙《みぞれ》が降《ふ》り始《はじ》めていた。栄一《えいいち》の心《こころ》は暗澹《あんたん》たる思《おも》いを拭《ぬぐ》えなかった。妻子《さいし》や両親《りょうしん》を捨《す》てて故郷《くに》を飛《と》び出《だ》してからの六年間《ろくねんかん》の歳月《さいげつ》を振《ふ》り返《かえ》っていた。倒幕《とうばく》に奔走《ほんそう》した自分《じぶん》が今《いま》は逆《ぎゃく》に朝敵《ちょうてき》の幕臣《ばくしん》となって成《な》すべき道《みち》を失《うしな》っている。今《いま》さら新政府《しんせいふ》に同調《どうちょう》して羽振《はぶ》りの良《よ》い者《もの》たちに従《したが》うことも恥《はじ》である。内心《ないしん》では血洗島村《ちあらいじまむら》に戻《もど》って百姓《ひゃくしょう》をするしかないと覚悟《かくご》を決《き》めていた。

故郷《ふるさと》に思《おも》いを馳《は》せながらの足取《あしど》りは重《おも》かったが、いつの間《ま》にか今晩泊《こんばんと》まる神田明神下《かんだみょうじんした》にある杉浦愛蔵《すぎうらあいぞう》の家《いえ》へ辿《たど》り着《つ》いていた。家《うち》では杉浦《すぎうら》が笑顔《えがお》で待《ま》っていてくれた。

「渋沢《しぶさわ》。久《ひさ》しぶりに柳橋《やなぎばし》で騒《さわ》ごう。馴染《なじ》みの芸者《げいしゃ》を呼《よ》んだ」

杉浦《すぎうら》は相変《あいか》わらず茶屋通《ちゃやがよ》いをしているようだ。

「それはそうと、武具屋《ぶぐや》の梅田慎之助《うめだしんのすけ》がお主《ぬし》を待《ま》っているが」

梅田《うめだ》と聞《き》いて懐《なつ》かしくなり、直《す》ぐに勝手口《かってぐち》へ向《む》かった。思《おも》えば昔《むかし》、岡部《おかべ》の代官所《だいかんしょ》に討《う》ち入《い》ろうとした時《とき》に武具一切《ぶぐいっさい》の買《か》い付《つ》けを頼《たの》んだ忠義《ちゅうぎ》な味方《みかた》だった。杉浦《すぎうら》は梅田《うめだ》を血洗島村《ちあらいじまむら》との連絡人《れんらくにん》として使《つか》っていたようだ。

「渋沢《しぶさわ》さま、お久《ひさ》しぶりです。ご無事《ぶじ》で何《なに》よりでございます。ついてはあっしの店《みせ》にすぐお出《い》でくださいまし、父上《ちちうえ》の市郎右衛門《いちろうえもん》さまがお見《み》えです」

「なに、父上《ちちうえ》が参《まい》ったのか。杉浦《すぎうら》さん、ちょっと出《で》かけてくる」

栄一《えいいち》はそのまま傘《かさ》も持《も》たずに梅田《うめだ》を置《お》いて駆《か》け出《だ》した。勝手知《かってし》った店《みせ》に着《つ》くなり、二階《にかい》に駆《か》けあがると灯《あか》りもつけない暗闇《くらやみ》の中《なか》に父《ちち》が座《すわ》っていた。

「父上《ちちうえ》」

「栄一《えいいち》か」

「父上《ちちうえ》、長《なが》い間《あいだ》の親不孝《おやふこう》を御許《おゆる》しください。わずかの間《あいだ》に御時勢《ごじせい》がかくも変《か》わった以上《いじょう》は、三世《さんぜ》を契《ちぎ》った慶喜公《よしのぶこう》とも御別《おわか》れせざるを得《え》ません。これからは父上《ちちうえ》に倣《なら》って農民《のうみん》の一生《いっしょう》を送《おく》る所存《しょぞん》です」

「栄一《えいいち》、そなたは元来百姓《がんらいひゃくしょう》の出身《しゅっしん》であり、地位《ちい》も声望《せいぼう》もまだなき一青年《いちせいねん》に過《す》ぎぬ。従《したが》って社会《しゃかい》に対《たい》しても大《おお》きな責任《せきにん》を負《お》う必要《ひつよう》がないことを知《し》ればよい。村《むら》へ戻《もど》って妻子《さいし》を大事《だいじ》にしてやれ」

今《いま》は長《なが》すぎた空白《くうはく》の六年《ろくねん》の時間《じかん》が嘗《かつ》ての親子《おやこ》の葛藤《かっとう》を水《みず》に流《なが》してくれていた。

「父上《ちちうえ》、その後《ご》、渋沢《しぶさわ》の一族《いちぞく》はどうしているのですか」

市郎右衛門《いちろうえもん》の顔《かお》が急《きゅう》に暗《くら》くなった。

「この夏《なつ》に長七郎《ちょうしちろう》は出牢《しゅつろう》できたが、心《こころ》が病《や》んでしまっていて錯乱《さくらん》の発作《ほっさ》で自殺《じさつ》してしまった」

「え、自害《じがい》された」

「それに何故《なぜ》か、その日《ひ》にやへさんも急死《きゅうし》してしまった」

「ああ」

「栄一《えいいち》、千代《ちよ》が不憫《ふびん》だ。すぐ会《あ》いに行《い》ってやれ。線香《せんこう》の一本《いっぽん》でも上《あ》げるのだな」

「葬式《そうしき》は千代《ちよ》が出《だ》したのか」

「子供二人《こどもふたり》抱《かか》えては無理《むり》な話《はなし》だ。わしが代《か》わりに葬式一切《そうしきいっさい》を仕切《しき》った」

「新五郎兄《しんごろうにい》さんは、いなかったのか」

「飯能《はんのう》の戦《いくさ》の後《あと》で、喜作《きさく》も新五郎《しんごろう》、それに平九郎《へいくろう》も行方不明《ゆくえふめい》だ」

栄一《えいいち》はついに堪《こら》え切《き》れなくなって全身《ぜんしん》を震《ふる》わせて嗚咽《おえつ》を漏《も》らし始《はじ》めた。今《いま》は心底《しんてい》から日本《にほん》に居《い》なかったことを悔《く》やんでいた。

十二月一日《じゅうにがつついたち》、栄一《えいいち》は故郷血洗島村《こきょうちあらいじまむら》の実家《じっか》の敷居《しきい》を六年振《ろくねんぶ》りに跨《また》いだ。家《いえ》の中《なか》の様子《ようす》は昔《むかし》のままで昨日《きのう》のようにも思《おも》えた。土間《どま》の囲炉裏《いろり》の傍《そば》で歌子《うたこ》が遊《あそ》んでいる。千代《ちよ》が栄一《えいいち》に気《き》づいた。そこには何度《なんど》も夢《ゆめ》に見《み》た千代本人《ちよほんにん》が立《た》っていた。一瞬互《いっしゅんたが》いに見合《みあ》ってから無言《むごん》で千代《ちよ》を強《つよ》く抱《だ》きしめた。久方振《ひさかたぶ》りに再会《さいかい》した二人《ふたり》に言葉《ことば》は必要《ひつよう》なかった。

逢瀬《おうせ》の激情《げきじょう》が少《すこ》し落《お》ち着《つ》いた頃《ころ》、

「お千代《ちよ》、苦労《くろう》かけたな。済《す》まなかった。俺《おれ》が間違《まちが》っていた。これからは一緒《いっしょ》に暮《く》らそう。また藍玉《あいだま》を売《う》るぞ」

「本当《ほんとう》かい、お前《まえ》さま、嬉《うれ》しい」

千代《ちよ》の胸《むね》から一瞬《いっしゅん》にして長《なが》かった苦《くる》しみや鬱憤《うっぷん》が流《なが》れ去《さ》っていった。

東京《とうきょう》へ戻《もど》った栄一《えいいち》は念願《ねんがん》の駿府《すんぷ》に向《む》けて出発《しゅっぱつ》した。神田《かんだ》の宿屋《やどや》を出発《しゅっぱつ》してから川崎《かわさき》、藤沢《ふじさわ》、小田原《おだわら》に泊《と》まって、夕方《ゆうがた》までには箱根山《はこねやま》を越《こ》えて三島《みしま》に着《つ》くつもりである。朝霧《あさぎり》の果《は》てに箱根山《はこねやま》の峻険《しゅんけん》が目《め》の前《まえ》に迫《せま》っている。栄一《えいいち》は一人《ひとり》、湯本《ゆもと》の茶屋《ちゃや》で箱根《はこね》越《ご》えの前《まえ》に雑煮《ぞうに》餅《もち》を食《た》べていた。不遇《ふぐう》を囲《かこ》っている慶喜公《よしのぶこう》のことを思《おも》うと、駕籠《かご》や馬《うま》に乗《の》るのは不忠義《ふちゅうぎ》に思《おも》えて歩《ある》き続《つづ》けていた。

日《ひ》の暮《く》れる前《まえ》に三島《みしま》に着《つ》いて、金川屋《かねかわや》という旅館《りょかん》に泊《と》まった。そして翌朝《よくちょう》六時半《ろくじはん》に宿《やど》を出《で》て沼津《ぬまづ》へ向《む》かった。道中《どうちゅう》田子浦《たごのうら》からは壮大《そうだい》な富士《ふじ》の景色《けしき》を堪能《たんのう》できたので、一人旅《ひとりたび》とはいえ足取《あしど》りは軽《かる》かった。喜作《きさく》が傍《そば》にいない寂《さび》しさがあったが、霊峰富士《れいほうふじ》を見《み》て本当《ほんとう》に国《くに》に帰《かえ》ってきたのだという実感《じっかん》が込《こ》み上《あ》げてきた。

清水《しみず》の港《みなと》に着《つ》いて、昼飯《ひるめし》を取《と》ろうとして一軒《いっけん》の浜茶屋《はまぢゃや》の暖簾《のれん》を潜《くぐ》った。すると店《みせ》の老婆《ろうば》から唐突《とうとつ》に切《き》り出《だ》された。

「あんた、公方《くぼう》さまのお侍《さむらい》か。うちら官軍《みやびがた》はご免《めん》だもんで」

「わしは公方《くぼう》さまの家臣《かしん》だが、なにか」

老婆《ろうば》が錦《にしき》の肩章《けんしょう》を付《つ》けた官軍《かんぐん》を嫌《きら》う理由《りゆう》がわからなかった。

「あんた、よそ者《もの》だから何《なに》も知《し》らんけど、この八月《はちがつ》のひどい台風《たいふう》の後《あと》で公方《くぼう》さまの軍艦《ぐんかん》が一艘《いっそう》、この港《みなと》に入《はい》ってきた。そこへ官軍《みやびがた》の軍艦《ぐんかん》が三艘《さんそう》も突然《とつぜん》来《き》てポンポン大砲《たいほう》を打《う》ち出《だ》した。三艘相手《さんそうあいて》に一艘《いっそう》じゃあ、敵《かな》いっこないわね。公方《くぼう》さまの船《ふね》は散々《さんざん》やられて、とうとう沈《しず》められたよ。海《うみ》の上《うえ》に死体《したい》がぷかぷか浮《う》いたままだから、だんだん腐《くさ》ってきて、そこで清水《しみず》の次郎長親分《じろちょうおやぶん》さんが死骸《しがい》を拾《ひろ》い上《あ》げてくれて、四里四方《しりしほう》の寺《てら》から坊《ぼう》さんを何百人《なんびゃくにん》も集《あつ》めて回向《えこう》してくれた。有難《ありがた》いことだて」

飯《めし》を食《く》いながら話《はなし》を聞《き》いていた栄一《えいいち》は官軍《かんぐん》への憤怒《ふんど》の思《おも》いが突《つ》き上《あ》げてきて箸《はし》を置《お》いた。沈《しず》められた軍艦《ぐんかん》は亜米利加《あめりか》へ最初《さいしょ》に渡《わた》ったあの有名《ゆうめい》な咸臨丸《かんりんまる》だと知《し》り、屈辱《くつじょく》の思《おも》いが更《さら》に募《つの》って刀《かたな》の柄《え》につい手《て》を掛《か》けたほどであった。まさか喜作《きさく》がその沈《しず》められた軍艦《ぐんかん》に乗《の》っていたとは思《おも》いたくなかったが、未《いま》だに何一《なにひと》つ便《たよ》りが無《な》いだけに心配《しんぱい》であった。

陽《ひ》の暮《く》れる頃《ころ》にようやく駿府《すんぷ》に到着《とうちゃく》した。すでに日付《ひづけ》は十二月十九日《じゅうにがつじゅうくにち》になっていた。一先《ひとま》ず油屋《あぶらや》という宿屋《やどや》に落《お》ち着《つ》くことにして、翌朝駿府城《よくちょうすんぷじょう》の勘定所《かんじょうしょ》を訪問《ほうもん》することにした。欧羅巴使節団《よおろっぱしせつだん》が使用《しよう》した旅費一切《りょひいっさい》の明細書《めいさいしょ》を差《さ》し出《だ》す予定《よてい》だった。勘定所《かんじょうしょ》の頭《かしら》は元一橋家《もとひとつばしけ》の上司《じょうし》であった平岡準蔵《ひらおかじゅんぞう》だった。栄一《えいいち》をよく見知《みし》っていた平岡《ひらおか》は直《す》ぐに中老職《ちゅうろうしょく》の大久保一翁《おおくぼいちおう》のもとに連《つ》れて行《い》ってくれた。大久保《おおくぼ》は口髭《くちひげ》を長《なが》く伸《の》ばし痩《や》せた老人《ろうじん》であった。

「仏蘭西国《ふらんすこく》より先月三日《せんげつみっか》に徳川昭武公《とくがわあきたけこう》の御守役《おもりやく》として帰国《きこく》した渋沢篤太夫《しぶさわとくだゆう》でござります。ここに持参《じさん》した書類《しょるい》は此度《こたび》の旅費《りょひ》の明細書《めいさいしょ》であります。八千両《はっせんりょう》が残《のこ》りましたので静岡藩《しずおかはん》にお返《かえ》しに参《まい》りました。また巴里《ぱり》の館《やかた》の諸道具《しょどうぐ》の売却代金《ばいきゃくだいきん》は現地《げんち》にて清算中《せいさんちゅう》です」

大久保《おおくぼ》は持参《じさん》した会計書類《かいけいしょるい》をパラパラと捲《めく》ると、購入《こうにゅう》した茶碗《ちゃわん》や茶托《ちゃたく》が何個《なんこ》とまで記入《きにゅう》されてあり、その几帳面《きちょうめん》さに感心《かんしん》した。

「ご苦労《くろう》であった。お主《ぬし》のことは御側用人《おそばようにん》の川村恵十郎《かわむらえじゅうろう》より聞《き》いていた。年《とし》が若《わか》い割《わり》には物事《ものごと》の筋道《すじみち》をよく心得《こころえ》ておる。近頃《ちかごろ》、海外《かいがい》へ行《い》った幕臣《ばくしん》は旅費《りょひ》が不足《ふそく》すれば要《い》るものだけを請求《せいきゅう》し、余《あま》りがあれば役得《やくとく》とばかりに私《わたくし》しても平気《へいき》である。しかし、お主《ぬし》は厘毛《りんもう》も誤魔化《ごまか》さず、当然《とうぜん》のことながら見上《みあ》げた心掛《こころが》けである」

滅多《めった》に人《ひと》を褒《ほ》めないことで知《し》られた大久保《おおくぼ》が愛想《あいそ》をよくしていた。

「慶喜公《よしのぶこう》はご当地《とうち》にて御謹慎中《ごきんしんちゅう》とは存《ぞん》じますが、弟君《おとうとぎみ》、昭武公《あきたけこう》よりの御書状《ごしょじょう》と御伝言《ごでんごん》を預《あず》かって参《まい》りました。御前《ごぜん》には直々《じきじき》に拝謁《はいえつ》して、委細言上申《いさいごんじょうもう》し上《あ》げたくお願《ねが》い致《いた》します」

残《のこ》された徳川家《とくがわけ》の家政《かせい》の全権《ぜんけん》を握《にぎ》っている大久保《おおくぼ》は急《きゅう》に黒《くろ》い眼力《がんりき》のある目《め》を向《む》けた。暫《しばら》く沈黙《ちんもく》が続《つづ》いてから、

「よかろう、殿《との》には早速申《さっそくもう》し伝《つた》える」

昭武公《あきたけこう》からの書状《しょじょう》を手《て》にすると、そのまま立《た》ち去《さ》ってしまった。

大久保《おおくぼ》は幕末《ばくまつ》の大騒動《おおそうどう》の中《なか》、征夷大将軍慶喜《せいいたいしょうぐんよしのぶ》を江戸城《えどじょう》から駿府《すんぷ》まで守護《しゅご》してきた忠実《ちゅうじつ》な幕臣《ばくしん》だった。

数日後《すうじつご》、『前将軍慶喜公《さきのしょうぐんよしのぶこう》は寶台院《ほうだいいん》に於《お》いて渋沢篤太夫《しぶさわとくだゆう》の謁見《えっけん》を赦《ゆる》す』という通知《つうち》がきた。

既《すで》に冬《ふゆ》の日《ひ》は落《お》ちかかって、芒《すすき》の白《しろ》い穂《ほ》の影《かげ》が白壁《しらかべ》に長《なが》く伸《の》びていた。目《め》の前《まえ》に寶台院《ほうだいいん》の御堂《みどう》が一際高《ひときわたか》く聳《そび》えている。その前《まえ》で黒羽織《くろはおり》、袴姿《はかますがた》に正《ただ》した栄一《えいいち》が待《ま》っていると、大久保《おおくぼ》

一翁《いちおう》が近《ちか》づいてきた。

「渋沢《しぶさわ》、そなたは身分低《みぶんひく》き者《もの》ではあるが、昭武公《あきたけこう》の御使《おつか》いであるから殿御自《とのおんみずか》ら御引見《ごいんけん》されても差《さ》し支《つか》えなかろうということで、これより拝謁《はいえつ》を赦《ゆる》す」

通《とお》された本堂《ほんどう》の一座敷《いちざしき》は狭《せま》く薄汚《うすぎたな》い部屋《へや》であった。畳《たたみ》は黒《くろ》く擦《す》り切《き》れてしまっている。いかに謹慎中《きんしんちゅう》とは云《い》え、前十五代将軍《さきのじゅうごだいしょうぐん》の居《お》られる場所《ばしょ》ではなかった。

行燈《あんどん》の前《まえ》で感慨無量《かんがいむりょう》で暫《しばら》く待《ま》つ内《うち》に黒木綿《くろもめん》の羽織《はおり》に小倉《おぐら》の白袴《しろばかま》を着《つ》けた人物《じんぶつ》が襖《ふすま》を開《あ》けて入《はい》ってきた。その男《おとこ》は栄一《えいいち》のすぐ前《まえ》で薄《うす》い座布団《ざぶとん》の上《うえ》にひょろりと座《すわ》った。暗《くら》くて顔《かお》がよく見《み》えないので御用人《ごようにん》の一人《ひとり》かと思《おも》った。

「渋沢《しぶさわ》か、久《ひさ》しぶりだ」

思《おも》わずさっと平伏《へいふく》した。御前《ごぜん》ではないか。以前《いぜん》とあまりにも違《ちが》うお姿《すがた》に急《きゅう》に熱《あつ》い涙《なみだ》が頬《ほお》を伝《つた》わってきて嗚咽《おえつ》が漏《も》れて頭《あたま》を上《あ》げられなかった。

「渋沢篤太夫《しぶさわとくだゆう》でござります。只今仏蘭西《ただいまふらんす》より戻《もど》りました。何《なん》と申《もう》し上《あ》げてよろしいか」

そのまま絶句《ぜっく》した。慶喜公《よしのぶこう》も黙《だま》ったままである。暫《しばら》くしてから顔《かお》を上《あ》げて思《おも》い切《き》って物申《ものもう》した。

「御前《ごぜん》、この様《よう》な御処置《ごしょち》は如何《いか》なる思《おぼ》し召《め》しで、かくの如《ごと》きご様子《ようす》にお成《な》りなされたのでありますか。御前《ごぜん》、鳥羽伏見《とばふしみ》の戦《いくさ》の後《あと》で、何故《なにゆえ》に大坂城《おおざかじょう》から江戸《えど》へ御戻《おもど》りになられたのですか。また何故《なにゆえ》に江戸城《えどじょう》から御出《おで》になられたのでしょうか」

立《た》て続《つづ》けに聞《き》いた。

「渋沢《しぶさわ》、いまさら左様《さよう》な繰言《くりごと》は甲斐《かい》なき事《こと》である。それより仏蘭西《ふらんす》の話《はなし》をせよ」

「恐《おそ》れ入《い》りました。ただ御無念《ごむねん》とは存《ぞん》じます。これは昭武公《あきたけこう》からの御手紙《おてがみ》でござります」

慶喜公《よしのぶこう》は黙《だま》ってその書状《しょじょう》を読《よ》んでいた。それから一言《ひとこと》、

「続《つづ》けよ」

「それでは万国博覧会《ばんこくはくらんかい》、欧羅巴各国巡歴《よおろっぱかっこくじゅんれき》、昭武公《あきたけこう》の修学《しゅうがく》について御話《おはなし》を申《もう》し上《あ》げます」

欧羅巴使節団《よおろっぱしせつだん》が経験《けいけん》したことを全《すべ》て有《あ》り体《てい》に申《もう》し述《の》べた。最後《さいご》に、

「昭武公《あきたけこう》へのご伝言《でんごん》なり、御返書《ごへんしょ》は某《それがし》が水戸《みと》へ持《も》ち帰《かえ》りたいと存《ぞん》じます」

慶喜公《よしのぶこう》は暫《しばら》く考《かんが》えていたが、

「ふむ、返事《へんじ》は遣《つか》わす。洋行中《ようこうちゅう》の研究《けんきゅう》を差《さ》し出《だ》せ」

御返答《ごへんとう》の素《そ》っ気《け》なさは昔《むかし》と少《すこ》しも変《か》わらなかった。そのまま座《ざ》を立《た》つと、ひょろりと長《ちょう》身《しん》の姿《すがた》を消《け》してしまった。

慶喜公《よしのぶこう》に拝謁《はいえつ》したにも拘《かか》わらず、栄一《えいいち》は浮《う》かぬ顔《かお》で城濠《しろほり》の近《ちか》くの奉行屋敷《ぶぎょうやしき》や駿府《すんぷ》の町並《まちなみ》を呆然《ぼうぜん》と歩《ある》いていた。現状《げんじょう》を考《かんが》えるたびに悲憤慷慨《ひふんこうがい》の念《ねん》は消《け》せなかった。そもそも今日《こんにち》の王政復古《おうせいふっこ》の偉業《いぎょう》は御前《ごぜん》の政権返上《せいけんへんじょう》から発《はっ》したものではないか。それにも拘《かか》わらず、朝廷《ちょうてい》の慶喜公《よしのぶこう》に対《たい》する仕打《しう》ちはあまりにも情誼《じょうぎ》が無《な》さすぎる。

あのような暗闇《くらやみ》の中《なか》に御前《ごぜん》を閉蟄《へいちつ》せしめておいて、薩長《さっちょう》の輩《やから》だけがしきりに威張《いば》り散《ち》らすことは誠《まこと》に怪《け》しからん。

宿《やど》に帰《かえ》ってからも鬱憤《うっぷん》の情念《じょうねん》は晴《は》れなかったが、もはや愚痴《ぐち》を言《い》っても始《はじ》まらぬと、文《ふ》机《づくえ》に向《む》かって御前《ごぜん》への欧羅巴歴訪《よおろっぱれきほう》の報告書《ほうこくしょ》を書《か》き始《はじ》めた。

『欧羅巴《よおろっぱ》は既《すで》に蒸気《じょうき》を使用《しよう》した車《くるま》、鉄製《てっせい》の蒸気船《じょうきせん》、銃《じゅう》、大砲《たいほう》の製造等《せいぞうとう》に卓越《たくえつ》しており、早急《そうきゅう》に我国《わがくに》も技術《ぎじゅつ》を導入《どうにゅう》しないと亡国《ぼうこく》につながる恐《おそ》れがある。商業《しょうぎょう》に於《お》いては株式《かぶしき》を以《も》って出資《しゅっし》する会社《かいしゃ》、組合《くみあい》が中心《ちゅうしん》である。その為《ため》の貨幣《かへい》、為替《かわせ》、徴税業務《ちょうぜいぎょうむ》をバンクと呼《よ》ばれる会社《かいしゃ》が中心《ちゅうしん》になって行《おこな》っている。市街《しがい》には灯火《とうか》に瓦斯《がす》を利用《りよう》し、駅逓《えきてい》の代《か》わりにポスト、電信《でんしん》という技術《ぎじゅつ》が使用《しよう》されている。我国《わがくに》の国力《こくりょく》を富《と》ます為《ため》の海外《かいがい》貿易《ぼうえき》を盛《さか》んにする方策《ほうさく》として、養蚕《ようさん》の振興《しんこう》と蚕糸《さんし》、絹織物《きぬおりもの》の輸出《ゆしゅつ》を図《はか》り、その為《ため》に農《のう》業用《ぎょうよう》の耕作機械《こうさくきかい》と紡績機械《ぼうせききかい》を輸入《ゆにゅう》すべきである』

しかし、これらの研究報告《けんきゅうほうこく》も武州《ぶしゅう》へ帰《かえ》ってしまえば役立《やくだ》てることができない、気持《きもち》は萎《な》えたままであった。

宿《やど》で大人《おとな》しく待《ま》っていたものの、三日《みっか》経《た》っても何《なん》の沙汰《さた》もなかった。このまま御返事《おへんじ》なしで水戸《みと》へ戻《もど》るわけにはいかない。仕方《しかた》なく平岡《ひらおか》に事《こと》の次第《しだい》を訊《き》きに行《い》くことにした。

「渋沢《しぶさわ》、追《お》って御沙汰《ごさた》があるだろうから、あまり急《いそ》がんで待《ま》っておればよかろう」

と含《ふく》みのある言葉《ことば》を発《はっ》した。仕方《しかた》なく宿《やど》へ戻《もど》って、帰国後《きこくご》の整理《せいり》や家族《かぞく》への手紙《てがみ》を書《か》きながら時間《じかん》を潰《つぶ》すことにした。

四日目《よっかめ》になって突然《とつぜん》藩庁《はんちょう》に出頭《しゅっとう》せよとの呼《よ》び出《だ》しがあった。寶台院《ほうだいいん》への御召《おめ》しではないことを不審《ふしん》に思《おも》いながらも出頭《しゅっとう》すると、勘定所頭《かんじょうしょがしら》の平岡《ひらおか》が渋沢《しぶさわ》の身《み》なりを見《み》て注意《ちゅうい》を始《はじ》めた。

「渋沢《しぶさわ》、羽織袴《はおりはかま》で二本差《ふたほんざ》しの恰好《かっこう》では困《こま》る。礼服《れいふく》を着《き》て来《こ》い」

「旅中《りょちゅう》につき洋服《ようふく》などは持《も》ち合《あ》わせておりませんが」

「取《と》り敢《あ》えず何《なん》でも良《よ》いから、誰《だれ》からか借《か》りてこい」

平岡自身《ひらおかじしん》が着物姿《きものすがた》なのに無理《むり》なことを言《い》うなと思《おも》いながらも、駿府《すんぷ》に戻《もど》っていた杉浦愛蔵《すぎうらあいぞう》から礼服《れいふく》を借《か》りて、再度《さいど》中老《ちゅうろう》の詰所《つめしょ》に罷《まか》り越《こ》した。すると平岡《ひらおか》から改《あらた》めて御判紙《ごはんし》という静岡藩《しずおかはん》からの辞令書《じれいしょ》を渡《わた》された。

「渋沢篤太夫《しぶさわとくだゆう》、そなたに静岡藩勘定組頭《しずおかはんかんじょうくみがしら》を申《もう》し付《つ》ける」

「はて、平岡《ひらおか》さま、恐《おそ》れながら徳川昭武公《とくがわあきたけこう》の御書面《ごしょめん》を御前《ごぜん》にお渡《わた》しして、その御返書《ごへんしょ》を戴《いただ》きに駿府《すんぷ》まで参《まい》った次第《しだい》であります。従《したが》いまして貴藩《きはん》に仕《つか》える意志《いし》などは毛頭《もうとう》ありませぬが」

「水戸行《みとゆ》きには別《べつ》の使者《ししゃ》を立《た》てる。其方《そなた》が持参《じさん》して復命《ふくめい》するには及《およ》ばぬそうである」

「左様《さよう》ならば致《いた》し方《かた》ありませぬが、静岡藩《しずおかはん》には仕《つか》えませせぬ」

「待《ま》て、藩庁《はんちょう》では必要《ひつよう》が有《あ》って、其方《そなた》に勘定組頭《かんじょうくみがしら》を命《めい》じたのである。速《すみ》やかにお受《う》けせよ」

「いや、お断《ことわ》りします」

唐突《とうとつ》な奉公話《ほうこうばなし》に腹《はら》を立《た》てた栄一《えいいち》は御判紙《ごはんし》を平岡《ひらおか》の前《まえ》に投《な》げ出《だ》した。

「これはお受《う》けすることはできませぬから平《ひら》にご免被《めんこうむ》ります。某《それがし》はこれから武州《ぶしゅう》へ戻《もど》りますので、大久保《おおくぼ》さまには宜《よろ》しくお伝《つた》えください」

人《ひと》の事情《じじょう》を全《まった》く聞《き》かぬ平岡《ひらおか》に捨《す》て台詞《ぜりふ》を残《のこ》すと勝手《かって》に宿《やど》へ戻《もど》って来《き》てしまった。

武州《ぶしゅう》への出立前《しゅったつまえ》に宿《やど》で不貞寝《ふてね》でもしようと思《おも》っていたところ、大久保一翁《おおくぼいちおう》の家臣《かしん》が突然《とつぜん》訪《おとず》れて、

「明朝《みょうちょう》、中老大久保《ちゅうろうおおくぼ》さまの所《ところ》まで参《まい》れ」

と告《つ》げた。

仕方《しかた》なく別《わか》れの挨拶《あいさつ》をする為《ため》に訪《たず》ねたところ、大久保《おおくぼ》は立腹《りっぷく》しているかと思《おも》いきや、案《あん》に

反《はん》して優《やさ》しい顔《かお》つきで、

「そなたが不興《ふきょう》に思《おも》ったのも成程道理《なるほどどうり》である。これには事情《じじょう》があって内分《ないぶん》にしておいた方《ほう》が良《よ》かれと思《おも》い話《はな》さなかった。実《じつ》は御前《ごぜん》が渋沢《しぶさわ》を水戸《みと》に戻《もど》すには及《およ》ばぬと申《もう》されたのだ」

「何故《なにゆえ》にござりますか」

「水戸《みと》に御返書《ごへんしょ》を持参《じさん》すれば、昭武公《あきたけこう》はそなたを重用《ちょうよう》するに違《ちが》いない。その結果《けっか》、水戸藩《みとはん》の心善《こころよ》からぬ者共《ものども》からの悋気《りんき》で危害《きがい》を受《う》ける恐《おそ》れがあるだろう。それ故《ゆえ》に、水戸家《みとけ》には渋沢《しぶさわ》は当藩《とうはん》で必要《ひつよう》としており遣《つか》わすことができぬと申《もう》し渡《わた》し、そなたには藩庁《はんちょう》の適当《てきとう》な仕事《しごと》をさせよと、直々《じきじき》のお言葉《ことば》を戴《いただ》いたのである」

まさかと思《おも》える思《おぼ》し召《め》しであった。確《たし》かに水戸《みと》へ行《い》けば、いずれ平岡様《ひらおかさま》や原様《はらさま》のように何時闇討《いつやみうち》に遭《あ》うかもしれぬ。これほど御前《ごぜん》が自分《じぶん》のことを気《き》に掛《か》けてくれていたのかと思《おも》うと自然《しぜん》に頭《こうべ》が垂《た》れた。

「委細承知《いさいしょうち》いたしました。されど少《すこ》し心《こころ》に期《き》することがありますので、御前《ごぜん》の思《おぼ》し召《め》しではありますが、勘定組頭《かんじょうくみがしら》の拝命《はいめい》は御免被《ごめんこうむ》りたいと存《ぞん》じます」

「それでは何《なに》をしたいのか」

「すでに徳川《とくがわ》の世《よ》は終《お》わり、天皇《てんのう》の御世《みよ》となったからは郷里《きょうり》に帰《かえ》って百姓《ひゃくしょう》をするつもりでおります。ただ御前《ごぜん》の恩顧《おんこ》に報《むく》いたく、静岡藩《しずおかはん》の利殖《りしょく》を図《はか》る方策《ほうさく》を申《もう》し述《の》べた上《うえ》でお暇《いとま》したいと存《ぞん》じます」

元主君《もとしゅくん》のあの侘《わび》しいお姿《すがた》を想《おも》い浮《う》かべるたびに、このまま勝手《かって》に去《さ》ることは家臣《かしん》としての良心《りょうしん》が許《ゆる》さなかった。せめて昔《むかし》の誇《ほこ》りある御前《ごぜん》のお姿《すがた》に戻《もど》っていただきたい気持《きもち》から発露《はつろ》していた。

「構《かま》わぬ。ここでそなたの存念《ぞんねん》を申《もう》してみよ」

「それでは恐《おそ》れながら申《もう》し上《あ》げます。新政府《しんせいふ》は千八百万両《せんはっぴゃくまんりょう》の太政官札《だじょうかんさつ》と称《しょう》する新紙幣《しんしへい》を製造《せいぞう》しました。諸藩《しょはん》の石高一万石《こくだかいちまんごく》につき一万両《いちまんりょう》の新紙幣《しんしへい》を貸《か》し付《つ》け、年三分《ねんさんぶ》の利子《りし》で十三箇年賦《かねんぷ》に償却《しょうきゃく》する方法《ほうほう》であります。当静岡藩《とうしずおかはん》への石高拝借金《こくだかはいしゃくきん》は七十万両《ななじゅうまんりょう》ですが、既《すで》に五十三万両《ごじゅうさんまんりょう》を借《か》りていると聞《き》き及《およ》びました。その返済方法《へんさいほうほう》は如何《いかが》ご処置《しょち》なさるつもりなのでしょうか。この拝借金《はいしゃくきん》を迂闊《うかつ》に藩《はん》の政費《せいひ》などへ支出《ししゅつ》した折《おり》には、領地《りょうち》は狭《せま》く歳入《さいにゅう》が少《すく》ない当藩《とうはん》において返納《へんのう》の余裕《よゆう》などは生《しょう》じますまい。従《したが》って、この拝借金《はいしゃくきん》をすべて元手《もとで》にします。この元手《もとで》で商業《しょうぎょう》を盛《さか》んにし、これから生《しょう》じる利益《りえき》をもって返納金《へんのうきん》に充《あ》てれば藩《はん》も潤《うるお》い領民《りょうみん》にも良《よ》かろうと存《ぞん》じます」

「なるほど、一理《いちり》はある」

大久保《おおくぼ》は武士《ぶし》に似合《にあ》わず商売《しょうばい》や算盤《そろばん》に得意《とくい》な渋沢《しぶさわ》を見《み》て感心《かんしん》した。

「更《さら》に静岡藩《しずおかはん》の殖産《しょくさん》の方法《ほうほう》は西洋《せいよう》にて行《おこな》われている合本法《がっぽんほう》を採用《さいよう》されるのがよろしいかと。元来《がんらい》、商売《しょうばい》というものは一人《ひとり》の力《ちから》だけで盛《さか》んにすることは難《むずか》しいものです。それ故《ゆえ》に、拝借金《はいしゃくきん》と商人《あきんど》の元手《もとで》を合同《ごうどう》させて一個《いっこ》の商会《しょうかい》を組《く》み立《た》てれば成功《せいこう》するはずです」

「そなたは面白《おもしろ》いことを考《かんが》える。ついてはその方法《ほうほう》を詳《くわ》しく書面《しょめん》にして差《さ》し出《だ》せ」

武士《ぶし》には思《おも》いもつかぬことを考《かんが》える渋沢《しぶさわ》に大久保《おおくぼ》は乗《の》り気《き》になっていた。

商法会所設立《しょうほうかいしょせつりつ》

大久保一翁《おおくぼいちおう》に約束《やくそく》した興業殖産《こうぎょうしょくさん》の提案書《ていあんしょ》を二日《ふつか》ほどかけて、『商法御会所規則書《しょうほうごかいしょきそくしょ》』という表題《ひょうだい》で藩《はん》の利殖《りしょく》の方法《ほうほう》と、その計算書《けいさんしょ》を纏《まと》めた。

『会所《かいしょ》は官民合同《かんみんごうどう》による藩庁《はんちょう》の出資金《しゅっしきん》と藩内士民《はんないしみん》の出資《しゅっし》をもって成《な》し、前者《ぜんしゃ》の出資《しゅっし》に対《たい》しては利益配当《りえきはいとう》を行《おこな》い、後者《こうしゃ》に対《たい》しては利子《りし》を支払《しはら》う。支払《しはらい》は共《とも》に年末一回《ねんまついっかい》とする。会所《かいしょ》の業務《ぎょうむ》は茶《ちゃ》、養蚕《ようさん》、その他《た》の商品販売《しょうひんはんばい》と藩内農業《はんないのうぎょう》の奨励《しょうれい》を旨《むね》とする。貸付金《かしつけきん》は出資者《しゅっししゃ》には出資金額《しゅっしきんがく》までを無抵当《むていとう》で貸《か》し付《つ》け、一般貸付《いっぱんかしつけ》は商品抵当《しょうひんていとう》で貸《か》し付《つ》ける。農業《のうぎょう》、その他諸産業《たしょさんぎょう》の開発資金《かいはつしきん》は村々《むらむら》へ貸《か》し付《つ》ける。貸付金利《かしつけきんり》はその種類《しゅるい》により利子《りし》を徴《ちょう》する。この他《ほか》、藩政《はんせい》に要《よう》する資金《しきん》も貸《か》し付《つ》ける』

この提案書《ていあんしょ》を勘定頭《かんじょうがしら》の平岡《ひらおか》に差《さ》し出《だ》した所《ところ》、一通《いっつう》の辞令《じれい》が藩庁《はんちょう》より届《とど》いた。なんと商法会所頭取《しょうほうかいしょとうどり》を命《めい》じるものであった。驚《おどろ》いて直《す》ぐ様《さま》、平岡《ひらおか》を訪《たず》ねると、

「其方《そなた》の提案通《ていあんどお》り、藩庁《はんちょう》では商法会所《しょうほうかいしょ》を設立《せつりつ》することに衆議一決《しゅうぎいっけつ》した。ついては其方《そなた》は会所頭取《かいしょとうどり》として早速業務《さっそくぎょうむ》を執《と》って欲《ほ》しい。丁度紺屋町《ちょうどこうやまち》にある代官屋敷《だいかんやしき》が空《あ》いているので、そこを事務所《じむしょ》として使用《しよう》されたい」

平岡《ひらおか》は栄一《えいいち》が逡巡《しゅんじゅん》するのを遮《さえぎ》るかのように一気《いっき》に捲《まく》し立《た》てると、更《さら》に詳《くわ》しい段取《だんど》りまで教《おし》えた。

「なお時服二并《じふくにへい》と支度金五百両《したくきんごひゃくりょう》を支給《しきゅう》する。会所《かいしょ》の総理《そうり》は大久保一翁《おおくぼいちおう》さまが就任《しゅうにん》なされる。勘定頭《かんじょうがしら》の某《それがし》と小栗《おぐり》はそなたを監査《かんさ》するが、運転方《うんてんがた》の全権《ぜんけん》は渋沢篤太夫《しぶさわとくだゆう》に任《まか》すとの御《お》達《たっ》しである」

驚《おどろ》くことに水《みず》が流《なが》れるようにすべてが段取《だんど》りされていた。内心《ないしん》これで故郷《こきょう》にまた帰《かえ》れなくなると落《お》ち込《こ》んだ。

「また会所《かいしょ》の資金《しきん》は藩庁《はんちょう》から元金《がんきん》として正金一万六千両《しょうきんいちまんろくせんりょう》が支出《ししゅつ》される。それに政府《せいふ》より借用《しゃくよう》の太政官札《だじょうかんさつ》から二十六万両《にじゅうろくまんりょう》と静岡士民《しずおかしみん》の出資金一万四千両《しゅっしきんいちまんよんせんりょう》を加《くわ》えるとする。総資本金《そうしほんきん》は二十九万両《にじゅうきゅうまんりょう》となる」

すべてがまた驚《おどろ》きの金額《きんがく》であった。

「それほどの大金《たいきん》を私《わたし》に運転《うんてん》せよとのことですか」

「何《なに》を言《い》うか、其方《そなた》の提案《ていあん》ではないか」

「いかにも。それでは渋沢家《しぶさわけ》からの五千両《ごせんりょう》も、その資本金《しほんきん》に入《い》れてください」

ここに至《いた》っては成功《せいこう》するまで引《ひ》き下《さ》がる訳《わけ》にはいかないと覚悟《かくご》を決《き》めて、有《あ》るだけの個人《こじん》資産《しさん》を出資《しゅっし》することにした。これもすべて仏蘭西《ふらんす》で習得《しゅうとく》した資産運用法《しさんうんようほう》のお蔭《かげ》であった。

宿屋《やどや》に戻《もど》った栄一《えいいち》は千代《ちよ》に新《あら》たな人生《じんせい》の出発《しゅっぱつ》を知《し》らせることにした。

＊　＊　＊　＊　＊

千代《ちよ》へ

一筆《いっぴつ》しめし候《そうろう》　先日《せんじつ》は久々《ひさびさ》にお目《め》もじいたし山々《やまやま》の話《はなし》尽《つ》きがたく　無事《ぶじ》の再会《さいかい》は皇天《おうてん》のお恵《めぐ》みとめでたく候《そうろう》　此度《このたび》新《あら》たに静岡藩《しずおかはん》より商売《しょうばい》の御役《おやく》を仰《おお》せつけられ候《そうろう》　残念《ざんねん》ながら正月《しょうがつ》には血洗島《ちあらいじま》に帰《かえ》られぬ事《こと》になり候《そうら》得共《えども》　此処《ここ》駿府《すんぷ》にて共《とも》に暮《く》らす準備致《じゅんびいたし》居候《おりそうろう》

栄一《えいいち》

＊＊＊＊＊

二月《にがつ》の初午《はつうま》の日《ひ》、紺屋町《こうやまち》の代官屋敷《だいかんやしき》では幟《のぼり》が何本《なんぼん》も立《た》てられ、中《なか》からは歌声《うたごえ》と女子《じょし》の嬌声《きょうせい》が挙《あ》がっていた。商法会所《しょうほうかいしょ》の始《はじ》まりの祝日《しゅくじつ》であった。栄一《えいいち》は上機嫌《じょうきげん》で酒《さけ》を飲《の》みながら傍《かたわ》らの十数人《じゅうすうにん》の静岡藩士《しずおかはんし》に商売《しょうばい》の仕方《しかた》を教《おし》えていた。

「明日《あした》からわしは東京《とうきょう》へ鰊粕《にしんかす》と油粕《あぶらかす》を仕入《しい》れに行《い》く。萩野《はぎの》と坂本《さかもと》は一緒《いっしょ》に来《き》てくれ。矢村《やむら》と平島《ひらじま》は大坂《おおざか》の三井組《みついぐみ》へ米《こめ》を買《か》いに行《い》ってくれ。回漕業者《かいそうぎょうしゃ》の嘉納治郎作《かのうじろうさく》に船《ふね》は手配済《てはいずみ》だ」

「頭取《とうどり》、新政府《しんせいふ》の御用商人《ごようしょうにん》になった三井組《みついぐみ》が朝敵《ちょうてき》になった当藩《とうはん》に米《こめ》などを売《う》ってくれますか」

指名《しめい》された矢村《やむら》が不審気《いぶかしげ》に聞《き》いた。

「商売《しょうばい》で儲《もう》けるには物《もの》を高《たか》く売《う》ればいいと考《かんが》えるが、秘訣《ひけつ》は如何《いか》に安《やす》く仕入《しい》れるかだ。いま新政府《しんせいふ》が発行《はっこう》している紙幣《しへい》は金《きん》の裏付《うらづけ》がないが、当会所《とうかいしょ》には正金《しょうきん》が多《おお》くある。新政府《しんせいふ》の官《かん》札《さつ》よりも二割以上《にわりいじょう》は価値《かち》が高《たか》いので、三井組《みついぐみ》も正金《しょうきん》は欲《ほ》しがるはずだ」

「つまり二割《にわり》は安《やす》く米《こめ》を買《か》えるということですね」

「そうだ、この正金《しょうきん》で肥料《ひりょう》や米《こめ》を安《やす》く仕入《しい》れて静岡藩《しずおかはん》の農業《のうぎょう》を盛《さか》んにすることができる。これからは大坂《おおざか》の米《こめ》を東京《とうきょう》へ高《たか》く売《う》るぞ」

「渋沢頭取《しぶさわとうどり》、流石《さすが》ですね」

会所《かいしょ》の誰《だれ》しもが栄一《えいいち》の慧眼《けいがん》を知《し》って、これからの事業《じぎょう》の成功《せいこう》を信《しん》じた。

「近《ちか》いうちに故郷《こきょう》から妻子《さいし》もここに連《つ》れてくる。部屋《へや》を二三《にさん》空《あ》けておいてくれ」

「頭取《とうどり》、女子《おなご》は何人《なんにん》いても構《かま》わんだよ。二《ふた》つ三《みっ》つといわずに部屋《へや》の五六《ごろく》は空《あ》けとくから」

座敷《ざしき》にいる所員全員《しょいんぜんいん》の爆笑《ばくしょう》が続《つづ》いた。

栄一《えいいち》は内密《ないみつ》に東京《とうきょう》の日本橋《にほんばし》にある両替商《りょうがえしょう》三井組《みついぐみ》の大番頭《おおばんとう》である三野村利左衛門《みのむらりざえもん》を訪問《ほうもん》した。

僅《わず》かな金《かね》と時間《じかん》でも節約《せつやく》するという根《ね》っからの商売人《しょうばいにん》である三野村《みのむら》は、何時《いつ》も客《きゃく》を座《すわ》らせることもなく立《た》ったままで応対《おうたい》した。当然《とうぜん》、茶《ちゃ》の一杯《いっぱい》も出《だ》さない姿勢《しせい》だった。

「三野村《みのむら》さん、静岡藩《しずおかはん》の商法会所頭取《しょうほうかいしょとうどり》の渋沢篤太夫《しぶさわとくだゆう》と申《もう》します。当会《とうかい》には新政府《しんせいふ》から拝借《はいしゃく》した太政官札《だじょうかんさつ》が二十八万両《にじゅうはちまんりょう》ばかり有《あ》りますが、これを正金《しょうきん》に替《か》えてはもらえないでしょうか」

「虫《むし》のいい話《はなし》ですな。ご存《ぞん》じのように官札《かんさつ》は十三年後《じゅうさんねんご》でなければ正金《しょうきん》に交換《こうかん》できませんし、まして三井組《みついぐみ》が損《そん》するような話《はなし》は乗《の》れませんな」

「勿論《もちろん》、ご損《そん》はさせません。替《か》えて頂《いただ》いた正金《しょうきん》で三井組《みついぐみ》からは米《こめ》や肥料《ひりょう》を買《か》わせてもらいますので」

「なるほど、渋沢《しぶさわ》さん、あんたは若《わか》いのになかなか目先《めさき》が利《き》く。二十八万両《にじゅうはちまんりょう》もの官札《かんさつ》を正金《しょうきん》に替《か》えるのは無理《むり》ですが、二三万両《にさんまんりょう》ならお役《やく》に立《た》てましょう。但《ただ》し、その金《かね》で買《か》う物《もの》はこちらで紹介《しょうかい》しますが、それで良《よ》ければ」

大店《おおだな》の老練《ろうれん》な番頭《ばんとう》は静岡藩《しずおかはん》の手持《ても》ちの正金《しょうきん》が二三万両《にさんまんりょう》だと調《しら》べた上《うえ》で、慇懃無礼《いんぎんぶれい》に取引《とりひき》条件《じょうけん》を提示《ていじ》してきていた。

「宜《よろ》しいでしょう。但《ただ》し、三井組《みついぐみ》から買《か》った肥料《ひりょう》で作《つく》った米《こめ》は又三井組《またみついぐみ》で買《か》って貰《もら》います」

栄一《えいいち》の返答《へんとう》に三野村《みのむら》はにやりとして承諾《しょうだく》してくれた。

その後《ご》、栄一《えいいち》の予想通《よそうどお》り、明治政府《めいじせいふ》が発行《はっこう》した太政官札《だじょうかんさつ》は信用《しんよう》がない為《ため》その価格《かかく》は大《おお》きく低落《ていらく》し、新政府《しんせいふ》の紙幣《しへい》が流通《りゅうつう》すればするほど物価《ぶっか》は逆《ぎゃく》に騰貴《とうき》した。東京《とうきょう》で肥料《ひりょう》を買《か》い、大坂《おおざか》からは米穀《べいこく》を買《か》い入《い》れさせた所《ところ》、次第《しだい》に価格《かかく》が騰貴《とうき》し始《はじ》め、米穀《べいこく》は利益《りえき》が出《で》れば時々《ときどき》これを売却《ばいきゃく》し、肥料《ひりょう》は領内《りょうない》の村々《むらむら》に貸《か》し付《つ》けて応分《おうぶん》の利益《りえき》を収《おさ》めることができた。

寒天《かんてん》に紅白《こうはく》の梅《うめ》の花《はな》が咲《さ》き誇《ほこ》る頃《ころ》、千代《ちよ》と歌子《うたこ》は血洗島村《ちあらいじまむら》の中家《なかんち》を発《た》って駿府《すんぷ》に向《む》かう日《ひ》を迎《むか》えていた。渋沢家一族《しぶさわけいちぞく》の見送《みおく》りは市郎右衛門《いちろうえもん》とゑい、妹《いもうと》の貞子《ていこ》であった。栄一《えいいち》が寄越《よこ》してくれた夫役《ぶやく》たちが荷物《にもつ》を台車《だいしゃ》に載《の》せ終《お》わった。遂《つい》に別《わか》れる時《とき》が来《き》て千代《ちよ》は歌子《うたこ》と共《とも》に人力車《じんりきしゃ》に乗《の》った。自然《しぜん》と誰《だれ》しもが涙《なみだ》ぐんでいた。まだ明日《あす》の見《み》えない時代《じだい》が続《つづ》くという不安《ふあん》からかも知《し》れなかった。

旅立《たびだ》った二人《ふたり》は隣《となり》の中瀬村《なかぜむら》の船着場《ふなつきば》から船《ふね》に乗《の》って利根川《とねがわ》を下《くだ》った。ゆったりとした大河《たいが》の流《なが》れが千代《ちよ》の気持《きもち》を軽《かる》くしてくれた。

東京浅草《とうきょうあさくさ》の波止場《はとば》が近《ちか》くなると、一人《ひとり》の洋服《ようふく》を着《き》た人物《じんぶつ》が大《おお》きく手《て》を振《ふ》っているのが見《み》えた。夫《おっと》が数人《すうにん》の供《とも》と一緒《いっしょ》に迎《むか》えに来《き》てくれていた。歌子《うたこ》に『父上《ちちうえ》がいらっしゃるよ』と教《おし》えると、すぐ父《ちち》に向《む》かって軽《かる》く手《て》を振《ふ》り返《かえ》した。

千代《ちよ》は浅草《あさくさ》の宿《やど》で一泊《いっぱく》してから今度《こんど》は武家《ぶけ》の奥方《おくがた》の髪型《かみがた》と装《よそお》いに着替《きが》えて、夫《おっと》と共《とも》に駿《すん》府《ぷ》へ向《む》かった。物見遊山《ものみゆさん》を兼《か》ねながら数日後《すうじつご》、住《す》まいとなる代官屋敷《だいかんやしき》に着《つ》いた。歌子《うたこ》は庭《にわ》の大《おお》きな池《いけ》の中《なか》にたくさんの鯉《こい》が泳《およ》いでいるのを見《み》つけると驚喜《きょうき》した。歌子《うたこ》の喜《よろこ》ぶ姿《すがた》を見《み》ながら、栄一《えいいち》は初《はじ》めて一家水入《いっかみずい》らずの家庭生活《かていせいかつ》を迎《むか》えられたことに感無量《かんむりょう》であった。

翌日《よくじつ》から千代《ちよ》は早朝《そうちょう》より下女《げじょ》たちに交《ま》じって薪《たきぎ》を割《わ》り、米《こめ》を搗《つ》いて洗濯《せんたく》をする生活《せいかつ》が続《つづ》いたが、夫《おっと》と一緒《いっしょ》に暮《く》らせる日々《ひび》の幸《しあわ》せを感《かん》じていた。

栄一《えいいち》としても一日《いちにち》も早《はや》く商法会所《しょうほうかいしょ》を営《いとな》むために一生懸命《いっしょうけんめい》であった。かつて四百万石《よんひゃくまんごく》の領土《りょうど》を所有《しょゆう》していた徳川家《とくがわけ》は今《いま》や静岡藩《しずおかはん》の僅《わず》か七十万石《ななじゅうまんごく》へと減封《げんぽう》されたにも拘《かか》わらず、その土地《とち》を目《め》がけて全国各地《ぜんこくかくち》からの旧幕臣《きゅうばくしん》が移《うつ》り住《す》んで来《き》て、彼《かれ》らの扶養《ふよう》は大《おお》きな負担《ふたん》になっていた。

ただ嬉《うれ》しいことに栄一《えいいち》の商法会所《しょうほうかいしょ》の評判《ひょうばん》を聞《き》きつけた尾高新五郎《おだかしんごろう》と須永伝蔵《すながでんぞう》が代官所《だいかんしょ》を訪《たず》ねてきたのである。栄一《えいいち》は二人《ふたり》の無事《ぶじ》を喜《よろこ》び、会所《かいしょ》で一緒《いっしょ》に働《はたら》くことを勧《すす》めた。残《のこ》りの心配《しんぱい》は喜作《きさく》と平九郎《へいくろう》の消息《しょうそく》だった。

暖《あたた》かい初夏《しょか》の風《かぜ》が吹《ふ》いてくる頃《ころ》ではあったが、函館湾《はこだてわん》に吹《ふ》いてくる風《かぜ》はまだ冬《ふゆ》の名残《なごり》のように冷《つめ》たかった。喜作《きさく》は港《みなと》の台場《だいば》の石垣《いしがき》の上《うえ》に立《た》って本島《ほんとう》に繋《つな》がる海面《かいめん》を見《み》つめていた。間《ま》もなく新政府軍《しんせいふぐん》の軍艦《ぐんかん》がここにも攻《せ》め寄《よ》せてくるだろう。家族《かぞく》からの便《たよ》りも居所不明《いどころふめい》の自分《じぶん》に届《とど》くはずはなかった。

それにこの半年間《はんとしかん》、幕府軍《ばくふぐん》は負《ま》け戦続《いくさつづ》きで何一《なにひと》つ良《よ》い話《はなし》はなかった。武州飯能《ぶしゅうはんのう》の戦《いくさ》の後《あと》、尾高新五郎《おだかしんごろう》や渋沢平九郎《しぶさわへいくろう》と散《ち》り散《ぢ》りに別《わか》れてから振武軍《しんぶぐん》の敗残兵二百名《はいざんへいにひゃくめい》と共《とも》に品川沖《しながわおき》から幕府海軍《ばくふかいぐん》の開陽丸《かいようまる》に乗《の》った。

航海中《こうかいちゅう》はひどい嵐《あらし》に遭遇《そうぐう》して死《し》ぬかと思《おも》ったが、何《なん》とか陸前《りくぜん》の松島港《まつしまこう》に入港《にゅうこう》できた。そこで仙台藩《せんだいはん》の兵士五百名《へいしごひゃくめい》と会津藩《あいづはん》を助《たす》けるために陸路福島《りくろふくしま》へ向《む》かったが、途中《とちゅう》で会津若松城《あいづわかまつじょう》が落城《らくじょう》したことを知《し》って戻《もど》らざるを得《え》なかった。その後《ご》、仙台藩《せんだいはん》も官軍《かんぐん》に恭順《きょうじゅん》してしまったために、また開陽丸《かいようまる》に同乗《どうじょう》して蝦夷島《えぞしま》のここ函館《はこだて》まで辿《たど》り着《つ》いた。しかし、官軍《かんぐん》に唯一《ゆいっ》対抗《たいこう》できる旗艦開陽丸《きかんかいようまる》は去年《きょねん》の暮《くれ》に西北《せいほく》から強《つよ》く吹《ふ》く束風《たばかぜ》に流《なが》されて座礁《ざしょう》、沈没《ちんぼつ》してしまった。

それでも函館《はこだて》には幕府《ばくふ》の錚々《そうそう》たるお偉方《えらがた》が集《あつ》まっていた。桑名藩主《くわなはんしゅ》の松平定敬《まつだいらさだあき》、老中《ろうじゅう》板倉勝清《いたくらかつきよ》、小笠原長行《おがさわらながみち》、若年寄永井尚志《わかどしよりながいなおゆき》、軍艦役中島三郎助《ぐんかんやくなかじまさぶろうすけ》、陸軍歩兵奉行《りくぐんほへいぶぎょう》の大鳥圭介《おおとりけいすけ》と新選組《しんせんぐみ》の土方歳三《ひじかたとしぞう》らの幕臣二千数百名《ばくしんにせんすうひゃくめい》だった。これら幕府《ばくふ》の重臣《じゅうしん》たちはこの蝦夷島《えぞしま》を独立《どくりつ》した『蝦夷共和国《えぞきょうわこく》』として、榎本釜次郎《えのもとかまじろう》が総裁《そうさい》になって新政府《しんせいふ》に認《みと》めさせようとしていた。

喜作《きさく》はこの地《ち》で小彰義隊《しょうぎたい》の隊長《たいちょう》と呼《よ》ばれていたが、徳川家再興《とくがわけさいこう》も蝦夷島《えぞしま》の独立《どくりつ》にも関心《かんしん》を失《うしな》っていた。既《すで》に主君徳川慶喜公《しゅくんとくがわよしのぶこう》は過去《かこ》の人《ひと》となり振武軍《しんぶぐん》を知《し》る者《もの》も居《い》なかった。ここに栄一《えいいち》が居《い》てくれたらと、いつも悔《く》やんでいた。

この寒風《かんぷうふ》吹き荒《すさ》ぶ大地《だいち》では火《ひ》を焚《た》いて、酒《さけ》を飲《の》んで家族《かぞく》の夢《ゆめ》を見《み》ることだけが唯一現実《ゆいいつげんじつ》から逃避《とうひ》できた。そして、いつも望《のぞ》むことは故郷《ふるさと》の武州《ぶしゅう》に帰《かえ》って、昔《むかし》のように蚕《かいこ》を飼《か》って藍玉《あいだま》を造《つく》ることだった。

吹《ふ》き荒《すさ》ぶ束風《たばかぜ》に向《む》かって妻《つま》の名《な》を呼《よ》び続《つづ》けたが、直《す》ぐに声《こえ》は掻《か》き消《け》された。遂《つい》に喜作《きさく》は夢《ゆめ》も希望《きぼう》も持《も》てないこの地《ち》から去《さ》ろうと決意《けつい》して、夜陰《やいん》に乗《じょう》じて一人《ひとり》五稜郭《ごりょうかく》の本陣《ほんじん》から抜《ぬ》け出《だ》した。

静岡《しずおか》に引《ひ》っ越《こ》してから半年《はんとし》ほど経《た》った九月《くがつ》の中頃《なかごろ》、千代《ちよ》が珍《めずら》しく栄一《えいいち》の仕事場《しごとば》に顔《かお》を出《だ》した。

「あなた、いま家《いえ》の方《ほう》に知《し》らない女《おんな》の方《かた》が見《み》えて、お前《まえ》さまに会《あ》いたいと」

「はてな、誰《だれ》だろう」

栄一《えいいち》は気《き》になったので椅子《いす》から直《す》ぐに立《た》ち上《あ》がり、裏手《うらて》にある自宅《じたく》に向《む》かった。玄関《げんかん》で一人《ひとり》の見知《みし》らぬ若《わか》い女《おんな》が薄汚《うすよご》れた着物姿《きものすがた》で待《ま》っていた。

「渋沢《しぶさわ》ですが、何《なに》か御用《ごよう》ですか」

「突然《とつぜん》に申《もう》し訳《わけ》ありません。仲子《なかこ》と申《もう》しますが、喜作《きさく》さんからこの手紙《てがみ》を渡《わた》してくれと頼《たの》まれたものですから」

女《おんな》は懐《ふところ》から大事《だいじ》そうに一通《いっつう》の書状《しょじょう》を取《と》り出《だ》して栄一《えいいち》に渡《わた》した。

そこには懐《なつ》かしい喜作《きさく》の字《じ》で『渋沢栄一様《しぶさわえいいちさま》』と書《か》かれていた。すぐに開《あ》けて読《よ》みたかったが、

「喜作《きさく》はいま何処《どこ》にいる。あなたと喜作《きさく》の関係《かんけい》は」

背後《はいご》で千代《ちよ》が心配《しんぱい》そうに聞《き》いている。

「喜作《きさく》さんのお世話《せわ》をしておりますが、居場所《いばしょ》は言《い》えません。ただこの手紙《てがみ》を渋沢《しぶさわ》さまにお渡《わた》ししろとだけ言《い》われて参《まい》りました」

確《たし》かに喜作《きさく》はまだ新政府《しんせいふ》の敵《てき》である、迂闊《うかつ》に居場所《いばしょ》は言《い》えない立場《たちば》だった。

「仲子《なかこ》さん、いま返事《へんじ》を書《か》くので、暫《しばら》く待《ま》っていなさい。千代《ちよ》、座敷《ざしき》に上《あ》げて茶《ちゃ》を出《だ》してくれ」

急《いそ》いで自室《じしつ》に戻《もど》って封《ふう》を切《き》った。

＊　＊　＊　＊　＊

栄一《えいいち》へ
御前《ごぜん》を御守《おまも》りできず返《かえ》す返《がえ》す申《もう》し訳《わけ》なく候《そうろう》　平九郎《へいくろう》を飯能《はんのう》の戦《いくさ》で死《し》なせ候《そうろう》義《ぎ》
一生《いっしょう》の悔《く》いにして御詫《おわ》び申《もう》し上《あ》げ候《そうろう》　使《つか》いの仲子《なかこ》は函館《はこだて》以来《いらい》の仲《なか》にて　御安心御座候《ごあんしんござそうろう》
喜作《きさく》

＊　＊　＊　＊　＊

栄一《えいいち》は平九郎《へいくろう》がやはり戦死《せんし》したことを知《し》って断腸《だんちょう》の思《おも》いで手紙《てがみ》を握《にぎ》り締《し》め続《つづ》けた。今《いま》できることは手元《てもと》に有《あ》るだけの金《かね》を喜作《きさく》に渡《わた》すことでしかなかった。

＊　＊　＊　＊　＊

喜作《きさく》へ

徳川家《とくがわけ》が大政奉還《たいせいほうかん》し新政府《しんせいふ》が建《た》てられ候得共《そうらえども》　我《われ》らの忠義《ちゅうぎ》も甲斐《かい》なくなり候《そうろう》　この上《うえ》は耐《た》え難《がた》くも自首《じしゅ》され速《すみ》やかに市井《しせい》に戻《もど》られたくお願《ねが》い申《もう》し上《あ》げ候《そうろう》　赦免《しゃめん》の儀《ぎ》は某《それがし》の一死《いっし》を賭《か》けても果《は》たす所存《しょぞん》に御座候《ござそうろう》

栄一《えいいち》

＊　＊　＊　＊　＊

喜作《きさく》が賊軍《ぞくぐん》として戦死《せんし》することだけは避《さ》けて欲《ほ》しい一念《いちねん》の返書《へんしょ》だった。そして今《いま》は一日《いちにち》も早《はや》く再会《さいかい》できることを祈《いの》るしかなかった。

ある日、栄一《えいいち》は大久保一翁《おおくぼいちおう》から呼《よ》び出《だ》しを受《う》けた。商法会所《しょうほうかいしょ》も順調《じゅんちょう》に動《うご》き始《はじ》めていただけに意気揚々《いきようよう》と顔《かお》を出《だ》したところ、大久保《おおくぼ》は真剣《しんけん》な顔《かお》つきで話《はな》し始《はじ》めた。

「渋沢《しぶさわ》、お前《まえ》に新政府《しんせいふ》から御用《ごよう》があるから東京《とうきょう》へ来《こ》いという召状《めしじょう》が届《とど》いた。直《す》ぐに東京《とうきょう》へ行《い》け」

「えっ、今《いま》は取《と》り掛《か》かった仕事《しごと》も多《おお》いので、半月《はんつき》ばかりの猶予《ゆうよ》を頂《いただ》きたいと思《おも》いますが」

「仕事《しごと》はしなくても構《かま》わぬ。召状《めしじょう》とは政府《せいふ》に仕官《しかん》せよという御内意《ごないい》だ」

「しかし、私《わたし》は商法会所《しょうほうかいしょ》の事業《じぎょう》にこの一身《いっしん》を捨《す》てる覚悟《かくご》でおります。新政府《しんせいふ》に仕《つか》える気持《きもち》などは毛頭《もうとう》ありませんが」

「その気持《きもち》は分《わ》かるが、お前《まえ》が出仕《しゅっし》しなければ静岡藩《しずおかはん》が人材《じんざい》を惜《お》しんで、引《ひ》き留《と》めているように思《おも》われて朝命《ちょうめい》にも《もと》る。また藩主《はんしゅ》にもご迷惑《めいわく》になる。この際《さい》は我意《がい》を通《とお》さずに新政府《しんせいふ》に勤仕《きんし》せよ」

「ご趣旨《しゅし》は分《わ》かりましたが、それでは一応上 京《いちおうじょうきょう》して担当役人《たんとうやくにん》と会《あ》った上《うえ》で諾否《だくひ》は決《き》めさせて頂《いただ》きます」

栄一《えいいち》は真剣《しんけん》に腹《はら》を立《た》てていたが、取《と》り敢《あ》えず上 京《じょうきょう》する意志《いし》を見《み》せた。逆《ぎゃく》に大久保《おおくぼ》はほっとした顔《かお》をした。

大蔵省《おおくらしょう》

栄一《えいいち》が東京《とうきょう》へ行《い》けたのはそれでも十月《じゅうがつ》に入《はい》ってからだった。行先《いきさき》の大蔵省《おおくらしょう》は江戸城内《えどじょうない》の元徳川家田安殿《もととくがわけたやすでん》が使用《しよう》されていた。道《みち》すがら江戸城周《えどじょうまわ》りの武家屋敷《ぶけやしき》の多《おお》くは取《と》り壊《こわ》され、空家《あきや》が多《おお》く散見《さんけん》されて駿府《すんぷ》よりも寂《さび》しい感《かん》じであった。大蔵省内《おおくらしょうない》に入《はい》ると数十人《すうじゅうにん》の役人《やくにん》たちが忙《いそが》しく事務《じむ》を執《と》っていた。誰《だれ》も見知《みし》っている者《もの》が居《い》なかったので、近《ちか》くの役人《やくにん》に申《もう》し上《あ》げた。

「静岡藩《しずおかはん》より参上《さんじょう》した渋沢篤太夫《しぶさわとくだゆう》ですが、御召《おめ》しの趣《おもむき》を承《うけたまわ》りに参《まい》りました」

暫《しばら》く待《ま》つ内《うち》に、腰《こし》に小刀《こがたな》を差《さ》した幕府時代《ばくふじだい》と同《おな》じ風采《ふうさい》の男《おとこ》が現《あらわ》れた。

「某《それがし》は大蔵卿《おおくらきょう》伊達宗城《だてむねなり》の秘書長《ひしょちょう》の郷純造《ごうじゅんぞう》と申《もう》す。ここに其方《そなた》へ太政官《だじょうかん》よりの辞令《じれい》がある。渋沢篤太夫《しぶさわとくだゆう》、右《みぎ》の者《もの》は大蔵省租税正《おおくらしょうそぜいのかみ》を仰《おお》せ付《つ》けるものなり」

無表情《むひょうじょう》のまま一枚《いちまい》の紙片《しへん》を差《さ》し出《だ》した。

「誰《だれ》が私《わたし》を推挙《すいきょ》したのですか」

辞令《じれい》に全《まった》く納得《なっとく》できない栄一《えいいち》は秘書長《ひしょちょう》に噛《か》みついた。

「そんな事《こと》はどうでも宜《よろ》しい。そなたの上司《じょうし》は大蔵大輔《おおくらたゆう》の大隈重信《おおくましげのぶ》さまである。ついては明日《あす》から出仕《しゅっし》されたい」

「暫《しば》しお待《ま》ちください。推挙《すいきょ》された方《かた》が分《わ》からないでは、この辞令《じれい》は承諾《しょうだく》できません。しかし、朝命《ちょうめい》に逆《さか》らう訳《わけ》にはいきませんので、今日《きょう》は一旦《いったん》受《う》け取《と》ります」

大蔵省《おおくらしょう》で三番目《さんばんめ》の職階《しょっかい》にある租税正《そぜいのかみ》の役目《やくめ》を少《すこ》しも喜《よろこ》ばない渋沢《しぶさわ》を見《み》て、郷《ごう》はおかしな男《おとこ》が駿府《すんぷ》から来《き》たと思《おも》った。

宿《やど》の島屋《しまや》へ帰《かえ》る時《とき》、栄一《えいいち》はまた人生《じんせい》の歯車《はぐるま》が狂《くる》い始《はじ》めたと感《かん》じていた。すると身体《からだ》にも悪寒《おかん》を感《かん》じて額《ひたい》に手《て》を当《あ》てると熱《ねつ》があった。宿《やど》に着《つ》くなり布団《ふとん》の中《なか》に潜《もぐ》り込《こ》んだ。どうも風邪《かぜ》を引《ひ》いたようである。

結局《けっきょく》、その日《ひ》から四日間《よっかかん》も宿屋《やどや》で床《とこ》に伏《ふ》してしまった。一週間後《いっしゅうかんご》、ようやく大蔵省《おおくらしょう》に顔《かお》を出《だ》すことができた。大隈《おおくま》という上司《じょうし》に辞職《じしょく》を申《もう》し出《で》て、今日《きょう》にも駿府《すんぷ》へ戻《もど》るつもりでいた。だから出省《しゅっしょう》が遅《おく》れたことなど少《すこ》しも気《き》にしていなかった。

大蔵大輔《おおくらたゆう》の部屋《へや》を尋《たず》ねると、数人《すうにん》の省員《しょういん》が大《おお》きな机《つくえ》を囲《かこ》んでいて、その中心《ちゅうしん》に座《すわ》って髭《ひげ》をはやした洋服姿《ようふくすがた》の男《おとこ》と打合《うちあわ》せ中《ちゅう》であった。

暫《しばら》く部屋《へや》の入口《いりぐち》で立《た》っていると、その男《おとこ》が栄一《えいいち》に気《き》づいて、

「渋沢君《しぶさわくん》か、拙者《せっしゃ》は大隈重信《おおくましげのぶ》だ」

席《せき》を立《た》つと六尺近《ろくしゃくちか》い長身《ちょうしん》であったが、年《とし》の頃《ころ》は同《おな》じ三十代《さんじゅうだい》にしか見《み》えなかった。

「大隈《おおくま》さまのお召《め》しではありますが、自分《じぶん》はいま静岡藩《しずおかはん》で商法会所《しょうほうかいしょ》の頭取《とうどり》として大事《だいじ》な仕事《しごと》をやりかけています。それに大蔵省《おおくらしょう》の仕事《しごと》は少《すこ》しの経験《けいけん》もないので、例《たと》えお受《う》けしてもご期《き》待《たい》に添《そ》えるとは思《おも》いません。折角《せっかく》の思《おぼ》し召《め》しに悖《もと》る訳《わけ》でありますが、本日付《ほんじつづけ》で直《ただ》ちに辞職《じしょく》をお許《ゆる》しください」

大隈《おおくま》は眼光鋭《がんこうするど》く栄一《えいいち》を見《み》つめてから、

「渋沢君《しぶさわくん》、小生《しょうせい》は本日非常《ほんじつひじょう》に多忙《たぼう》である。君《きみ》とゆっくり話《はな》す暇《ひま》がない」

手元《てもと》の手帳《てちょう》を見《み》ながら、

「来月《らいげつ》の十八日《じゅうはちにち》の日曜日《にちようび》に築地《つきじ》の小宅《しょうたく》に来《き》てくれないか。改《あらた》めて話《はなし》をしよう」

一旦駿府《いったんすんぷ》の自宅《じたく》に帰《かえ》れると思《おも》うと、

「わかりました。一度駿府《いちどすんぷ》に戻《もど》ってから出直《でなお》しましょう」

自然《しぜん》と再訪《さいほう》を応諾《おうだく》していた。

約束《やくそく》の日《ひ》の午後《ごご》に大隈重信邸《おおくましげのぶてい》を訪問《ほうもん》した。辞退《じたい》の意志《いし》が堅固《けんご》であることを示《しめ》すために羽《は》織《おり》、袴姿《はかますがた》に両刀《りょうとう》を帯《お》びて出《で》かけた。

新橋木挽町《しんばしこびきちょう》にある西洋式《せいようしき》の屋敷《やしき》が大隈《おおくま》の私邸《してい》であった。長崎《ながさき》で英語《えいご》を学《まな》んだ経歴《けいれき》から西洋《せいよう》式《しき》の家屋《かおく》が好《この》みなのかなと感《かん》じた。通《とお》された応接間《おうせつま》には大《おお》きな椅子《いす》が数脚《すうきゃく》置《お》いてあり、窓《まど》からは千坪《せんつぼ》もあるかと思《おも》われる庭園《ていえん》が見渡《みわた》せた。

戸《と》を開《あ》けて入《はい》ってきた大隈《おおくま》は予想《よそう》に反《はん》して着物姿《きものすがた》でのんびりと椅子《いす》に座《すわ》った。

「渋沢君《しぶさわくん》、まあ、そこに刀《かたな》を置《お》いて座《すわ》りたまえ。改《あらた》めて言《い》うが、素直《すなお》に新政府《しんせいふ》に仕《つか》えてみないか」

栄一《えいいち》は立《た》ったままで答《こた》えた。

「私《わたし》のような学識《がくしき》の浅《あさ》い者《もの》を新政府《しんせいふ》の要職《ようしょく》に登用《とうよう》して頂《いただ》くことは誠《まこと》に忝《かたじけな》いのですが、何《なん》としても新政府《しんせいふ》に仕《つか》えることができない訳《わけ》があるのです」

「なるほど、その訳《わけ》を聞《き》いてみよう。だがその前《まえ》にその椅子《いす》に座《すわ》れ、落《お》ち着《つ》けない」

大刀《だいとう》を傍《かたわ》らに置《お》いてから、栄一《えいいち》は滔々《とうとう》と話《はな》し始《はじ》めた。

「私《わたし》は少年時代《しょうねんじだい》から尊王論者《そんのうろんしゃ》であって、七八年前《しちはちねんまえ》には若気《わかげ》の至《いた》りから無謀《むぼう》な倒幕《とうばく》を企《くわだ》てておりました。図《はか》らずも一橋家《ひとつばしけ》の平岡円四郎《ひらおかえんしろう》さまのお蔭《かげ》で一命《いちめい》を助《たす》けて頂《いただ》き、徳川慶喜公《とくがわよしのぶこう》にもお仕《つか》えすることができて晴《は》れて武士《ぶし》と成《な》れた次第《しだい》であります。その後《ご》、弟君《おとうとぎみ》の徳川昭武《とくがわあきたけ》公《こう》の仏蘭西留学《ふらんすりゅうがく》のお供《とも》を命《めい》じられて、海外《かいがい》に居《い》たために鳥羽伏見《とばふしみ》の戦《いくさ》や上野《うえの》の戦《いくさ》にも参戦《さんせん》できずに痛恨《つうこん》の極《きわ》みでありました。私《わたし》の命《いのち》は慶喜公《よしのぶこう》に捧《ささ》げると早《はや》くから決心《けっしん》しておりましたので、いまさらこの志《こころざし》を翻《ひるがえ》すわけには参《まい》りません。また今《いま》は静岡藩《しずおかはん》のために商法《しょうほう》会所《かいしょ》を興《おこ》し、この一身《いっしん》を徳川家《とくがわけ》のために捧《ささ》げております。ですから新政府《しんせいふ》にお仕《つか》えすることは御請《おう》け致《いた》し兼《か》ねます。それに大蔵省《おおくらしょう》の租税正《そぜいのかみ》を仰《おお》せつかりましたが、税《ぜい》を取《と》ることなどは何《なに》も存《ぞん》じませんのでお役《やく》は出来《でき》かねます」

辛抱強《しんぼうづよ》く聞《き》いていた大隈《おおくま》が口《くち》を開《ひら》いた。

「君《きみ》の言《い》うことは成程尤《しげるほどもっと》もであるが、まだ考《かんが》えに浅《あさ》い処《ところ》がある。明治維新《めいじいしん》の意味《いみ》をまだ分《わ》かってないようだ」

大隈《おおくま》の言《い》い様《よう》に急《きゅう》に怒《いか》りを感《かん》じて顔《かお》つきが変《か》わった。そもそも慶喜公《よしのぶこう》が政権《せいけん》を返上《へんじょう》したにも拘《かか》わらず、謹慎《きんしん》、蟄居《ちっきょ》の御身《おんみ》となられたのは薩長藩《さっちょうはん》による冤罪《えんざい》ではないのかと、直接《ちょくせつ》問《と》い質《ただ》したかった。

大隈《おおくま》は平然《へいぜん》としたまま茶《ちゃ》を一口《ひとくち》飲《の》むと、長口舌《ちょうこうぜつ》を始《はじ》めた。

「ところで渋沢君《しぶさわくん》、君《きみ》の言《い》う主君《しゅくん》の恩《おん》に報《むく》いるということは誠《まこと》に結構《けっこう》なことであるが、いま新政府《しんせいふ》に仕《つか》えることを固辞《こじ》するのは偏《ひとえ》に君《きみ》のために惜《お》しむのみならず、却《かえ》って慶喜公《よしのぶこう》のためにも甚《はなは》だ好《よ》くないことと思《おも》われる」

「左様《さよう》でしょうか」

「何故《なぜ》ならば、君《きみ》が仕官《しかん》を承諾《しょうだく》せぬことになると慶喜公《よしのぶこう》が人材《じんざい》を惜《お》しんで、新政府《しんせいふ》の意思《いし》を拒《こば》んだことになる。ご本心《ほんしん》はそうでないにしても、却《かえ》って誤解《ごかい》を招《まね》き、ご迷惑《めいわく》を掛《か》けるのではなかろうか」

栄一《えいいち》は表情《ひょうじょう》を少《すこ》しも変《か》えずに大隈《おおくま》の顔《かお》を注視《ちゅうし》していた。

「君《きみ》は大蔵省《おおくらしょう》の仕事《しごと》に対《たい》しては何《なん》らの経験《けいけん》も無《な》いというが、その点《てん》についてはこの大隈《おおくま》も佐賀藩士《さがはんし》の経験《けいけん》しかない。大蔵少輔《おおくらしょうゆう》の伊藤博文君《いとうひろぶみくん》とて長州藩《ちょうしゅうはん》の足軽出身《あしがるしゅっしん》で同様《どうよう》である。ところで君《きみ》は『八百万《やおよろず》の神々《かみがみ》、神計《かみばか》りに計《はか》り給《たま》え』という文句《もんく》を知《し》っているか」

「それは祝詞《のりと》の文句《もんく》ではないですか」

「今日《こんにち》の維新《いしん》の政治《せいじ》はあたかも高天原《たかまがはら》に八百万《やおよろず》の神《かみ》が集《つど》うたようなもので、この神々《かみがみ》が新《あら》たな日本《にほん》を造《つく》りつつある。だから君《きみ》もやはり神《かみ》の一柱《ひとはしら》の仲間《なかま》になる。それ故《ゆえ》に静岡藩《しずおかはん》もなければ薩摩《さつま》も長州《ちょうしゅう》もないのだ」

「はあ」

自分《じぶん》が神《かみ》の一人《ひとり》になる意味《いみ》が分《わ》からなかった。

「君《きみ》も最初《さいしょ》は封建制度《ほうけんせいど》を打破《だは》しなければならぬと言《い》って奮起《ふんき》した人《ひと》ではないか。然《しか》るに自分《じぶん》は維新《いしん》には関係《かんけい》ない、また徳川家《とくがわけ》に深《ふか》い縁故《えんこ》があるなどと言《い》うのは道理《どうり》に合《あ》わぬではないか。何故《なぜ》この日本《にほん》を我物《わがもの》と思《おも》ってくれないのか。君《きみ》は幸《さいわ》いにも洋行《ようこう》して西洋各国《せいようかっこく》を観察《かんさつ》してきており、財務《ざいむ》の知識《ちしき》にも長《ちょう》じているのであるから、この際《さい》、是非《ぜひ》中央政府《ちゅうおうせいふ》に入《はい》って日本《にほん》国《こく》の立《た》て直《なお》しに尽力《じんりょく》してもらいたい」

そこで大隈《おおくま》は茶《ちゃ》を一飲《ひとの》みすると、また演説《えんぜつ》を続《つづ》けた。

「くどいようだが真《しん》に慶喜公《よしのぶこう》のことを思《おも》い、かつ日本《にほん》を思《おも》うなら、我意《がい》を通《とお》すことを止《や》めて、この新政府《しんせいふ》に仕《つか》えるべきであろう」

大隈《おおくま》の懸河《けんが》の弁《べん》に栄一《えいいち》は雷《かみなり》に打《う》たれたように動《うご》けなくなった。神《かみ》とまで祭《まつ》り上《あ》げられて暫《しばら》く沈思黙考《ちんしもっこう》していたが、ようやく口《くち》を開《ひら》いた。

「私《わたし》の知恵《ちえ》が至《いた》らなかったようです。再度熟考《さいどじゅっこう》させてください」

「それは良《よ》かった。よく考《かんが》えてみることだ」

宿《やど》へ戻《もど》ってからも考慮《こうりょ》し続《つづ》けた。真剣《しんけん》に考《かんが》えれば考《かんが》えるほど、大隈大輔《おおくまたゆう》の提言《ていげん》が正当《せいとう》にも思《おも》えてきた。確《たし》かにこの人事《じんじ》は御前《ごぜん》の高邁《こうまい》な御意趣《ごいしゅ》が背後《はいご》にあることを実感《じっかん》させられた。ここまで私《わたし》のことを考《かんが》えて推挙《すいきょ》してくれた以上《いじょう》、己《おのれ》の我儘《わがまま》をいつまでも通《とお》すべきではない。先《ま》ず御前《ごぜん》の御厚意《ごこうい》に報《むく》いてみようと考《かんが》えを改《あらた》めた。

翌日《よくじつ》、栄一《えいいち》はまた大隈邸《おおくまてい》を訪問《ほうもん》した。

「大隈《おおくま》さま、熟考《じゅっこう》した結果《けっか》、大蔵省《おおくらしょう》に勤《つと》めてみることにします。宜《よろ》しくお願《ねが》い申《もう》し上《あ》げます」

その返事《へんじ》によほど嬉《うれ》しかったのか破顔一笑《はがんいっしょう》して、

「それはよかった。渋沢君《しぶさわくん》、頑張《がんば》ってくれたまえ」

これから新政府《しんせいふ》に勤《つと》める以上《いじょう》、徳川家臣《とくがわかしん》である篤太夫《とくだゆう》を名乗《なの》ることを止《や》めて、名前《なまえ》を栄一《えいいち》に戻《もど》すことを決心《けっしん》した。

春到来《はるとうらい》

複雑《ふくざつ》な思《おも》いで駿府《すんぷ》の我家《わがや》へ一度戻《いちどもど》ることにした。しかし、帰《かえ》ると駿府《すんぷ》の地名《ちめい》が静岡《しずおか》に変更《へんこう》されていた。また会所兼自宅《かいしょけんじたく》の代官屋敷《だいかんやしき》は浄土真宗《じょうどしんしゅう》の教覚寺《きょうかくじ》に急遽引越《きゅうきょひっこし》をさせられていた。

「千代《ちよ》、なぜ急《きゅう》に引《ひ》っ越《こ》したのか」

「実《じつ》は御前《ごぜん》が謹慎《きんしん》を赦《ゆる》されて寶台院《ほうだいいん》から御出《おで》になられました。それで代官屋敷《だいかんやしき》に御住《おす》まいを移《うつ》されたものですから、このお寺《てら》に私《わたし》たちは御世話《おせわ》になりました」

待《ま》ちに待《ま》った朗報《ろうほう》であった。万《まん》が一《いち》の事《こと》も考《かんが》えていただけに、これで思《おも》う存分働《ぞんぶんはたら》いて御前《ごぜん》に御恩返《ごおんがえ》しができる。

「有難《ありがた》い。それは良《よ》かった」

歌子《うたこ》が父《ちち》を見《み》つけて飛《と》びついて来《き》た。

「お父《とう》さま、お帰《かえ》りなさい。今日《きょう》はお友達《ともだち》と安倍川《あべがわ》で遊《あそ》んだのよ」

栄一《えいいち》は歌子《うたこ》を抱《だ》きながら寺《てら》の客殿《きゃくでん》に入《はい》った。中央《ちゅうおう》に置《お》かれた金色《こんじき》の阿弥陀如来像《あみだにょらいぞう》が深《ふか》い眼差《まなざ》しを向《む》けてきた。

「千代《ちよ》、事情《じじょう》がまた変《か》わって大蔵省《おおくらしょう》にやはり勤《つと》めることにした。それが御前《ごぜん》への忠義《ちゅうぎ》だと上司《じょうし》になる大隈《おおくま》さまから諭《さと》された。皆《みんな》で東京《とうきょう》へ行《い》こう」

「そうですか、家族四人《かぞくよにん》で一緒《いっしょ》に住《す》めるなら何処《どこ》へでも喜《よろこ》んで参《まい》ります」

「千代《ちよ》、はて四人《よにん》とは」

「はい、来年《らいねん》の二月《にがつ》にはいま一人家族《ひとりかぞく》が増《ふ》えます」

「そうか、でかした」

すぐさま千代《ちよ》の下腹《かふく》の膨《ふく》らみを楽《たの》しむかのように擦《さす》った。

「しかし、今度《こんど》の御奉公《ごほうこう》でまた血洗島村《ちあらいじまむら》には帰《かえ》れなくなった。中家《なかんち》は貞子《ていこ》に須永才三郎《すながさいさぶろう》を貰《もら》って、跡《あと》を継《つ》がせるように父上《ちちうえ》にお願《ねが》いしよう」

才三郎《さいさぶろう》は伝蔵《でんぞう》の弟《おとうと》である。

「それが宜《よろ》しいでしょう」

「わしはこれから会所《かいしょ》へ行《い》く」

旅《たび》の始末《しまつ》もせずに、会所《かいしょ》の後事《こうじ》を託《たく》すために寺《てら》から走《はし》り始《はじ》めていた。思《おも》い立《た》つとすぐに行《こう》動《どう》しないと気《き》がすまない性質《たち》は幼《おさな》い時《とき》から少《すこ》しも変《か》わっていなかった。

元幕臣《もとばくしん》で腹心《ふくしん》の所員四人《しょいんよにん》が集《あつ》まった。遠州中泉奉行《えんしゅうなかいずみぶぎょう》だった前島密《まえじまひそか》、咸臨丸《かんりんまる》で渡米《とべい》して留学《りゅうがく》から静岡藩《しずおかはん》に仕《つか》えた赤松則良《あかまつのりよし》、徳川家達《とくがわいえさと》の家臣《かしん》だった親友《しんゆう》の杉浦愛蔵《すぎうらあいぞう》、仏蘭西《ふらんす》で知《し》り合《あ》った塩田三郎《しおださぶろう》らの同志《どうし》であった。

「諸君《しょくん》、新政府《しんせいふ》から大蔵省租税正《おおくらしょうそぜいのかみ》の御用《ごよう》を賜《たまわ》った。残念《ざんねん》ながら会所頭取《かいしょとうどり》を途中《とちゅう》で辞《や》めなければならなくなった。これからの会所《かいしょ》は君達《きみたち》で経営《けいえい》をして欲《ほ》しい。皆《みんな》で力《ちから》を合《あ》わせれば借《しゃく》用金《ようきん》も充分返済《じゅうぶんへんさい》できるはずだ」

突然《とつぜん》の辞任話《じにんばなし》で四人《よにん》も驚《おどろ》いたが、会所《かいしょ》の経営《けいえい》も予想以上《よそういじょう》に軌道《きどう》に乗《の》り始《はじ》めていたので皆《みな》直《す》ぐに同意応援《どういおうえん》してくれた。

明治二年十二月十四日《めいじにねんじゅうにがつじゅうよっか》、栄一《えいいち》は家族《かぞく》を連《つ》れて東京《とうきょう》へ出発《しゅっぱつ》した。宿場《しゅくば》ごとに『渋沢租税正御泊《しぶさわそぜいのかみおとまり》』という大《おお》きな看板《かんばん》が立《た》て掛《か》けられて、一行《いっこう》の先触《さきぶ》れの威勢《いせい》は宿駕籠《やどかご》に乗《の》った幼《おさな》い歌子《うたこ》にも十分感《じゅうぶんかん》じられるほどだった。

十八日《じゅうはちにち》には東京湯島《とうきょうゆしま》に借《か》りた新居《しんきょ》に到着《とうちゃく》した。その家《いえ》は湯島天神《ゆしまてんじん》の鳥居《とりい》を過《す》ぎた急坂《きゅうはん》の中頃《なかごろ》にあった。

「さあ、ここが今度《こんど》の新《あたら》しいお家《うち》ですよ」

母《はは》に促《うなが》されて駕籠《かご》を降《お》りた歌子《うたこ》の目《め》には古《ふる》びた汚《きたな》い大門《だいもん》が見《み》えるだけだった。前年《ぜんねん》に焼《や》けた長屋門跡《ながやもんあと》で、旗本《はたもと》の後藤小一郎《ごとうこいちろう》から年三十五両《ねんさんじゅうごりょう》で拝借《はいしゃく》した屋敷《やしき》であった。敷地四百坪《しきちよんひゃくつぼ》の内《うち》に建坪《たてつぼ》は百坪《ひゃくつぼ》ほどなので庭《にわ》の方《ほう》が広《ひろ》かった。

千代《ちよ》は静岡《しずおか》では多《おお》くの所員《しょいん》と同居《どうきょ》で慌《あわ》ただしく落《お》ち着《つ》かなかったが、今《いま》は庭《にわ》に灯篭《とうろう》が置《お》かれた瀟洒《しょうしゃ》な一軒家《いっけんや》で家族《かぞく》と一緒《いっしょ》に暮《く》らせるという満足感《まんぞくかん》に満《み》ちていた。これまでの歳月《さいげつ》は正月《しょうがつ》も盆《ぼん》もなく侘《わび》しいの一言《ひとこと》に尽《つ》きたが、ようやく夫《おっと》の立身出世《りっしんしゅっせ》と共《とも》に一家団欒《いっかだんらん》の正月《しょうがつ》を迎《むか》えられる喜《よろこ》びで心《こころ》は春《はる》のように長閑《のどか》であった。

しかし、栄一《えいいち》は到着《とうちゃく》したその日《ひ》から千代《ちよ》が作《つく》ってくれた昼《ひる》と夜《よる》の二食分《にしょくぶん》の弁当《べんとう》を持《も》って、戦場《せんじょう》ともいえる大蔵省《おおくらしょう》に租税正《そぜいのかみ》として羽織《はおり》、袴姿《はかますがた》に小刀《しょうとう》を差《さ》して出仕《しゅっし》して行《い》くのであった。

大蔵省《おおくらしょう》に入省《にゅうしょう》してから己《おのれ》の立《た》ち位置《いち》を知《し》らされた。幕府時代《ばくふじだい》でも五十歳近《ごじっさいちか》くにならなければなれない高位《こうい》に三十歳《さんじっさい》にして就任《しゅうにん》したことは異例《いれい》の抜擢人事《ばってきじんじ》であった。当然《とうぜん》のこととして部下《ぶか》になった数十人《すうじゅうにん》の官吏《かんり》は大《おお》いに不満《ふまん》を抱《いだ》いた。部門《ぶもん》の長老《ちょうろう》たちが憤慨《ふんがい》して大隈《おおくま》重信大輔《しげのぶたゆう》にその不公平《ふこうへい》さを非難《ひなん》したが、

「まあ、渋沢《しぶさわ》は慶喜公《よしのぶこう》のご推薦《すいせん》だ。文句《もんく》は言《い》えんだろう」

職員《しょくいん》たちを前将軍《さきのしょうぐん》の名前《なまえ》を利用《りよう》して宥《なだ》めていた。本人《ほんにん》はそのような省内事情《しょうないじじょう》を知《し》らずに暮《くれ》も正月《しょうがつ》もなく、世間《せけん》の出来事《できごと》にも耳《みみ》を閉《と》じて職務《しょくむ》に邁進《まいしん》していた。何故《なぜ》なら大蔵省《おおくらしょう》の金庫《きんこ》には職員《しょくいん》に支払《しはら》うべき給与《きゅうよ》の貨幣《かへい》が無《な》かったからである。一日《いちにち》も早《はや》く納税《のうぜい》の仕組《しくみ》を

作《つく》って徴収《ちょうしゅう》しなければ、この新政府《しんせいふ》は早《はや》かれ遅《おそ》かれ破産《はさん》する運命《うんめい》だった。

一方《いっぽう》、省内《しょうない》はまるで雑踏《ざっとう》の中《なか》にいるようで、役人《やくにん》が目先《めさき》の案件《あんけん》を右往左往《うおうさおう》して処理《しょり》するだけで一日《いちにち》が終《お》わり、将来《しょうらい》を見据《みす》えた新《あら》たな指針《ししん》に基《もと》づいて実施《じっし》する余裕《よゆう》など少《すこ》しも無《な》かった。そこで改《あらた》めて大隈大輔《おおくまたゆう》に献言《けんげん》することにした。

「大輔《たゆう》、今《いま》のような蔵米《くらまい》や酒《さけ》、醤油《しょうゆ》などの物納《ぶつのう》で収税《しゅうぜい》していては政府《せいふ》の財政《ざいせい》が成《な》り立《た》ちません。欧米《おうべい》のように全《すべ》ての税《ぜい》は正金《しょうきん》で、即《すなわ》ち貨幣《かへい》で徴収《ちょうしゅう》しなければなりません。そのためには全国同一《ぜんこくどういつ》の価値《かち》ある新《あたら》しい貨幣《かへい》の改鋳《かいちゅう》と新紙幣《しんしへい》を刷《す》る造幣局《ぞうへいきょく》を造《つく》る必要《ひつよう》があります。つまり租税《そぜい》の大規模《だいきぼ》な改正《かいせい》を即時《そくじ》に行《おこな》わなければ、新政府《しんせいふ》は徳川幕府《とくがわばくふ》と同《おな》じ末路《まつろ》を辿《たど》ることになります」

「渋沢君《しぶさわくん》、その税制《ぜいせい》の改正《かいせい》とはどのようにすれば良《よ》いのか」

「これまで長年《ながねん》に渡《わた》り、物納《ぶつのう》で受《う》け取《と》っていた年貢《ねんぐ》を通貨《つうか》で収《おさ》めさせるには言葉《ことば》で言《い》うほど生易《なまやさ》しくはありません。下手《へた》に行《おこな》えば一揆《いっき》が全国《ぜんこく》に起《お》こりかねません。従《したが》って先《ま》ず全国的《ぜんこくてき》な調査《ちょうさ》をさせて下《くだ》さい」

「なるほど年貢米《ねんぐまい》を換金《かんきん》するだけでも大仕事《おおしごと》だ。それでは調査《ちょうさ》するための改正係《かいせいがかり》を新設《しんせつ》しよう。しかし、君一人《きみひとり》では無理《むり》だろう」

「いかにも、静岡藩《しずおかはん》の部下《ぶか》に留学経験《りゅうがくけいけん》もあり、税制《ぜいせい》の改正《かいせい》に役立《やくだ》つ藩士《はんし》が四人《よにん》おりますので是非大蔵省《ぜひおおくらしょう》で登用《とうよう》して頂《いただ》きたいのです」

「わかった、ではその四人《よにん》を静岡藩《しずおかはん》から推薦《すいせん》して欲《ほ》しい」

「ありがとうございます」

大隈《おおくま》は全面的《ぜんめんてき》に渋沢《しぶさわ》の献策《けんさく》を採用《さいよう》した。すぐさま新設《しんせつ》された税制改正係《ぜいせいかいせいがかり》が動《うご》き始《はじ》めて、静岡《しずおか》に残《のこ》してきた前島《まえじま》、赤松《あかまつ》、杉浦《すぎうら》、塩田《しおだ》の四人《よにん》が時《とき》を置《お》かずに大蔵省《おおくらしょう》へ呼《よ》ばれた。

桃《もも》の蕾《つぼみ》が膨《ふく》らみかけた明治三年二月二十三日《めいじさんねんにがつにじゅうさんにち》、千代《ちよ》は予定通《よていどお》り女子《じょし》を産《う》んだ。飾《かざ》られた雛《ひな》節句《せっく》の人形《にんぎょう》の前《まえ》で、妻《つま》が好《す》きな平曲《へいきょく》を弾《ひ》けるようにと願《ねが》って『琴子《ことこ》』と命名《めいめい》した。

そのめでたい翌日《よくじつ》、函館《はこだて》で降伏《こうふく》した幕府軍《ばくふぐん》の榎本釜次郎《えのもとかまじろう》以下《いか》の将兵《しょうへい》たちが兵部省《ひょうぶしょう》の糾問所《きゅうもんじょ》に送《おく》られてきたことを小耳《こみみ》に挟《はさ》んだ。ひょっとして喜作《きさく》も一緒《いっしょ》ではないかと、直《す》ぐに収容者《しゅうようしゃ》の名簿《めいぼ》を取《と》り寄《よ》せて調《しら》べてみた。

長屋一棟《ながやいっとう》が五区《ごく》の牢《ろう》に区切《くぎ》られて、それぞれに二十名《にじゅうめい》ほどの科人《とがにん》が収監《しゅうかん》されていた。何《なん》と、その四番牢《よばんろう》に函館脱走者《はこだてだっそうしゃ》として『歩兵頭渋沢成一郎《ほへいがしらしぶさわせいいちろう》』の名《な》があるではないか。自然《しぜん》と歓喜《かんき》の声《こえ》が挙《あ》がった。直《す》ぐに下男《げなん》を呼《よ》んで着物《きもの》や食物《しょくもつ》、金銭《きんせん》を届《とど》けるように手配《てはい》した。

ただ栄一《えいいち》は糾問所《きゅうもんじょ》のある和田倉門《わだくらもん》の方《ほう》を見《み》ながらも、そちらへ歩《ある》き出《だ》すことを逡巡《しゅんじゅん》していた。喜作《きさく》は俺《おれ》の提案《ていあん》に従《したが》って素直《すなお》に自首《じしゅ》してくれた。でも今《いま》の自分《じぶん》は喜作《きさく》の敵《てき》であった新政府《しんせいふ》の官吏《かんり》である。面会《めんかい》した時《とき》、果《は》たして自分《じぶん》の変身《へんしん》を許《ゆる》してくれるだろうか。渋沢家《しぶさわけ》の一大事《いちだいじ》の時《とき》に欧羅巴《よおろっぱ》に出《で》かけていて、喜作《きさく》の役《やく》に立《た》てなかった負《お》い目《め》の気持《きもち》は前《まえ》より強《つよ》くなっていた。

その晩湯島《ばんゆしま》の自宅《じたく》に戻《もど》ると、居間《いま》では歌子《うたこ》が突然訪《とつぜんたず》ねてきた市郎右衛門《いちろうえもん》に纏《まと》わりついて一緒《いっしょ》に遊《あそ》んでいた。昔《むかし》は謹厳実直《きんげんじっちょく》だけで笑顔一《えがおひと》つ見《み》せなかった父《ちち》が孫《まご》の前《まえ》では好々爺《こうこうや》に変《か》わっていた。

「父上《ちちうえ》、只今帰《ただいまかえ》りました」

「殿《との》さまのお帰《かえ》りだ。琴子《ことこ》の誕生祝《たんじょういわ》いを奥《おく》さまに持《も》ってきたぞ」

「父上《ちちうえ》、奥《おく》さまなどと呼《よ》ばないでください。なぜ昔《むかし》のように千代《ちよ》と呼《よ》んで下《くだ》されぬ。勿体《もったい》なくてお返事《へんじ》できません」

千代《ちよ》が市郎右衛門《いちろうえもん》に戸惑《とまど》いながら言《い》った。

「殿《との》さまと奥《おく》さまで良《よ》いのだ。大蔵省《おおくらしょう》の官《かん》の役《やく》を戴《いただ》いた天皇陛下《てんのうへいか》の朝臣《あそん》さまと、その妻《つま》をどうして軽々《かるがる》しく名前《なまえ》などで呼《よ》んでよいものか」

「これもすべて父上《ちちうえ》のお蔭《かげ》ではないですか」

「なに、わしは昔《むかし》、田舎《いなか》の我家《わがや》を守《まも》らせるための農民《のうみん》の教育《きょういく》をしただけで、このような身分《みぶん》に出世《しゅっせ》したのはすべて栄一《えいいち》の才能《さいのう》からである」

孫《まご》たちに囲《かこ》まれて上機嫌《じょうきげん》な父《ちち》の顔《かお》を見《み》ると、敢《あ》えて反論《はんろん》することも、喜作《きさく》が捕《と》らわれている話《はなし》も躊躇《ちゅうちょ》してしまった。

「父上《ちちうえ》、政府《せいふ》ではこれから貿易《ぼうえき》を増《ふ》やすために蚕糸《さんし》を海外《かいがい》に輸出《ゆしゅつ》することを考《かんが》えています。しかしまだ国内《こくない》の蚕糸《さんし》の製品《せいひん》は粗悪《そあく》で多《おお》くの商人《あきんど》が破産《はさん》しています。それに日本《にほん》の製糸《せいし》は横糸《よこいと》には使《つか》えるが、縦糸《たていと》は太《ふと》さが揃《そろ》わずに使《つか》えぬと和蘭人《おらんだじん》が述《の》べています。何《なに》か良《よ》い知恵《ちえ》はありませんか」

「そうか、それでは明日《あした》、横濱《よこはま》の宗助《そうすけ》の店《みせ》に行《い》って聞《き》いてみよう」

六十二歳《ろくじゅうにさい》になった市郎右衛門《いちろうえもん》は歳《とし》を忘《わす》れたかのように機嫌良《きげんよ》く答《こた》えた。すでに東家《ひがしんち》の宗助《そうすけ》は数年前《すうねんまえ》から横濱《よこはま》に輸出専門店《ゆしゅつせんもんてん》を構《かま》えていて、その為《ため》の蚕糸《さんし》を関東《かんとう》のみならず広《ひろ》く東北地方《とうほくちほう》からも仕入《しい》れて大成功《だいせいこう》を収《おさ》めていた。

一方《いっぽう》、栄一《えいいち》は論語《ろんご》を通《つう》じて人生《じんせい》の在《あ》り方《かた》を教《おし》えてくれた尾高新五郎《おだかしんごろう》に、故郷《こきょう》にも近《ちか》い上州富岡《じょうしゅうとみおか》に洋式《ようしき》の製糸工場《せいしこうじょう》を建《た》てさせ運営《うんえい》させることを考《かんが》えていた。

喜作《きさく》が糾問所《きゅうもんじょ》に捕《と》らわれてから嬉《うれ》しいことに手紙《てがみ》が栄一宛《えいいちあて》に届《とど》くようになった。栄一《えいいち》も同《おな》じく家族《かぞく》や世間《せけん》の情勢《じょうせい》、自身《じしん》の仕事《しごと》のことなどを事細《ことこま》かく書《か》いて届《とど》けさせた。書籍《しょせき》は獄中《ごくちゅう》でも自由《じゆう》に読《よ》めるらしく本《ほん》を数冊送《すうさつおく》ったところ、非常《ひじょう》に感謝《かんしゃ》している返事《へんじ》を寄《よ》こしてくれた。

しかし、栄一《えいいち》は面会《めんかい》に行《い》く暇《ひま》もなく、最大《さいだい》の懸案《けんあん》である度量衡《どりょうこう》の改正《かいせい》のために大坂《おおざか》に向《む》かう蒸気船《じょうきせん》に乗《の》った。大坂淀川沿《おおざかよどがわぞ》いの天満《てんま》に幕府《ばくふ》の時代《じだい》からある貨幣造幣所《かへいぞうへいじょ》を訪《おとず》れるためであった。

所長《しょちょう》は顔《かお》に刀傷《かたなきず》が残《のこ》る維新《いしん》で活躍《かつやく》した長州藩《ちょうしゅうはん》の井上薫《いのうえかおる》という志士《しし》であった。

「大蔵省《おおくらしょう》の調査改正係《ちょうさかいせいがかり》の渋沢栄一《しぶさわえいいち》と申《もう》します。大隈大輔《おおくまたゆう》から速《すみ》やかに新貨幣《しんかへい》の製造《せいぞう》と新紙幣《しんしへい》の発行《はっこう》を図《はか》るようにとの御要請《ごようせい》があって参《まい》りました」

「そうか、ご苦労《くろう》だった」

「また現在《げんざい》の進捗状況《しんちょくじょうきょう》を調査《ちょうさ》するようにも命《めい》じられました」

「大隈《おおくま》の言《い》うことなどは分《わ》かっておる。問題《もんだい》はだな、それをどうするかを今考《いまかんが》えとる」

「私《わたし》が考《かんが》えますに、東京《とうきょう》は四進法《よんしんほう》による金貨経済《きんかけいざい》であり、大坂《おおざか》は十進法《じっしんほう》による銀貨経済《ぎんかけいざい》で、二《ふた》つの制度《せいど》が混在《こんざい》しているのが問題《もんだい》の原因《げんいん》であります」

「それも分《わ》かっておる。だからどうするかを聞《き》いておる」

「この際《さい》、金本位制《きんほんいせい》を選択《せんたく》して十進法《じっしんほう》による金貨《きんか》のみを製造《せいぞう》し、銀貨《ぎんか》は少額《しょうがく》の補助貨幣《ほじょかへい》とするのが良《よ》いと思《おも》います」

「しかし、貿易《ぼうえき》は銀貨《ぎんか》じゃ」

「金《きん》と銀《ぎん》の交換比率《こうかんひりつ》を決《き》めるまでは、特別《とくべつ》の貿易銀《ぼうえきぎん》だけを製造《せいぞう》すれば如何《いかが》でしょう」

貿易銀《ぼうえきぎん》という新《あたら》しい発想《はっそう》を聞《き》いて、井上《いのうえ》は改《あらた》めて小柄《こがら》な栄一《えいいち》を見《み》つめ直《なお》した。日本《にほん》では金《きん》と銀《ぎん》の交換比率《こうかんひりつ》がそれぞれ金一対銀五《きんいちたいぎんご》なのに対《たい》し、外国《がいこく》では金一対銀十五《きんいちたいぎんじゅうご》だったために多額《たがく》の金貨《きんか》が国外貿易《こくがいぼうえき》をする度《たび》に流失《りゅうしつ》していた。

「なるほど、それでは新《あたら》しい通貨《つうか》の呼《よ》び名《な》はどうする」

栄一《えいいち》は親指《おやゆび》と人差指《ひとさしゆび》を合《あ》わせて丸《まる》を作《つく》った。

「大隈大輔《おおくまたゆう》はこうすれば誰《だれ》でも銭《ぜに》とわかる。だから『紙幣《しへい》を円《えん》と呼《よ》べばいい、硬貨《こうか》は銭《ぜに》で銭《せん》と呼《よ》ぼう』と申《もう》しておられました」

「大隈《おおくま》もいい加減《かげん》なことを言《い》う。まあ取《と》り敢《あ》えず新貨幣《しんかへい》は円《えん》と呼《よ》ぼう。ちょうど新紙幣《しんしへい》五千万両分《ごせんまんりょうぶん》を独逸《どいつ》に頼《たの》むところだった」

大坂造幣所《おおざかぞうへいしょ》の技術《ぎじゅつ》では紙幣《しへい》の贋造《がんぞう》を防《ふせ》げなかったので、フランクフルトの印刷会社《いんさつがいしゃ》に依頼《いらい》するところであった。早速《さっそく》、百《ひゃく》、五十《ごじゅう》、十《じゅう》、五《ご》、二《に》、一円《いちえん》の新紙幣《しんしへい》と二十《にじゅう》と十銭《じっせん》の各硬貨《かくこうか》が発注《はっちゅう》された。納期《のうき》は十八カ月以内《じゅうはちかげついない》とした。

大坂滞在中《おおざかたいざいちゅう》に最《もっと》も重要《じゅうよう》な課題《かだい》である新通貨《しんつうか》と旧貨幣《きゅうかへい》の交換比率《こうかんひりつ》が決《き》められた。新金貨《しんきんか》の一円《いちえん》は旧一両《きゅういちりょう》と交換《こうかん》する、貿易銀貨《ぼうえきぎんか》の一円銀貨《いちえんぎんか》は一《いち》ドルと交換《こうかん》する比率《ひりつ》に改《あらた》められた。徳川時代《とくがわじだい》には十六朱《じゅうろくしゅ》が四分銀《よぶぎん》で一両《いちりょう》に交換《こうかん》されていたが、これも金貨《きんか》と同《おな》じく十進法《じっしんほう》に統一《とういつ》されて一円《いちえん》は百銭《ひゃくせん》、一銭《いっせん》は銅貨十厘《どうかじゅうりん》とした。

徳川家康《とくがわいえやす》が定《さだ》めた米一石《こめいっこく》が一両《いちりょう》、銀五十匁《ぎんごじゅうもんめ》、銭四貫文《ぜによんかんもん》、四千文《よんせんもん》の貨幣交換制度《かへいこうかんせいど》は三百年《さんびゃくねん》振《ぶ》りに大改正《だいかいせい》された訳《わけ》だった。この新通貨制度《しんつうかせいど》により各藩《かくはん》で発行《はっこう》していた種々雑多《しゅじゅざった》な藩札《はんさつ》と濫悪《らんあく》に改鋳《かいちゅう》された貨幣《かへい》を統一《とういつ》できると栄一《えいいち》は大満足《だいまんぞく》であった。

一カ月間《いっかげつかん》の大坂滞在《おおざかたいざい》を終《お》えて、横濱《よこはま》に向《む》かう船旅《ふなたび》はかつて仏蘭西《ふらんす》からの帰途《きと》、南志那海《みなみしなかい》で遭遇《そうぐう》した嵐《あらし》に匹敵《ひってき》する大時化《おおしけ》の連続《れんぞく》であった。横濱港《よこはまこう》に出迎《でむか》えていた千代《ちよ》は同《おな》じ大坂《おおざか》を出帆《しゅっぱん》した他船《たせん》が途中《とちゅう》で難破《なんぱ》したと聞《き》いて青《あお》い顔《かお》をして待《ま》っていた。栄一《えいいち》は岸壁《がんぺき》に降《お》り立《た》った後《あと》で、それを知《し》ってつくづく運《うん》が強《つよ》いことを自覚《じかく》した。

家族再会《かぞくさいかい》の喜《よろこ》びも束《つか》の間《ま》に、その晩悲報《ばんひほう》が届《とど》いた。父《ちち》が危篤《きとく》だという知《し》らせだった。

翌朝未明《よくちょうみめい》に役所《やくしょ》への報告《ほうこく》を済《す》ませると、直《す》ぐに休暇《きゅうか》をもらって血洗島村《ちあらいじまむら》へ向《む》かうために人力車《じんりきしゃ》に飛《と》び乗《の》った。急《いそ》ぐために数人《すうにん》の車夫《しゃふ》を特別《とくべつ》に雇《やと》って綱引《つなひ》きと後押《あとお》しをさせた。車上《しゃじょう》から叫《さけ》んだ。

「千代《ちよ》、歌《うた》と琴《こと》を連《つ》れて後《あと》から駕籠《かご》で来《き》なさい。私《わたし》は一足先《ひとあしさき》に行《い》くから」

途中《とちゅう》、運悪《うんわる》く雨脚《あまあし》がひどくなり大雨《おおあめ》になった。中山道《なかせんどう》の深谷宿《ふかやしゅく》に着《つ》いた時《とき》はすでに夜《よる》の九時《くじ》を過《す》ぎていた。心《こころ》の中《なか》で祈《いの》り続《つづ》けていた。

「父上《ちちうえ》、栄一《えいいち》が着《つ》くまで待《ま》っていてください」

今生《こんじょう》で親《おや》の死目《しにめ》に会《あ》えない不孝《ふこう》だけはどうしても避《さ》けたかった。

生家《せいか》の中家《なかんち》に着《つ》いた時《とき》にはすでに真夜中《まよなか》になってしまっていた。しかし、奇妙《きみょう》なことに門前《もんぜん》には松明《たいまつ》が灯《とも》されており、盛砂《もりずな》があった。

それに番手桶《ばんておけ》までが据《す》えられている。大勢《おおぜい》の家人《いえびと》が今《いま》にも貴人《きじん》を迎《むか》えるような様子《ようす》であった。

「父上《ちちうえ》がご重病《じゅうびょう》で用《よう》が多《おお》かろうというのに、こんな盛砂《もりずな》までして誰《だれ》を迎《むか》えようとしているのか」

車《くるま》から降《お》りるなり用人《ようにん》に強《つよ》く叱咤《しった》した。

「これはあなたさまが来《こ》られることを父上《ちちうえ》が聞《き》かれて、朝廷《ちょうてい》にお仕《つか》えしている官人《かんじん》なのだから、親族《しんぞく》といえども礼《れい》を失《うしな》ってはならぬと厳《きび》しく仰《おっしゃ》って、盛砂《もりずな》なども御自分《ごじぶん》でお指図《さしず》なされたのです」

意外《いがい》にも暗闇《くらやみ》からの声《こえ》は母《はは》であった。黙《だま》って家《いえ》の中《なか》に入《はい》ると、市郎右衛門《いちろうえもん》は危篤《きとく》でありながら思《おも》ったよりも元気《げんき》な声《こえ》で、

「殿《との》さまが帰《かえ》られた。すぐ祝《いわ》い膳《ぜん》を用意《ようい》せよ」

床《とこ》に臥《ふ》した父《ちち》の冷《つめ》たい手《て》を両手《りょうて》で握《にぎ》って顔《かお》を伏《ふ》せると、熱《あつ》い涙《なみだ》が頰《ほお》を伝《つた》わってその手《て》に落《お》ちていった。市郎右衛門《いちろうえもん》はその感触《かんしょく》を楽《たの》しむかのように、

「お前《まえ》が来《く》るようでは、私《わたし》の病《やまい》も重《おも》いのだろう」

そう言《い》うと笑顔《えがお》で目《め》を閉《と》じた。

翌日《よくじつ》の午後《ごご》に千代《ちよ》と子供《こども》たちが駕籠《かご》でようやく駆《か》けつけた時《とき》には、市郎右衛門《いちろうえもん》は既《すで》に人事《じんじ》不省《ふせい》になっていた。そのまま家族《かぞく》と親戚《しんせき》に見送《みおく》られて享年六十三歳《きょうねんろくじゅうさんさい》で逝去《せいきょ》した。栄一《えいいち》は生前《せいぜん》の親不孝《おやふこう》を恥《は》じるかのように葬儀万端《そうぎばんたん》を自《みずか》ら懇《ねんご》ろに執《と》り行《おこな》った。

葬式後《そうしきご》、妹《いもうと》の貞子《ていこ》を須永才三郎《すながさいさぶろう》に妻《めあ》わせて、栄一《えいいち》の代《か》わりに中家《なかんち》の四代目《よんだいめ》を継《つ》がせて市郎《いちろう》を名乗《なの》らせた。

新《あら》たな道《みち》

栄一《えいいち》が大蔵省《おおくらしょう》に入省《にゅうしょう》してから一年程《ひとねんほど》が経過《けいか》した。その勤務《きんむ》ぶりは誰《だれ》が見《み》ても非《ひ》の打《う》ちどころのない精励《せいれい》ぶりであった。

大蔵省《おおくらしょう》の職制《しょくせい》が改革《かいかく》されて大蔵大輔《おおくらたゆう》の大隈重信《おおくましげのぶ》は参議《さんぎ》に昇格《しょうかく》し、その後任《こうにん》として大坂《おおざか》造幣局《ぞうへいきょく》の井上薫《いのうえかおる》が上司《じょうし》として赴任《ふにん》してきた。栄一《えいいち》は大蔵少輔《おおくらしょうゆう》の地位《ちい》に昇格《しょうかく》し、また紙幣頭《しへいがしら》にも任命《にんめい》されたのである。

そして『御議事《おぎじ》』の書記官《しょきかん》も兼務《けんむ》することを命《めい》じられた。御議事《おぎじ》とは明治政府《めいじせいふ》の重臣《じゅうしん》から構成《こうせい》された国《くに》の最高決定会議《さいこうけっていかいぎ》で、七名《ななめい》の参議《さんぎ》によって主宰《しゅさい》されていた。木戸孝允《きどたかよし》、西郷《さいごう》隆盛《たかもり》、大久保利通《おおくぼとしみち》、後藤象二郎《ごとうしょうじろう》、江藤新平《えとうしんぺい》、大隈重信《おおくましげのぶ》、井上薫《いのうえかおる》ら維新《いしん》の功臣《こうしん》である。会議《かいぎ》の間《ま》は江戸城西《えどじょうにし》の丸《まる》にあった能舞台《のうぶたい》を補修《ほしゅう》して使用《しよう》していた。

その日《ひ》は天皇《てんのう》の君権《くんけん》と政府権《せいふけん》の区別《くべつ》に関《かん》する案件《あんけん》が付議《ふぎ》されていたが、議論百出《ぎろんひゃくしゅつ》して紛糾《ふんきゅう》してしまい既《すで》に四時間《よじかん》にも及《およ》んでいた。

「とにかくこれは重大案件《じゅうだいあんけん》であるから、ここで勝手《かって》に取《と》り決《き》めることは宜《よろ》しくない。三条《さんじょう》、岩倉両公《いわくらりょうこう》にもご出席賜《しゅっせきたまわ》って御相談申《ごそうだんもう》し上《あ》げようではないか」

議長木戸《ぎちょうきど》の提案《ていあん》に全員《ぜんいん》が賛成《さんせい》して、議事録《ぎじろく》の文案起草《ぶんあんきそう》が栄一《えいいち》に命《めい》じられた。十代《じゅうだい》の時《とき》に叔父《おじ》の宗助《そうすけ》に書道《しょどう》は少《すこ》し習《なら》ったものの、成人《せいじん》してから手習《てならい》はすっかり忘《わす》れていた。四苦八苦《しくはっく》した文案《ぶんあん》に後藤参議《ごとうさんぎ》が筆《ふで》を加《くわ》えてくれた。そこに汗《あせ》をかきながら西郷参議《さいごうさんぎ》がその巨体《きょたい》を現《あらわ》した。

「遅参《ちさん》して失礼仕《しつれいつかまつ》った」

栄一《えいいち》は西郷《さいごう》に会議《かいぎ》の趣旨《しゅし》を伝《つた》えてから起草《きそう》した議事録《ぎじろく》を目《め》の前《まえ》に置《お》いた。西郷《さいごう》はゆっくりとその文面《ぶんめん》を読《よ》み終《お》わってからぽつりと言《い》った。

「こげんこと必要《ひつよう》ごあすか」

木戸《きど》が慌《あわ》てて再度《さいど》説明《せつめい》をした。それでも西郷《さいごう》は頷《うなず》きもせずに平然《へいぜん》と、

「俺《おい》は斯様《かよう》に思《おも》い申《もう》さん。まだ戦《いくさ》が足《た》りぬ」

「西郷参議《さいごうさんぎ》、戦《いくさ》が足《た》りませぬと」

「さよう、維新《いしん》の戦《いくさ》がまだ足《た》りぬ」

西郷《さいごう》は同《おな》じ言葉《ことば》を繰《く》り返《かえ》すのみで要領《ようりょう》を得《え》なかった。日没《にちぼつ》に至《いた》って会議《かいぎ》は不要領《ふようりょう》のまま閉会《へいかい》した。雲《くも》を掴《つか》むような話《はなし》で、誰《だれ》もその真意《しんい》を理解《りかい》できずにいた。

大蔵省《おおくらしょう》に戻《もど》った栄一《えいいち》は幾度《いくど》も書《か》き直《なお》した文案《ぶんあん》が採用《さいよう》されなかったことで、上司《じょうし》の井上《いのうえ》に

不満《ふまん》をぶつけていた。

「今日《きょう》の西郷参議《さいごうさんぎ》は戦《いくさ》が足《た》りないと妙《みょう》なことを言《い》われておりましたが、一体《いったい》あれはどういう意味《いみ》でしょうか」

「さあ、俺《おれ》にも分《わ》からん。西郷《さいごう》はよく恍《とぼ》けたことを言《い》う男《おとこ》だが、あれには何《なに》か意味《いみ》があるのだろう」

「そうですか」

栄一《えいいち》には西郷《さいごう》が冗談《じょうだん》で言《い》っているとはとても思《おも》えなかった。

数日経《すうじつた》ってから井上大輔《いのうえたゆう》が突然大声《とつぜんおおごえ》で部屋《へや》へ入《はい》ってきた。

「おい、渋沢君《しぶさわくん》、分《わ》かったぞ」

「何《なに》がですか」

「いやあ、西郷《さいごう》の言《い》った言葉《ことば》の意味《いみ》が分《わ》かったよ。西郷《さいごう》は廃藩置県《はいはんちけん》を断固決行《だんこけっこう》するつもりじゃ。当然反対《とうぜんはんたい》する藩《はん》があるだろうから殊《こと》と次第《しだい》では戦《いくさ》になるだろう。反乱《はんらん》が起《お》これば、その時《とき》は断固武力《だんこぶりょく》で鎮圧《ちんあつ》すると言《い》いたかったのだ」

「それでは天皇《てんのう》の君権《くんけん》と明治政府《めいじせいふ》の政権《せいけん》はどのように解釈《かいしゃく》すればいいのでしょうか」

「なに、廃藩置県《はいはんちけん》の断行《だんこう》が先《さき》で、君権《くんけん》と政権《せいけん》の区別《くべつ》は後《あと》で考《かんが》えればいいという腹《はら》だろう」

二百六十《にひゃくろくじゅう》を超《こ》す藩《はん》を十分《じゅうぶん》の一《いち》の県《けん》の単位《たんい》に整理統合《せいりとうごう》して、その領土《りょうど》において軍事《ぐんじ》と徴《ちょう》税《ぜい》の権限《けんげん》を有《ゆう》していた藩制度《はんせいど》を撤廃《てっぱい》しようとする試《こころ》みであった。その決断《けつだん》と実行力《じっこうりょく》はさすがに明治維新《めいじいしん》を成功《せいこう》させた大人物《だいじんぶつ》だった。

「さすがです。西郷参議《さいごうさんぎ》はやはり先見《せんけん》の明《めい》がある人物《じんぶつ》と感服《かんぷく》しました。しかし、廃藩《はいはん》の布告《ふこく》と藩札《はんさつ》の処理《しょり》は同時《どうじ》にしないと一揆《いっき》や取《と》り付《つ》け騒《さわ》ぎが起《お》きますが」

「俺《おれ》も同《おな》じことを気《き》にしていた。至急君《しきゅうきみ》の改正係《かいせいがかり》で具体案《ぐたいあん》を考《かんが》えてくれ。七月十四日《しちがつじゅうよっか》に勅許《ちょっきょ》を得《え》て、全国《ぜんこく》の藩《はん》に発令《はつれい》する予定《よてい》になっている」

「え、後五日《あといつか》しかない」

新政府《しんせいふ》の高官《こうかん》たちには『算盤《そろばん》を弾《はじ》くは武士《ぶし》の恥辱《ちじょく》なり』と考《かんが》える人間《にんげん》が多《おお》く、まして資金《しきん》繰《ぐ》りができる人物《じんぶつ》は少《すく》なく、大蔵省《おおくらしょう》でも天下《てんか》の財政《ざいせい》がわかる省員《しょういん》は一握《ひとにぎ》りしかいないのが悩《なや》みであった。各藩《かくはん》の負債高《ふさいだか》、藩札《はんさつ》の発行高《はっこうだか》を調《しら》べて古《ふる》いものは廃棄《はいき》させ、維新前後《いしんぜんご》に発行《はっこう》された藩札《はんさつ》は新貨幣《しんかへい》に交換《こうかん》しなければならなかった。しかし、政府《せいふ》の金庫《きんこ》にはそれに見合《みあ》う金貨《きんか》は当然無《とうぜんな》かったので、新政府《しんせいふ》が十三年間《じゅうさんねんかん》を通用期限《つうようきげん》とする公債証書《こうさいしょうしょ》と太政官札《だじょうかんさつ》を付与《ふよ》して、藩札《はんさつ》に代替《だいが》わりをさせる方法《ほうほう》を三日三夜《みっかさんや》の不眠不休《ふみんふきゅう》で考《かんが》えざるを得《え》なかった。

同時《どうじ》に省内《しょうない》の諸制度《しょせいど》も種々改《しゅじゅあらた》めることにした。帳簿《ちょうぼ》も西洋式簿記《せいようしきぼき》を導入《どうにゅう》した際《さい》、十七歳《じゅうななさい》も年長《ねんちょう》の出納正《すいとうのかみ》の得能良介《とくのうりょうすけ》が執務室《しつむしつ》に飛《と》び込《こ》んで来《き》た。

「渋沢《しぶさわ》、お前《まえ》は西洋《せいよう》にかぶれて簿記《ぼき》などという下《くだ》らぬ出納《すいとう》をさせようとしているが、事務《じむ》が煩雑《はんざつ》になり過失《かしつ》ばかりが増《ふ》えて困《こま》る。こんなやり方《かた》は速《すみ》やかに撤回《てっかい》されたい」

「出納《すいとう》の正確《せいかく》を期《き》するには、大福帳《だいふくちょう》でなく是非《ぜひ》とも西洋式《せいようしき》の伝票《でんぴょう》を使用《しよう》することが必要《ひつよう》であります」

「こんなものは分《わ》からない」

「それは初《はじ》めてだから分《わ》からないのです。慣《な》れれば分《わ》かります」

薩摩藩士《さつまはんし》の得能《とくのう》は栄一《えいいち》の素《そ》っ気《け》ない言葉《ことば》に憤慨《ふんがい》して、素手《すで》で殴《なぐ》ってきた。その前《まえ》に身《み》をかわして一喝《いっかつ》した。

「何《なに》をなさる、ここはお役所《やくしょ》ですぞ」

「こんな所《ところ》には勤《つと》められぬ」

得能《とくのう》は扉《とびら》を荒々《あらあら》しく開《あ》けて立《た》ち去《さ》った。そして、そのまま大蔵省《おおくらしょう》を辞《や》めてしまった。封建制度《ほうけんせいど》に慣《な》れ過《す》ぎた士族《しぞく》にも辛《つら》い時代《じだい》の波《なみ》が押《お》し寄《よ》せていることを知《し》らされた。

明治四年七月十四日《めいじよねんしちがつじゅうよっか》、三百年近《さんびゃくねんちか》く続《つづ》いた封建大名《ほうけんだいみょう》による藩制度《はんせいど》は解消《かいしょう》されて、新政府《しんせいふ》が直轄《ちょっかつ》する県制《けんせい》が施行《しこう》された。西郷《さいごう》が心配《しんぱい》した藩主《はんしゅ》の武装蜂起《ぶそうほうき》も起《お》きず、藩札《はんさつ》の引換《ひきかえ》も心配《しんぱい》したような取《と》り付《つ》けなどの大事《だいじ》には至《いた》らなかった。

この頃《ころ》になってようやく仏蘭西《ふらんす》から帰国時《きこくじ》に、フロリヘラルドに売却《ばいきゃく》を依頼《いらい》した巴里《ぱり》の仮屋形《かりやかた》の家具《かぐ》の売却代金二万三千円余《ばいきゃくだいきんにまんさんぜんえんよ》が送付《そうふ》されてきた。直《す》ぐさま水戸《みと》の徳川昭武公《とくがわあきたけこう》に全額《ぜんがく》引《ひ》き渡《わた》そうとしたが、自分《じぶん》の持分《もちぶん》の一万円《いちまんえん》しか受《う》け取《と》らずに残額《ざんがく》は兄《あに》の慶喜公《よしのぶこう》に渡《わた》すように指示《しじ》された。僅《わず》か数年前《すうねんまえ》の出来事《できごと》が遥《はる》か昔《むかし》のように思《おも》えても感慨《かんがい》に浸《ひた》る暇《ひま》は栄一《えいいち》にはなかった。

廃藩置県後《はいはんちけんご》、明治政府樹立以来十三年限《めいじせいふじゅりついらいじゅうさんねんかぎ》りとして発行《はっこう》された不換紙幣《ふかんしへい》である太政官札《だじょうかんさつ》を、これからも発行《はっこう》し続《つづ》けることは新政府《しんせいふ》がその数量《すうりょう》に裏付《うらづ》けされた金貨《きんか》を準備《じゅんび》しなければ、いずれ破産《はさん》することは目《め》に見《み》えていた。栄一《えいいち》は欧羅巴《よおろっぱ》で既《すで》に制度化《せいどか》されていたバンク制度《せいど》を導入《どうにゅう》することでその解決《かいけつ》を図《はか》ろうと考《かんが》えた。

唯《ただ》その前《まえ》にバンクという外国語名《がいこくごめい》を何《なん》と翻訳《ほんやく》するかが問題《もんだい》になった。為替商《かわせしょう》とか両替商《りょうがえしょう》では相応《ふさわ》しくない。担当《たんとう》する職員全員《しょくいんぜんいん》から名称案《めいしょうあん》を募《つの》ってみたり、学者《がくしゃ》の所《ところ》へ行《い》って相談《そうだん》したが上手《じょうず》な訳語《やくご》は出《で》てこなかった。その時《とき》、亜米利加《あめりか》でナショナルバンク構想《こうそう》を勉強《べんきょう》してきた福地源一郎《ふくちげんいちろう》が提案《ていあん》した。

「渋沢《しぶさわ》さん、バンクを両替屋《りょうがえや》と訳《やく》しては下品《げひん》です。志那《しな》では商《あきない》に行《こう》という字《じ》を使《つか》うので、金行《きんこう》とか銀行《ぎんこう》という名前《なまえ》はどうでしょう」

「金行《きんこう》は金鉱《きんこう》に間違《まちが》えられるので面白《おもしろ》くない。それなら銀行《ぎんこう》の方《ほう》がいいと思《おも》う。ナショナルは国《くに》の意味《いみ》だが、一字《いちじ》では熟語《じゅくご》にならないから国《くに》が立《た》つということで国立銀行《こくりつぎんこう》としよう」

直《す》ぐさま兌換紙幣《だかんしへい》を発行《はっこう》できる国立銀行《こくりつぎんこう》を設立《せつりつ》する案《あん》が廟儀《びょうぎ》にかけられて可決《かけつ》された。後年渋沢《こうねんしぶさわ》は日本最初《にほんさいしょ》の銀行《ぎんこう》となった第一国立銀行《だいいちこくりつぎんこう》の頭取《とうどり》となり、それから民間資本《みんかんしほん》による百五十三行《ひゃくごじゅうさんこう》もの銀行《ぎんこう》が全国《ぜんこく》に誕生《たんじょう》することになる。

栄一《えいいち》が大蔵省《おおくらしょう》に入省《にゅうしょう》する時《とき》に、大隈重信《おおくましげのぶ》に提案《ていあん》したことでいま一《ひと》つ残《のこ》された事案《じあん》があった。これまでの封建制度《ほうけんせいど》という身分社会《みぶんしゃかい》から新《あたら》しい自由《じゆう》な国《くに》へ生《う》まれ変《か》わる嚆矢《こうし》としての戸籍法《こせきほう》の改正《かいせい》である。新《あたら》しく調査《ちょうさ》した戸籍簿《こせきぼ》から日本《にほん》の人口《じんこう》は三千三百十一万人《さんぜんさんびゃくじゅういちまんにん》と判明《はんめい》した。そしてこれまでの『士農工商《しのうこうしょう》』の身分制度《みぶんせいど》は、『士族《しぞく》』と『平民《へいみん》』の二《ふた》つの区別《くべつ》だけに変更《へんこう》された。続《つづ》いて武士《ぶし》の廃刀《はいとう》と丁髷禁止《ちょんまげきんし》の断髪令《だんぱつれい》が出《だ》された。この結果《けっか》、身形《みなり》からでは士族《しぞく》も平民《へいみん》も区別《くべつ》がつかない自由《じゆう》な社会《しゃかい》が生《う》まれて、士族《しぞく》と平民《へいみん》との結婚《けっこん》や養子縁組《ようしえんぐみ》もできるようになった。

この時《とき》にあたって栄一《えいいち》は自《みずか》ら平民《へいみん》を選択《せんたく》した。大蔵省《おおくらしょう》の同僚《どうりょう》が当然《とうぜん》のように士族《しぞく》を選《えら》んだ時勢《じせい》に彼《かれ》の行動《こうどう》は全《まった》くの異端《いたん》であった。今《いま》は亡父《ぼうふ》、市郎右衛門《いちろうえもん》が何《なに》よりも誇《ほこ》りにしていた農民《のうみん》の出自《しゅつじ》を継《つ》ぎたかった。士族《しぞく》に成《な》りたいという昔《むかし》の熱病《ねつびょう》は跡形《あとかた》もなく消《き》え去《さ》っていた。

そんな折《おり》に朗報《ろうほう》が届《とど》いた。喜作《きさく》が遂《つい》に赦《ゆる》されて釈放《しゃくほう》されたという知《し》らせであった。

「誰《だれ》か、車《くるま》で渋沢成一郎《しぶさわせいいちろう》を迎《むか》えに行《い》ってこい。すぐにこの家《いえ》に連《つ》れて帰《かえ》ってくるのだぞ」

自宅《じたく》の長屋門《ながやもん》の前《まえ》で今《いま》か今《いま》かと待《ま》っていた栄一《えいいち》の前《まえ》に一台《いちだい》の人力車《じんりきしゃ》が停《と》まった。喜作《きさく》は昔《むかし》より痩《や》せてはいたが、思《おも》ったよりも元気《げんき》そうであった。栄一《えいいち》は車《くるま》から降《お》りる喜作《きさく》の手《て》をしっかりと握《にぎ》りしめた。

「喜作《きさく》」

「栄一《えいいち》」

二人《ふたり》とも言葉《ことば》がそれ以上《いじょう》続《つづ》かなかった。

「喜作《きさく》、この世《よ》でまた会《あ》えてよかった」

「俺《おれ》も同《おな》じだ。夢《ゆめ》ではないかと思《おも》っている。函館《はこだて》で命《いのち》を捨《す》てなくて良《よ》かった。でも官軍《かんぐん》に歯《は》向《む》かった罰《ばつ》として士族《しぞく》から平民《へいみん》の戸籍《こせき》に落《お》とされた。もともと百姓《ひゃくしょう》だから何《なん》の問題《もんだい》も無《な》いけどな」

「喜作《きさく》、俺《おれ》も平民《へいみん》になったぞ。武士《ぶし》になっても碌《ろく》な事《こと》は無《な》かったからな」

二人《ふたり》は期《き》せずして大笑《おおわら》いをした。二人《ふたり》の波乱《はらん》に満《み》ちた青春《せいしゅん》が終《お》わった。苦《くる》しかった数々《かずかず》の思《おも》い出《で》は、今《いま》は懐《なつ》かしさと同時《どうじ》に忘却《ぼうきゃく》の彼方《かなた》に消《き》え去《さ》っていた。

それから二年《にねん》の歳月《さいげつ》が過《す》ぎ去《さ》り、明治六年五月二十三日《めいじろくねんごがつにじゅうさんにち》の夕方《ゆうがた》、三十四歳《さんじゅうよんさい》になった栄一《えいいち》は大蔵省《おおくらしょう》を退出《たいしゅつ》した。退出《たいしゅつ》というよりも官職《かんしょく》を辞《じ》した日《ひ》であった。

省庁《しょうちょう》の周りの大通《おおどお》りにはガス灯《とう》が巴里《ぱり》の街《まち》のように光《ひか》り輝《かがや》いている。思《おも》えばこの数年仕事《すうねんしごと》に追《お》われて、ゆっくりと東京《とうきょう》の町並《まちなみ》を見《み》ていなかったことに気《き》づいた。退官《たいかん》する原因《げんいん》となった大蔵卿《おおくらきょう》大久保利通《おおくぼとしみち》との意見対立《いけんたいりつ》を思《おも》い出《だ》しながら迎《むか》えの人力車《じんりきしゃ》を断《ことわ》って一人歩《ひとりある》き始《はじ》めていた。

「太政官《だじょうかん》の閣議《かくぎ》に於《お》いて、陸軍省《りくぐんしょう》の経費《けいひ》を八百万円《はっぴゃくまんえん》、海軍省《かいぐんしょう》の経費《けいひ》を二百五十万円《にひゃくごじゅうまんえん》に定《さだ》めることが議決《ぎけつ》された。決定《けってい》された以上《いじょう》、異議《いぎ》は有《あ》るまいな」

大蔵省《おおくらしょう》に戻《もど》られた大久保《おおくぼ》大蔵卿《おおくらきょう》から唐突《とうとつ》に申《もう》し渡《わた》された。しかし、栄一《えいいち》は勇断《ゆうだん》を持《も》って意見《いけん》を述《の》べた。

「財政《ざいせい》というものは『入《い》るを量《はか》りて　出《い》ずるを為《な》す』を原則《げんそく》としなければならないと私《わたし》は信《しん》じます。廃藩置県後《はいはんちけんご》、間《ま》もないので歳入予算《さいにゅうよさん》は約四千万円内外《やくよんせんまんえんないがい》の頗《すこぶ》る不確実《ふかくじつ》なものでありますその中《なか》から陸海軍合《りくかいぐんあ》わせて一千五十万円《いっせんごじゅうまんえん》もの巨額《きょがく》な支出《ししゅつ》を倉卒《そうそつ》に決《けっ》するなどは以《も》っての外《ほか》であります。」

渾身《こんしん》の反対意見《はんたいいけん》に大久保《おおくぼ》は色《いろ》をなして、

「そんなら渋沢君《しぶさわくん》は陸海軍《りくかいぐん》がどうなっても構《かま》わぬという意見《いけん》か」

「私《わたし》も軍備《ぐんび》が国家《こっか》に必要《ひつよう》である事《こと》は心得《こころえ》ております。しかし、大蔵省《おおくらしょう》で歳入《さいにゅう》の統計《とうけい》も出《で》来上《きあ》がらぬ前《まえ》に、巨額《きょがく》な経費支出《けいひししゅつ》ばかりを決定《けってい》されるのは財政的《ざいせいてき》に危険《きけん》この上《うえ》もない御処置《ごしょち》と考《かんが》えます。殊《こと》に陸海軍《りくかいぐん》の経費《けいひ》を承認《しょうにん》したとなれば、法務省《ほうむしょう》や文部省《もんぶしょう》の他省《たしょう》も黙《だま》っては居《お》りますまい」

我慢《がまん》できずに大久保大蔵卿《おおくぼおおくらきょう》に対《たい》して一歩《いっぽ》も譲《ゆず》らずに私見《しけん》を述《の》べてしまった。

その後《ご》、井上薫大輔《いのうえかおるたゆう》と共《とも》に財政改革《ざいせいかいかく》の建議書《けんぎしょ》を太政官会議《だじょうかんかいぎ》に奏上《そうじょう》したものの却下《きゃっか》されてしまった。これを大《おお》いに不満《ふまん》とした井上薫《いのうえかおる》は即日辞表《そくじつじひょう》を提出《ていしゅつ》した。

「渋沢君《しぶさわくん》、本日各参議《ほんじつかくさんぎ》は大蔵省《おおくらしょう》の財政改革案《ざいせいかいかくあん》を否決《ひけつ》した。このような正当《せいとう》な道理《どうり》が行《おこな》われぬ事《こと》は、この井上《いのうえ》を政府《せいふ》が信任《しんにん》せぬ結果《けっか》である。もはや箸《はし》を投《な》げ出《だ》すしかない、従《したが》って私《わたし》は本職《ほんしょく》を辞《じ》する。これより速《すみ》やかに退出《たいしゅつ》するが、後始末《あとしまつ》は貴君《きくん》によろしくお願《ねが》いする」

「いえ、私《わたし》も辞職《じしょく》します。井上大輔《いのうえたゆう》の財政改革主義《ざいせいかいかくしゅぎ》が拒否《きょひ》された以上《いじょう》、私《わたし》も大蔵省《おおくらしょう》に留《とど》まる理由《りゆう》はありません」

薩長藩《さっちょうはん》を中心《ちゅうしん》として生《う》まれた新政府《しんせいふ》の高官《こうかん》の多《おお》くは軍人《ぐんじん》であり、経済《けいざい》よりも常《つね》に軍事予算《ぐんじよさん》に関心《かんしん》を抱《いだ》いた。その為《ため》に本年度《ほんねんど》の歳入《さいにゅう》は四千万円《よんせんまんえん》に過《す》ぎぬのに、各省庁《かくしょうちょう》の経費要求《けいひようきゅう》は既《すで》に五千万円以上《ごせんまんえんいじょう》、負債総額《ふさいそうがく》は一億二千万円《いちおくにせんまんえん》の巨額《きょがく》に達《たっ》して国庫《こっこ》の正金《しょうきん》は底《そこ》をついていた。どう考《かんが》えても、今《いま》は経費節減以外《けいひせつげんいがい》に国《くに》が生《い》き残《のこ》る道《みち》は考《かんが》えられなかった。

一平民《いちへいみん》になって歩《ある》きながら、栄一《えいいち》の気持《きもち》は晴《は》れやかで希望《きぼう》に満《み》ちていた。辞職《じしょく》したのは内閣《ないかく》と意見《いけん》が違《ちが》っていたけれど喧嘩《けんか》したからではない。これからの日本《にほん》の財政《ざいせい》を立《た》て直《なお》し維新《いしん》を完成《かんせい》させるのは、もはや官僚《かんりょう》や士族《しぞく》だけではできない。だから平民《へいみん》一人《ひとり》一人《ひとり》が学問《がくもん》を学《まな》んで工業《こうぎょう》や貿易《ぼうえき》を盛《さか》んにして、国力《こくりょく》を富《と》ます道《みち》を歩《あゆ》まなければならない。その為《ため》には先《ま》ず自分自身《じぶんじしん》が野《の》に下《くだ》って商売人《しょうばいにん》となり、国家隆盛《こっかりゅうせい》のための藍葉《あいば》を育《そだ》て、藍玉《あいだま》を造《つく》ることを真剣《しんけん》に夢見《ゆめみ》ていた。

完《かん》

あとがき

大蔵省を退官した栄一はその後、水を得た魚のように第一国立銀行を創立して広く実業界で活躍することになる。これらは既知の事柄なので詳細は割愛するが、栄一と主要人物の後半生について記述をしておく。

渋沢栄一は、生涯を通じていくつもの名前を使用した。幼名は市三郎、五歳の時に栄二郎と改め、その後に栄一郎を名乗る。徳川慶喜に仕えてからは篤太夫と変え、維新後の静岡藩に仕えた時には篤太郎と改め、そして明治政府に仕えてからは諱の栄一を名乗っている。

当時は幼名、通称などで名前を変えることは普通であったが、栄一の名前は三十代以前では殆ど使われていない。本書では名称の煩雑さを避けるために栄一の名前で統一した。また五十歳を過ぎてからは、雅号として青淵を使用しているので、その著述に基づいて本書の題名を『青淵の夢』とした。

本人自身が晩年に述べているが、

「維新前後の七年間の出来事は忘れようとしても忘れられない記憶として、今でも目の当たりのように想い出される」

命を賭けた真剣勝負の連続が栄一を変身させた理由だったかもしれない。


渋沢千代は、歌子、琴子に次いで、明治五年に長男篤二を産み、良妻賢母の日々を送りながら、栄一の上司である大隈重信や井上薫の婦人とも親交を深めていた。明治十一年、栄一は東京営繕会議所の会頭として、訪日したアメリカ前大統領のグラント将軍を飛鳥山の自宅に招待した際、千代の内助の功が最も発揮された。また明治十四年にはハワイからカラカウア王が来日された時も、自宅にて接待する栄に浴している。

しかし不運にも、明治十五年の夏にコレラ病に罹患し、僅か二日後に四十二歳を一期として亡くなる。奇しくも現代のコロナと同じく、伝染、発病の原因がわからず、看病もできず、臨終に際しても近づくことさえもできず、直ぐに火葬場に送られたという。栄一と三人の子供の悲嘆の内に、上野谷中の墓地に葬られた。


渋沢平九郎は、飯能の戦の後、四、五年間、その生死は不明であった。越生付近の村人により遺骨が寺に埋葬されていることを知り、明治六年に栄一が遺骨を谷中の渋沢家の墓地に移して懇ろに弔った。

渋沢喜作は、明治四年の十一月に赦免された後、栄一が自宅に引き取った。栄一は上司の井上薫に就職を依頼して、大蔵省に採用させた。喜作は蚕糸業調査のためのヨーロッパ視察旅行をする。その後、退官して生糸問屋や米問屋を始めて繁盛させる。しかし、根が博打好きなだけに米相場や銀相場に手を出して大損するが、それでも失敗する度に栄一が忍耐強く援助し続けた。

大正元年に七十四歳で死去するが、東京商品取引所の理事長を務めた喜作に東京中の米問屋が半旗を掲げて弔意を示したと言う。

栄一は生涯竹馬の友であった喜作の追悼会で『たとえ喜作が背いても、私は喜作を生涯背かなかった』と涙ながらに語った。

尾高新五郎は、富岡製糸工場を一から立ち上げて、一年七カ月をかけて明治五年七月に完成させた。しかし当初、女工を懸命に募集しても一人も応じなかったので、娘のゆうを説得して女工第一号とした。生涯、栄一との師弟関係は続き、第一国立銀行の支店長としても協力をした。

いま一つ特記しなければならないことは、篤太夫時代の主君であった徳川慶喜との関係である。明治四十年から慶喜公本人との十七回にわたる談話を通じて纏めた『昔夢会筆記』と『徳川慶喜公伝』は維新の真実を知る貴重な歴史資料となっている。その意味では、栄一は『忠臣は二君に仕えず』という格言を実践した真の侍だった。

渋沢栄一の人生を総括すれば、日本の資本主義の礎を築いた功績は勿論であるが、その才を見出し萌芽させた功労者である徳川慶喜に、一生を奉じてその恩義に報いようと努めた精神である。

それ故に、明治維新という時代が生んだ渋沢栄一の仁義と士魂に大きな感銘を受けるのである。

令和三年四月

茶屋二郎

渋沢栄一《しぶさわえいいち》　青淵《せいえん》の夢《ゆめ》【青春編《せいしゅんへん》】

発行日　2021年5月2日
著　者　茶屋二郎
発行元　山科誠

makoto.yamashina@gmail.com

発売元　株式会社ボイジャー
〒150-0001 東京都渋谷区神宮前5-41-14
電話　03-5467-7070
FAX　03-5467-7080
infomgr@voyager.co.jp

装丁デザイン　大前壽生

Published in Japan
印刷版：ISBN978-4-86689-105-7

※本書は株式会社ボイジャーのRomancerを利用して作成されました。
※本文のフォントには大日本印刷株式会社の秀英明朝体を使用しています。